Edith Schreiber-Wicke
Die schwarzen Wasser von Venedig

Edith Schreiber-Wicke: geboren in Steyr/Oberösterreich, Studium in Wien (Theaterwissenschaften und Kunstgeschichte). Schrieb zunächst Werbetexte, dann Geschichten, die auf ihre Art auch werben – vor allem für Fantasie, Toleranz und Mut zu sich selbst. Ihre Bücher sind in zahlreiche Sprachen übersetzt und vielfach mit literarischen Preisen ausgezeichnet worden. Edith Schreiber-Wicke lebt und arbeitet in Grundlsee, Wien und Venedig.

Mehr über unsere Bücher, Autoren und Illustratoren auf:
www.thienemann.de

Schreiber-Wicke, Edith:
Die schwarzen Wasser von Venedig – 2 Fälle für Commissario Gorin
ISBN 978 3 522 20254 1

Einbandgestaltung und Artwork: Isabelle Hirtz, Inkcraft unter Verwendung mehrerer Motive von © Shutterstock (alybaba; Andrey Yurlov)
Karten: Friedel Wicke
Innentypografie: Kadja Gericke
Reproduktion: Digitalprint GmbH, Stuttgart
Druck und Bindung: CPI Books GmbH, Leck

© dieses Doppelbandes 2019 Thienemann in der Thienemann-Esslinger Verlag GmbH, Stuttgart
© der Originalausgaben *Freier Fall* und *Schatten der Angst* 2006, 2007
Thienemann in der Thienemann-Esslinger Verlag GmbH, Stuttgart
Alle Rechte vorbehalten.

EDITH SCHREIBER-WICKE

DIE SCHWARZEN WASSER VON VENEDIG

2 FÄLLE FÜR COMMISSARIO GORIN

THIENEMANN

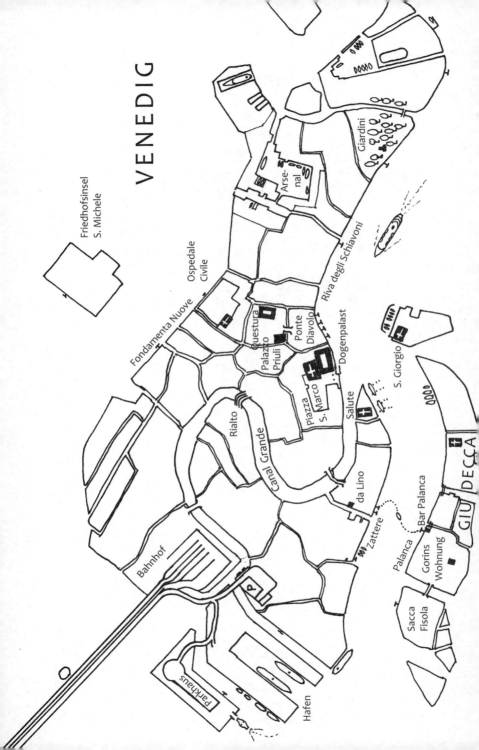

FREIER FALL

Für Shanti und Claude

*Ich möchte einigen Freunden für
Inspiration und fachliche Beratung danken.
Roberto Barina und Piero Salmaso.
Sovrintendente Arturo Francolino von
der venezianischen Polizia.
Grazie infinite.*

1

Sandras Stimme aus der Küche. Dann eine andere Stimme. Weiblich, so viel ist eindeutig zu hören. Und gehetzt, als hätte da jemand Angst, vorzeitig unterbrochen zu werden. Roberto steht an der Tür, er hält die Wohnungsschlüssel in der Hand und zögert. Dann schließt er die Tür leise und geht ins Badezimmer. Erst braucht er eine Dusche, ein kleines bisschen Zeit für sich selbst, dann kann er vielleicht einigermaßen freundlich die Inhaberin der gehetzten Stimme begrüßen. Sie möglicherweise fragen, warum sie sich nicht Zeit nimmt für das, was sie zu sagen hat. Aber nicht jetzt. Nicht gleich. Zunächst einmal braucht er Ruhe.

Noch weiß er nicht, dass er sich wünschen wird, er hätte sich in diesem Augenblick anders entschieden.

Der volle Wasserstrahl aus der Dusche trifft ihn unvorbereitet. Richtig, es ist Sandra vor wenigen Tagen gelungen, einen Installateur auf die Giudecca, diesen etwas entlegenen Stadtteil Venedigs, zu locken. Vorbei die Zeiten der spärlichen Tropfen. Roberto dreht sich genussvoll, schließlich soll auch die Peripherie seines nicht unbeträchtlichen Körperkosmos in den Genuss des wiedererlangten Wasserdrucks kommen. Vielleicht kann auch gleich dieses Bild weggeschwemmt werden, das ihn so hartnäckig verfolgt.

Ich hab doch schon Schlimmeres gesehen, denkt er. Viel Schlimmeres. Er schließt die Augen und lässt das heiß prickelnde Wasser über seinen Kopf rinnen. Das Bild bleibt, wird hinter geschlossenen Lidern sogar noch schärfer.

Ein durchsichtig blasses Gesicht, blonde Haare wie ein Fächer auf bräunlichem Gras, der schmale Körper unnatürlich verdreht. »Sie lebt«, sagt der Notarzt mit ungläubigem Kopfschütteln und schaut zu dem offenen Fenster im dritten Stock hinauf. Roberto hätte den Notarzt gerne gefragt, was er von den Verletzungen an den Unterarmen des Mädchens hält. Sie stammen nicht von dem Sturz, so viel kann Roberto auch als medizinischer Laie erkennen. Manche sind alt und nur noch als dunkle Striche auf der Haut sichtbar, andere sind fast verheilt. Aber der Notarzt hat jetzt anderes zu tun. Routiniert wird der Körper auf die Bahre gelegt. Das *Pronto-Soccorso*-Boot wartet in der Nähe im San-Trovaso-Kanal.

Dieses Gesicht ... Was ist es nur, das ihn nicht loslässt? Roberto schüttelt heftig den Kopf, als könnte die Zentrifugalkraft erreichen, was das Wasser nicht konnte.

Der dunkelblaue Trainingsanzug liegt auf der Wäschetruhe. Roberto liebt Trainingsanzüge. Es gibt kein toleranteres Kleidungsstück. Überall dehnbar. Keine mahnende Enge. Und überhaupt macht Dunkelblau schlank.

Die Tür zum Badezimmer öffnet sich. »Du?«, fragt Sandra.

»Wer sonst sollte am Nachmittag bei dir duschen?«, fragt Roberto zurück. Es war humorvoll gemeint, aber es klingt nicht so. Manche Bilder dulden keine Fröhlichkeit neben sich.

»Schade«, sagt Sandra. »Du hast Chiara verpasst. Sie ist eben gegangen.«

»Ach – Chiara war das ...« Roberto wundert sich, dass er

die Stimme seiner einzigen und daher Lieblingsnichte nicht erkannt hat.»Irgendwas nicht in Ordnung?«, fragt er.»Sie klang so – so anders.«

»Nur die Aufregung«, lächelt Sandra.»Sie fährt morgen nach Santa Fe in New Mexico.«

»New Mexico?«, wiederholt Roberto staunend.»Seit wann hat denn mein ständig bankrotter Bruder Geld für Ferienreisen seiner Tochter?«

»Hat er nicht«, sagt Sandra.»Den größten Teil bezahlt die Schule. So eine Art Projektstipendium. Es geht um Indianerreservate. Ein paar andere aus ihrer Schule fliegen auch. Sie freut sich schon wie verrückt.«

»Freut sich darauf, ins Land der Trumpwähler zu fliegen?«, knurrt Roberto.»Ein Land, das sich diesen Präsidenten ausgesucht hat, sollte man boykottieren.«

»Ziemlich genau die Hälfte der Leute hat nicht Trump gewählt«, sagt Sandra.»Und Chiara interessiert sich nicht besonders für Politik.«

»Sollte sie aber.« Roberto schüttelt sich.»Hast du gestern *Telegiornale* gesehen? Irgendwo in Amerika haben sie ein fünfjähriges Kind in Handschellen aus dem Kindergarten abgeführt. Es war aufsässig. *Dio mio* – eine Fünfjährige in Handschellen!«

Sandra gibt das erwartete *Incredibile* von sich, aber Roberto kommt erst so richtig in Fahrt.

»Und dann – diese Fliegerei! Endlose sogenannte Sicherheitschecks. Zehn Stunden in einer Konservenbüchse ... Wenn nicht überhaupt ein Terrorist den Flugplan in Richtung Paradies abändert.«

Sandra nickt.»*Sisi, amore*. Ich kenne deine Einstellung zu Flugreisen. Aber für Chiara ist das eine großartige Chance.

Sie will schließlich nach der *maturità* Völkerkunde studieren. Übrigens hat sie dir einen Kriminalroman mitgebracht, der in New Mexico spielt.«

Roberto schüttelt den Kopf. »Wieso denken eigentlich immer alle, dass ich Krimis mag?«

»Kann es mit deinem Beruf zu tun haben?«, fragt Sandra.

»Eben«, sagt Roberto. »Privat kommen mir keine Toten ins Haus.«

»Das sagst du, aber du meinst es nicht. Man sollte zu seinen Schwächen stehen. Auch zu den literarischen.«

Roberto betrachtet skeptisch den knallbunten Umschlag des Buches. Tony Hillerman. *The Ghostway*. Na mal sehen.

»Chiara sagt, sie ist sicher, dass er dir gefallen wird. Der Autor war früher selbst Polizist. Angeblich sehr authentisch, was er schreibt. Man braucht gar nicht mehr nach New Mexico zu fahren.«

»Hatte ich sowieso nicht vor«, brummt Roberto.

»Es ist trotzdem nett von Chiara«, beharrt Sandra. »Aber komm jetzt und erzähl mal, warum du so früh schon zu Hause bist.«

Sie gehen hintereinander durch den schmalen Gang vom Badezimmer in die Küche.

»Ich hatte drüben beim *Liceo Marco Polo* zu tun«, sagt Roberto knapp. »Und dann war mir nicht mehr danach, ins Büro zu gehen.«

Sandra erwidert nichts. Fragt auch nicht weiter. Sie stellt die kleine Kaffeekanne aus Aluminium auf die Gasflamme und zwei dickwandige Tassen auf den Tisch. Roberto starrt auf das gemusterte Tischtuch. Die stilisierten Blumen verschwinden. Er sieht ein blasses Gesicht und Haare, die wie ein heller Fächer auf vertrocknetem Braun ausgebreitet sind. Es ist so unglaublich jung, dieses Gesicht. Und so wehrlos.

Der Kaffee in der kleinen Tasse dampft und duftet. Ein Tupfer geschäumter Milch schwebt auf der Schwärze. Roberto lässt Zucker vom Löffel rieseln.

Dann erzählt er.

Der aufgeregte Anruf eines gewissen Salvatore Gasparini bei der Questura. Ein Bauarbeiter, der bei Renovierungsarbeiten an der Schule beschäftigt ist. Der Diensthabende am Telefon hat den Notarzt und Roberto verständigt.

»Warum dich?«, fragt Sandra. »War es denn kein Selbstmordversuch?«

»Im Augenblick können wir Fremdverschulden nicht ausschließen«, sagt Roberto.

»Es sind Ferien«, sagt Sandra nachdenklich. »Was hatte dieses Mädchen da in der Schule zu tun?«

Roberto zuckt mit den Schultern. »Keine Ahnung. Ich hab auch schon darüber nachgedacht. Venedig hat doch für Selbstmörder ein reichhaltiges Angebot an Türmen. Warum also die Schule?«

»Vielleicht ist sie hingegangen, um jemanden dort zu treffen?«, überlegt Sandra laut.

»Die beiden Bauarbeiter haben niemanden bemerkt. Einer hat zufällig aus dem Fenster geschaut und sie da liegen gesehen.«

»Warst du dort – an dem Fenster im dritten Stock?«, fragt Sandra. »Kein Brief ... oder sonst was? Ihre Handtasche?«

In Gedanken hastet Roberto wieder die drei Stockwerke hoch. Er nimmt immer zwei Stufen auf einmal, als könne er noch verhindern, was schon geschehen ist. Er atmet schwer, als er oben ankommt. Alle Klassentüren sind geschlossen.

Alle – bis auf eine. Durch den handbreiten Spalt fällt Licht auf den Steinboden. Von den drei Fenstern in dem Raum steht das mittlere weit offen. Roberto beugt sich hinaus. Die Bahre mit dem Mädchen ist schon weggebracht worden. Der magere Körper hat nicht einmal einen Abdruck in dem halb verdorrten Gras hinterlassen. Nur die beiden Bauarbeiter stehen noch da und diskutieren. Einer schüttelt den Kopf, wirft verärgert einen Zigarettenstummel auf den Boden und tritt die Glut sorgfältig mit dem Absatz aus. Wieder schüttelt er entschieden den Kopf. Worüber diskutieren die beiden? Was ärgert den mit der Zigarette? Was will der andere von ihm?

»Da war nichts«, sagt Roberto. »Kein Abschiedsbrief. Nichts.«

»Weiß man denn schon, wer sie ist?«, fragt Sandra.

Roberto schüttelt den Kopf. »Zunächst ging es nur darum, sie so schnell wie möglich ärztlich zu versorgen.« Roberto wirft einen Blick zur Küchenuhr. »Pieros Schicht beginnt um fünf. Er wird sich um alles Weitere kümmern. Vielleicht hatte sie ja einen Ausweis dabei.«

»Die armen Eltern«, sagt Sandra.

Ja – die armen Eltern. Roberto denkt an den Augenblick, als die Ärzte ihnen mitteilten, dass Samuele, ihr einziger Sohn, für immer behindert sein würde. »Sollte Samuele nicht schon zurück sein?«, fragt er.

Sandra legt eine Hand auf seinen Arm. »Er macht um sechs Schluss. Keine Minute früher.«

Roberto nickt. Noch immer hat er sich nicht daran gewöhnt, dass sein Sohn trotz seiner Behinderung in einer Bar an der Kaffeemaschine arbeitet. Ein paar Minuten zu wenig Sauerstoff entscheiden über ein ganzes Leben, denkt er. Und eine Sekunde an einem offenen Fenster im dritten Stock. Er sieht die schmale Gestalt vor sich, wie sie auf dem Fenstersims kauert. Ist sie allein? Oder ist da jemand im Halbdunkel hinter ihr?

Was ist los mit mir?, denkt Roberto. Ich bin kein Medium, sondern Polizist. Und all diese Überlegungen haben Zeit bis morgen. Den heutigen Abend werde ich mit meiner Frau und meinem Sohn verbringen. *E basta!*

2

Kurz nach acht ist Roberto unterwegs zum Krankenhaus. Immerhin – ich bin satt, denkt er. Wir können doch ausnahmsweise schon um sieben essen, hatte Sandra vorgeschlagen. Ganz so, als hätte sie gewusst, dass nichts aus dem gemütlichen Familienabend werden würde. Wahrscheinlich hat sie es gewusst, denkt Roberto. Sandra weiß solche Sachen. Der Anruf kam gerade, als Sandra die *fragole al limone* auf den Tisch stellte.

Es war Piero und er klang ungewohnt atemlos. »*Scusa*«, sagte er. »Ich muss dich leider stören.«

Roberto kann seinen gemütlichen schnauzbärtigen Kollegen gut leiden. Er ist zwar etwas umständlich, dafür aber auch nie aus der Ruhe zu bringen. »Stör nur«, meinte er friedfertig. »Die Erdbeeren können ruhig noch ein bisschen reifer werden.«

»Hier ist die Hölle los«, sagte Piero. »Eine Prügelei mit zwei Verletzten, direkt vor der Questura.«

»Das können doch die *carabinieri* übernehmen«, sagte Roberto.

»Es *sind* zwei *carabinieri*, die sich geprügelt haben«, seufzte Piero. »Der eine hat mit der Frau des anderen ...«

»Erspar mir die Einzelheiten«, unterbrach ihn Roberto. »Was kann ich ...«

»Lass mich fertig erzählen«, sagte Piero. »Das ist noch

nicht alles. Die beiden *carabinieri* haben nämlich einen Gondoliere, der dazwischengehen wollte, in den Kanal geworfen.«

Roberto lachte kurz auf. »Ich seh noch immer nicht, was ...«

»Nicht genug damit«, setzte Piero unbeirrt fort, »wollte sich der Gondoliere an dem Kunden festhalten, mit dem er gerade verhandelt hat. Ein Japaner. Der ist mit ihm in den Rio San Severo gefallen.«

Roberto war allmählich interessiert an der Geschichte. Sie bekam Unterhaltungswert. »Noch was?«, fragte er.

»Ja, noch was«, sagte Piero. »Der Japaner hatte eine Filmkamera in der Hand, die offenbar ein kleines Vermögen wert ist. Er verlangt nach einem Anwalt und will alle verklagen. Den Gondoliere, die *carabinieri,* mich, die Stadt ...«

»Feuerwehrtaucher«, sagte Roberto knapp. »Damit er seine Kamera wiederkriegt.«

»Hab ich schon bestellt«, antwortete Piero. »Aber da ist noch was ...«

»Lass mich raten«, sagte Roberto. »Mit den Feuerwehrtauchern gibt es ein Problem. Sie sind alle nicht zu erreichen, weil ...«

»Nein«, widersprach Piero. »Mit den Feuerwehrtauchern ist gar nichts. Die sind unterwegs hierher. Aber da war ein Anruf aus dem Krankenhaus. Du weißt, das Mädchen von heute Nachmittag ...«

Und ob ich weiß, dachte Roberto. Das Bild war wieder mit aller Deutlichkeit da. »Sie ist gestorben?«, fragte er ahnungsvoll.

»Warum lässt du mich eigentlich nie ausreden?«, be-

schwerte sich Piero. »Sie ist nicht gestorben. Nur – wir wissen mittlerweile, wer sie ist. Und da dachte ich, ich kümmere mich besser selbst um die Sache. Ich kann aber jetzt unmöglich weg, weil doch ...«
»Wie heißt denn das Mädchen?«, fragte Roberto.
»Caterina Loredan«, antwortete Piero.
»Oh«, sagte Roberto. »Die Tochter von ...«
»Genau«, sagte Piero. »Von Conte Marcello Loredan.«

Und darum ist Roberto jetzt unterwegs zum Krankenhaus. Wenn die Tochter eines der mächtigsten Männer von Venedig unter ungeklärten Umständen aus dem dritten Stock fällt, dann verschiebt man die Ermittlungen nicht auf den nächsten Tag. Dann lässt man die Erdbeeren mit Zucker und Zitronensaft stehen und nimmt das nächste Boot.

Roberto steigt bei San Zaccharia aus dem *vaporetto*. Sein Weg führt an der Questura vorbei, wo soeben das Boot der Feuerwehr anlegt. Von irgendwo hört er aufgeregte Stimmen. Armer Piero, denkt er. Aber eigentlich bin auch ich nicht zu beneiden. Rasch biegt er in den Durchgang, der zum Campo San Giovanni e Paolo führt, geht an der Colleonistatue vorbei zum Eingang des Krankenhauses. Einen Augenblick bleibt er auf den Stufen stehen und dreht sich um. Es ist ein wunderschöner Platz, speziell zu dieser Tageszeit. Orangerosa Wolken ziehen über einen türkisblauen Abendhimmel. Roberto seufzt, wendet sich ab und betritt die düstere Eingangshalle des Krankenhauses. Der Nachtpförtner kennt ihn. »Ah – Commissario! Sie wollen zu Dottor Rigutto?«, fragt er und meint den Pathologen.

Großartig, denkt Roberto. Ich tauche irgendwo auf und man denkt an die Leichenhalle. Roberto schüttelt den

Kopf. »Die junge Loredan, die heute Nachmittag eingeliefert wurde – wo liegt sie?«

Der Pförtner wendet sich einer Liste zu, sucht mit dem Finger nach der richtigen Zeile. »Caterina Loredan. Dritter Stock. Intensivstation.« Und als wäre er von der Nüchternheit dieser Angaben irritiert, fügt er nach einer kleinen Pause hinzu: »So ein hübsches Mädchen.«

Warum haben wir eigentlich mit schönen Menschen mehr Mitleid?, denkt Roberto.

Vor der Tür mit der Aufschrift *Terapia intensiva* steht ein Mann, den Roberto von Fotos im *Gazzettino* kennt. Ein markantes, trotz der ergrauten Haare jugendlich wirkendes Gesicht. Seltsam schwere Lider geben ihm allerdings etwas Düsteres, Dramatisches. Als das Opernhaus brannte, war er einer der Ersten an Ort und Stelle, der versprach, sich für den originalgetreuen Wiederaufbau von *La Fenice* einzusetzen. Die Familie des Conte gilt als enorm einflussreich.

Der Graf ist groß und sehr schlank. Sein Leinenanzug hat genau die richtige, noble Art zu knittern. Roberto hat den Verdacht, dass sein eigenes Sakko über dem Bauch spannt. Dass es zwar auch knittert, aber auf eine ganz falsche Art. Schon wieder jemand, neben dem er sich unelegant und schwerfällig fühlt.

Er geht auf den Grafen zu und streckt ihm die Hand entgegen. »Commissario Roberto Gorin von der Questura«, sagt er.

Conte Loredan zögert einen Augenblick, als wäre er nicht sicher, ob Robertos Dienstrang eine persönliche Bekanntschaft rechtfertigt. Er nimmt aber dann doch die dargebotene Hand.

»Hat jemand gesehen, wie es – passiert ist?«, fragt der Conte.

Roberto schüttelt den Kopf. »Es gibt keine Zeugen. Keine Spuren im Klassenzimmer oder am Fensterbrett. Nichts. Niemand hat sie beim Betreten der Schule gesehen. Niemand hat beobachtet, wann sie in das Schulgebäude kam. Und niemand hat gesehen –«, er zögert, »wie sie fiel.«

Eine kaum merkbare Reaktion im Gesicht des Grafen. Erleichterung – oder was war das? »Weiß man schon Näheres über die Verletzungen?«, fragt Roberto.

»Sie wird überleben, hat man mir versichert. Mehrere Knochenbrüche, die wieder heilen. Allerdings – auch ein Rückenwirbel ist gebrochen ...« Die Stimme Loredans klingt erstaunlich ruhig.

Roberto schweigt. Es fällt ihm nichts ein, was man darauf sagen könnte. Er überlegt, wo wohl die Mutter des Mädchens sein könnte, aber er wagt nicht, nach ihr zu fragen. Ist die Contessa nicht vor einigen Jahren gestorben? Da ist so eine vage Erinnerung an irgendetwas furchtbar Tragisches ...

»Erzählen Sie mir von Ihrer Tochter«, sagt Roberto. »War sie deprimiert? Hatte sie Probleme? Irgendwas mit der Schule?«

Der Graf schüttelt den Kopf. »Wenn Sie damit meinen, ob sie sich umbringen wollte: niemals! Sie ist streng katholisch erzogen.«

Man kann katholisch sein und trotzdem verzweifelt, denkt Roberto. Diese Narben an den Unterarmen ...

»Nie hätte sie uns das angetan«, fügt der Graf hinzu. »Und Probleme in der Schule gab es nicht. Sie ist eine ausgezeichnete Schülerin.«

Nie hätte sie uns das angetan... Roberto registriert sehr deutlich das »uns«. Wen meint der Conte damit? Die gesamte Familie Loredan? Sich selbst im Majestätsplural? Oder doch die Mutter des Mädchens? »Ihre Frau – die Contessa...?« Roberto lässt die Frage unvollendet.

Conte Loredan wirft ihm einen Blick zu, wie er in früheren Zeiten wahrscheinlich für geistig minderbemittelte Leibeigene bestimmt war. »Caterinas Mutter ist vor fünf Jahren tödlich verunglückt«, sagt er knapp.

Natürlich, denkt Roberto, wie konnte ich das nur vergessen! Ein Badeunfall, über den damals in Venedig viel geredet wurde. Es war auf einer Kreuzfahrt in Griechenland. Die Contessa sprang von einer Jacht ins Meer und tauchte nicht mehr auf. Tage später wurde ihr Körper an der Küste angeschwemmt.

»Da war Caterina elf.« Roberto spricht mehr zu sich selbst als zu seinem Gegenüber. »Es ist sehr schwer, in diesem Alter die Mutter zu verlieren.«

»Es ist fünf Jahre her. Sie verschwenden Ihre Zeit, wenn Sie partout Gründe für einen Selbstmordversuch finden wollen«, sagt der Conte ungeduldig. »Es muss ein Unfall gewesen sein.«

»Können Sie sich vorstellen, was sie in der Schule wollte?«, fragt Roberto. »Seit einer Woche sind Ferien.«

In diesem Augenblick öffnet sich die Tür zur Intensivstation und ein bärtiger Arzt in Grün wird sichtbar. Einer der Chirurgen.

Mit zwei Schritten ist der Conte bei ihm. »Ich verlange, meine Tochter zu sehen«, sagt er.

Der Arzt setzt zu einer Entgegnung an, erkennt dann offensichtlich den Conte und überlegt es sich anders. Er deutet sogar eine kleine Verbeugung an. »Fünf Minuten«, sagt er. Und mit einem Blick auf Roberto fügt er hinzu: »Aber nur der Vater, niemand sonst.«

Roberto wartet, bis Conte Loredan die Tür hinter sich zugezogen hat, dann zeigt er dem Arzt seinen Dienstausweis.

»Was hat die Polizei damit zu tun?«, fragt der Arzt. »Was wir hier brauchen, ist ein Psychiater. Das Mädchen hat ganz eindeutig *anorexia nervosa* – das heißt, sie ist magersüchtig«, fügt er schnell hinzu.

Roberto nickt nur.

»Und sie hat sich selbst Verletzungen zugefügt«, sagt der Arzt. »Schon seit einiger Zeit. Schnitte an den Unterarmen. Also liegt die Vermutung nahe, dass es sich um eine schwere Form von Depression handelt. Dieser Selbstmordversuch ist nur die logische Konsequenz.«

»Der Vater bezweifelt das«, sagt Roberto.

»Der Vater hätte seine Tochter rechtzeitig behandeln lassen sollen«, antwortet der Arzt. »Außerdem wollen Eltern ihr Versagen nie wahrhaben.« Der Ärger in seiner Stimme steht im seltsamen Gegensatz zu der vorhin gezeigten Höflichkeit dem Conte gegenüber.

Aber so sind wir nun mal, wir Venezianer, denkt Roberto, ein *nome nobile* macht uns immer etwas unterwürfig. Ein Polizist steht in der Hierarchie ausreichend weit unten.

»Wann können wir mit ihr sprechen?«, fragt Roberto. »Es geht darum, Fremdverschulden auszuschließen.«

»Das kann Tage dauern«, sagt der Arzt. »Im Augenblick steht sie unter dem Einfluss starker Medikamente.«

»Und die Prognose?«

»Der dritte Lendenwirbel ist gebrochen.« Der Arzt schüttelt den Kopf auf eine Art, die Mutlosigkeit ausdrückt. »Das bedeutet Querschnittlähmung. Die ersten Tests bestätigen das.«

»Keine Hoffnung, dass sie eines Tages wieder ganz gesund wird?«, fragt Roberto.

Der Arzt schüttelt den Kopf. »Nicht nach dem derzeitigen Stand der Medizin.«

»*Dio mio*«, seufzt Roberto.

»Der hat wieder einmal weggeschaut.«

3

Chiara schaut auf das Display ihres *telefonino*. »Ti amo«, steht da. Die neueste SMS von Luca. Chiara lächelt. Per SMS kann er es sagen, von ihm selbst hat sie es noch nie gehört. Was hat ihre Mutter neulich mit einem Seufzer festgestellt? Dein Vater ist fast fünfzig und kann noch immer nicht reden. Luca ist anders. Na ja, sehr viel redet er auch nicht, aber er kann gut zuhören, denkt Chiara. Außerdem: Wenn man aussieht wie Luca, muss man nicht reden können. Alle Mädchen sind verrückt nach ihm, aber er will sie, Chiara, und keine andere. Das kann sie spüren, ohne dass er viel darüber redet. Erst vor wenigen Monaten ist er von einer anderen Schule ans Marco-Polo-Gymnasium gekommen. Aber die kurze Zeit genügt Chiara. Sie ist sich ihrer Gefühle sicher.

Überraschenderweise hat der Gedanke an Luca fast dieselbe Wirkung wie seine Berührung. Als wäre mir kalt, denkt sie, dabei spürt sie, wie die Wärme in ihr Gesicht steigt. Verliebt sein ist seltsam. Chiara verschränkt die Arme, weil ihr ein junger Mann entgegenkommt, der unverhohlen auf ihre Brüste unter dem dünnen T-Shirt starrt. »*Cretino*«, murmelt sie verärgert und schaut ihn herausfordernd an. Er wendet den Blick schnell ab.

Aber sie ist viel zu vergnügt, um sich wirklich zu ärgern. In ihrem Rucksack steckt das Ticket nach Albuquerque,

New Mexico. Außerdem eine schmale weiße Schachtel mit kleinen Pillen. Für jeden Tag eine. Und auf dem Display des *telefonino* steht »Ti amo«. Chiara sieht sich mit Luca in der Wüste New Mexicos. Ein endloser Sternenhimmel, weicher Sand unter den Füßen, die angenehme Kühle einer Sommernacht in zweitausend Metern Höhe. Sie halten einander an den Händen und sie wissen beide ganz genau, dass alles, was geschieht, genau so sein muss und nicht anders.

Chiara wundert sich noch immer über ihre Mutter. Vor Kurzem hielt sie Chiara plötzlich das Rezept entgegen. »Die solltest du dir aus der Apotheke holen. Rechtzeitig.«

»Was ist das?«, fragte Chiara abweisend. Und dachte, ihre überbesorgte Mutter vermutete vielleicht Gelbfieber oder Malaria in New Mexico.

»Na was wohl?«, antwortete ihre Mutter. »Luca fährt doch mit – oder? Er ist achtzehn, du bist sechzehn und ich bin nicht blind.«

»Okay«, murmelte Chiara und ärgerte sich darüber, dass sie rot wurde. Dabei hatte sie Luca immer nur so ganz nebenbei erwähnt!

»Und das hier ist auch nützlich«, fuhr ihre Mutter fort. Sie reichte ihr ein Päckchen, das neben Kleingedrucktem einen herzergreifend schönen Sonnenuntergang zeigte.

»Was soll das denn sein?«, fragte Chiara.

»Kondome«, sagte Chiaras Mutter. »Kann ja sein, dass dein Romeo zu unerfahren ist, um daran zu denken. Oder zu romantisch.«

»Ich glaub's einfach nicht«, sagte Chiara.

»Mit ein bisschen weniger Heuchelei gäb's eine Menge weniger Dramen«, bemerkte Chiaras Mutter trocken. Das war dann auch schon das Ende des Gesprächs.

Der Sonnenuntergang liegt mittlerweile schon im Koffer, zwischen Unterwäsche und Sportsocken. Chiara will lieber nicht daran denken, wie ihr zumute sein wird, falls ein übereifriger Zöllner die Schachtel in ihrem Gepäck näher untersucht. Nach New Mexico wird sie jedenfalls kein »Fossil« mehr sein, wie das Serena, ihre beste Freundin, nannte – eine sechzehnjährige Jungfrau. Außer mir gibt es in der Klasse bestimmt nur noch eine, die noch nie Sex hatte, denkt Chiara. Aber bei Bruna hat es ganz andere Gründe.

Gegenüber der *San-Trovaso*-Gondelwerft stehen wie immer die Touristen und fotografieren hektisch. Sie können gar nicht fassen, dass auch Gondeln hergestellt und repariert werden. Chiara wirft einen flüchtigen Blick auf die malerischen dunklen Holzhäuser. Sie ist hier aufgewachsen und eine Gondelwerft hat für sie nicht mehr Attraktion als eine Autowerkstätte. Sie geht über die Brücke, die zur Calle Toletta führt. In der Buchhandlung hat man ihr gestern versprochen, bis heute noch dieses ganz wichtige Buch über die Navajo-Indianer zu besorgen. Hoffentlich haben sie's wirklich, denkt Chiara. In Venedig heißt *domani* meistens nichts anderes als »demnächst«.

4

Roberto steht vor dem Eingangstor zur Oberschule, dem *Liceo Marco Polo*. Ein Schild verkündet, dass die Renovierungsarbeiten von der Kommune Venedigs genehmigt wurden und welche Firma sie durchführt.

Er will noch einmal mit den beiden Arbeitern reden, die damit beschäftigt waren, den Turnsaal zu renovieren, während Caterina Loredan drei Stockwerke tief fiel.

Sie wird diesen Turnsaal nicht mehr brauchen, denkt Roberto.

Die Tür zum Schulgebäude ist verschlossen. Am Vortag war sie das nicht, wie die beiden Arbeiter angaben. Wahrscheinlich haben sie mittlerweile den Auftrag, das Gebäude gegen den Zutritt unbefugter Selbstmörder abzusichern.

Roberto geht ein paar Schritte weiter und schaut in den Hof, wo gestern noch Caterina Loredan auf dem sonnenverbrannten Gras lag. Niemand zu sehen. Aber von irgendwo im Inneren der Schule hört er Geräusche. Roberto geht zurück zum Eingang. Er nimmt sein *telefonino* und ruft im Sekretariat der Questura an. Eine unfreundliche Frauenstimme meldet sich.

Roberto denkt an Fantinelli, den Kollegen aus Rom, der unfreundliche Sekretärinnen in kooperative Kolleginnen verwandeln kann. Roberto hat diese magische Begabung nicht. »*Parla* Gorin«, sagt er knapp. »Ich brauche dringend

die Telefonnummer ...«, er wirft einen Blick auf das Schild, »... der Firma Biello, Dimitrio.«
»Wir rufen Sie zurück, Commissario«, antwortet die Stimme.
»Nein«, sagt Roberto verärgert. »Ich brauch die Nummer sofort, auf der Stelle, *prontissimo*.«
»Aber sicher«, sagt die Stimme ebenso verärgert. Der Hörer wird weggelegt. Roberto hört die üblichen Hintergrundgeräusche des Büros. Er stellt sich vor, wie die Sekretärin aufsteht, zu dem kleinen Regal neben der Tür geht, immer schön langsam, versteht sich, das Telefonbuch nimmt, zu ihrem Schreibtisch zurückkehrt, das Telefonbuch aufschlägt, vielleicht beim Buchstaben S, denn wer kann denn ahnen, dass B ziemlich am Anfang steht, zurückblättert, etwas zu ihrer Kollegin sagt, weiter zurückblättert, endlich beim B angelangt ist, die Namensreihen mit dem Zeigefinger hinunterfährt, an Biello vorbei, wieder zurück, Biello findet, einen Bleistift nimmt, die Nummer notiert, zum Hörer greift und –

Nichts. Noch immer hört er die Hintergrundgeräusche aus dem Büro. Gedämpfte Stimmen, das Läuten eines Telefons. Ein kurzes Auflachen von jemandem. Na klar, muss lustig sein, ihn warten zu lassen.

Roberto sieht seine Nichte Chiara über die Brücke gehen, die zur Calle Toletta führt. Ein junger Mann dreht sich nach ihr um, rennt dabei gegen einen anderen Passanten. Für einige Augenblicke entsteht ein Fußgängerstau auf der kleinen, viel begangenen Brücke. Chiara hat davon offensichtlich nichts bemerkt. Wahrscheinlich ist sie in Gedanken schon in Santa Fe, New Mexico. Roberto hätte gerne mit seiner Nichte gesprochen, er überlegt, ob er versuchen soll, sie einzuholen. Denkt dann daran, wie es aussieht, wenn ein nicht eben schlanker Mann mittleren Alters schwitzend hinter einem bildschönen jungen Mädchen herrennt, und lässt es lieber sein.

Wie lang kann ein Mensch brauchen, um eine Telefonnummer herauszusuchen?

»*Pronto?*«, sagt er zum stummen *telefonino*.

Dann, endlich, wieder die Stimme von vorhin. »Commissario?«

»*Sì*«, sagt Roberto.

»Biello Dimitrio privat oder die Firma?«

Roberto holt einen Zettel aus der Jackentasche und notiert beide Telefonnummern.

»*Grazie infinite*«, sagt er mit Betonung auf dem zweiten Wort – »unendlich« – und hofft, dass es entsprechend ironisch klingt.

In diesem Augenblick öffnet sich das Schultor. Die beiden Arbeiter, die er schon kennt, sind offenbar im Begriff, eine Pause einzulegen. Linos Bar mit den berühmten *cicheti*, die leider in einigen Venedig-Führern erwähnt sind, ist gleich auf der anderen Seite des Kanals.

»Ich hätte da noch ein paar Fragen«, sagt Roberto.

Die beiden wechseln einen schnellen Blick. Also haben sie etwas zu verbergen.

Roberto seufzt innerlich. Jetzt muss er herausfinden, was es ist. Geht es um illegal Beschäftigte in der Firma? Oder um Baumaterial, das die beiden für ihr Eigenheim auf der *terra ferma*, dem Festland rund um Mestre, abgezweigt haben? Oder gar um etwas, das Roberto in seiner Untersuchung weiterhilft?

»Wir haben doch gestern schon alles gesagt.« Das kommt von dem einen, der am Tag zuvor die Questura angerufen hat. Wie heißt er doch gleich, ja richtig: Gasparini. Grauhaarig, wettergegerbtes Gesicht, misstrauische kleine Vogelaugen. Der andere ist deutlich jünger als Gasparini. Mit seiner blassen Gesichtsfarbe und den gepflegten Händen wirkt er nicht so, als hätte er schon auf vielen Baustellen gearbeitet. Ein Student auf Ferienjob?

Roberto will wenigstens versuchen, Zeitverschwendung zu vermeiden. »Sie verstehen, es geht mir ausschließlich um diese Geschichte mit dem Mädchen. Andere – hm – Dinge interessieren mich nicht. Ich bin weder von der Einwanderungsbehörde noch von der Steuerfahndung.«

Das kommt ganz schlecht bei Gasparini an. »Was unterstellen Sie uns, Commissario, wir haben die Polizei gerufen, wie es unsere Bürgerpflicht ist. Und es gibt absolut nichts, was wir Ihnen sonst noch sagen könnten.«

»Ist das auch Ihre Ansicht, Signor ...?«

»Menin«, sagt der Jüngere. »Alberto Menin. Ja, das ist auch meine Ansicht.«

Roberto spürt das Unbehagen in der Stimme, aber er fragt nicht weiter. Im Augenblick jedenfalls. Er gibt beiden seine Karte. »Falls Ihnen doch noch was einfällt ...« Dabei sieht er Menin an.

»Können wir gehen?«, fragt Gasparini.

»Selbstverständlich«, sagt Roberto. Er beobachtet die beiden auf ihrem Weg über die Brücke. Sie gehen schweigend, vermutlich weil sie den polizeilichen Blick im Rücken fühlen. Sie steuern, wie er es erwartet hat, auf Linos Bar zu.

Da ist noch etwas, das Roberto an den beiden irritiert. Er kommt nicht sofort darauf, was es ist, aber dann weiß er es: Keiner der beiden hat gefragt, ob das Mädchen noch lebt.

5

Bruna starrt ihr Spiegelbild an. Sie sitzt auf ihrem Bett, und obwohl sie die dunkelgrünen Fensterläden zugezogen hat, um die Mittagssonne abzuhalten, ist es heiß im Zimmer. Es riecht nach gebratenem Fisch. Ein Geruch, den sie widerlich findet, trotzdem meldet sich Hunger. Vom Campo herauf hört sie Stimmen, fröhliche Stimmen, ein Durcheinander von fröhlichen Stimmen, dann ein Lachen, irgendwer stimmt in das Lachen ein.
Warum müssen nur alle immer so ekelhaft fröhlich sein?, denkt Bruna. Und warum gibt es Spiegel?
Aber andererseits – auch wenn es keine Spiegel gäbe, wären da noch immer die Blicke. Blicke junger Männer, die durch sie hindurchgehen, als wäre sie gar nicht vorhanden. Der vorwurfsvolle Blick ihrer Mutter. Der leicht angewiderte Blick ihres Vaters, so ganz anders als der Blick, mit dem er kürzlich einer aus ihrer Klasse nachgeschaut hat. Einer von den Dünnen natürlich. Mit Rundungen ausschließlich an den richtigen Stellen.
Und dann ist da noch der mitleidige Blick ihres Bruders. Mach dir nichts draus, *zucchetta*, du bist schon o.k., so wie du bist. *Zucchetta*, kleiner Kürbis, der Kosename ist nett gemeint, aber er kränkt trotzdem.
Immerhin: Sie gehört zu den wenigen aus ihrer Schule, die sich für New Mexico qualifiziert haben. Ihr Referat

zum Thema Reservate der *Native Americans* war sowieso das beste. »Verrat ohne Ende« hat sie es genannt. Ein guter Titel. Und gut recherchiert. Sie weiß mehr über amerikanische Geschichte als alle anderen zusammen, die gemeinsam mit ihr morgen nach Albuquerque fliegen. Und sie hat viel darüber gelesen, wie man der indianischen Bevölkerung Land, Lebensgrundlage und die Naturreligion ihrer Vorfahren weggenommen hat. Eines Tages wird sie den Pulitzerpreis kriegen für irgendeine journalistische Meisterleistung zu diesem Thema. Eines Tages wird sie dünn sein.

Damit ist sie wieder beim Spiegel.

Sie versucht objektiv zu sein. Das Gesicht, doch, das wäre ja noch ganz in Ordnung. Typ Madonna. Nicht die blonde Sängerin, nein, die Madonna auf den Bildern in den Kirchen. Glatte, dunkle Haare, in der Mitte gescheitelt, verdecken einen Teil der rundlichen Wangen. Aber selbst das weite T-Shirt und der lange dunkle Rock können nicht verbergen, dass sie ganz einfach zu dick ist. Viel zu dick. Eine Weile kämpft sie mit den Tränen und mit dem Bedürfnis, den tröstenden Geschmack von Schokolade zu spüren. Auf keinen Fall, denkt sie. Das darf nicht wieder passieren.

Sie hat den Vorrat an Schokoriegeln ganz nach hinten in die unterste Schublade der Kommode geräumt. Dort, wo ihre Winterpullover zwischengelagert sind.

Im Nebenzimmer hört sie ihren Bruder telefonieren. Wahrscheinlich mit seiner Freundin. Mit seiner sehr schlanken Freundin.

Sie denkt an Tommaso. An den Brief damals, zwischen ihren Schulbüchern. An diesen Augenblick, an dem die Wolken aufrissen und ihr ein Stück Himmel zeigten.

An das, was nachher kam. Sie weiß genau, wer es war, der ihr das angetan hat.

Und sie wird es ihm irgendwann heimzahlen. Dann, wenn er am wenigsten damit rechnet.

Sekunden später kramt sie unter den Winterpullovern, ihre Hand ertastet glattes Papier, sie reißt die Verpackung auf und hat mit wenigen Bissen den Schokoriegel aufgegessen. Die Euphorie hält nicht länger, als sie braucht, um die Mischung aus Milchschokolade, Nüssen und Karamel hinunterzuwürgen.

Jetzt ist da statt der Gier auf Süßes wieder dieses nur allzu bekannte Schuldgefühl. Dann ess ich eben weniger zu Mittag, denkt sie. Und überhaupt nichts zu Abend. Und die restlichen Schokoriegel werf ich weg.

Im Nebenzimmer lacht ihr Bruder laut auf. Fast so, als hätte er gehört, was sie sich wieder einmal vorgenommen hat.

6

Roberto ist unentschlossen. Sein Pflichtbewusstsein ruft ihm den überquellenden Schreibtisch in der Questura in Erinnerung. Sein Magen visualisiert gebackene Sardinen bei Fiore in der Calle delle Botteghe. Sein Gefühl sagt ihm, dass er die Firma Biello näher in Augenschein nehmen sollte. Trotzdem steht er kurz darauf nicht vor der Questura, nicht vor dem Fischrestaurant und auch nicht vor dem Büro der Baufirma. Er findet sich vor dem Institut für Wissenschaft, Literatur und Kunst – dem Palazzo Loredan. Der Pförtner des Instituts verweist ihn auf seine Frage hin zu einer unauffälligen Tür mit einer Klingel ohne Namensschild. »*Polizia*«, sagt Roberto nur auf das »*Chi è?*« aus der Gegensprechanlage. In der düsteren Halle liegt eine alte Gondel, was Roberto wundert, weil der Palazzo keinen Zugang zum Canal Grande hat. Wie ein hilflos gestrandeter Wal liegt die Gondel da auf dem Steinboden.

Trotz der Hitze draußen ist es sehr kühl hier drinnen. Am Ende der Halle eine Treppe nach rechts. Während er die ersten Stufen der Marmortreppe nimmt, weiß Roberto plötzlich, dass er beobachtet wird.

Er schaut auf.

Oben, am Treppenabsatz, steht eine regungslose schwarze Figur und sieht ihm entgegen. Er weiß nicht recht, ob er sofort grüßen soll oder erst, wenn er oben angelangt ist. Er ent-

scheidet sich für die zweite Variante und steigt stumm die restlichen Stufen hinauf. »*Buon giorno*«, sagt er schließlich keuchend zu der schwarzen Figur, die eine sehr schlanke Frau mittleren Alters mit strengem Gesicht ist. »Commissario Gorin. Ist Signor Loredan zu sprechen?«
Ihre Antwort ist ein prüfender Blick, der seine gesamte Figur einschließt. Ein wenig fühlt Roberto sich, als wolle er sich bei den Weight Watchers anmelden und würde auf seine Erfolgschancen taxiert. Das Ergebnis des prüfenden Blicks fällt sichtlich ungünstig aus.
»Sie sagten: Polizei?«, fragt die schwarze Frau mit einer Stimme, die Roberto irgendwie beunruhigt. »Können Sie sich ausweisen?«
Während er nach seinem *tesserino* kramt, fällt ihm ein, was die Stimme so seltsam macht. Sie klingt, als wäre sie durch einen technischen Trick verfremdet.
Nach einem Blick auf seine Legitimation macht die Frau wortlos Platz und lässt ihn eintreten. »Ich werde Sie dem Conte melden.«
Die Halle, in der Roberto steht, hat die Dimension einer Kleinwohnung. Düstere Beleuchtung und riesige altersfleckige Spiegel in vergoldeten Rahmen lassen Roberto an einen surrealen Film denken, den er vor einiger Zeit gesehen hat.
Die schwarze Frau öffnet eine der Türen, tritt dann zurück und sagt mit ihrer Androidenstimme: »Conte Loredan lässt bitten.«
Die Sommerhitze hat keinen Zutritt. Offensichtlich gehen die hohen Fenster zum Hof des Palazzo. Ein alter Brunnen ist zu sehen, Oleanderbüsche blühen in verschiedenen Schattierungen von Rosa. An der hohen Decke des Raumes

mehrere Medaillons mit Freskenmalerei. Das sanfte, durch Vorhänge gedämpfte Licht lässt das Muster des alten Terrazzobodens weich und plastisch wirken. Ein Teppich aus Stein. Der Conte steht an einem der Fenster und wendet sich um, als er Robertos Schritte hört. Die dunklen Schatten in seinem Gesicht sind noch stärker zu sehen als am Vorabend.

»Commissario?«, fragt er.

Er scheint nicht vorzuhaben, Roberto einen Platz anzubieten. Auch Händeschütteln ist nicht vorgesehen. Roberto spürt Schweißtropfen auf Stirn und Oberlippe. Conte Loredan dagegen wirkt völlig kühl. Wahrscheinlich schwitzen Grafen nicht. Zu vulgär vermutlich.

»Ich möchte mich nach dem Befinden Ihrer Tochter erkundigen«, sagt Roberto.

»Sehr freundlich«, antwortet der Conte, aber es klingt, als wolle er eigentlich sagen: sehr unnötig. »Sie ist bei Bewusstsein. Aber sie spricht kein Wort. Vermutlich der Schock nach dem – Unfall.«

Roberto nickt und ärgert sich, dass er sich kein Konzept für die Befragung zurechtgelegt hat. »Sie haben keinen Abschiedsbrief oder etwas Ähnliches gefunden?«, fragt er.

»Natürlich nicht.« Die Stimme des Conte klingt eisig. »Ich sagte Ihnen doch schon, ein Selbstmordversuch ist ausgeschlossen.«

»Ihre Tochter hat Narben an den Unterarmen, die nicht von dem Sturz stammen. Ältere Narben, aber auch kaum verheilte. Können Sie dazu etwas sagen?«

Der Conte zögert. Er scheint abzuwägen, ob sich die Mühe einer Antwort lohnt. »Sie hat sich diese unbedeutenden kleinen Verletzungen selbst zugefügt«, sagt er schließ-

lich.»Und sie ist deswegen in therapeutischer Behandlung. Für die Polizei dürfte das kaum relevant sein.«
»Wer ist ihr Therapeut?«, fragt Roberto.
»Therapeutin«, korrigiert der Conte. »Dottoressa Grazia Brocca.«
Roberto kennt den Namen der Ärztin und nickt. »Ich habe noch einmal mit den beiden Arbeitern gesprochen, die Ihre Tochter gefunden haben«, sagt er. »Sie können keine weiteren Angaben machen.«
»Das habe ich auch nicht erwartet.« Der Conte zögert kurz. »Hören Sie – ich weiß Ihr Pflichtbewusstsein zu schätzen, wünsche aber keine weiteren Nachforschungen.«
Er wünscht nicht, denkt Roberto. Was glaubt er, in welchem Jahrhundert wir leben? »Sie wollen nicht wissen, was geschehen ist?«, fragt er.
»Meine Tochter wird es mir zu gegebener Zeit sagen«, antwortet der Conte. »Im Augenblick ist es mir wichtiger, ihren Namen aus den Sensationsnachrichten herauszuhalten, was mir bis jetzt gelungen ist.«
Richtig, denkt Roberto. In keiner Zeitung war auch nur eine Andeutung des Vorfalls. Ein weiterer Hinweis auf die exzellenten Verbindungen der Familie Loredan.
»Wir können den Fall erst ad acta legen, wenn wir Fremdverschulden definitiv ausschließen können.« Roberto hört selbst, wie klischeehaft das klingt.
»Fremdverschulden?«, wiederholt Conte Loredan.
»Wir wissen nicht sicher, ob sie allein war – bevor sie ...«, Roberto zögert, »... fiel.«
»Das ist absurd«, sagt der Conte. »Wahrscheinlich wollte sie etwas aus ihrem alten Klassenzimmer holen, hat sich zu weit aus dem Fenster gebeugt und da ist es passiert.«

»Nur dass es nicht ihr altes Klassenzimmer war«, antwortet Robert. »Ich habe mich erkundigt. Ihre Klasse war im ersten Stock und ging zum Kanal.« Ungeeignet für Selbstmord, denkt er.

»Was erwarten Sie sich eigentlich von Ihrem Übereifer?«, fragt der Conte plötzlich. »Eine Belobigung? Eine Beförderung? Ein größeres Büro?«

Roberto kämpft den aufflackernden Zorn nieder. »Die Wahrheit«, sagt er. »Ganz einfach die Wahrheit. *Bon dì*.«

Er dreht sich um und geht aus dem Zimmer.

Unten in der Eingangshalle kommt ihm mit raschen Schritten ein junger Priester in schwarzer Soutane entgegen. Roberto überlegt, an welchen Schauspieler er ihn erinnert. Blasse Haut, dunkle Haare, helle Augen. Ist da nicht auch eine gewisse Ähnlichkeit mit dem Conte?

Der Priester wirft ihm einen kurzen forschenden Blick zu, während sie aneinander vorbeigehen.

Roberto tritt hinaus auf den sonnenüberfluteten Campo. Einige Kinder spielen Fußball zwischen Touristen. Ein aufgeregter kleiner Hund versucht dem Ball gleichzeitig auszuweichen und nachzulaufen. Auf dem Sockel des Denkmals sitzt eine dicke Frau und schleckt Eis. Die Glocke in irgendeinem nahen Campanile beginnt zu schlagen. Hier ist plötzlich wieder Sommer und Wärme und Licht. Erst jetzt bemerkt Roberto, wie kalt ihm geworden ist im Palazzo Loredan.

7

Vor der Questura löst sich murrend eine Menschenschlange auf. Alle möglichen Hautfarben sind vertreten. Manche schimpfen laut, andere wieder resignieren stumm. Es sind Ausländer, die sich seit den frühen Morgenstunden um die begehrte Aufenthaltsbewilligung angestellt haben. Ohne *permesso di soggiorno* gibt es keine Arbeit, jedenfalls keine offizielle. Jetzt um eins schließt der Schalter, der Beamte geht nach Hause oder in die nächste Bar, und wer nicht drangekommen ist, der muss es eben am nächsten Tag wieder versuchen. *Niente da fare.*

Roberto öffnet die Tür zu seinem Büro und wundert sich wieder einmal über das seltsame Klima dieses Raums. Im Winter dumpfkalt mit einer Landkarte aus feuchten Flecken an der Wand. Im Sommer brütend heiß trotz geschlossener Jalousien. Er setzt sich an seinen Schreibtisch und beäugt missmutig den aufgetürmten Aktenberg. Die Übelkeit, die er spürt, hat allerdings weniger mit den Akten als mit der Tatsache zu tun, dass er noch nichts gegessen hat. Er weiß genau, dass da noch irgendwo ein Schokoriegel versteckt sein muss, und findet ihn mit kriminalistischem Spürsinn unter den alten Spesenabrechnungen. Das Zeug macht dick, ist schlecht für die Zähne und überhaupt ungesund, denkt er schuldbewusst, während er kaut.

Warum bin ich denn nicht im *Acqua Santa* und habe ein

paar gefüllte Sardinen vor mir auf dem Teller? Oder gegrillte Tintenfische? Warum? Die Frage ist rhetorisch. Er weiß es genau. Weil da noch immer dieses Bild auftaucht. Und weil manche Bilder den Appetit auf gefüllte Sardinen oder Tintenfische verderben. Ist es die Seele, die uns vorschreibt, wann und wie viel wir essen? Und was geht in einer Seele vor, die den Körper aushungern will?

Ich bin kein Therapeut, ich bin Polizist, denkt Roberto. Er greift nach dem obersten Ordner und legt ihn dann doch wieder zurück.

Es bringt nichts, denkt er. Aber da hat er den Telefonhörer schon in der Hand.

Mit der anderen Hand blättert er in seinem Telefonverzeichnis. Er tippt die Nummer ein. »Dottoressa Brocca? Hier ist Gorin.«

»Ah, Commissario«, sagt die Ärztin freundlich. »Wie geht es Ihrem Sohn?«

Roberto hat die Psychiaterin vor einiger Zeit um Rat gefragt. Damals, als Samuele beschloss, unbedingt in der Bar seines Onkels an der Kaffeemaschine arbeiten zu wollen.

»Sie hatten recht«, sagt Roberto. »Die Arbeit macht ihm viel Spaß. Er ist viel selbstständiger geworden. Und ausgeglichener.«

»Das freut mich«, sagt die Dottoressa herzlich. Eine kleine Pause entsteht. Die Ärztin wartet offensichtlich darauf, dass er ihr den Grund seines Anrufs verrät. »Kann ich Ihnen helfen, Commissario?«, fragt sie schließlich.

»Ich weiß es nicht«, sagt Roberto wahrheitsgemäß. »Ich untersuche den – Unfall von Caterina Loredan.«

Diesmal dauert die Pause länger. »Conte Loredan hat

mich unterrichtet«, sagt die Dottoressa. Ihre Stimme klingt vorsichtig, nicht mehr spontan wie zuvor. So als würde sie jedes Wort, das sie sagt, vorher ganz genau abwägen.»Aber alles, was ich dazu sagen könnte, unterliegt der ärztlichen Schweigepflicht. Ich hoffe, Sie verstehen das.«
»Ja, natürlich«, antwortet Roberto.»Aber vielleicht könnten Sie mir ganz allgemein etwas zum Thema Magersucht sagen. Anorexie ist ja wohl das Fachwort.«
»Ganz allgemein? Sicher. Ich nehme an, dagegen ist nichts einzuwenden. Nur – vor übermorgen habe ich nicht einen einzigen Termin frei.«
»Übermorgen?!« Roberto klingt hörbar enttäuscht.
Die Dottoressa seufzt.»Es eilt wohl wie immer – mhm? Mein letzter Patient kommt um sieben. Wenn Sie um acht in meiner Praxis sind, dann können wir eine halbe Stunde reden.«
»Vielen Dank. Ich werde da sein«, sagt Roberto. Er denkt daran, dass er Sandra versprochen hat, ganz bestimmt zum Abendessen zu Hause zu sein. Ein *branzino* wartet. Sein Lieblingsfisch. Roberto starrt an die Wand. Dort, wo im Winter die feuchten Flecken waren, blättert jetzt die Wandfarbe ab. An manchen Stellen bröckelt der Verputz. Anträge auf Reparaturarbeiten in den Büros der Questura gehen einen langen bürokratischen Weg. Roberto hat keine Lust, einen entsprechenden Antrag auszufüllen. Sein Magen gibt ein lautes beleidigtes Geräusch von sich. Es hilft keinem, wenn ich auch noch magersüchtig werde, denkt Roberto. Er will wenigstens in der Bar am Ponte dei Greci ein *panino* essen.

Es ist halb drei, als er zurück in sein Büro kommt und zum zweiten Mal nach dem obersten Ordner greift.

Energisches Klopfen an der Tür. Es soll nicht sein, denkt Roberto und lässt den Ordner bereitwillig wieder auf den Aktenberg sinken.

Piero steckt den Kopf zur Tür herein. »Hast du eine Ahnung, wo der Colonnello sein könnte? Ein Gespräch aus Rom. Der Justizminister verlangt seinen sofortigen Rückruf. Das *telefonino* des Colonnello ist abgeschaltet und im Sekretariat weiß niemand, wo er zu finden sein könnte.«

Roberto nimmt wortlos sein Telefonverzeichnis zur Hand, sucht kurz und wählt dann eine Nummer. »*Circolo Golf Venezia*«, meldet sich eine verbindliche weibliche Stimme.

»Hier Commissario Gorin. Wir müssten dringend Colonnello Rogante erreichen«, sagt Roberto.

»Das ist im Augenblick nicht möglich«, erklärt ihm die Stimme freundlich, aber bestimmt. »Der Colonnello ist auf der Runde. Er spielt heute Matchplay.«

Roberto zählt langsam bis drei. Meistens reicht das, um einen Wutausbruch zu verhindern. »Finden Sie ihn«, sagt er. Das »verdammt noch mal« kann er unterdrücken.

»Sind Sie sicher, dass der Colonnello damit einverstanden ist?«, fragt die freundliche Stimme jetzt schon weniger freundlich.

Diesmal zählt Roberto zähneknirschend bis fünf. »Ganz sicher«, sagt er dann.

»Was kann der Justizminister vom Colonnello wollen?«, fragt Piero, der den Anruf mitverfolgt hat.

Roberto zuckt die Achseln. »Keine Ahnung. Wahrscheinlich nichts, was für uns von Bedeutung ist.«

Aber darin täuscht sich Roberto.

Der Colonnello steht am Fenster und schaut auf den Campo San Lorenzo. Er trägt ein blassrosa Poloshirt und helle, kurze Leinenhosen, die knubblige Knie und dünne Waden sehen lassen. Roberto grinst. »Trägt man so was zum Golfspielen?«, fragt er. Dann sieht er den Gesichtsausdruck des Colonnello. »Tut mir leid wegen der Spielunterbrechung«, sagt er. »Ich dachte, es wäre in deinem Interesse, weil doch immerhin ...«

»Darum geht es nicht«, unterbricht ihn der Colonnello ungeduldig. »Warum um Himmels willen legst du dich mit den Loredans an?«

»Tu ich das?«, fragt Roberto verblüfft. »Ich versuche herauszufinden, was in diesem gottverdammten Klassenzimmer geschehen ist. Und warum es geschehen ist.«

»Der Conte sieht das anders. Er fürchtet um die Privatsphäre seiner Familie. Er will nicht, dass da ein Polizist herumschnüffelt«, sagt Rogante. Dann seufzt er. »Ausgerechnet Conte Loredan musst du dir zum Gegner machen. Warum nicht gleich den Papst?«

»Kein Problem. Es gibt durchaus ein paar Fragen, die ich vom Papst gerne beantwortet hätte«, meint Roberto ungerührt.

»Ein Mal ...«, der Colonnello ringt buchstäblich die Hände, »ein Mal läuft es in einem Turnier so richtig gut! Ich war nach neun Löchern drei unter Handicap.« Er macht eine Pause, wie um Roberto Gelegenheit zu geben, etwas Anerkennendes zu äußern. Aber Roberto denkt nicht daran. Golfchinesisch versteht er nicht. »Und was passiert?«, fährt der Colonnello fort. »Ich muss zurück und den Justizminister davon überzeugen, dass ich nicht so ohne Weiteres auf meinen fähigsten Ermittler verzichten kann.«

»Und?«, fragt Roberto trocken. »Ist es dir gelungen?«

»Du weißt, was ich von Einmischungen aus Rom halte«, sagt der Colonnello. »Aber von dieser Geschichte lässt du auf der Stelle die Finger. Außerdem ist es sowieso nicht unsere Sache. Ob die kleine Loredan high war und geglaubt hat, fliegen zu können, ob sie sich aus Liebeskummer umbringen wollte oder vielleicht wirklich nur das Gleichgewicht verloren hat, das geht uns absolut nichts an. Ist das klar? Wir haben genug am Hals. Nimm lieber die Menschenschmuggler fest oder diesen Irren, der allen männlichen Statuen den Pimmel abschlägt, oder die Albaner, die ihre Kinder zu Einbrüchen abrichten.«

»Und was, wenn sie aus dem Fenster gestoßen wurde?«, fragt Roberto.

Der Colonnello wirft ihm einen schnellen, forschenden Blick zu. »Gibt es denn darauf irgendeinen Hinweis?«

»Nichts Konkretes«, muss Roberto zugeben.

Sein Vorgesetzter atmet hörbar auf. »Dann ist ja alles klar.«

8

Roberto sitzt im Wartezimmer von Dottoressa Brocca. Wahrscheinlich sollte ich mich selbst behandeln lassen, denkt er. Statt zu Hause meinen *branzino* zu filetieren, hocke ich hier und warte, dass der letzte gestörte Patient endlich aufhört, sein Seelenleben offenzulegen. Es ist schon zehn nach acht. Roberto gießt Wasser aus der Glaskaraffe in ein bereitstehendes Glas. Am Boden des Krugs liegen verschiedenfarbige Steine. Ein fotokopierter Zettel informiert ihn darüber, dass er durch Rosenquarz, Bergkristall und Bachkiesel energetisiertes Wasser trinkt. Das Wasser schmeckt so, wie Wasser immer schmeckt. Roberto wartet und horcht in sich hinein. Energetisiert fühlt er sich nicht. Eher genervt.

Die Tür zum Behandlungsraum öffnet sich. Die Dottoressa ist eine kleine lebhafte Person mit kurzen, grau melierten Haaren. »*Sono pronta*«, sagt sie statt einer Begrüßung.

»Aber ich habe niemanden weggehen gesehen«, wundert sich Roberto.

Die Dottoressa lächelt. »Manche bevorzugen den unauffälligen Hinterausgang. Es gibt noch immer eine Menge Vorurteile. Und wenn jemand in der Öffentlichkeit steht ... Venedig ist eine Kleinstadt, wie Sie wissen.«

»Wollen wir einen *spritz* zusammen trinken?«, fragt Roberto.

»Gute Idee.« Die Dottoressa nimmt ihre Handtasche. Am Treppenabsatz bleibt sie stehen, holt ihr *telefonino* aus der Tasche. »*Al Teatro*?«, fragt sie Roberto. Der nickt. Er mag die Bar neben dem Theater *La Fenice*. Und sie liegt fast auf dem Weg nach Hause. Die Ärztin geht vor Roberto in der engen Calle, er hört nicht, was sie da am *cellulare* redet. Es ist ein kurzes Gespräch.

»Was wollen Sie wissen?«, fragt sie dann, als beide *spritz con bitter* bestellt haben, den typisch venezianischen Aperitiv aus Weißwein, Soda und Campari. Nicht zu vergessen die grüne Olive.

»Anorexie«, sagt Roberto. »Kann man sagen, wodurch sie ausgelöst wird?«

»Die Auslöser können sehr unterschiedlich sein. Das Grundbedürfnis dahinter ist meistens der Wunsch, nicht erwachsen zu werden. Sich dem Leben zu verweigern. Eine Art langsamer Selbstmord.«

Der Kellner stellt die Gläser auf die Theke.

»Kann es sein, dass es manchem zu langsam geht?«, fragt Roberto.

Die Ärztin nickt. »Das kommt schon vor. Meist spielen auch Schuldgefühle eine Rolle, die dann zu Autoaggression führen.«

»Diese Verletzungen, die sich Caterina Loredan zugefügt hat, sind die Ausdruck von Schuldgefühlen?«

Das Gesicht der Dottoressa wird sofort wieder wachsam. »Wir wollten allgemein bleiben«, sagt sie. »Ich empfehle Ihnen übrigens wirklich, sich nach den Wünschen des Conte zu richten.«

Roberto nickt. »Das empfehlen mir alle. Ich formuliere

meine Frage anders: Sind bei Anorexie häufig Schuldgefühle involviert?«

Dottoressa Brocca betrachtet nachdenklich die Olive, die an einem kleinen Holzspieß steckt, dann lässt sie sie wieder zurück ins Glas fallen. »Ich denke schon. Allerdings ist der Begriff ›Schuld‹ sehr schwer zu definieren. Sexuell missbrauchte Kinder fühlen sich schuldig. Jugendliche, an die aus übergroßer Liebe zu hohe Erwartungen gestellt werden, fühlen sich schuldig. Ein Mädchen, das plötzlich nicht mehr Papas kleine Prinzessin ist, sondern eine menstruierende Frau, kann sich deswegen schuldig fühlen. Die menschliche Seele ist ziemlich erfindungsreich, wenn es darum geht, sich selbst zu quälen.«

»Und wie sind die Chancen auf Heilung?«, fragt Roberto.

Die Ärztin betrachtet wieder die Olive, als erwarte sie von ihr irgendeine Hilfe. »Die Heilung kann spontan geschehen. Einfach so. Der Wille zu überleben wird plötzlich stärker als der Wunsch, sich selbst zum Verschwinden zu bringen. Oder es gelingt in einer Therapie, die Ursachen zu finden und aufzulösen. Oder irgendetwas passiert, das alles ändert. Manche fangen an leben zu wollen, wenn sie sich verlieben.«

Roberto deponiert den Kern seiner Olive in einem Aschenbecher. Sein Magen ist von der unzureichenden Mahlzeit enttäuscht und gibt ein hörbares Geräusch von sich. »Und das Gegenteil?«, fragt Roberto plötzlich. »Zu viel essen ist ja auch krankhaft.«

»Adipositas?«

Der Blick der Ärztin streift seine Figur und Roberto zieht unwillkürlich den Bauch ein. Er hat das unbehagliche

Gefühl, dass sie überlegt, ob er noch unter wohlgenährt oder schon unter fettleibig einzuordnen ist.

»Das Krankheitsbild ist meist viel eindeutiger. Es ist ganz einfach so, dass man sich einen sehr realen Schutzwall anfuttert.«

»Schutzwall wogegen?«, fragt Roberto.

»Das herauszufinden ist Aufgabe der Therapie. Wenn man das Problem aus dem Unbewussten geholt hat, wird der Schutzwall überflüssig.«

Roberto denkt an Sandra. Wogegen wappnet sie sich? Gegen sein ständiges Zuspätkommen? Gegen die einsamen Sonntage, wenn er über einem Fall grübelt, obwohl er eigentlich keinen Dienst hätte? So wie jetzt, wo er über Essstörungen nachdenkt, anstatt nach dem *branzino* die *creme caramel* in Angriff zu nehmen.

»Ich muss nach Hause«, sagt er plötzlich schuldbewusst. »Danke, Dottoressa, dass Sie sich Zeit genommen haben.«

»Grüßen Sie Ihre Frau und Samuele«, sagt sie lächelnd.

Und Roberto hat das unbehagliche Gefühl, dass sie seine Gedanken so genau kennt, als hätte er sie laut ausgesprochen.

Roberto will sich eben zum Gehen wenden, als er diesen Ausdruck auf dem Gesicht der Ärztin sieht. Er folgt ihrem Blick.

Am Eingang zur Bar steht eine attraktive blonde Frau, zögert kurz, kommt auf sie zu. Die beiden Frauen umarmen und küssen einander. »Commissario Gorin – architetto Trevisan«, sagt die Dottoressa dann. Es ist eine ganz alltägliche Szene, aber Roberto hat den Eindruck, dass die beiden nicht einfach befreundet, sondern ein Paar sind. Ja – und?, denkt er. Wieso stört mich das plötzlich? Weil man von einer Psychiaterin erwartet, dass wenigstens sie nach den Normen der Gesellschaft lebt?

Er spürt, dass die Ärztin ihn ansieht. »Im Grunde geht es immer darum, zu sich selbst zu stehen«, sagt sie lächelnd. Es ist vielleicht nicht mehr als ein abschließender Satz zu ihrem vorangegangenen Gespräch. Aber diesmal ist Roberto ziemlich sicher, dass sie Gedanken lesen kann.

9

Roberto wacht auf mit dem Gefühl, dass irgendetwas nicht in Ordnung ist. Mit zunehmendem Bewusstsein weiß er, dass eine ganze Menge nicht in Ordnung ist. Sandra war verärgert gewesen, als er um halb zehn nach Hause gekommen war.

Sie ist selten verärgert, also muss sie im Recht sein. Außerdem war da dieser Blick von Samuele, der zu fragen schien: Wer genau ist das eigentlich, der da immer irgendwann spät am Abend auftaucht? Dann war da das Gespräch mit dem Colonnello. Es ist völlig klar, dass er in diesem Fall keine Rückendeckung von ihm bekommt. Sofern es überhaupt ein Fall für die Polizei ist. Und schließlich noch die Bemerkung der Dottoressa Brocca, die ihm empfahl, sich unbedingt nach den Wünschen des Conte zu richten.

Dann jagen wir eben den Pimmelzertrümmerer, denkt er. Es geht ja schließlich nicht an, dass da ein Irrer seine Obsessionen an Venedigs Statuen auslebt. Ich hätte die Dottoressa auch zu diesem Thema befragen sollen, grübelt er. Ist es ein Eiferer, der auf diese absurde Art gegen sexuelle Freizügigkeit eintritt? Oder ist es vielleicht sogar eine Frau, die auf diese Weise ihrem Ärger auf alles Männliche Luft macht? Ich könnte die Profilerin aus Rom anfordern, die schließlich auf der richtigen Spur war, als sie ein Jahr zuvor den Serienmörder jagten. Sie werden uns dafür keinen

Psychologen bewilligen, denkt er weiter. Sie werden sagen, bewacht eure Pimmel gefälligst ausreichend.

Roberto steht auf und geht in die Küche. Er möchte seinen guten Willen zeigen und schlägt ein gemeinsames Frühstück vor.

»Samuele ist schon weg«, sagt Sandra kühl. »Er hat versprochen, heute früher anzufangen. Und ich bin in einer halben Stunde mit Marisa im Schwimmbad verabredet.«

Richtig, Sandras neues Sportprogramm. Sie hat ihm davon erzählt. Er würde gern etwas Nettes sagen, aber alles, wozu er ansetzen will, fühlt sich irgendwie falsch an. Er bleibt stumm.

Später dann, in der Palanca-Bar, blättert er durch den *Gazzettino*. Nicht die kleinste Meldung über den Vorfall im *Liceo Marco Polo*. Aber im Chronikteil eine ausführliche Berichterstattung über eine Siebzehnjährige, die sich aus Liebeskummer umbringen wollte und im letzten Augenblick knapp vor dem herannahenden Zug von einem Bahnbediensteten gerettet wurde. Die fetten Schlagzeilen des *Gazzettino* gelten allerdings wie fast immer dem Nahen Osten. Wieder hat sich jemand vor einer Polizeistation in die Luft gesprengt. Acht Tote. Noch einmal das Thema Selbstmord, diesmal verbunden mit der Absicht, andere in den Tod mitzunehmen. So wie dieser HIV-positive Drogenabhängige, der vor wenigen Wochen den Kollegen Fantinelli mit einer gebrauchten Nadel verletzte. Alle waren erleichtert, als endlich, nach zwei Tagen, Entwarnung aus dem Polizeilabor kam. Der »Statuenschänder«, wie ihn der *Gazzettino* verschämt nennt, hat diesmal nur eine kleine Notiz abbekommen. Die Polizei arbeite fieberhaft und habe eine konkrete Spur. Schön wär's, denkt Roberto und holt eine zweite *brioche* aus der geheizten Vitrine. Gleich, denkt er, gleich beginnen wir mit dem fieberhaften Arbeiten.

Die Sonne über San Giorgio verspricht einen heißen Sommertag. Ein Lastkahn, schwer mit Steinen beladen, fährt durch den Giudecca-Kanal. Zwei Möwen streiten um irgendetwas Unappetitliches. Für einen kurzen Augenblick spürt er so etwas wie eine Vorahnung von etwas Unerfreulichem, das auf ihn zukommt. Er schüttelt den Kopf über sich selbst. Ein Tag im Büro kommt auf ihn zu, unerfreulich genug, das ist aber auch alles.

Der Beamte am Eingang zur Questura macht eine müde Andeutung von Salutieren. Die Grußvariante für heiße Sommertage. »Den Brief hab ich ins Sekretariat gebracht«, sagt er.

»Welchen Brief?«, fragt Roberto.

»Den Brief, der beim Kollegen vom Nachtdienst abgegeben wurde.«

Roberto schüttelt ratlos den Kopf, aber er öffnet die Tür zum Sekretariat.

»Hier soll ein Brief für mich sein«, sagt er.

»Was für ein Brief?«, fragt die Sekretärin. Die Plätze ihrer beiden Kolleginnen sind leer.

Was soll das sein – irgendeine alberne Slapstick-Szene?, denkt Roberto. »Also ist kein Brief für mich da?«, fragt er zurück.

»Ich weiß von keinem Brief«, sagt die Sekretärin.

Das ist nicht Slapstick, denkt Roberto, das ist Kafka. Wahrscheinlich verwandle ich mich gleich in einen Käfer.

Als er die Tür zu seinem Büro aufmacht, fällt ihm auf, wie winzig es ist. Er hört die Stimme des Conte, wie er da am Fenster seiner riesigen Bibliothek steht: Was erwarten

Sie sich eigentlich von Ihrem Übereifer? Eine Belobigung? Eine Beförderung? Ein größeres Büro?

Ein größerer Schreibtisch wäre nicht schlecht, denkt Roberto. Der Laptop, ein Berg von Post, die Akten und verstreuten Notizzettel lassen keinen Zentimeter der Holzplatte mehr sehen.

»Roberto?«, sagt eine Stimme hinter ihm. Es ist der Kollege aus Rom, den er in Gedanken noch immer Fantinelli nennt, obwohl sie längst per Du sind. Merkwürdig, denkt Roberto. Er hat mir vermutlich das Leben gerettet und ich mag ihn noch immer nicht besonders. »Signorina Malgara hat mir diesen Brief für dich mitgegeben«, sagt Fantinelli. Er legt ein weißes, leicht zerknautschtes Kuvert auf den Stapel unerledigter Ordner.

»Wann?« Roberto stellt fest, dass das seltsam knirschende Geräusch von seinen eigenen Zähnen kommt.

»Gerade eben. Warum? Ist etwas nicht in Ordnung?«, fragt Fantinelli.

»Danke – Davide«, antwortet Roberto. »Alles bestens.«

Fantinelli steht noch immer vor Robertos Schreibtisch. »Ich hab mit Tai-Chi begonnen«, sagt er. »Eine fantastische Sache.«

Roberto ist nicht im Mindesten daran interessiert, womit Fantinelli begonnen hat. Aber immerhin – der Mann hat ihm das Leben gerettet. Möglicherweise.

»Tai-Chi?«, fragt er also. »Was genau ist das?«

»Schwer zu erklären«, sagt Fantinelli. »Bewegungsabläufe, Übungen. Tatsache ist, man wird völlig ruhig davon. Solltest du vielleicht auch mal probieren.«

»Ich bin ruhig«, sagt Roberto. »Noch ruhiger und man nennt es Totenstarre.«

Fantinelli nickt, als würde Robertos Äußerung seine unausgesprochene düstere Diagnose nur bestätigen. »Der Kurs hat erst vor Kurzem begonnen. Du kannst jederzeit noch einsteigen.«

Die Tür schließt sich hinter Fantinelli.

Tai-Chi!

Auf dem Kuvert, das Fantinelli abgegeben hat, stehen nur zwei Wörter: *Comissario Gorin.* Commissario mit nur einem m. Kein Absender. Roberto legt den Brief zur Seite. Eine Art Strafe. Glaub bloß nicht, dass du wichtig bist.

Roberto ruft im Krankenhaus San Giovanni e Paolo an, erreicht relativ schnell einen Arzt, fragt ihn nach Caterina Loredan. Die Antwort kommt knapp und unwillig. Alles unverändert. Nein, noch keine Möglichkeit, mit der Patientin zu reden.

Um halb elf dann eine Besprechung mit Piero Salmaso, Teresa Lucchesi und Davide Fantinelli.

Die letzten 24 Stunden waren relativ ruhig. Ein sieben- und ein neunjähriger Albaner wurden festgenommen, als sie durch ein winziges Dachfenster in einen Palazzo kletterten. Sie hatten 750 Euro bei sich. Nicht schlecht für zwei kleine Obdachlose. Nach den Eltern wird gesucht. Eine Sechzehnjährige mit Überdosis im Jugendzentrum, aber gerade noch gerettet. Ein Moldawier, der einer sich heftig wehrenden Frau die Handtasche entreißen wollte. Zwei Passanten hielten ihn fest, bis die Polizei kam. »Ausweglos«, sagt Piero. »Sie werden von Menschenschmugglern nach Italien gebracht. Hier finden sie keine Arbeit, weil sie keine Aufenthaltsbewilligung haben. Zurück können sie auch nicht mehr. Das bisschen Geld, das sie hatten, haben schon die organisierten Schlepperbanden einkassiert, die für die illegale Einreise sorgen. An die müsste man rankommen.«

»Keine Chance«, sagt Fantinelli. »Die sind hervorragend organisiert. Keiner der Eingeschleusten kennt Namen oder Adressen. Selbst wenn sie wollten, könnten sie niemanden verraten.«

»Was geschieht mit den Albanerkindern?«, fragt Teresa.

»Die Eltern werden sich ganz bestimmt nicht melden, weil sie illegal im Land sind. Und weil bekannt ist, dass die Kinder von den Erwachsenen zu den Diebstählen angehalten werden.«

»Jugendamt«, sagt Roberto knapp. »Die wissen zwar auch nicht, was sie mit den Kindern tun sollen. Aber sie sind zuständig.«

Kurzes Schweigen.

Wie immer, wenn es für ein Problem keine Lösung gibt.

»Wie geht es der kleinen Loredan?«, fragt Piero dann.

»Unverändert.« Roberto wiederholt, was ihm kurz zuvor der Arzt am Telefon gesagt hat. »Sie ist bei Bewusstsein. Spricht nicht. Isst nicht. Wird künstlich ernährt. Und bleibt vermutlich gelähmt.«

»War es denn nun ein Selbstmordversuch?« Piero hat zwei Söhne, einer davon etwa so alt wie Caterina Loredan.

»Vermutlich«, sagt Roberto. »Der Conte wünscht aber keine Ermittlungen.«

Wieder das Schweigen. Noch so ein *Niente-da-fare*-Schweigen.

Zurück in seinem Zimmer. Roberto öffnet den Brief. Ein kleiner Zettel, wie man sie aus Notizblöcken reißt. Ein einziger Satz, handgeschrieben in Blockbuchstaben:

GREGORIE VIERU
HA TROVATO LA RAGAZZA.

La ragazza? Ist damit Caterina Loredan gemeint? Es gibt derzeit nur ein junges Mädchen, das Robertos Gedanken beschäftigt. Aber weiß das der Briefschreiber? Und *ha trovato* – was ist damit gemeint? Hat sie getroffen oder hat sie gefunden? Das Italienische lässt beide Möglichkeiten zu. Und wer kann Gregorie Vieru sein? Was ist das für ein Name? Albanisch? Rumänisch?

Roberto sucht in der Liste der internen Anschlüsse nach einem Namen, nimmt den Hörer und tippt die zweistellige Zahl. »Bossi? Hätten Sie einen Augenblick Zeit für mich?« Es war Roberto, der vor zwei Jahren den gesuchten Hacker überredet hat, für die Polizei zu arbeiten. Im Gegenzug verschwand unauffällig die Anzeige gegen Bossi.

Bossis Piercings sind zahlreicher geworden. Auch sein Drachen-Tattoo hat Gesellschaft bekommen. Auf seinem rechten Unterarm breitet neuerdings ein Adler seine Schwingen aus. »Netter Vogel«, sagt Roberto und meint es.

»Danke«, antwortet Bossi. Genau so selbstverständlich, als hätte Roberto sich lobend über seine Krawatte geäußert.

Roberto hält ihm den Zettel mit der anonymen Botschaft entgegen. »Könnten Sie Ihren Computer interviewen? Vielleicht weiß er etwas über diesen Gregorie Vieru. Zumindest kann er uns doch bestimmt verraten, aus welchem Sprachraum der Name kommt.«

»Wird gemacht«, sagt Bossi fröhlich. Bossi ist meistens gut drauf. Vielleicht liegt's an den Piercings, denkt Roberto. Die sollen ja angeblich stimulierend sein. Oder daran, dass Computer doch die einfacheren Lebenspartner sind. Soviel er weiß, verbringt Bossi jede berufliche und freie Minute vor dem Bildschirm. Beziehung ersetzt er durch virtuelle Interaktion. Mangelnde Sonnenbräune durch Tattoos.

Bossi ist schon fast zur Tür draußen.

»Moment!«, sagt Roberto. »Wenn Sie schon dabei sind, könnten Sie auch etwas über die Familie Loredan herausfinden? Verwandtschaft, Skandale, Auffälliges.«

»Alles klar!« Bossi winkt mit geflügeltem Unterarm.

Roberto holt den Urlaubsplan aus dem internen Stapel und stellt fest, dass er vergessen hat, sich selbst einzutragen. Was würden Freud und die Dottoressa Brocca dazu sagen? Für welche Zeit hat Sandra das Haus im Valtellina gemietet? Vergessen.

Roberto greift nach dem Hörer, wählt, wartet. Keine Sandra.

Dafür Piero an der Tür. »Der Pfarrer und der Mesner von Sant'Angelo Raffaele halten einen Mann fest, der sich in verdächtiger Weise einem Engel genähert hat!«

»Einem Engel genähert?«, wiederholt Roberto ratlos.

»Na du weißt schon – wie heißen diese fetten nackten Geflügelten?«

»Putti?«

»Genau! Könnte doch unser Gestörter sein. Kommst du mit?«

Roberto schüttelt den Kopf, setzt dazu an, etwas zu sagen, aber da ist Piero schon weg.

GREGORIE VIERU
HA TROVATO LA RAGAZZA.

Was bedeutet das? War es doch nicht dieser Gasparini, der das Mädchen gefunden hat, sondern ein gewisser Gregorie Vieru? Hat Caterina Loredan jemanden, der so hieß, in der Schule getroffen? Wem liegt daran, die Polizei zu informieren? Und warum anonym?

Roberto ruft in der Pförtnerloge an, lässt sich den Namen und die Privatnummer des Beamten geben, der Nachtdienst hatte. »Aber der schläft jetzt, Commissario«, merkt der Kollege an.

Nicht mehr lang, denkt Roberto und wählt die Nummer.

Eine Frauenstimme meldet sich. »Aber er schläft, Commissario«, sagt die Stimme bekümmert.

Roberto zählt langsam bis drei. »Es ist dringend, Signora«, sagt er dann so freundlich wie irgend möglich.

Es dauert ziemlich lange, bis sich eine verschlafene Stimme meldet. »*Pronto*?«

»Tut mir leid, Sie zu stören«, fühlt sich Roberto verpflichtet zu sagen.

»Macht nichts«, sagt der Beamte. »Ich bin sowieso aufgewacht, weil das Telefon geläutet hat.«

Meint er das ernst oder strapaziert er einen uralten Scherz? Es bleibt still in der Leitung. Keine Fröhlichkeitsbekundung. Er meint es ernst.

»Hören Sie«, sagt Roberto, »dieser Brief, der für mich abgegeben wurde – wer hat ihn gebracht?«

»Niemand«, antwortet der Beamte.

Roberto holt tief Atem und zählt langsam bis fünf. »Wie ist er dann zu Ihnen gekommen?«

»Keine Ahnung. Er lag einfach da.«

Roberto zählt noch einmal bis fünf. »Er lag wo?«

»Vor dem Fenster der Pförtnerloge. Keine Ahnung, wer ihn da hingelegt hat. Und wann. *Dio mio*, es war doch keine Briefbombe?«

»Nein, es war keine Briefbombe«, sagt Roberto. »*Bon dì*.«

»Sie wirken gestresst, Commissario«, sagt Bossi, der Robertos Anteil an dem Telefongespräch mitgehört hat. »Ich könnte Ihnen eine meiner Erfindungen überspielen.« Er deutet mit einer Kopfbewegung auf Robertos Laptop. »Geniales Computerspiel. ›Die Reise ins Labyrinth‹. Wenn Sie den Weg ins Zentrum geschafft haben, sind Sie die Ruhe selbst.«

»Gregorie Vieru«, sagt Roberto.

Bossi schüttelt den Kopf. »Ist nicht viel, was ich gefunden habe. Der Name ist moldawisch, so viel ist sicher. Aber sonst – absolut nichts. Ich tippe auf einen illegalen Einwanderer. Bei moldawischen Schleppern sind wir derzeit in Mode. Die Familie Loredan ist ergiebiger. Da ist vor allem der alte Conte, Alvise Loredan, muss hoch in den Achtzigern sein. Hält aber noch immer alle Fäden in der Hand. Man redet von Mafia-Verbindungen, aber das ist vielleicht nur ein Gerücht. Zwei Söhne. Der ältere: Marcello Loredan. Verwitwet. Eine Tochter, Caterina. Ihre Mutter, Cristina Loredan, ist vor fünf Jahren ...«

»Ich weiß«, unterbricht Roberto. »Ich werde mir die alte Akte noch einmal ausheben lassen.«

»Gute Idee«, sagt Bossi. »War eine mehr als seltsame Sache, der Tod der Contessa. Dann ist da noch der jüngere Bruder, Benedetto Loredan, von Beruf Priester. Seine Pfarre ist draußen in San Francesco della Vigna. Alle anderen Loredans sind entferntere Verwandte.« Bossi blättert durch seine Ausdrucke. »Außerdem ist Marcello Loredan in ständiger Behandlung wegen einer Herzschwäche. Er nimmt regelmäßig ein Medikament, warten Sie, ich kann Ihnen sagen, welches ...«

Roberto winkt ab. »Lassen Sie. Ist wahrscheinlich nicht von Bedeutung. Aber – was mir da auffällt – heißt das, ich kann mir kein Aspirin aus der Apotheke holen, ohne dass Ihr Computer das registriert?«

»Richtig. Sofern Sie Ihr Aspirin auf Grund eines ärztlichen Rezeptes beziehen.« Er runzelt die Stirn. »Aber Commissario – Sie wissen, ständig Schmerzmittel zu nehmen ist sehr bedenklich.«

Roberto rollt die Augen zur Decke. »Ich nehme keine Schmerzmittel, es war eine rein hypothetische Frage.«

»Das hoffe ich, Commissario.« Bossi wirkt ehrlich besorgt.

»Sie hätten Erzieher werden sollen«, brummt Roberto.

»Das hab ich auch mal überlegt«, sagt Bossi.

»Ach, darum haben Sie sich ein Bilderbuch auf die Arme tätowieren lassen.« Roberto grinst. »Noch einmal zu den Loredans. Weiß man etwas über das Verhältnis zwischen den beiden Brüdern – Marcello und Benedetto?«

»Sie stehen einander sehr nahe. Benedetto ist zehn Jahre jünger als Marcello. Nach dem Tod der alten Contessa hat sich der ältere Bruder fast wie ein Vater um den jüngeren Bruder gekümmert«, sagt Bossi.

»Das weiß alles Ihr Computer?«, wundert sich Roberto.

»Er sammelt *Gazzettino*-Artikel nach Stichworten. Wenn ich will, übertrifft er jeden Hotelportier in Bezug auf Insiderwissen und Klatschgeschichten.«

Nachdem Bossi gegangen ist, versucht Roberto, die neuen Informationen einzuordnen. Er sieht den blassen, dunkelhaarigen, filmtauglichen Priester in der Halle des Palazzo Loredan vor sich. Der Bruder des Conte also. Caterinas Onkel. Ob er kooperativer wäre? Kann man es riskieren, ihn zu befragen?

Aber der Colonnello hat ausreichend deutlich gemacht, dass er hinsichtlich der Familie Loredan keine Ermittlungen wünscht.

Roberto denkt an Joe Leaphorn.

Am Vorabend hat er begonnen, den Krimi zu lesen, den ihm Chiara geschenkt hat. Es geht um alte Verbrechen, begangen an den Indianern des amerikanischen Südwestens. Und um neue Verbrechen, die versuchen Unrecht gegen Unrecht aufzurechnen. Der Kommissar in der Geschichte heißt Joe Leaphorn und ist Navajo. Wie er denkt, schlussfolgert und agiert, gefällt Roberto.

Würde Joe Leaphorn, der Navajo-Indianer, sich von Ermittlungen abhalten lassen, nur weil ein venezianischer Conte mit weit reichenden Verbindungen dagegen ist? Kaum. Allerdings dürften venezianische Grafen auch eher selten sein im Südwesten Amerikas.

Roberto starrt auf den Zettel.

GREGORIE VIERU HA TROVATO LA RAGAZZA.

Nehmen wir an, mit »trovato« meint der anonyme Schreiber »gefunden«. Dann war es nicht Gasparini, der das Mädchen gefunden hat, sondern dieser Moldawier Gregorie Vieru. Das heißt, er muss in der Schule gewesen sein. Warum war er dort? Weil er gearbeitet hat. Illegal natürlich.

Der schnelle Blick der beiden Bauarbeiter fällt ihm ein. Ein Puzzlestein rückt an seinen Platz.

Aber von dieser Geschichte lässt du auf der Stelle die Finger, hört Roberto den Colonnello sagen.

Sorry, Colonnello. Joe Leaphorn ist nicht so einfach von einer Fährte abzubringen.

Roberto kramt in seiner Jackentasche nach einem Zettel. Wählt eine Nummer. Verlangt nach Biello Dimitrio. Die Sekretärin verleugnet den Chef erst, dann ist er plötzlich doch zu sprechen. Treffen um halb drei an der Baustelle gleich neben Santa Caterina. Was die Polizei von ihm will?, möchte Biello natürlich wissen. Roberto weicht aus. Nur ein paar Fragen. Routine.

Klang Biello beunruhigt?, überlegt Roberto, nachdem er aufgelegt hat. Nicht mehr als jeder andere auch, den die Polizei plötzlich dringend sprechen will.

Die Kirche Santa Caterina ist fast ganz draußen bei den Fondamente Nuove. Roberto überlegt, ob er ein Boot der Linie 41 nehmen soll oder zu Fuß gehen.

Er sieht die *Cicheti*-Vitrine bei *Alberto* vor sich. Frittierte Zucchiniblüten, gefüllte gebackene Oliven, gebratene Sardinen mit Zwiebeln und *pignoli*. Der Weg von der Questura zu den Fondamente Nuove führt direkt an *Alberto* vorbei. Also zu Fuß, entscheidet Roberto.

Sein Magen knurrt Zustimmung.

10

Roberto hat nichts gegen Danny De Vito. Ganz im Gegenteil, er findet den quirligen kleinen Schauspieler ganz witzig. Aber dieser De-Vito-Klon mit dem blassgelben Helm ist ihm auf Anhieb unsympathisch. Erst brüllt er einen Arbeiter an und beginnt dann laut und wortreich mit einem etwas hilflos wirkenden Mann zu argumentieren, der immer wieder auf die Pläne in seinen Händen hinweist. Es ist sofort klar, dass diese Pläne nicht die geringste Chance haben. Roberto steht im Schatten der Bauhütte und beobachtet Dimitrio Biello eine Weile. Einer der Arbeiter, der zu dem transportablen WC will, fragt misstrauisch: »Sie da – was wollen Sie?«

»Den Chef sprechen«, sagt Roberto.

»Keine gute Idee«, antwortet der Arbeiter. »Der hat heute schon zwei Tobsuchtsanfälle hinter sich.«

»Aller guten Dinge sind drei«, sagt Roberto. Die Antwort scheint dem Arbeiter zu gefallen. Er verschiebt den Besuch in dem giftgrünen Plastikcontainer und beobachtet, wie Roberto aus dem Schatten tritt und auf Biello zugeht.

Der Mann mit den Plänen ist inzwischen verschwunden.

»Sie sind das«, sagt Biello, nachdem Roberto seinen Namen genannt hat. »Und – was will die Polizei von mir?«

»Gregorie Vieru«, sagt Roberto.

»Klingt spanisch.«

»Falsch. Moldawisch.«
»Was wird das – eine Quizsendung?«
Oh ja, denkt Roberto. Und ich weiß auch schon, wer nicht gewinnt. Er lächelt. »Genau. Nächstes Stichwort im Quiz: *Fiamme gialle*.«
Jeder in Venedig weiß, dass die gelben Flammen das Zeichen der Finanzfahnder sind. Danny-Dimitrio weiß es auch. Roberto kann das an seiner Gesichtsfarbe erkennen, die unter der Bräune um ein paar Schattierungen heller wird.
»Was wollen Sie damit sagen?«, fragt er.
»Ich will damit Folgendes sagen«, erklärt Roberto. »Sie haben zwei Möglichkeiten: Entweder Sie schaffen mir Gregorie Vieru herbei oder die *guarda di finanza* nimmt Ihre Firma so genau unter die Lupe, dass sie von jedem *centesimo* erfährt, der hinter den Schreibtisch Ihrer Sekretärin gerollt ist.«
Biello scheint dieses Versprechen zu bedenken. »Man gibt diesen Leuten aus purer Nächstenliebe Arbeit und hat dann nichts als Scherereien«, sagt er dann.
»Ihre so genannte Nächstenliebe geht aber nicht so weit, dass Sie den Illegalen die vorgeschriebenen Mindestlöhne zahlen – oder?«, fragt Roberto.
Statt einer Antwort nimmt Biello sein *telefonino* aus der Jackentasche und bellt irgendjemanden an, der nicht verstehen will, warum Gregorie Vieru zur Santa-Caterina-Baustelle kommen soll. »Zehn Minuten, sonst bist du deinen Job los«, sagt er als Beendigung des Gesprächs.
»Vieru war es, der das Mädchen gefunden hat – nicht wahr?«, fragt Roberto.
Biello nickt. »Gasparini hat ihn weggeschickt, weil er wusste, dass die Polizei auftauchen würde.«

Großartig, denkt Roberto, jetzt schiebt er die Verantwortung auch noch auf seinen Arbeiter. »Ich bin sicher, er hat Sie vorher angerufen.« Das ist keine Frage, sondern eine Feststellung.

Biello zuckt mit den Schultern. »Vieru kann Ihnen auch nicht mehr sagen als Gasparini und Menin.«

»Das will ich lieber selbst beurteilen«, sagt Roberto. »Im Übrigen haben Sie polizeiliche Ermittlungen behindert. Gregorie Vieru kann ein wichtiger Zeuge sein.«

Biello gewinnt langsam seine Selbstsicherheit zurück. »Es war doch eindeutig ein Selbstmordversuch. Wieso interessiert sich die Polizei dafür?«

Ja, wieso?, denkt Roberto. Weil ich das Gefühl habe, dass da irgendetwas nicht stimmt. Weil ich dieses Bild nicht loswerde, wie sie da auf dem trockenen Gras lag. Weil ich nun einmal dazu da bin, herauszufinden, warum Dinge geschehen. Weil ich Antworten will. Natürlich sagt er nichts davon. »Wir haben unsere Gründe.« Ein Klischeesatz. Aber gut genug für Biello.

»Ausgerechnet meine Baustelle muss sie sich aussuchen«, murrt Biello.

»Rücksichtslos, in der Tat.« Robertos Ironie prallt an Biello ab. Wieder einer, den es überhaupt nicht interessiert, ob das Mädchen überlebt hat. Aber Gleichgültigkeit ist nicht strafbar.

Biello hat ganz andere Sorgen. »Was geschieht denn jetzt mit Vieru? Er ist ein guter Arbeiter. Versteht sein Handwerk. Ausgesprochen schwer, ihn zu ersetzen.«

»Illegale Beschäftigung interessiert mich nicht«, sagt Roberto. »Ich habe ein paar Fragen an ihn – das ist alles.«

»Sie melden ihn nicht der Einwanderungsbehörde?«

Roberto antwortet nicht. Er agiert da in einer Grauzone. Und dass er sich in dieser Grauzone auch noch in Gesellschaft Biellos befindet, gefällt ihm ganz und gar nicht.

»Da ist er schon«, sagt Biello.

Der junge Mann, der auf sie zukommt, trägt einen ehemals dunkelblauen Arbeitsoverall. Jetzt ist das Blau ausgebleicht von vielen Stunden an der Sonne. Der Mann stutzt plötzlich, bleibt stehen. Nichts zu machen, denkt Roberto. Man sieht mir den Polizisten an, als hätte ich die kugelsichere Weste mit der Aufschrift *POLIZIA* an. Vieru schaut sich um, als würde er nach einem Fluchtweg suchen. Großartig, denkt Roberto. Gleich werde ich in der Mittagshitze hinter einem wesentlich Jüngeren herhetzen. Und selbstverständlich keine Chance haben, ihn zu erwischen.

Aber Vieru überlegt es sich anders. Geht weiter auf sie zu. Gut so, mein Junge, denkt Roberto erleichtert. Das erspart uns beiden eine Menge Ärger.

Biello will etwas sagen, aber Roberto bringt ihn mit einer Handbewegung zum Schweigen.

»Gregorie Vieru?«, fragt Roberto.

Der andere nickt.

»Gorin. *Polizia.*« Roberto streckt ihm die Hand entgegen. Vieru nimmt sie zögernd, lässt sie sofort wieder los, als hätte er Angst, sich zu infizieren.

»Gehen wir ein paar Schritte«, sagt Roberto.

»Brauchen Sie mich noch?«, fragt Biello.

»Ich weiß ja, wo ich Sie erreichen kann«, antwortet Roberto.

Sie biegen in die Calle Lunga Santa Caterina ein. Niemand ist unterwegs. Wer kann, hält Siesta.

Vieru beginnt zu sprechen, ohne dass Roberto eine Frage gestellt hätte. Das Italienisch des Moldawiers ist überraschend gut. »Ich war draußen beim Boot. Sollte etwas holen. Da hab ich sie gesehen. Sie ist auf das Tor der Schule zugegangen. Was macht sie da?, hab ich gedacht. Sind doch Ferien. Sie hat mich angesehen, aber nicht gesehen, wenn Sie wissen, was ich meine.«

Drogen?, denkt Roberto. Waren Drogen im Spiel? Er nimmt sich vor, die Ärzte danach zu fragen.

»Dann hab ich die Wasserwaage genommen und bin zurück«, sagt Vieru. »Da war sie schon in der Halle. Ist langsam gegangen, wie die Leute, die schlafen, aber herumgehen.«

»*Come una sonnambula*«, hilft Roberto aus.

»Genau so«, nickt Vieru. »Sie muss meine Schritte gehört haben, aber sie hat sich nicht nach mir umgedreht. Ist links die Treppe hinaufgegangen.«

Roberto wartet. Manchmal ist es besser, den Leuten Zeit zu lassen für ihre Erzählung. Vieru schweigt. Also fragt Roberto dann doch. »Sie sind ihr nachgegangen?«

Vieru schüttelt den Kopf. »Die Kollegen haben doch gewartet.«

»Richtig – auf die Wasserwaage«, sagt Roberto. »Haben Sie den beiden von dem Mädchen erzählt?«

Vieru schüttelt den Kopf. »Ich wollte. Aber sie stritten gerade, ob man besser in der Palanca-Bar isst oder bei den Quattro Ferri.«

»Und?«, fragt Roberto.

»Sie einigten sich auf die Palanca-Bar.«

»Kluge Entscheidung«, sagt Roberto. »Aber eigentlich wollte ich wissen, wie es weiterging. Wie kam es dazu, dass

Sie das Mädchen fanden? Der Turnsaal, der renoviert wird, liegt doch im Erdgeschoss.«

»Ich hatte das Mädchen vergessen. Hab mir in der San-Trovaso-Bar ein *panino* besorgt. Als ich zurückkam, fiel mir das Mädchen wieder ein. Ich ging die linke Treppe hoch. Im ersten und zweiten Stock war nichts. Im dritten dann diese Tür, die nicht ganz zu war. Ich ging hinein. Das Zimmer war leer, das Fenster weit offen. Ich wollte es schließen. Und dann – dann hab ich sie da liegen gesehen.«

Sagt er die Wahrheit?, überlegt Roberto. Oder ist Vieru dem Mädchen gefolgt und hat sie in das leere Klassenzimmer gedrängt? Hat er sie sexuell belästigt und sie ist aus Angst gesprungen? Oder verdankt ihm Caterina Loredan vielleicht sogar ihr Leben, weil er sie rechtzeitig fand?

Roberto ist stehen geblieben und schaut in das Gesicht Vierus. Angst ist da zu sehen. Aber das ist nicht ungewöhnlich für jemanden ohne Arbeits- und Aufenthaltsgenehmigung.

»Wie geht es dem Mädchen?«, fragt Vieru leise.

Endlich jemand, der das wissen will, denkt Roberto. Aber will er es aus Mitgefühl wissen oder weil er Angst davor hat, sie könnte gegen ihn aussagen?

»Sie lebt«, sagt Roberto und beobachtet Vierus Gesicht.

Ein schnelles Aufleuchten in den Augen, ein Lächeln der Erleichterung. Wenn das gespielt ist, gehört der Mann nach Hollywood, denkt Roberto.

»Was wird jetzt mit mir?«, fragt Vieru.

Roberto antwortet nicht sofort. In Gedanken zieht er Bilanz: Der Vater Caterinas besteht darauf, dass es ein Unfall war. Die Psychiaterin hält einen Selbstmordversuch für wahrscheinlich. Und mein Vorgesetzter ist überhaupt dagegen, dass ich mich um die Sache kümmere. Irgendwann wird das Mädchen ja wohl reden, dann werden wir mehr wissen.

Vieru steht da und wartet auf Antwort.

»Haben Sie vor, Italien in der nächsten Zeit zu verlassen?«, fragt Roberto schließlich.

Der andere lacht unfroh auf. »Wissen Sie, wie viel ich den Schleppern dafür bezahlt habe, dass sie mich in dieses Land bringen? Ich gehe nur wieder, wenn man mich abschiebt. Zu Hause wartet meine Familie auf das Geld, das ich hier verdiene.«

»Wenn Ihnen noch irgendetwas einfällt ...« Roberto gibt dem Moldawier seine Karte.

»Ich kann gehen?«, fragt Vieru ungläubig. »Einfach so?«

»Einfach so.« Roberto nickt und wendet sich Richtung Fondamente Nuove.

Come una sonnambula, denkt er, während er zur *Vaporetto*-Station geht. Schlafwandlerin in einem Albtraum. Aber ein Aufwachen ist nicht in Sicht.

11

Zurück in der Questura. Roberto greift nach dem Telefonhörer, wählt die Nummer des Krankenhauses und verlangt nach Caterina Loredans behandelndem Arzt. Es dauert eine ganze Weile, ehe sich eine sehr unwillige Stimme mit »Dottor Minelli« meldet.

Roberto stellt seine Frage.

Die Stimme wird noch eine Nuance unwilliger. »Ich habe strengste Anweisung, keinerlei Auskünfte zu geben.«

Roberto legt wortlos auf, wählt die Nummer von Rigutto, dem Pathologen.

»Was?«, fragt Rigutto entsetzt, als er hört, was Roberto von ihm erwartet. »Ich kann mich nicht nach Befunden von lebenden Patienten erkundigen. Wie schaut denn das aus? Wer nicht tot ist, geht mich nichts an. So ist das nun mal.«

»Ich verstehe«, sagt Roberto resigniert.

Rigutto seufzt. »Aber ich habe einen guten Freund in der Chirurgie, der könnte vielleicht ...«

»Ich wäre dir sehr dankbar«, sagt Roberto.

»Versprechen kann ich allerdings nichts«, brummt Rigutto, ehe er auflegt.

Urlaubslisten. Spesenabrechnungen. Anfragen von Kollegen aus Padua und Treviso. Berichte für den Colonnello. Nach einer Stunde hat Roberto das Gefühl, seine Zeit mit völlig unnützen Dingen vergeudet zu haben. Er wählt Pieros Nummer. Vielleicht hat wenigstens einer von uns ein Erfolgserlebnis, denkt er. Schon an der Art, wie Piero sich am Telefon meldet, kann Roberto hören, dass ihn alles andere als eine Erfolgsmeldung erwartet.

»Fehlanzeige«, sagt Piero. »Der Mann in der Sant'-Angelo-Raffaelo-Kirche war ein deutscher Kunstprofessor. Er hatte sogar ein Schreiben unseres Kulturstadtrates dabei.«

»Und kein Werkzeug?«, fragt Roberto. »Auch Kunstprofessoren können durchdrehen.«

»Nicht einmal ein Taschenmesser«, antwortet Piero. »Sein Interesse an dem Engel war offensichtlich nicht hysterisch, sondern historisch.«

Roberto denkt an sein Gespräch mit der Dottoressa Brocca. »Vielleicht hat unser Gestörter ja mittlerweile mit einer Therapie begonnen«, sagt er, »und das Problem löst sich von selbst.«

»Vielleicht fahren Fische Fahrrad.« Piero klingt frustriert. »Der Kunstprofessor will sich übrigens beim Kulturstadtrat über uns beschweren. Im Augenblick fühle ich mich wie ein Tourist in Venedig. Nichts als Sackgassen.«

»Willkommen im Club«, sagt Roberto und legt auf.

Heute, denkt er, heute bin ich aber rechtzeitig zu Hause. Er versucht sich zu erinnern, was Sandra an kulinarischen Verlockungen angekündigt hat. Es fällt ihm nicht ein. Er wählt seine eigene Nummer – niemand meldet sich. Sie wird wohl schnell noch etwas einkaufen. Oder sie erwartet Samuele an der *Vaporetto*-Station Palanca.

Roberto ist schon an der Tür, als das Telefon läutet. Es ist Rigutto. »Der Drogentest war negativ«, sagt er ohne irgendeine Begrüßung.»Keine erlaubten und erst recht keine unerlaubten Drogen. Sie hat also bestimmt nicht angenommen, dass sie fliegen kann. Hilft dir das weiter?«

»Ja«, sagt Roberto. »Das schließt zumindest eine der Theorien aus. Vielen Dank.«

»Kein Problem. Also dann – ich muss wieder an die Arbeit, sonst beschweren sich noch meine Patienten.«

Roberto legt auf und denkt an Riguttos Patienten, die mit einem so genannten Leichenbegleitschein an der großen Zehe in ihren Kühlfächern liegen. Ihn fröstelt. Kälte hat manchmal erstaunlich wenig mit objektiven Temperaturen zu tun.

Vom Boot aus versucht er noch einmal zu Hause anzurufen. Wieder keine Antwort. Als er die Wohnungstür aufsperrt, weiß er sofort, dass niemand da ist. Kein Geschirrklappern aus der Küche, kein Fernsehton aus Samueles Zimmer. Keine Duftmischung, die Hinweise auf das abendliche Menü gibt. Auf dem Tisch ein Zettel: »Sind im Kultursaal. *Scaloppine* im Kühlschrank.«

Roberto hat keine Lust auf einsame Kalbsschnitzel, auch wenn sie bestimmt sehr zart und in Weißwein gedünstet sind. Er gießt sich ein Glas Mineralwasser ein und holt ein paar Grissini aus der Packung. Seine Stimmung schwankt zwischen Schuldgefühl und Selbstmitleid. Das Schuldgefühl ist schon nach wenigen Minuten stärker. Natürlich hat er wieder einmal vergessen, dass in dem kleinen Mehrzweckraum, der sich Kultursaal nennt, Samueles Fotoausstellung vorbereitet werden soll. Die Digitalkamera war ein Geschenk zu Samueles achtzehntem Geburtstag. Schnell wurde klar, dass Samueles Sicht Venedigs überaus ungewöhnlich war. Weder architektonische Kostbarkeiten interessierten ihn noch die Vielfalt der Boote. Weder Spiegelungen im Wasser der Kanäle noch die Sonnenaufgänge über San Giorgio Maggiore. Stattdessen fotografierte er den zerbrochenen Regenschirm, der nach dem Unwetter in einem Winkel liegen blieb. Einen Haufen Hundekot, der provokant mitten auf einer schön geschwungenen Marmortreppe lag. Eine Möwe, die einen Berg von Abfallsäcken nach Brauchbarem durchsuchte. Das Komitee, das über Ausstellungstermine entscheidet, war begeistert. »Sehr expressiv«, meinte einer der Sachverständigen.

Heldenhaft widersteht Roberto der Versuchung, seinen Trainingsanzug anzuziehen, die Beine hochzulegen und Genaueres über das Fußballspiel Inter gegen Juventus herauszufinden. Er wird sich jetzt und sofort um die Fotoausstellung seines Sohnes kümmern.

Das scheitert dann zwar daran, dass Sandra und Samuele bereits auf dem Rückweg sind, als er sie auf dem Ponte Piccolo trifft. Aber immerhin – sie essen gemeinsam Eis in der *Pasticceria*, Samuele erzählt Unzusammenhängendes und ist sichtlich voll Vorfreude auf den Beginn seiner künstlerischen Karriere.

Anschließend wärmt Sandra die *scaloppine* für Roberto auf, isst selbst noch etwas Salat, und Samuele sieht seine Lieblingssendung, *Kommissar Rex,* die Serie, die in Wien spielt und mit einem Schäferhund als Hauptdarsteller punktet.

Noch später liest Roberto dann weiter seinen Krimi und bewundert die Scharfsinnigkeit Joe Leaphorns. Außerdem lernt er bei der Gelegenheit, dass die Navajos einander mit »Ya-ta-hej« begrüßen und männliche Stammesmitglieder respektvoll mit »Hosteen« angesprochen werden.

Im Traum trägt der Colonnello eine Federkrone und Kriegsbemalung, während Roberto einen eben dingfest gemachten Verbrecher lustvoll an den Marterpfahl bindet.

Der Anruf kommt um zehn Minuten vor vier, wie Roberto mit einem verschlafenen Blick auf den Wecker feststellt. Und es ist nicht Robertos *telefonino*, sondern das Festnetztelefon, das läutet.

Sandra hat den Hörer schon am Ohr, als Roberto sich ächzend im Bett aufsetzt. Schon nach ihren ersten kurzen Antworten weiß Roberto, dass etwas nicht in Ordnung ist. Ganz und gar nicht in Ordnung. Sie legt den Hörer auf und starrt Roberto nur an.

»Sag schon!«, drängt Roberto. Er ist froh, dass Samuele sicher in seinem Bett liegt.

»Das war Neris«, sagt Sandra.

»Was will mein Bruder um diese Zeit von uns?«, fragt Roberto.

»Chiara«, sagt Sandra. »Man hat sie verhaftet. In New Mexico.«

»Du meine Güte.« Jetzt ist auch Roberto hellwach. »Doch nicht irgendwas mit Drogen?«

»Nein«, sagt Sandra. »Es geht nicht um Drogen. Die Anklage lautet auf Mord.«

12

Wenig später sitzen Chiaras Eltern mit Sandra und Roberto um den Küchentisch. Robertos Bruder umklammert die dickwandige Espressotasse. »Ich konnte nicht lange mit ihr reden. Ihr Freund Luca ist tot. Abgestürzt von irgendwelchen Klippen mit Wohnhöhlen. Und offenbar glaubt die Polizei, dass Chiara was damit zu tun hat. So ein Irrsinn!«

»Also geht es um einen Unfall mit Todesfolge«, sagt Roberto hoffnungsvoll.

Sein Bruder schüttelt hilflos den Kopf. »Vorsätzlicher Mord. Das ist es, was sie ihr vorwerfen.«

Das Wort »Mord« hängt im Raum wie etwas Giftiges, das man besser nicht einatmet. Und ich hab nicht mehr mit ihr geredet, am Tag bevor sie abgeflogen ist, denkt Roberto. Vielleicht wollte sie mir irgendetwas sagen, hat einen Rat gebraucht. Zumindest hätte ich ihr Glück wünschen müssen, wie sonst auch immer, wenn sie wegfährt. Gleichzeitig schüttelt er den Kopf über diese abergläubischen Gedanken.

»Haben die dort in New Mexico ...«, Chiaras Mutter schluckt, holt tief Luft, redet dann mühsam weiter, »... die Todesstrafe?«

Roberto versucht so sachlich wie möglich zu antworten. »Zweitausendneun abgeschafft!«

»Bis dahin haben sie dort Menschen von Gesetz wegen umgebracht?«, fragt Sandra.

Roberto nickt. »In vielen Staaten der USA tun sie das heute noch. New Mexico ist eine der Ausnahmen.«

»Wir müssen sofort dorthin«, sagt Chiaras Mutter.

Neris schüttelt den Kopf. »Es darf nur einer aus der Familie zu ihr.« Er schaut Roberto an. »Und Chiara will, dass du kommst.«

»Sie wird einen Anwalt brauchen«, überlegt Chiaras Mutter laut. »Wenn wir das Lokal zusperren, können wir uns das niemals leisten.«

Das könnt ihr euch doch auch so niemals leisten, denkt Roberto, der John Grisham gelesen hat.

Neris' Blick hat Roberto keinen Augenblick losgelassen. »Sie glaubt, dass du der Einzige bist, der ihr helfen kann.«

»Ich?« Roberto sieht enge Sitzreihen vor sich, Mahlzeiten, die in Plastikcontainern serviert werden, Kaffeetassen, die in Turbulenzen abstürzen.

»Ich kann nicht fliegen«, sagt er.

»Das brauchst du auch nicht, dafür haben Fluglinien extra ausgebildete Piloten.« Das ist eine typische Neris-Antwort.

»Samueles Fotoausstellung«, argumentiert Roberto. »Die Eröffnung ist am kommenden Samstag.«

»Sonntag«, korrigiert Sandra. »Samuele wird es verstehen. Du weißt, wie vernarrt er in Chiara ist.«

»Chiara braucht dich«, sagt Chiaras Mutter.

»Ich kann nicht einmal besonders gut Englisch«, beharrt Roberto.

»Du liest englische Bücher«, sagt Sandra.

»Es ist Urlaubszeit. Ich kann mir nicht vorstellen, dass der Colonnello einverstanden ist.«

»Ich kümmere mich um dein Flugticket«, sagt Neris.

»Selbstverständlich fliegst du«, sagt der Colonnello. »Was gibt's da zu überlegen? Eine Venezianerin, noch dazu deine Nichte, braucht unsere Hilfe in einem Rechtssystem, das ich für mehr als bedenklich halte.«

»Wir sind mitten in der Urlaubszeit und haben sowieso schon zu wenig Leute«, sagt Roberto.

»Das ist mein Text«, antwortet der Colonnello. »Deiner wäre der Onkel-Text: Nichts kann mich aufhalten und so weiter. Außerdem – es war lange nicht so ruhig in Venedig.«

»Und der Tote, den sie gestern bei Celestia aus dem Wasser gefischt haben?«

»Vermutlich Selbstmord.« Der Colonnello blättert flüchtig durch einige Papiere auf seinem Schreibtisch.

»Aber der Tote hatte ein Seil um den Hals geknotet«, widerspricht Roberto.

Achselzucken des Colonnello. »Wer weiß schon, was in Selbstmördern vorgeht. Aber wir kümmern uns drum. Es wird schon irgendeine Erklärung geben.« Langer prüfender Blick auf Roberto. »Ich versteh dich überhaupt nicht – es geht immerhin um deine Nichte!«

Ja, denkt Roberto. Eben. Emotional involviert nennt man das. Man könnte auch sagen, dass ich eine Scheißangst vor der Verantwortung habe. »Sie werden mich nicht als Kollegen akzeptieren«, sagt er. »Warum sollten sie mit mir zusammenarbeiten wollen?«

»Santa Fe, hast du gesagt?«, fragt der Colonnello. »Ich denke, da kann ich ein paar Fäden ziehen. Ich habe voriges Jahr mit einem Polizeiobersten aus Santa Fe ein Turnier gespielt.« »Ist Golf eigentlich ein Sport oder eine Art internationale Verschwörung?«, fragt Roberto.

»Das verstehst du nicht«, sagt der Colonnello freundlich.

Während Roberto an seinem Schreibtisch sitzt und noch schnell ein paar Berichte unterschreibt, wird ihm langsam klar, dass er demnächst, eingezwängt in einen viel zu engen Sitz, einen Plastikcontainer nach Genießbarem untersuchen und seinen Kaffee nicht in der Palanca-Bar trinken wird, sondern in Luftlöchern. Dann sieht er Chiaras Gesicht vor sich. Aber es wird sofort überlagert von dem Bild Caterina Loredans, wie sie auf dem vertrockneten Rasen des Schulhofs liegt.

Seltsam, denkt er irritiert. Im Abstand von wenigen Tagen zwei gleichartige Unfälle. Beide Opfer aus derselben Schule. Sie müssen einander gekannt haben. Ein Zufall? Oder ist die Lösung für den ersten Fall dort zu suchen, wo Chiaras Freund Luca starb?

13

»Sie haben Glück«, sagt Professore Gastaldi, der Schuldirektor. Er klingt nicht eben glücklich darüber, dass Roberto ihn an seiner Privatadresse aufgespürt hat. »Ein Tag später und ich wäre schon in meinem Ferienhaus in Feltre.« Roberto murmelt etwas, das als Entschuldigung aufgefasst werden könnte. Warum muss ich mich eigentlich dauernd dafür entschuldigen, dass ich meinen Job mache?, denkt er.

Der Schuldirektor führt Roberto in einen kleinen Raum, der aussieht, als wäre er von einer Bücherinvasion nach kurzem, aber heftigem Kampf in Besitz genommen worden. Bücher in Selbstbauregalen an den Wänden und auf dem Schreibtisch. Bücher auf den beiden Thonetstühlen und auf dem Fensterbrett. Stapel von Büchern auf dem Boden. Zum Angriff bereite, aufgeschlagene Bücher.

Professore Gastaldi nimmt die Bücher von den beiden Sitzgelegenheiten, findet einen Platz auf dem Boden für sie und deutet auf einen der beiden Stühle. Er setzt sich auf den anderen, springt aber sofort wieder auf. »Kann ich Ihnen etwas zu trinken anbieten?«

Roberto setzt sich vorsichtig. Der Thonetstuhl protestiert ächzend. Er ist offensichtlich nur an Bücher gewöhnt.

»Danke, nein, ich werde Sie auch nicht lange aufhalten.«

Gastaldi fährt sich mit einer nervösen Handbewegung

über die stoppelbärtige Wange. Auf seiner Stirn stehen kleine Schweißperlen, obwohl es in der Wohnung angenehm kühl ist. »Sie kommen vermutlich wegen des bedauerlichen Unfalls in der Schule.«
»Sie meinen Caterina Loredan? Nein. Aber es hat leider schon wieder einen bedauerlichen Unfall gegeben«, sagt Roberto. »In New Mexico. Und diesmal glaubt man nicht an einen Unfall.« Er erzählt das Wenige, das er über den Tod von Chiaras Freund weiß.
Gastaldi schüttelt immer wieder den Kopf. »Unfassbar«, sagt er mehrmals hintereinander. »Ich beneide den Kollegen nicht, der mit der Gruppe in Santa Fe ist.«
Roberto denkt flüchtig, dass der Tote und die Mordverdächtige vielleicht noch weniger zu beneiden sind, aber er sagt nichts. Er braucht einen kooperativen Gesprächspartner. »Bleiben wir gleich bei diesem Kollegen«, sagt er. »Ich würde gern so viel wie möglich über ihn erfahren.«
»Lorenzo Girotti.« Die Hände des Schuldirektors ordnen einen Bücherstapel auf dem Schreibtisch neben ihm. »Er ist einer der beliebtesten Kollegen an der Schule. Jung – Anfang dreißig. Unterrichtet Geschichte und Sozialkunde. Wird von den Mädchen angehimmelt.«
»Und er?«, fragt Roberto. »Himmelt er zurück?«
Der geordnete Bücherstapel wird umgeordnet. »Ich denke, er wird sich hüten. Jedenfalls sind mir nie irgendwelche Unkorrektheiten zur Kenntnis gekommen.«
Roberto macht eine Notiz auf seinem kleinen Block. »Und die Schüler – wie viele sind es eigentlich?«
»Fünf«, sagt Gastaldi. »Die fünf besten in dem Projektworkshop. Zwei Mädchen, drei Jungs. Da ist Chiara Gorin –«

»Ich kenne sie«, unterbricht Roberto. »Sie ist meine Nichte. Aber es würde mich trotzdem interessieren, wie Sie sie einschätzen.«
»Sehr verschlossen ...«
Was?, denkt Roberto. Unsere fröhliche, begeisterungsfähige Chiara?
»... äußerst ehrgeizig ...«
Was heißt ehrgeizig? Sie ist einfach intelligent!
»... kann Misserfolge sehr schwer akzeptieren.«
Redet er wirklich von Chiara? Dem unkompliziertesten Mädchen, das man sich vorstellen kann?
Als Professore Gastaldi fertig ist mit seinen Beschreibungen, hat Roberto zwei Seiten Notizen gemacht. »Sie sind ein ziemlich guter Beobachter von seelischen Vorgängen«, sagt er.
»Ich habe außer Philosophie auch Psychologie studiert«, antwortet Gastaldi. »Und am Unterrichten hat mich das Vermitteln von Wissen immer am allerwenigsten interessiert.«
Roberto überfliegt die Stichworte auf seinem Block, dann schaut er Gastaldi an, schätzt sein Alter. »Waren wir seinerzeit in diesem Alter auch so kompliziert?«
»Ja«, sagt Gastaldi. »Die meisten unserer seelischen Probleme hatten wir damals schon. Verstärkt durch die Belastung, die das Erwachsenwerden mit sich bringt. Die finanzielle Unselbstständigkeit. Die fehlende Erfahrung. Nur ein Beispiel: Wenn Sie dreißig sind, können Sie vermutlich zu Ihrer Homosexualität stehen. Aber sagen Sie mal mit siebzehn Ihrer entsetzten Mama, dass sie verliebt sind. Nur leider nicht in ein Mädchen.«
Gastaldi wirkt jetzt ruhig. Die anfängliche Nervosität ist

verschwunden. Die adrenalintreibende Wirkung des Wortes *polizia* abgeklungen.

»Sind eigentlich alle fünf gute Schüler?«, fragt Roberto.

»Sehr gute sogar«, antwortet Gastaldi. »Nein, warten Sie, alle bis auf Luca. Der hat sich in diesem Workshop zum ersten Mal hervorgetan. Ansonsten ist er – das heißt: war er – eher unterer Durchschnitt. Soweit man das nach der kurzen Zeit sagen kann.«

»Er war neu an der Schule?«

Gastaldi nickt. »Kam vom Festland. Mestre, glaub ich.«

»Gibt es am *Liceo Marco Polo* irgendein Problem mit Drogen?«, fragt Roberto.

»Für mich gibt es null Toleranz bei Drogen«, sagt Gastaldi energisch. »Wer an unserer Schule bleiben will, lässt die Finger davon. Gibt es Grund zur Annahme, dass ...«

»Bei Caterina war der Drogentest negativ«, beruhigt ihn Roberto. »Hat sie übrigens auch an diesem Projekt-Wettbewerb teilgenommen? Wollte sie nach New Mexico?«

Gastaldi sieht Roberto überrascht an. »Ich denke nicht. Soviel ich gehört habe, liegt ihre Stärke mehr im Künstlerischen. Jedenfalls war sie nicht unter denen, die sich qualifiziert haben.«

»Sie ist also keine gute Schülerin?«, fragt Roberto.

»Ich unterrichte sie nicht. Aber ich glaube mich zu erinnern, dass einer der Kollegen sich über ein bedenkliches Nachlassen ihrer Leistungen beklagt hat. Warum wollen Sie das wissen? Sehen Sie denn einen Zusammenhang zwischen Luca und Caterina?«

»Sie etwa nicht?«, fragt Roberto zurück. »Zwei Schüler derselben Schule haben dieselbe Art von – sagen wir mal –

Unfall. Caterina überlebt wie durch ein Wunder. Bei Luca macht das Wunder Pause.«

»Solche Zufälle gibt es«, sagt Gastaldi.

»Ich glaube nicht an Zufälle«, antwortet Roberto.

14

Roberto denkt an die Hochglanzinserate diverser Fluglinien, in denen ein glücklich lächelnder Reisender entspannt per Laptop seine Umsätze checkt, während er ein Gläschen Champagner schlürft und das freundliche Lächeln der bildschönen Flugbegleiterin erwidert.

Im wirklichen Leben hat Roberto die Nackenstütze des Vordermanns fast unterm Kinn, kann seinerseits den Sitz nicht zurückstellen, weil hinter ihm eine Mutter mit Kleinkind sitzt und eine streng blickende Uniformierte ihn gebeten hat, den Bewegungsraum des Kindes nicht weiter einzuschränken. Das Essen unter der Plastikhaube hat er gegen besseres Wissen auf Kommando seines verzweifelten Magens zu sich genommen. Undefinierbares Fleisch (Truthahn? Kalb? Huhn?) in einer suspekten Sauce, schlapper Salat, dem durch einige Trauben Exotik verliehen werden sollte. Dann eine Nachspeise, die sich hochtrabend *Tiramisu* nannte, was übersetzt »Zieh mich hinauf« bedeutet. In der Fluglinienversion hatte sie eine eher gegenteilige Wirkung auf Roberto. Mit einiger Mühe gelingt es ihm, die Notizen aus seiner Jackentasche zu ziehen, die er bei seinem Gespräch mit Gastaldi gemacht hat.

Lorenzo Girotti, der Lehrer. Anfang dreißig, attraktiv, beliebt. Vor allem bei den Mädchen. Unterrichtet Geschichte und Sozialkunde.

Chiara Gorin. Sechzehn. Eine andere Chiara, als er sie kennt. Ehrgeizig, kann nicht mit Misserfolgen umgehen. Bruna Pedretti. Ebenfalls sechzehn. Stark übergewichtig. Essstörung! Leidet darunter. Keine Freunde – jedenfalls nicht an der Schule. Luca Pizzini. Der Tote. Achtzehn. Gut aussehend. Starkes Geltungsbedürfnis. Kam erst vor Kurzem an die Schule. Fabio Taliani. Siebzehn. Hoch begabt. Sehr groß, sehr dünn (noch eine Essstörung?). Selbstwertprobleme? Daniele Versace. Achtzehn. Nicht verwandt mit dem Modehaus. Vater ein bekannter Anwalt. Gut aussehend, trotzdem Einzelgänger. Warum? Alle, bis auf den Toten, sind überdurchschnittlich gute Schüler.

So weit die Notizen.

Und alle fünf waren noch in Venedig, als Caterina Loredan aus dem dritten Stock der Schule fiel, denkt Roberto. Aber das war ja auf Anweisung des Conte Loredan ein Unfall. Montagnachmittag Caterina Loredan. Mittwochabend Luca Pizzini. Nach italienischer Zeit war das um vier Uhr früh.

Roberto ist durstig, versucht, die Aufmerksamkeit der strengen Stewardess auf sich zu lenken. Sie übersieht ihn gekonnt.

Ein Mädchen im orangeroten Gefängnisoverall kommt auf ihn zu. Sie ist an den Händen mit Handschellen und an den Füßen mit schweren Ketten gefesselt, kann wegen der Ketten nur kleine Schritte machen. Mit jedem Schritt dieses schreckliche metallische Scheppern. Sie hat den Kopf gesenkt, sodass die blonden Haare ihr Gesicht verdecken. Fliegen denn Gefängnisinsassen einfach so mit den anderen Passagieren? Muss man eine zierliche Person wirklich so aufwändig fesseln? Das Mädchen hebt plötzlich den Kopf und Roberto erkennt Chiara. Wieso ist sie hier in diesem Flugzeug? Er schreckt hoch, stellt fest, dass er eingeschlafen ist und seinen Angsttraum in die Realität des Fliegens versetzt hat.

Sein Mund ist trocken. Angst vor dem, was ihn in Santa Fe erwartet oder nur die trockene Luft in der Kabine? Vermutlich beides.

Die Flugbegleiter schieben einen Wagen durch den engen Gang und bieten Getränke an. Endlich. Roberto verlangt Mineralwasser. Vielleicht träum ich ja noch immer, denkt er. Demnächst wache ich neben Sandra auf und erzähle ihr, dass ich einen Albtraum hatte. Von Chiara, die in New Mexico ihren Freund von irgendwelchen Klippen gestoßen haben soll.

Falls es nur ein Traum ist, so geht er jedenfalls weiter. Der Flugkapitän teilt mit heiterer Stimme mit, dass man demnächst durch eine Schlechtwetterzone fliegen wird und dass es vermutlich ein wenig *bumpy* werden wird.

Die nächsten zehn Minuten verbringt Roberto damit, sich darüber zu wundern, dass sein Magen offenbar seinen angestammten Platz verlassen kann, um kurzfristig zwischen den Ohren zu parken. Seltsamerweise empfindet er weder Angst noch Übelkeit. Nur die Spielchen der Schwerkraft beschäftigen ihn. Und der Gedanke, ob wohl hoffentlich das Kind hinter ihm nicht zur Reisekrankheit neigt.

Zwar kotzt es ihm nicht in den Nacken, brüllt ihm dafür aber ins rechte Ohr. Roberto will aufstehen und seinen Gehörnerven eine kurze Erholung gönnen, wird aber von der

Strengen energisch daran gehindert.»*Would you please keep seated and fasten your seat belt!*« Das wird alles unglaublich komisch klingen, wenn ich es irgendwann erzähle, denkt er. Aber im Augenblick ist mir der Sinn für Humor gründlich abhanden gekommen.

Nach Durchquerung der Schlechtwetterzone bekommt er ein Formular zum Ausfüllen, in dem er gefragt wird, ob er regelmäßig illegale Drogen nimmt, vorbestraft ist und vorhat, nach seiner Ankunft in den Vereinigten Staaten terroristische Anschläge zu begehen. Man stelle sich Terroristen vor – in diesem Widerstreit zwischen Wahrheitsliebe und fanatischem Sendungsbewusstsein! Kopfschüttelnd füllt Roberto das Formular aus. Ha! Auch das werde ich vielleicht irgendwann komisch finden, denkt er.

Zwischenlandung in Atlanta, Georgia. Aus nicht ersichtlichen Gründen muss er seinen Koffer vom Förderband holen und sich samt Gepäck beim *Immigration*-Schalter anstellen. Vor ihm eine sehr lange Menschenschlange. Zwei Stunden Zeit bis zu seinem Anschlussflug. Müsste klappen.

Irgendwann steht er dann an dem Schalter. Eine gelangweilte, dunkelhäutige Frau mit Hornbrille blättert in seinem Reisepass, fragt ihn nach dem Grund seiner Reise. Oh, nichts weiter, ist er versucht zu antworten. Ich habe da bloß eine Nichte in Santa Fe, die unter Mordanklage steht. Er sagt es nicht. Er sagt: Verwandtenbesuch. Was auch nicht gelogen ist. Die Hornbrille ist zufrieden.

Was haben die 9/11-Attentäter eigentlich bei ihrer Einreise in die Vereinigten Staaten gesagt?

Er erreicht seinen Anschlussflug. Aber knapp. Denn das Gepäck muss erneut eingecheckt werden. Dann eine weitere Sicherheitskontrolle. Schuhe ausziehen, zusammen mit

Kleingeld und Wohnungsschlüsseln in einen Behälter. Der Metalldetektor schrillt trotzdem. Die Gürtelschnalle. Gürtel weg – zu den anderen Sachen. Jetzt ist der Detektor zufrieden. Schuhe anziehen, Gürtel in die Schlaufen fädeln. Verdammt, ich bin zu dick. Ein hastiger Blick auf die Uhr. Wo, zum Teufel, ist Gate 21? Wieder ist da dieses Gefühl, sich in einem absurden Traum verirrt zu haben.

Im Flugzeug nach Albuquerque verteilen die Flugbegleiter kleine Beutel mit Salzbrezeln und Softdrinks. Mineralwasser ist aus, als der Getränkewagen bei Roberto ankommt. Also gut – Diätcola.

Statt *cicheti* und *ombra* – Salzbrezeln und Diätcola.

Goodbye, Venice. Hello, America.

Roberto seufzt.

15

Der Mann trägt einen hellen geflochtenen Strohhut mit breiter Krempe und einen Anzug, der es an Zerknautschtheit durchaus mit Columbos Trenchcoat aufnehmen kann. In der Hand hält er ein Schild mit der Aufschrift: »Gorin, Venice«.

Roberto geht auf ihn zu und spürt, wie soeben alle Englischvokabeln seinen Gedächtnisspeicher verlassen.

»Gorin«, sagt er deshalb knapper als gewollt.

»Oh.« Zusammenfassender Blick über Robertos Fülle. »*Nice to meet you.*« Der Zerknautschte stopft das Schild in einen Abfallkorb und reicht Roberto die Hand. »Ben Tibbs. Wie war Ihr Flug?«

Nicht eine einzige der Antworten, die Roberto auf diese Frage geben möchte, fällt ihm auf Englisch ein. »Okay«, antwortet er daher.

»Sie haben Gepäck?«, fragt Tibbs.

Roberto nickt. »Einen Koffer.«

»Dann wollen wir mal sehen, ob er mit Ihnen gelandet ist. Soll manchmal tatsächlich vorkommen.« Kurzes Lachen. Dann geht Tibbs voraus zu dem Förderband, auf dem in diesem Augenblick die ersten Gepäckstücke ausgespuckt werden.

Ist der Mann Polizist? Geheimagent? Ein Anwalt? Der geheimnisvolle Golfpartner?

Du wirst am Flughafen abgeholt, hat der Colonnello nur zu Roberto gesagt.

Stummes Warten. Der Koffer poltert auf das Förderband. Roberto folgt Tibbs, der mit raschen Schritten vorausgeht. Die Buntheit hier fällt auf. Ein Restaurant. Tische und Stühle in knalligen Farben mit wildem Zackenmuster. Vitrinen an den Wänden. Teppiche, Silberschmuck, Lederjacken im Trapperstil.

»*Southwestern style*«, sagt Tibbs. »Sie werden noch viel davon zu sehen kriegen.«

Ich bin nicht als Tourist gekommen, denkt Roberto.

Kein Polizeiauto vor dem Flughafengebäude, sondern ein alter Lexus in der Tiefgarage. Kein Blaulicht, das bei Bedarf auf dem Wagendach angebracht werden kann. Kein Funk. Also wenn der Zerknautschte Geheimagent ist, dann ein sehr geheimer.

Wortlos steuert Tibbs durch das Straßengewirr. Als echter Venezianer fühlt sich Roberto in dieser hektischen Vielspurigkeit verunsichert. Highway North, liest er auf einer grünen Tafel. Santa Fe. Taos.

Riesige Laster mit viel Chrom und langen Kühlerhauben. Große Limousinen. Es ist deutlich zu sehen, dass hier Benzin immer noch vergleichsweise billig ist.

Hügel auf beiden Seiten des Highway, bewachsen mit kleinen kugeligen Büschen. Manche grün, viele braun. Hellrote rissige Erde.

»Wir hatten seit sieben Wochen keinen Regen«, sagt Tibbs. »Wird Zeit, dass die *native people* mit ihren Regentänzen beginnen.«

»Das hilft?«, fragt Roberto.

Schulterzucken. »Wer weiß das schon so genau.«

Roberto deutet zu den dramatischen weißen Wolkenfetzen auf dem blassblauen Himmel. »Und das?«

»Nichts als Folklore«, sagt Tibbs. »New Mexico ist berühmt für seine Wolkenstimmungen. Regenwolken sehen anders aus.«

Ebene jetzt, wohin man schaut. Gelbe Erde, auch sie mit grünen und braunen Tupfen. Mittendrin das schwarze Band des Highway. *Don't litter*, sagen Plakate in regelmäßigen Abständen. Trotzdem liegen Getränkedosen und Flaschen am Straßenrand. Sichtbare Gedankenlosigkeit im Vordergrund. Endlosigkeit, wenn man darüber hinwegsieht. Nirgendwo stößt der Blick auf Hindernisse. Endlose Erde, endloser Himmel.

»Ihr habt mehr Himmel als wir«, sagt Roberto.

»*Land of Enchantment*«, antwortet Tibbs lächelnd. »Steht auf allen unseren Nummernschildern. Muss also stimmen.«

Robertos Bewusstsein landet aus der Unendlichkeit wieder im Hier und Jetzt. »Sind Sie Polizist?«, fragt er.

»Seh ich so aus?« Deutliches Entsetzen in Tibbs' Stimme. »Nein – ich bin ...« Kurzes Zögern. » ... ein *shrink*.«

»Psychiater?« Roberto ist seinen englischen Kriminalromanen dankbar. *Shrinks* kommen häufig vor. »Und Sie arbeiten für ...«

»Die NASA. Meistens jedenfalls.«

Die Sache wird immer mysteriöser, denkt Roberto. Wieso wird er von einem Psychiater abgeholt, der für die Raumfahrtbehörde arbeitet? Laut sagt er: »Was genau macht ein NASA-Psychiater? Den Astronauten die Flugangst nehmen? Sie von der Idee abbringen, dass sie UFOs gesehen haben?«

Tibbs lacht keineswegs. »Sie sind näher dran, als Sie glauben«, sagt er. »Immerhin sind wir in New Mexico. Sie wissen Bescheid über den Roswell-Zwischenfall?«

Roberto nickt. Er hat über das UFO gelesen, das bei Roswell abgestürzt sein soll. Mit mehreren Außerirdischen an Bord. Angeblich hat die amerikanische Regierung alles vertuscht.

»Das ist lange her«, sagt Roberto.

»Ja«, antwortet Tibbs. »Roswell war 1947.«

Roberto wartet auf eine weitere Erklärung. Sie kommt nicht. Also fragt er. »Ich bin aber kein Astronaut. Auch kein Außerirdischer. Warum haben Sie mich am Flughafen erwartet?«

»Ich war der einzige Freiwillige«, lächelt Tibbs.

»Aber wieso Sie – ein Psychiater?«

»Manchmal wünscht die Polizei meine Meinung zu einem Fall«, sagt Tibbs. »Vor allem, wenn politische Probleme zu erwarten sind.«

»Politische Probleme?«, wiederholt Roberto ratlos.

»Das Opfer ist Italiener. Die Verdächtige auch. Unsere Jungs im Irak haben erst vor relativ kurzer Zeit einen italienischen Geheimagenten erschossen. Der Fall Calipari – Sie erinnern sich?«

Roberto nickt. Natürlich erinnert er sich daran, dass bei der Befreiung einer italienischen Journalistin alles Mögliche schief gelaufen ist. Dass amerikanische Soldaten an einem Checkpoint die Nerven verloren haben. Dass sie erst schossen und dann fragten. Da war aber die befreite Journalistin schon schwer verletzt und der Geheimpolizist Calipari tot.

»Nicht genug damit, haben die Jungs vom CIA aus Mailand einen verdächtigen Moslem entführt. Ohne die italienischen Behörden darüber zu informieren. Die schalten jetzt auf stur und haben einen Haftbefehl gegen dreizehn CIA-Agenten erlassen. Gar nicht gut für die bilateralen Beziehungen.«

Roberto nickt wieder. Er hat sowohl die *Gazzettino*-Artikel als auch die interne Mitteilung gelesen. Was das alles mit Chiara zu tun haben soll, ist ihm allerdings schleierhaft.

»Man will keine weitere Verstimmung zwischen Italien und den USA riskieren«, sagt Tibbs. »Daher die Bereitschaft, Sie einzubeziehen. Schließlich sind wir *brothers in arms*.«

Waffenbrüder, denkt Roberto. Das fehlt mir gerade noch. Da kommt man als Onkel und eventuell noch als Polizist nach Amerika und dann sitzt man plötzlich als ganz Italien auf dem Beifahrersitz eines alten Lexus. Neben einem vermutlichen Verteidiger des Irakkriegs und der Trump-Regierung.

»Kürzlich war Trump hier bei uns im Südwesten«, sagt Tibbs.

Na bitte, denkt Roberto. Da haben wir's. Und der Mann ist psychologischer Sachverständiger in Chiaras Fall.

»Der Präsident hielt eine Rede vor einer Versammlung von Navajos«, fährt Tibbs fort. »Über die Neuerungen, die er vorhat, um das Leben der Indianer in den Reservaten zu verbessern. Über die brüderliche Verbundenheit, die er mit ihnen fühlt. Über eine gemeinsame Zukunft, Seite an Seite mit den *Native Americans*. Es war eine sehr gefühlvolle Rede. Anschließend verliehen die Stammesältesten dem Präsidenten den Indianernamen *Walking Eagle*. Trump war sehr geschmeichelt.«

Roberto starrt stumm auf den Highway. *Walking Eagle!* Muss er jetzt beeindruckt sein? Tibbs redet schon weiter.

»Nachdem der Präsident weg war, fragte ein Journalist die Stammesältesten, was *Walking Eagle* zu bedeuten habe. Ganz einfach, sagte einer der Navajos. *Walking Eagle* ist ein Vogel so *full of shit*, dass er nicht mehr fliegen kann.« Es dauert eine Weile, bis Roberto in Tibbs' Lachen einstimmt. Noch während er lacht, fühlt er sich schuldig. Er ist nicht gekommen, um sich hier über Trump-Anekdoten zu amüsieren. Aber immerhin – es stehen keine unvereinbaren politischen Ansichten zwischen ihm und Tibbs. Das wird helfen. »Kennen Sie die Fakten im Fall Luca Pizzini?«, fragt er.

»Die Fakten?« Tibbs denkt kurz nach. »Die Fakten sind die: Am Vierzehnten dieses Monats sind die ersten Besucher der Nizhoni Cliff Dwellings zwei ältere Engländerinnen. Eine der beiden geht voraus und stößt einen Entsetzensschrei aus. Tief unten auf dem verbrannten Gras des Canyons liegt eine leblose Gestalt. Die beiden alten Damen verständigen den Park-Ranger. Der ruft die Ambulanz und den zuständigen Polizisten. Der Notarzt stellt den Tod des jungen Mannes fest und datiert ihn auf zwölf Stunden früher. Also etwa halb acht am Vorabend. Plus/minus Korrektur durch den Gerichtsmediziner. Officer Luis Baca von der *Tribal Police* beginnt mit den Ermittlungen.«

»*Tribal Police?*«

»Die Cliff Dwellings liegen im Reservat der Cochiti-Indianer. Alle Reservate haben ihre eigene Polizei und Gerichtsbarkeit«, erklärt Tibbs. »Der Tote hat einen Ausweis bei sich. Also steht sehr schnell fest, dass er zu der italie-

nischen Gruppe gehört, die im Nizhoni-Gästehaus wohnt. An dem Punkt...«
»Nizhoni?«, unterbricht ihn Roberto. »Was heißt das eigentlich?«
»Das ist aus der Sprache der Navajos und heißt ›der gute Weg‹. Leider hat der junge Italiener keinen guten Weg hinunter in den Canyon genommen. Höchstens einen schnellen. Jedenfalls: Als die Nationalität des Toten feststeht, kommt die Politik ins Spiel. Zwei FBI-Leute tauchen auf und erklären den Fall zu einer *federal investigation*. Luis Baca von der *Tribal Police* muss den Fall abgeben.«
»Keine Zusammenarbeit?«, fragt Roberto.
Tibbs schüttelt den Kopf. »Zu verschieden. Die Arbeitsweise. Die Art zu denken. Luis Baca scheint der Meinung zu sein, dass die Geister der Anasazi ihre Behausungen gegen die Invasion von Touristen verteidigen.«
Schon wieder ein Begriff, der Roberto fremd ist. »Wer sind die Anasazi?«
»Anasazi ist Navajo und heißt *ancient ones*. Ihre Geschichte reicht mehr als siebentausend Jahre zurück. Sie waren erst Nomaden und wurden dann sesshaft. In ebendiesen Cliff Dwellings, von denen es in der Four-Corners-Region einige gibt. In Colorado, New Mexico, Utah und Arizona. Die Anasazi entwickelten ein beachtliches Geschick darin, diese steilen Sandsteinklippen zu vielstöckigen Behausungen auszubauen. Kühlräume und komfortable Terrassen inbegriffen. Außerdem waren sie begnadete Töpfer, Korbflechter und Schmuckdesigner. Türkise sind ja hier in der Gegend reichlich zu finden. Sie züchteten Geflügel, bauten Mais, Bohnen und alles mögliche andere an und erfanden ein sehr gut funktionierendes Bewässerungs-

system. Warum sie von der Bildfläche verschwanden, darüber streiten die Gelehrten. Die einen plädieren für schreckliche Dürrejahre und darauf folgende Hungersnot. Andere wieder sind davon überzeugt, dass sie sich gegenseitig ausgerottet haben. Stammeskriege. Nach jüngsten Funden waren sie außerdem Kannibalen. Das lag aber vielleicht schon daran, dass Nahrung knapp wurde. Was isst man nicht alles, wenn man hungrig ist.«

»Und dieser Luis Baca ist der Meinung, dass die Anasazi irgendwelche Geister gegen Besucher mobilisieren? Spirituelle Rausschmeißer sozusagen?«, fragt Roberto nachdenklich. Ihm ist jede Spur recht, sofern sie Chiara entlastet.

Tibbs nickt. »Etwas in der Art. Das erheitert die *guys* vom FBI natürlich.«

»Und wie denken Sie darüber?«, will Roberto wissen.

»Ich kenne Luis Baca. Ich weiß, dass er ein erfahrener Polizist ist und kein Dummkopf. Er sagt so was nicht ohne Grund.«

»Und warum verdächtigt man Chiara? Sie ist übrigens meine Nichte.«

»Ist bekannt.« Tibbs nickt. »Die Rauchzeichen zwischen Venedig und Santa Fe funktionieren ausgezeichnet.«

Tibbs überholt eben ein komplettes Haus mit Veranda und Vorhängen an den Fenstern. »Übersiedlung auf Amerikanisch. Dir gefällt die Gegend nicht mehr? Nimm dein Haus und geh!« Tibbs deutet auf den Tieflaster. »Ihre Nichte lügt«, sagt er nach einer kleinen Pause.

Schon wieder etwas Neues, das ich über Chiara erfahre, denkt Roberto.

»Sie sagt, es gab keinen Streit zwischen ihr und dem Toten. Aber wir haben einen Zeugen für eine heftige Auseinandersetzung. Sie behauptet, sie hätte an dem Abend das Gästehaus nicht verlassen, aber jemand hat sie auf dem Weg zu den Cliff Dwellings gesehen und wiedererkannt. Ein Mann, der mit seinen beiden Hunden spazieren war. Außerdem hielt der Tote etwas in seiner rechten Hand. Es war der Schal Ihrer Nichte. Da drängt sich natürlich ein Bild auf. Der Junge wird gestoßen, er versucht, sich an etwas festzuhalten, greift nach ihrem Schal und –« Tibbs beendet den Satz nicht. Muss er auch nicht.

Roberto spürt etwas wie Übelkeit aufsteigen. Da ist wieder diese Angst zu versagen. Oder ist es die Angst, hier in New Mexico etwas zu finden, was er nicht wahrhaben will?

Da ist noch etwas, das Roberto nicht begreift. »Der Tote lag die ganze Nacht im Canyon? Hat man denn nicht nach ihm gesucht? War er von seiner Gruppe vermisst gemeldet?«

Tibbs schüttelt den Kopf. »Sein Zimmerkollege – so ein langer, dünner ...«

Roberto erinnert sich an seine Notizen. »Fabio Taliani.«

»Richtig«, nickt Tibbs. »Also der sagt aus, dass Luca für den Abend eine Verabredung hatte. Er machte sich weiter keine Gedanken und ging seelenruhig schlafen. Der andere, der noch im selben Zimmer schlief, so ein gut aussehender Dunkelhaariger, der bestätigte das Ganze.«

»Aber am Morgen, als er merkte, dass Luca die ganze Nacht weg war?«

»Da sagten die beiden Zimmerkollegen noch immer nichts, weil sie den anderen schützen wollten. Die betreffende Verabredung war nämlich amouröser Natur«, sagt Tibbs. »Und alle wussten davon.«

»Und mit wem Luca verabredet war, das wussten auch alle?«, fragt Roberto ahnungsvoll.

»Ja.« Tibbs nickt. »Das wussten sie auch.« Kleine Pause. »Mit Ihrer Nichte.«

»Und was sagt Chiara?«

»Nichts. Nachdem man sie dem Zeugen gegenübergestellt hatte, der sie in der Nähe der Cliff Dwellings gesehen hatte, sagte sie gar nichts mehr.«

»Haben Sie mit ihr gesprochen?«, fragt Roberto.

»So kann man es nicht ausdrücken«, sagt Tibbs. »Ich habe gesprochen und sie hat nicht geantwortet. Außer mit ihrem *zio* Roberto will sie mit niemandem reden.«

Roberto stellt die Frage nicht gern, aber er muss wissen, woran er ist. »Glauben Sie, dass sie es getan hat?«

Tibbs sieht ihn kurz an, schaut dann wieder auf die Straße. »Dann hätte ich mich nicht freiwillig gemeldet, einen ihrer Verwandten am Flughafen abzuholen.«

Roberto ist erleichtert. Er kann jeden Verbündeten brauchen, den er kriegen kann. »Aber warum hat sie gelogen?«, fragt er mehr sich selbst als sonst jemanden.

»Ja – warum?«, sagt Tibbs.

16

Das *Land of Enchantment* spielt alle seine dramatischen Trümpfe aus. Roberto hat die Abendstimmungen in Venedig immer für unvergleichlich gehalten. Gegen das Furioso an Farben, das sich hier auf einem Himmel ohne Grenzen ereignet, verblassen Turners Sonnenuntergänge und die rosafarbenen Tiepolo-Wolken.

Sie sind vom Highway abgebogen und fahren auf einer Staubstraße, die dieser Bezeichnung mehr als gerecht wird. Sieben Wochen kein Regen. Trotzdem diese lebendige Vielfarbigkeit. Manche der niedrigen Gewächse im gelblichen Sand nehmen die Farben des Abends auf und leuchten violett. Dazwischen stehen Pflanzen mit Blättern in staubigem Steingrün. Salbei vielleicht? Ab und zu das Gelb von Ginster, der sich auch durch lange Trockenheit nicht vom Blühen abhalten lässt. Kakteen strecken stachlige Arme gegen den Abendhimmel oder tragen dunkelpurpurfarbene Früchte auf runden Ohren. Sehr pittoresk. Wie im Kino. Links eine lang gestreckte dunkle Steinformation.

»Interessante Petroglyphen«, sagt Tibbs. »Manche davon sind wirkliche Kunstwerke. Lohnt sich, sie anzuschauen. Aber nicht jetzt am Abend – Klapperschlangen mögen keine späten Besucher.«

Ein seltsames Heulen lässt Roberto aufhorchen.

»Kojoten«, sagt Tibbs. »Viel besser als ihr Ruf. Sehr sozial.«

Wüste, Klapperschlangen, Kojoten ... Fehlt nur noch ein unerschrockener Sheriff auf der Jagd nach Bankräubern, denkt Roberto.

Einige niedrige Gebäude tauchen vor ihnen auf. Rötliche Farbe, wie man sie auch an Häusern in Venedig findet. Aber weiche, abgerundete Formen, keine Ecken oder Kanten. Keine sichtbaren Dächer. »Adobe«, sagt Tibbs. »Der Baustil der Pueblo-Indianer. Im Original strohverstärkte Erdziegel mit einem Lehmverputz. Das Gästehaus hier ist allerdings *Fake*-Adobe. Aber immer noch besser als manche Selbstverwirklichungsversuche moderner Architekten.«

Tibbs parkt neben einigen anderen Fahrzeugen. »Ein Zimmer für Sie ist bestellt. Abendessen gibt es auch. Ich hoffe, Sie essen gern scharf.«

»Wann kann ich zu Chiara?«, fragt Roberto.

»Morgen«, sagt Tibbs. »Ich komm Sie um elf abholen. Erst mal zur *crime scene*, dann zur *Youth Correction Facility* in Santa Fe.«

Das Wort »Gefängnis« hat er gekonnt vermieden.

Roberto sieht zu, wie Tibbs in einer gelblichen Staubwolke verschwindet. Er fühlt sich hilflos. Nicht sein Land, nicht seine Sprache, nicht sein Einflussbereich. Ein Cop auf fremdem Terrain. Ein Fisch auf dem Trockenen.

Dann steht plötzlich Terence Hill mit blitzblauen Augen neben ihm, greift nach dem Koffer und sagt in weichem Venezianisch: »Lassen Sie mich das machen.«

Roberto geht neben dem braun gebrannten Blonden zum blau gestrichenen Eingangstor, über dem »Nizhoni Guest House« steht.

Und ich bin Bud Spencer, denkt Roberto. Terence Hill stellt den Koffer ab und streckt ihm die Hand entgegen. »Lorenzo Girotti«, sagt er.

Der Lehrer also. Geschichte und Soziologie. Kein Wunder, dass die Schülerinnen ihn cool finden, wie man es heutzutage vermutlich ausdrückt.

»Wollen Sie etwas essen?«, fragt Girotti.

Ich kann nichts essen, sagt Robertos Gefühl. Selbstverständlich können wir, protestiert sein Magen. »Ja, gern«, hört Roberto sich sagen.

Gemäßigter *southwestern style* im Speisesaal. Sehr schöne gewebte Teppiche an den Wänden. Stilisierte Adler auf den bunten *table mats*. Roberto studiert die ebenfalls sehr bunte Speisekarte.

»Bohnen drin, Chili drauf«, sagt Girotti. »Ziemlich egal, was Sie bestellen.«

Roberto entscheidet sich für etwas, das sich *burrito* nennt.

»Wie wollen Sie Ihr Chili?«, fragt das Mädchen, das die Bestellung aufnimmt. Helloliver Teint, lange dunkle Haare. Augen wie die Lagune bei Neumond. Die perfekte Besetzung für Winnetous Schwester.

»*Christmas style*«, antwortet Girotti für Roberto. Die Dunkelhaarige lächelt ihn an, er strahlt zurück. Der blondblauäugige Charme scheint nicht nur auf venezianische Schülerinnen zu wirken.

»Dann kriegen Sie beide Sorten Chili«, erklärt Girotti. »Rot und Grün. Wein gibt's übrigens nicht, Bier auch nicht. Wir sind hier in einem Indianerreservat. Kein Alkohol. Ganz streng. Nicht einmal im Kofferraum darf man eine Flasche Wein oder eine volle Bierdose dabeihaben. Die *Tribal Police* kontrolliert das manchmal.«

Tribal Police ... Roberto denkt flüchtig an Officer Baca, den man von dem Fall abgezogen hat. Der an die Rache der Anasazi-Geister glaubt. Dann isst er seine sehr scharfen Burritos und trinkt größere Mengen Mineralwasser dazu.
Girotti redet.
Die *ragazzi* sind unterwegs, erzählt er. Mit einem einheimischen Führer. In Pecos, einem teilweise erstaunlich gut erhaltenen Pueblo. Hat keinen Sinn, wenn sie nur herumsitzen und über das Furchtbare nachdenken. Hilft keinem. Oder? Kann sein, dass sie erst sehr spät zurückkommen.
Roberto isst, hört zu und versucht, diesen Lehrer irgendwo einzuordnen. Spielt er eine Rolle in dem Drama? Nichts deutet derzeit darauf hin. Aber da ist dieses Gefühl, das Roberto von vielen anderen Gelegenheiten kennt. Eine Art Alarmsignal, das ihn aufmerksam werden lässt. Weiß Girotti überhaupt schon von Caterina Loredan? Er fragt ihn.
»Was?« Girotti starrt ihn entsetzt an. »Aus dem dritten Stock der Schule? Was hat sie in den Ferien überhaupt dort gewollt? Ist sie schwer verletzt?«
Entsetzen und Überraschung scheinen echt.
Roberto berichtet, was er weiß.
Girotti schüttelt den Kopf. »Besser, wir behalten das mit Caterina im Augenblick noch für uns. Es haben schon alle genug damit zu tun, die Sache mit Luca zu verkraften. Und damit, dass Chiara verdächtigt wird. Ist natürlich absoluter Unsinn. Ausgerechnet Chiara. Sie ist so ...« Er sucht hörbar nach Worten. »So hilfsbereit, offen, intelligent, aber nicht nur im üblichen Sinn, sondern auch auf einer emotionalen Ebene. Eine Ausnahmeerscheinung, ja, absolut.«
Roberto hört zu. Beobachtet die Körpersprache. Versucht, Ungesagtes wahrzunehmen. Schon wieder ein völ-

lig anderes Bild Chiaras. Irgendwo zwischen der Lügnerin und mutmaßlichen Mörderin und der fehlerlosen Ausnahmeerscheinung, wie Girotti sie beschreibt, wird ja wohl die Chiara zu finden sein, die er kennt, seit sie ihm als brüllender Winzling hinter dem Glasfenster im *Ospedale Civile* gezeigt wurde.

»Wollen Sie heute Abend noch mit unseren *ragazzi* reden?«, fragt Girotti. »Wenn sie von Pecos zurückkommen?«

»Nein«, sagt Roberto. »Die werden müde sein und ich bin es auch. Aber ein gemeinsames Frühstück um acht wäre gut. Und dann hätte ich gerne einen Raum, wo ich mit jedem allein sprechen kann.«

»Kein Problem.« Girotti nickt und deutet dann mit dem Kopf in die Richtung der Dunkelhaarigen, die vorhin Robertos Bestellung aufgenommen hat und jetzt eben draußen am Empfang nach dem Telefonhörer greift. »Marge führt dieses Gästehaus hier und sie ist sehr hilfsbereit.«

Davon bin ich überzeugt, denkt Roberto.

17

Robertos Ohren wachen zuerst auf. Ungewohnte Geräusche. Ein seltsam flirrender Ton vom offenen Fenster. Rufe in einer ungewohnten Sprache. Venedig ist das nicht. Venedig klingt anders. Die Erinnerung. Der Flug, die Fahrt von Albuquerque nach Santa Fe, Tibbs. Das Gespräch mit Girotti. Chiara. Blick auf den Reisewecker. Gestern Abend auf Ortszeit umgestellt. Halb sieben. Der Koffer ist noch nicht ausgepackt.

Roberto steht auf, geht zum Fenster und entdeckt die Ursache für das hohe, flirrende Geräusch. An den Ästen des Baumes vor seinem Fenster hängen durchsichtige Behälter, gefüllt mit einer hellen Flüssigkeit. Winzige Vögel mit langen dünnen Schnäbeln umschwirren sie. Ein Futterplatz für Kolibris. Roberto sieht zu, wie die bunt gefiederten Winzlinge trinken. Sandra wäre begeistert. Sie fehlt ihm. Jetzt schon.

Er duscht, zieht frische Sachen an, setzt sich an den kleinen Tisch, liest noch einmal, was ihm der Schuldirektor über die fünf *ragazzi* und den Lehrer gesagt hat. Ab und zu ergänzt er etwas.

Chiara kennt er. Oder etwa doch nicht? Warum hat sie gelogen?

Lorenzo Girotti, den Lehrer, hat er mittlerweile getroffen. Was ist von ihm zu halten? Roberto weiß es nicht. Das Alarmsignal. Bedeutet es etwas?

Luca Pizzini. Ihn wird er nicht mehr kennenlernen. Hat der Autopsiebericht etwas von Bedeutung ergeben? Spuren eines Kampfes vielleicht? Kam der Stoß überraschend? Genauere Todeszeit?

Fehlen noch Bruna Pedretti, die Übergewichtige. Fabio Taliani, der Hochbegabte. Daniele Versace, der Einzelgänger.

Und dann ist da wieder das Bild von Caterina Loredan. Wie passt sie in dieses verwirrende Durcheinander? Unfall, Zufall, Mordfall? Das Einfachste wären zwei Unfälle. Nur Opfer. Schlimm genug. Aber wenigstens keine Täter.

Aber einfach ist es nie. Das hat Roberto im Lauf der Jahre gelernt.

Der Reisewecker zeigt halb acht. Auch gut, denkt Roberto, dann bin ich eben der Erste beim Frühstück.

Er ist keineswegs der Erste. Die Gruppe sitzt vollzählig im Speisesaal. Gemurmelte Unterhaltung, die abrupt endet, als Roberto auftaucht.

Botticelli-Gesicht mit Figurproblem: »*Ciao*, Bruna.«

Eins neunzig, blass, bebrillt: »*Ciao*, Fabio.«

»Und du bist Daniele, nicht wahr?«, sagt Roberto zu dem Dunkelhaarigen mit den wachen Augen.

Händeschütteln mit Girotti. Er sieht auch bei Tageslicht beneidenswert gut aus. Braun gebrannt, blitzblauäugig, Haare in der Farbe von Wüstensand. Lachfalten.

Diesmal ist es eine ältere korpulente Frau mit dunkler Haut, die an ihren Tisch kommt, um die Bestellungen aufzunehmen. »Die Leute hier essen schon zum Frühstück

Burritos mit Bohnen und Chili«, sagt Girotti. »Wir konnten uns nicht daran gewöhnen.«

Also Kaffee, *muffins, pancakes, waffles*. Der Kaffee ist für italienischen Geschmack kaum trinkbar. Aber Robertos Waffeln mit Blaubeeren und Ahornsirup lassen ihn einige genussvolle Bissen lang den unerfreulichen Anlass seiner Reise vergessen.

Sie frühstücken schweigend. Die Stimmung ist gedrückt, der Appetit bestens.

Das Leben setzt sich durch, denkt Roberto.

»Im Nebengebäude ist eine kleine Bibliothek«, sagt Girotti. »Dort werden Sie ungestört sein, meint Marge.«

Alle scheinen bereits zu wissen, dass Roberto mit ihnen reden will. Einzeln. *A quattr'occhi.*

»Wer macht den Anfang?«, fragt Roberto.

»Okay«, sagt Bruna achselzuckend. »Aber es gibt nicht viel zu sagen.«

Dann sitzt sie ihm gegenüber in diesem hellen, freundlichen Raum mit Blick auf einen begrünten Innenhof. Im Wind flirrende silberne Blätter vor einem der Fenster. Dahinter die Wüste New Mexicos. Bücher an den Wänden in blaugrün gestrichenen Holzregalen. Gerahmte Fotos von bizarren Felsformationen. Lehnstühle, die Roberto stilmäßig in die frühe Trapper- und Fallenstellerzeit einordnet. Verhör im *southwestern style*. Ist es überhaupt ein Verhör?

»Du hast das Zimmer mit Chiara geteilt?«, fragt Roberto.

Bruna nickt.

»Kannst du sagen, wann genau Chiara an diesem Abend weggegangen ist?«

Bruna schüttelt den Kopf. »Kann ich nicht, weil ich vor ihr weg bin. So um sieben. Hab einen Spaziergang gemacht.

Zu dieser Ranch mit der Pferdekoppel und den zwei Lamas. Santa-Clara-Ranch heißt sie. Zurückgekommen bin ich ungefähr um halb zehn. Da war Chiara im Zimmer und hat gelesen.«
»Kam sie dir irgendwie verändert vor? War sie aufgeregt? Verstört?«
Wieder schüttelt Bruna den Kopf. »Sie war wie immer. Nicht sehr gesprächig.«
»Ihr habt euch nicht unterhalten? Zum Beispiel darüber, wie es zwischen ihr und Luca lief? Hat sie einen Streit erwähnt?«
»Dass wir ein Zimmer teilen, heißt noch nicht, dass wir Freundinnen sind«, sagt Bruna abweisend.
Roberto studiert seinen Notizblock. »Wann seid ihr schlafen gegangen?«
Bruna muss nicht lange überlegen. Offensichtlich hat sie diese Fragen schon einmal beantwortet. »Um halb zwölf etwa.«
»Bis dahin war Chiara immer im Zimmer?«
»Klo und Bad sind auf dem Gang«, sagt Bruna. »Sie war sicher irgendwann mal draußen. Aber darauf hab ich nicht geachtet.«
Wieder notiert Roberto etwas. »Die Polizei kam wann?«
»Am nächsten Tag nach dem Frühstück. Irgendwer hatte ja Luca inzwischen bei den Cliff Dwellings gefunden.«
»Irgendeine Idee, was er dort wollte?«, fragt Roberto.
»Keine Ahnung«, antwortet Bruna.
»Dann haben euch die Polizisten befragt. Einzeln oder gemeinsam?«
Bruna streicht sich die Haare aus dem Gesicht. »Sie haben einzeln mit uns geredet. Scheint ja wohl so üblich zu sein.«

»Du weißt also nicht, was Chiara aussagte?«

Bruna schüttelt den Kopf. »Keine Ahnung.«

»Und wann haben sie Chiara abgeholt?«

»Gegen Abend.« Bruna denkt kurz nach. »Ja, es war vor dem Abendessen.«

»Und du weißt nicht, warum?«

»Keine Ahnung.« Das scheint Brunas Lieblingsantwort zu sein.

»War Luca beliebt?«, fragt Roberto.

»Bei Chiara sicher«, antwortet Bruna. Es klingt ein wenig abfällig. »Ich gaube, auch die meisten anderen Mädchen in der Schule fanden ihn cool.«

»Und du?«, fragt Roberto.

Sie zuckt mit den Schultern. »Er war mir egal«, sagt sie. Irgendetwas in ihrer Stimme lässt Roberto aufhorchen. Ein Unterton. Irgendetwas stimmt nicht, denkt er. Aber vielleicht erscheint ihm auch nur seltsam, dass sie so gleichgültig von einem Schulkollegen spricht, der eben erst unter ungeklärten Umständen gestorben ist.

Das Madonnengesicht mit den runden Wangen ist klar und ruhig. Die dunklen Augen zeigen nicht die mindeste Unruhe. Sie wäre sehr hübsch, wenn sie nicht übergewichtig wäre. Was hat die Dottoressa zu dem Thema gesagt? Etwas von einem Schutzwall, den man sich anfuttert. Wogegen will sich Bruna schützen?

»Vielen Dank«, sagt Roberto. »Schickst du mir Fabio oder Daniele?«

»Mach ich.« An der Tür bleibt Bruna stehen. »Wie geht es jetzt weiter? Müssen wir alle nach Hause zurückfahren oder können wir das Projekt durchziehen?«

Das Mädchen setzt Prioritäten, denkt Roberto. Das muss

man ihr lassen. »Ich weiß es nicht«, sagt er wahrheitsgemäß.

Es ist Daniele, der als Nächster Roberto gegenübersitzt. Roberto zieht seine Notizen zu Rate. Gut aussehend, trotzdem Einzelgänger, steht da. Roberto betrachtet das schmale Gesicht mit den dunklen Augen und den welligen Haaren. Gut aussehend stimmt in jedem Fall. Was ihn zum Einzelgänger macht, wird Roberto vielleicht noch herausfinden.

»Du hast in einem Zimmer mit Luca geschlafen?«, fragt er.

Daniele runzelt die Stirn, als wäre er mit der Formulierung nicht einverstanden. »Wir haben zu dritt in einem Zimmer geschlafen«, korrigiert er. »Luca, Fabio und ich. Platz ist knapp in diesen Gästehäusern.«

»Ihr habt euch gar nicht darüber gewundert, dass Luca in der fraglichen Nacht nicht zum Schlafen in das gemeinsame Zimmer kam?«

»Nein«, sagt Daniele. »Das haben wir den amerikanischen Polizisten doch schon ausführlich erklärt.«

»Ich fürchte, du musst es dem italienischen Polizisten auch noch erklären«, sagt Roberto.

Daniele nickt. »Luca war ziemlich gesprächig, wenn es um seine Abenteuer mit Mädchen ging. Er hat ausreichend deutlich gemacht, dass er den Abend und vielleicht auch die Nacht mit Chiara verbringen wird.«

»Hat er gesagt, wohin sie gehen würden?«

»Keine Ahnung«, sagt Daniele. »Es hat mich auch nicht interessiert. Ich fand es ziemlich überflüssig, dass er überhaupt darüber geredet hat. Konnte doch nicht sehr angenehm sein für Chiara. Aber das war typisch für ihn.«

»Was?«, fragt Roberto nach.

»Dass er mit seinen Eroberungen protzte.« Danieles Stimme klingt verächtlich.

Roberto spürt einen Anflug von Ärger über diesen Luca Pizzini, der Chiara vor den anderen bloßstellte. Bleib sachlich, ermahnt er sich selbst. »Und Fabio, war der auch der Meinung, dass man sich keine Sorgen machen musste?«

Daniele lacht kurz und unfroh auf. »Fragen Sie mich nicht, was in Fabio vorgeht. Der war an dem Abend so schlecht drauf, dass er kaum etwas geredet hat. Wir sind um Mitternacht schlafen gegangen, haben das Licht ausgemacht und damit gerechnet, dass Luca spätestens zum Frühstück wieder auftauchen wird. Als er dann zum Frühstück noch immer nicht da war, haben wir natürlich den *professore* verständigt. Aber bevor wir noch irgendetwas unternehmen konnten, kam sowieso schon die Polizei.«

»Weißt du, warum Fabio schlecht drauf war?«

»Keine Ahnung«, antwortet Daniele gleichgültig. »Wir reden nicht viel miteinander. Ich nehme an, es hatte mit Chiara zu tun. Er fand, glaub ich, dass sie viel zu schade für diesen Typen war. Das ist aber nur eine Vermutung.«

»Und du?«, fragt Roberto. »Warst du auch dieser Meinung? Was hast du von Luca gehalten?«

»Er war mir egal«, sagt Daniele.

Das hab ich heute schon mal gehört, denkt Roberto.

Robertos Sehnsucht nach einem *macchiato* wird übermächtig. Aber er hat nirgendwo eine Espressomaschine gesehen. Also ist anzunehmen, dass man ihm wieder diese hellbraune Flüssigkeit servieren würde, die hier als Kaffee durchgeht. Er trinkt von seinem Mineralwasser. Tibbs hat ihm geraten, viel zu trinken, weil der Körper in der dünnen Luft dieser Höhenlage mehr Flüssigkeit verbraucht.

Fabio muss den Kopf einziehen, um durch die Tür zu kommen. Er verstaut seine Einsneunzig im Trappersitzmöbel und schaut Roberto neugierig an. »Schon einen neuen Verdächtigen gefunden?«, fragt er in munterem Tonfall. Roberto ist einigermaßen verblüfft. »Wie kommst du darauf?«
»Na ist doch klar.« Fabio lümmelt sich zurecht. »Wenn Sie Chiara da rauspauken wollen, dann müssen Sie den *guys* vom FBI doch wohl einen anderen Täter servieren. Oder einen brauchbaren Grund für Selbstmord. Das wird schwer sein bei jemandem, der so glücklich verliebt in sich selbst war wie Luca.«
Roberto studiert sein Gegenüber. Hoch begabt hat ihn Direktor Gastaldi genannt.
»Einen anderen Täter servieren«, wiederholt Roberto. »Hättest du denn einen Vorschlag?«, fragt er.
»Mehrere«, sagt Fabio ohne Zögern. »Schon aufgefallen? Es gibt niemanden in der Gruppe, der Luca mochte. Außer Chiara natürlich. Aber das ist vorübergehend und ausschließlich hormonell induziert.«
Hormonell induziert, wiederholt Roberto still für sich. Was genau will mir der Hochbegabte beweisen? Warum zieht er diese Show ab? Roberto entscheidet sich für die provokante Methode, um das herauszufinden. »Wo warst du denn an dem Abend, als Luca starb?«
Fabio nickt beifällig. »Gute Frage. Ich war hier in der Bibliothek. Dann bin ich auf der Landstraße rüber nach Galisteo marschiert. Vom Friedhof aus hat man einen tollen Blick auf den Sonnenuntergang.«
»Ausgerechnet zum Friedhof wolltest du?«, fragt Roberto.

»Warum nicht?«, antwortet Fabio. »Geniale Stimmung, sensationeller Blick. Eine Weile andächtiges Staunen. Irgendwann bin ich dann zurück. Um zehn etwa war ich wieder im Gästehaus. Letzteres kann Daniele bezeugen. Davor war ich allein. Von ein paar Verstorbenen vielleicht abgesehen. Kein Alibi also.«

»Hättest du denn einen Grund gehabt, Luca zu töten?«, fragt Roberto.

»Braucht man immer einen Grund?«, fragt Fabio zurück. »Das perfekte Verbrechen zu begehen kann Anreiz genug sein. Und ein perfektes Verbrechen gibt es sowieso nur ohne erkennbares Motiv.«

»Interessante Theorie«, brummt Roberto. »Darf ich wissen, wie deine Berufspläne aussehen? Nur so interessehalber.«

»Sie werden lachen ...«, beginnt Fabio.

»Ich lache derzeit selten«, wirft Roberto ein.

»Ich möchte Psychologie studieren und als Profiler für die Polizei arbeiten«, meint Fabio.

»Na dann profilen wir mal«, meint Roberto. »Keiner mochte also Luca besonders. Kennst du die Gründe dafür?«

»Nein«, antwortet Fabio. »Kann aber nicht so schwer sein, das herauszufinden. Bruna kriegte jedes Mal, wenn sie Luca anschaute, diesen gewissen Blick. Waffenscheinpflichtig geradezu. Daniele wär fast nicht mitgekommen nach New Mexico, als er hörte, Luca ist mit von der Partie. Und der *professore*? Den müsste man mal fragen, wie und wodurch sich Luca eigentlich für unser Projekt qualifiziert hat. Die Arbeit, die er abgeliefert hat, war absoluter Schwachsinn. Glauben Sie mir. Ich hab sie gelesen.«

Roberto wirft einen Blick auf seine Notizen und streicht das Wort »Selbstwertprobleme« neben dem Namen Fabios mehrfach durch.

»Daniele hat angegeben, dass du an dem betreffenden Abend schlecht drauf warst. Irgendein besonderer Grund?«

»Jetzt haben Sie mich«, sagt Fabio. »Und mein Motiv auch. Rasende Eifersucht. Die heimlich Geliebte ist drauf und dran, die Nacht mit einem anderen zu verbringen. Ich kann es nicht ertragen, hefte mich an die Fersen des Rivalen ...«

»Die Sache ist zu ernst für Spielchen«, unterbricht Roberto.

»Das ist kein Spiel.« Fabios Stimme verändert sich, wird ernst. Der überhebliche Ausdruck verschwindet aus seinem Gesicht. »Ich hätte ihn umbringen können, so wie er über Chiara geredet hat. Nur – ich hab's nicht getan.«

18

Chiara sitzt auf dem schmalen Bett in ihrer Zelle und schaut durch das Fenster. Draußen scheint ein starker Wind zu gehen. Immer neue Wolken ziehen sehr schnell an dem vergitterten Rechteck vorüber.

Noch immer ist alles für Chiara völlig unwirklich. Wie ein Film, dessen Handlung sie staunend wieder und wieder ablaufen lässt. Was an dem Abend geschah. Dass aus Verliebtheit und übermütigen Schmetterlingen im Bauch so schnell ein ganz anderes Gefühl entstehen kann. Dass sie im Gefängnis ist. Na ja – Gefängnis. Eigentlich ist es mehr eine Erziehungsanstalt für Jugendliche.

Wann endlich Onkel Roberto kommt? Seltsamerweise fallen ihr die Kondome in der romantisch verkitschten Verpackung ein. Sie hofft, dass er nicht auf die Idee kommt, ihren Koffer zu durchsuchen. Aber warum sollte er? Man durchsucht die Koffer von Verdächtigen. Und Onkel Roberto wird sie nicht verdächtigen, das weiß sie ganz bestimmt. Er wird verstehen, dass sie lügen musste. Er wird alles wieder in Ordnung bringen.

Oder doch fast alles.

Dass Luca tot ist, lässt sich von niemandem rückgängig machen.

Luca. Ich müsste doch irgendetwas spüren, denkt sie. Aber da ist nichts. Gar nichts.

19

Der Lexus ist in einer gelben Staubwolke angekommen, Roberto ist eingestiegen, hat Tibbs begrüßt. Jetzt fahren sie wieder auf der Staubstraße zurück, auf der sie gestern gekommen sind.

»Zu Fuß ist es nicht weiter als eine Viertelstunde«, sagt Tibbs. »Aber ich bin Amerikaner. Wir sind davon überzeugt, dass wir unsere Beine zum Gasgeben und Bremsen erhalten haben. Irgendwelche Neuigkeiten?«

»Na ja ...« Roberto blättert durch seinen Notizblock. »Ich erwarte, im Gästehaus eine Gruppe von drei netten italienischen *ragazzi* und einem Lehrer zu finden, die um einen Freund beziehungsweise Mitschüler trauern. Stattdessen scheint keinem von ihnen Lucas Tod besonders nahe zu gehen. Aus Gründen, die man noch herausfinden muss.« Roberto wartet auf eine Reaktion – sie bleibt aus. Er schaut Tibbs an. »Sie denken sicher, ich versuche einem anderen die Schuld zuzuschieben, um Chiara freizubekommen?«

Tibbs antwortet nicht sofort. Er biegt in eine schmale asphaltierte Straße ein. »Ich denke, dass Sie die Wahrheit herausfinden werden«, sagt er schließlich. »Ob sie Ihnen nun angenehm ist oder nicht.«

Er biegt scharf nach rechts ab und bleibt auf einem kleinen Parkplatz stehen. »Wir sind da.« Ein Schild an dem alten verbogenen Maschenzaun sagt: »*No visitors! Cliff dwellings closed!*« Tibbs zieht einen Schlüsselbund aus der Tasche und öffnet das Tor. Mit einem Seitenblick stellt Roberto fest, dass es ein Leichtes wäre, über den Zaun zu klettern. Nicht weit vom Eingang entfernt sieht er ein Loch zwischen Zaun und Erde, so als hätte sich ein Tier durchgegraben. Vielleicht war es aber auch kein Tier. Der berühmte Unbekannte als Täter. Er wäre ihm nur zu recht. So viel zu meiner Objektivität als Polizist, denkt er verärgert. Sie gehen auf einem gepflasterten Weg bis zu der Tafel mit der Nummer eins, wo der beschilderte Touristenpfad in die Cliff Dwellings beginnt. Normalerweise. Ein gelbschwarzes Plastikband mit der Endlosschrift »*crime scene*«, zwischen zwei Ponderosa-Kiefern gespannt, versperrt jetzt den Weg. Tibbs hebt das Band an, bückt sich und klettert mühelos darunter durch. Roberto folgt ihm, ein bisschen weniger mühelos. Dann stehen sie am Fuß der Cliff Dwellings.

Roberto schaut die steile Wand hoch. Venezianer haben alle möglichen Begabungen. Klettern gehört im Allgemeinen nicht dazu.

»Das ist vulkanisches Tuffgestein«, sagt Tibbs, der Robertos fragenden Blick missverstanden hat.

Der erste Teil des Weges führt über eine lange Leiter.

»Die italienische Gruppe war am Nachmittag da«, erklärt Tibbs, während sie den schmalen Pfad weiter bergauf gehen. »An dem Tag, an dem Luca abstürzte. Zwischen zwei und vier Uhr etwa. Der Park-Ranger kann nicht mit Sicherheit sagen, ob gleichzeitig noch andere Besucher da waren. Auch hat er später nur noch wenige Tickets verkauft. Die Cliff Dwellings hier sind nicht besonders bekannt. Eher ein

Insider-Tipp. Um sieben sperrt der Park-Ranger das Tor ab. Kurz vor sieben hat Luca in der Cafeteria des Gästehauses noch einen Toast gegessen. Danach dürfte er direkt zu den Cliff Dwellings gegangen sein. Wahrscheinlich ist er über den Zaun geklettert, was kein Kunststück ist, wie Sie gesehen haben. Spätestens um acht war er tot, sagt der Gerichtsmediziner.«

Es ist heiß. Ganz anders heiß als in Venedig. Eine trockene, hell flirrende Hitze, die durstig macht. Roberto atmet schwer, aber er schwitzt nicht. Der Körper scheint keinen Tropfen Flüssigkeit abgeben zu wollen. Hin und wieder zeigt Tibbs auf Petroglyphen. Tiere mit Hörnern, Schlangen, Spiralen, ein Mensch, der Flöte spielt. Wandschmuck am Anasazi-Eigenheim oder eine Art Wandzeitung? Die Höhlensysteme scheinen teilweise tief in den Berg zu führen. Die beste Form von Klimaanlage vermutlich.

Sie sind mittlerweile bei den höchstgelegenen Cliff Dwellings angekommen. Tief unten auf dem Boden des Canyons sieht Roberto die Umrisszeichnung, wo Lucas Körper gefunden wurde.

Für einen Augenblick schiebt sich die Erinnerung an Caterina Loredan dazwischen. Roberto scheucht das unerwünschte Bild weg. Immer schön einen Fall nach dem anderen.

Tibbs bleibt stehen. »Hier in dieser Höhle und davor hat man die Fußspuren von Luca und Chiara gefunden.«

Die Spuren in der Höhle sind noch erkennbar. Die davor hat der Wind bereits fast unkenntlich gemacht.

»Die können doch vom Nachmittag stammen«, sagt Roberto. »Als die ganze Gruppe da war.«

»Sicher«, sagt Tibbs. »Man nimmt die Spuren auch nicht allzu wichtig. Aber sie passen eben dazu.«

Zum Streit und zu Chiaras Schal, den Luca in der Hand hielt. Und zu Chiaras Behauptung, sie sei den ganzen Abend im Gästehaus gewesen. Tibbs sagt es nicht, aber es ist auch so klar.

»Wer hat den angeblichen Streit mit angehört?«, fragt Roberto.

»Ein Student aus Ohio«, sagt Tibbs.

»Aber die beiden haben doch italienisch geredet. Er kann unmöglich verstanden haben, worum es ging.«

Tibbs nickt. »Hat er auch nicht, aber dass es ein Streit war, dessen war er sich absolut sicher. Und er hat sowohl Chiara als auch Luca eindeutig wiedererkannt.«

»Dann steht Aussage gegen Aussage«, stellt Roberto fest.

»Warum sollte der Student so etwas erfinden?«

»Kann ich mit ihm reden?«, fragt Roberto.

»Er ist abgereist«, sagt Tibbs.

»Was?« Roberto starrt in verblüfft an. »Ein wichtiger Zeuge? Und man lässt ihn einfach abreisen?«

»Es gab keinen Grund, ihn festzuhalten. Man hat ja seine Adresse und weiß, wo er zu finden ist, wenn man im Prozess seine Aussage braucht.«

Roberto fragt sich, ob ihm von der Anstrengung des Anstiegs, von der Hitze oder vom Wort »Prozess« übel ist. Tatsache ist, er fühlt sich elend. Und er hat plötzlich das deutliche Gefühl, dass er sich in feindlicher Umgebung befindet. Die Geister der Anasazi, denkt er.

»Trinken Sie einen Schluck«, sagt Tibbs und reicht ihm eine Plastikflasche mit Wasser. »Sollte man hierzulande immer mithaben.«

Die Geister der Anasazi scheinen Tibbs nichts auszumachen. Vielleicht haben die nur was gegen Italiener, denkt Roberto. *Luca ist tot und mir ist auch schon schlecht.*
»Wollen Sie noch zum Fundort der Leiche?«, fragt Tibbs.
Roberto schüttelt den Kopf. »Falls etwas zu finden war, dann haben das wohl die amerikanischen Kollegen sichergestellt.«
Der Schauplatz eines Verbrechens ist nach drei Tagen kalt, wie Roberto es nennt. Spuren sind verschwunden oder verändert. Irrelevantes vielleicht dazugekommen. Und was die Antennen des Unterbewusstseins aufnehmen könnten, existiert nicht mehr.
Er will weg von hier. Er will zu Chiara. Und eine Erklärung finden, warum sie die Unwahrheit gesagt hat.

20

Die *Youth Correction Facility* außerhalb von Santa Fe hat nichts von dem romantisierenden Adobe-Stil an sich. Es ist ein dunkelgrauer, nüchterner Zweckbau mit einem großen Parkplatz davor. Roberto hat Schlimmeres erwartet. Es gibt keine elektrischen Zäune, keine Wachtürme, keine bewaffneten Posten am Eingang. Abgesehen von den vergitterten Fenstern könnte es auch ein ganz normales Bürogebäude sein. Unsere Questura sieht auch nicht viel einladender aus, denkt er. Einige neu gepflanzte Bäume werden vielleicht irgendwann den parkenden Autos Schatten spenden. Im Augenblick ist es glühend heiß, als sie aus dem klimatisierten Lexus steigen.

Auch der Eingangsbereich erinnert Roberto an die venezianische Questura. Ein Uniformierter hinter dem Glasfenster liest Zeitung. Nicht den *Gazzettino*, sondern *The New Mexican*. Roberto wundert sich wieder, wie vielfältig offenbar die Kompetenzen eines beratenden NASA-Psychiaters sind. Tibbs zeigt einen Ausweis und redet ein paar leise Sätze mit dem Uniformierten. Der Mann nickt, greift zum Telefon und hantiert an einem Schaltpult. Das Gitter zum Innenhof gibt den Eingang frei.

Eine Frau in dunkelblauer Uniform, mit unkleidsamer Brille und streng zurückgekämmten Haaren kommt über den Hof auf sie zu.

»*Megan the Dragon* wird sie genannt«, sagt Tibbs leise.
»Damit tut man den Drachen aber bitter unrecht.« Roberto hat im Augenblick keine Lust, sich um Drachenrechte zu kümmern. »Kann ich allein mit Chiara reden?«, fragt er.
»Die schlechte Nachricht: *Megan the Dragon* wird anwesend sein«, sagt Tibbs. »Die gute Nachricht: Sie versteht kein Italienisch.«
Die Aufseherin bleibt vor ihnen stehen. »Hello, Dr. Tibbs«, sagt sie zu Tibbs. Ein strenges »Hier lang!« zu Roberto – nach einem kurzen Nicken, das wohl als Begrüßung gemeint ist.
»In einer Stunde beim Ausgang«, ruft Tibbs noch.
Wie soll ich in einer Stunde die Wahrheit herausfinden?, denkt Roberto. Die Hälfte der Zeit werde ich schon brauchen, um Chiara zu trösten.
Der Raum für Besucher sieht aus wie der schäbige Pausenraum einer Schule. Ein paar hölzerne Tische mit unbequemen Stühlen. Auf einer Anrichte stehen zwei Kannen und einige Plastikbecher. Roberto denkt an die Filmszenen von Besuchen in amerikanischen Gefängnissen. Hat man ja oft genug gesehen. Die trennende Panzerglasscheibe, der Griff zum Telefonhörer. Da ist ihm der schäbige Pausenraum bedeutend lieber. Ganz kurz fällt ihm sein Traum im Flugzeug ein: Chiara in Hand- und Fußfesseln im orangeroten Gefängnisoverall.
Chiara ist weder an Händen noch an Füßen gefesselt und sie trägt einen hellen Trainingsanzug mit der dunkelblauen Aufschrift des Ruderclubs auf der Giudecca.
Wenn er eine tränenreiche Begrüßung erwartet hat, dann hat er sich ebenfalls geirrt.

»*Ciao, zio*«, sagt Chiara und küsst ihn auf beide Wangen. Er selbst ist es, der spürt, wie seine Augen feucht werden. Er denkt daran, dass er noch im Mai mit ihr die *Voga Longa* gerudert ist. Von San Marco nach Murano und wieder zurück. Wochenlang haben ihnen beiden danach die Handgelenke wehgetan.

»Behandeln sie dich gut?«, fragt er.

»Alles okay«, antwortet Chiara. »Mach dir keine Sorgen.«

»Die Eltern lassen dich grüßen. Und Sandra natürlich und Samuele.«

Chiara nickt. Sie wirkt sehr erwachsen. Viel erwachsener, als er sie in Erinnerung hat. Wann genau ist diese Veränderung passiert? Hier im Gefängnis? Oder an diesem Abend – in den Cliff Dwellings?

Er fragt nicht, ob sie Luca von den Klippen gestoßen hat. Natürlich nicht.

Sie sitzen einander gegenüber an einem kleinen, wackligen Tisch. In einiger Entfernung wacht *Megan the Dragon*.

Roberto legt seine Hand auf Chiaras.

»*Dimmi tutto, tesoro*«, sagt er. »Erzähl mir alles.«

21

»Kann ich Sie sprechen?« Fabio tritt aus dem Schatten des Silverdollar-Baumes, dessen Blätter im Wind zwischen mattgrün und silbern oszillieren.

Lorenzo Girotti, der zu seinem Mietauto gehen will, bleibt stehen. »Selbstverständlich«, sagt er.

»Nicht hier.« Fabio deutet zu den offenen Fenstern des Gästehauses.

»Okay«, sagt der Lehrer. »Ich wollte eben nach Santa Fe. Ins Native-Indian-Museum. Du kannst mitkommen, wenn du willst. Auf der Fahrt können wir reden.«

Fabio nickt.

Sie gehen zu dem Buick Convertible, den Girotti in Albuquerque gemietet hat.

Es ist glühend heiß in dem Auto, das in der prallen Sonne auf dem Parkplatz stand. Girotti öffnet das Verdeck. Jetzt kommt die heiße Luft wenigstens in Bewegung.

Der Fahrtwind bringt Staub, aber wenig Abkühlung.

»Besser, man lässt das Verdeck geschlossen und stellt die Klimaanlage an«, bemerkt Fabio.

»Wenn ich das wollte, hätte ich mir kein Cabrio genommen«, sagt Girotti.

Sie haben die Staubstraße hinter sich und fahren auf der asphaltierten Straße. Ein Schild kündigt einen Ort namens El Dorado an.

»Haben Sie schon mit dem Commissario gesprochen?«, fragt Fabio nach längerem Schweigen.

»An dem Abend, an dem er angekommen ist«, sagt Girotti. »Ihr wart alle noch in Pecos. Warum?«

Die Straße führt unter einem Highway durch. Sie biegen in den Old Santa Fe Trail ein.

»Ich habe ihm etwas erzählt, was Ihnen vielleicht unangenehm sein wird«, sagt Fabio.

»*Bobcat Bite.*« Girotti deutet auf das Schild an einem schäbigen knallrosa gestrichenen Haus im Western-Stil. *Steak and French Fries,* verkündet ein handgeschriebenes Plakat daneben. »Wir sind hier wirklich im Wilden Westen.«

Indianer am Straßenrand verkaufen Brennholz und Wassermelonen.

»Was meinst du damit?«, fragt Girotti etwas verspätet. So als wäre Fabios Bemerkung erst jetzt bei ihm angekommen.

»Ich habe dem Commissario gesagt, dass die Arbeit, die Luca geschrieben hat, ihn wohl kaum für die New-Mexico-Reise qualifiziert hat«, sagt Fabio.

»Hat Luca dir seine Arbeit gezeigt?«, fragt Girotti.

»Natürlich nicht. Aber er hat sie auf einem Computer im Medienraum der Schule geschrieben. Er besitzt keinen eigenen.«

Girotti nickt, ohne weiterzufragen. Fabios Fähigkeiten auf dem Computersektor sind hinlänglich bekannt. Simple Passwörter oder gelöschte Files sind kein Hindernis für ihn.

Die Adobe-Häuser auf beiden Seiten der Straße werden dichter. Santa Fe ist nahe. Girotti biegt nach links ab, zum Museumsviertel, bleibt neben einem Baum auf dem Parkplatz stehen. Schließt das Verdeck. »Vorschrift«, sagt er. »Sonst zahlt die Versicherung nicht.«

Sie gehen nebeneinander die Stufen zum Museum hinauf.

»Ich finde es gut, dass du mit dem Commissario darüber gesprochen hast«, sagt Girotti. Er löst zwei Eintrittskarten an der Kasse. »Das Museum ist sensationell. Es wurde von indianischen Künstlern konzipiert. Hast du gewusst, dass der einzige Code, den die Japaner im Zweiten Weltkrieg nicht knacken konnten, eine Indianersprache war?«

»Nein«, sagt Fabio. »Das habe ich nicht gewusst.«

Er ist verwirrt. Die Reaktion des *professore* auf seine Eröffnung hat er sich völlig anders vorgestellt.

22

»Also gut«, sagt Roberto nach einem kurzen Blick auf die Uhr. Er versucht, nicht nervös zu wirken. »Lass es uns noch einmal durchgehen. Du weißt nicht, warum Luca deinen Schal in der Hand hielt?«

Chiara zuckt mit den Schultern. »Er hat ihn am Tag zuvor in seine Jackentasche gesteckt. Mir war zu heiß und ich hatte keinen Platz dafür. Vielleicht wollte er ihn mir zurückgeben.«

»Wieso zurückgeben? Du hast mir doch eben gesagt, dass du deutlich gemacht hast, du würdest nicht zu ihm in die Cliff Dwellings kommen.«

»Hab ich«, sagt Chiara. »Aber das wollte er einfach nicht zur Kenntnis nehmen. Darum ging's ja in dieser Diskussion. Von der dann plötzlich behauptet wurde, es sei ein Streit gewesen. Ja – vielleicht waren wir ein bisschen laut. Aber Streit war es keiner. Ich hab gesagt, ich denke nicht dran, ihn dort zu treffen. Und er hat gesagt, er versteht das nicht. Und ich hab gefragt, was gibt's denn daran nicht zu verstehen. Aber er wollte es einfach nicht kapieren.«

»Ich kapier's auch nicht«, sagt Roberto. »Lucas Zimmerkollegen wissen, dass er dich treffen will. Also warst du ursprünglich damit einverstanden – oder?«

Chiara zögert. Dann nickt sie.

»Was ist passiert, dass du es dir anders überlegt hast?

Zum Glück – muss ich übrigens sagen. Als Onkel und als Polizist.«

»Du hast Bruna kennengelernt?«, fragt Chiara.

Roberto nickt.

»Sie ist in Tommaso verknallt. In einen aus Lucas Klasse.« Roberto wartet.

»Im Mai hat sie einen Brief von Tommaso bekommen. Er wollte sie in den Giardini treffen.«

Roberto wird ungeduldig. »Chiara, wir haben wenig Zeit, es ist ...«

»Gleich«, sagt Chiara. »Gleich kommt's. Der Brief war nämlich nicht von Tommaso. Er war gefälscht. Von Luca. Seine ganze Clique ist nach und nach an dem Treffpunkt in den Giardini aufgetaucht. Sie haben sich kaputtgelacht. Tommaso ist auf Diät, haben sie gesagt. Fett ist nicht gut für ihn. Und solche Sachen.«

»Und wenn das Ganze nicht stimmt?«, fragt Roberto.

»Das hab ich mir auch gesagt.« Chiara nickt. »Aber Luca hat es sofort zugegeben, als ich ihn darauf angesprochen habe. Er fand es immer noch lustig.«

»Okay, okay«, sagt Roberto. »Du hast dieses Treffen in den Cliffs also abgesagt. Aber wo warst du dann? Warum hast du behauptet, du seist den ganzen Abend nicht weg gewesen? Obwohl dich dieser Mann mit den beiden Hunden auf dem Weg gesehen hat, der zu den Cliff Dwellings führt?«

»Ich hab keinen Mann mit zwei Hunden gesehen«, sagt Chiara.

»Egal. Aber er hat dich gesehen und wiedererkannt. Du bist über sein Grundstück gegangen. Die Abkürzung zu den Cliff Dwellings. Warum, um Himmels willen, hast du gelogen? Warum hast du nicht gesagt, dass du weggegangen bist? Und wohin du gegangen bist?«

»Weil ich nicht wollte, dass jemand weiß, wen ich getroffen habe«, sagt Chiara.

»Aber ich muss es wissen!«, drängt Roberto. »Ich muss es wissen, wenn ich dich da rausholen soll.«

»Es hat nichts mit Lucas Tod zu tun«, beharrt Chiara.

»Wen?«, fragt Roberto.

Chiara schweigt.

»Die Zeit wird knapp«, sagt Roberto. »Ich weiß nicht, wann ich die nächste Besuchserlaubnis bekomme. Wen hast du getroffen?«

»Den *professore*«, sagt Chiara mit einem kleinen resignierten Seufzer.

»Lorenzo Girotti?«, fragt Roberto.

Chiara nickt.

23

»Ciao, Bruna«, sagt Fabio. Bruna sitzt in der Bibliothek und hat mehrere Bücher aufgeschlagen vor sich liegen. Sie schaut nur kurz auf. »Unfassbar, was Menschen einander antun. Und dann auch noch im Namen der Religion«, sagt sie kopfschüttelnd. »Man hat den Indianern mit brutaler Gewalt ihre Naturreligion genommen! Im Acoma-Pueblo haben die Spanier allen männlichen Bewohnern einen Fuß abgehackt, damit sie nicht fliehen konnten. Und ihre Frauen hat man anschließend gezwungen, eine Kirche zu bauen.«

»Amen«, sagt Fabio. »Ich kenn die Geschichte. Du hast sie in deiner Arbeit erwähnt. Ziemlich gut geschrieben übrigens.«

»Danke«, sagt Bruna knapp und blättert wieder in ihren Notizen.

»Ich sehe, du bist fest entschlossen, an unserem Projekt zu arbeiten«, sagt Fabio.

»Dazu sind wir doch nach New Mexico gekommen – oder?« Bruna klingt genervt. »In einer Stunde ist das Treffen mit der Abschlussklasse der *St. Catherine Indian School*. Man muss ein paar sinnvolle Fragen vorbereiten. Sonst denken die, wir kommen auch nur ›Indianerschauen‹ – wie die meisten Touristen.«

»Grundsätzlich richtig«, sagt Fabio. »Aber mittlerweile

hat leider einer der Unseren eine ungesunde Abkürzung von den Cliff Dwellings in den Canyon genommen. Schon vergessen? Und irgendwer will es Chiara anhängen.«

»Ich hab alles getan, um sie davon abzuhalten, ihn zu treffen«, sagt Bruna und zuckt mit den Schultern. »Wenn sie trotzdem hingegangen ist, dann ist das nicht meine Schuld.«

»Warum konntest du ihn eigentlich nicht leiden?«, fragt Fabio.

Bruna lächelt unfroh. »Er hatte die falsche Art von Humor.«

»Mir ist da etwas eingefallen«, sagt Fabio. »Sie muss mit dir über ihre Verabredung gesprochen haben. Wie konnte sie sonst sichergehen, dass du nicht Alarm schlägst, wenn sie nicht bis zehn zurück ist? Zehn war bekanntlich *deadline*.«

»Richtig kombiniert, Watson«, sagt Bruna. »Sie hat mit mir darüber geredet.«

»Und?«

»Ich hab ihr gesagt, sie muss verrückt sein, auf einen Typen wie Luca abzufahren«, antwortet Bruna.

»Hat sie nicht gefragt, warum?«

»Natürlich hat sie gefragt, was ich gegen ihn habe.«

»Und?«

Brunas Gesicht wirkt abweisend. »Und ich hab es ihr gesagt.«

»Was genau hast du gegen ihn?«

Bruna schweigt.

»Wenn du es Chiara gesagt hast, warum nicht mir?«, fragt Fabio.

»Es lachen schon genug Leute über mich«, antwortet Bruna gereizt.

»Aber vielleicht war Chiara ja gar nicht dort. Vielleicht hat Luca jemand anderen dort getroffen.«
»An wen denkst du?«, fragt Bruna.
»An jemanden, der eine alte Rechnung mit ihm offen hatte«, antwortet Fabio.
Bruna sieht Fabio voll an. »Ich bin nur dick. Nicht dumm«, sagt sie mit müder Stimme. »Ich erzähl nicht vorher Chiara, dass Luca ein Fiesling ist, und schubse ihn anschließend von den Cliff Dwellings.«
»Das stimmt«, sagt Fabio nachdenklich. »Dafür bist du zu intelligent.«
»Sieh an«, sagt Bruna. »Da entdeckt einer die Schönheit des Geistes.«
»Denkst du, du bist die Einzige mit Selbstwertproblemen? Glaubst du, es ist lustig, wenn man dich Spargel mit Ohren nennt?«
»Mein Mitleid hält sich in Grenzen. Mit zunehmendem Alter garantiert dir das Ding zwischen deinen Beinen ästhetische Immunität.«
»Penisneid?«, fragt Fabio.
»Wohl kaum. Bis jetzt war ich immer ganz zufrieden damit, mein Hirn zum Denken zu benützen.«
»Es gibt männliche Wesen, die ticken anders«, sagt Fabio.
»Ja.« Bruna nickt. »Und Schweine fliegen.«

24

Zum ersten Mal versteht Roberto, was es mit dem »Rotsehen« auf sich hat. Nachdem sich die grellroten Wolken aus seinem Gesichtsfeld verzogen haben, gelingt es ihm, seine Wut so weit zu unterdrücken, dass er etwas einigermaßen Zusammenhängendes artikulieren kann. »Das darf doch nicht wahr sein! Du und Girotti? Ich fasse es nicht. Dieser elende ... Ich mach ihn fertig!«

Chiara sieht ihn an. Erst irritiert, dann mit plötzlichem Verstehen. »Aber, *zio* – du denkst doch nicht etwa, ich hätte etwas mit dem *professore*? So ein Blödsinn! Der ist doch viel zu alt für mich!«

Roberto rechnet kurz nach. Circa zwanzig Jahre jünger als er selbst, das macht als Ergebnis noch immer »viel zu alt«. Außerdem ist ihm seine Schlussfolgerung jetzt angesichts von Chiaras Reaktion etwas peinlich. »Aber du hast doch gesagt ...«

»Dass ich ihn getroffen habe«, ergänzt Chiara. »Und dass ich nicht wollte, dass es jemand weiß. Aber nicht weil wir irgendwas *amore*-artiges miteinander haben.«

»Sondern?«, fragt Roberto.

»Weil die anderen sich gewundert hätten, was wir allein zu besprechen haben.«

»Und was hattet ihr allein zu besprechen?«

Chiara seufzt tief auf. »Er hat gemerkt, dass da was lief zwischen mir und Luca. An dem Abend hat er gesagt, er fühlt sich verpflichtet, mich vor Luca zu warnen.«

»Dich vor Luca zu warnen?«, wundert sich Roberto. »Aus welchem Grund?«

»Das hat er mir nicht gesagt«, antwortet Chiara. »Nur, dass es eine sehr ernste Sache ist. Etwas Kriminelles. Etwas, das weit reichende Folgen haben wird, wenn wir erst wieder zurück in Venedig sind.«

»Wie lange hat dieses Warnen gedauert?«, fragt Roberto. Die Sache gefällt ihm immer noch nicht.

»Eine Viertelstunde vielleicht, nicht länger.«

»Und dann?«, drängt Roberto nach einem neuerlichen Blick auf die Uhr.

»Dann bin ich spazieren gegangen. Ich wollte in Ruhe nachdenken. Erst die Sache, von der mir Bruna erzählt hat. Und dann noch diese düsteren Andeutungen von Lorenzo. Ich war ziemlich durcheinander.«

»Du nennst ihn Lorenzo?«, fragt Roberto.

Chiara seufzt. »Alle in der Schule tun das, *zio*. Glaub mir.«

»Das heißt, Girotti kann dir kein Alibi geben«, überlegt Roberto laut. »Du hättest nach dem Gespräch mit ihm noch immer Zeit gehabt, Luca zu treffen und ...« Er beendet den Satz nicht.

Chiara nickt.

»Warum, *per carità*, hast du der Polizei nicht von dem Treffen mit Girotti erzählt?«, fragt Roberto.

»Ich hab mit ihm vereinbart, dass das Gespräch unter uns bleibt. Und wenn ich das jemandem verspreche, dann bleib ich dabei«, sagt Chiara störrisch.

»Aber er«, überlegt Roberto weiter. »Er hätte so vernünftig sein müssen, die Wahrheit zu sagen.«

»Wahrscheinlich wollte er mich nicht belasten. Immerhin war ich in der Nähe der Cliff Dwellings.«

»Ja«, sagt Roberto. »Das gilt allerdings auch für ihn.«

25

Tibbs wartet neben dem Uniformierten, der hinter seinem vermutlich schusssicheren Glasfenster am Eingang sitzt. Es ist der einzige schattige Platz weit und breit.

Im Auto ist es glühend heiß. Zu heiß zum Reden. Die Klimaanlage braucht eine Weile, um eine fast unmerkliche Erleichterung zu schaffen.

»Was halten Sie von einer Margarita?«, fragt Tibbs.

»Was immer es sein mag, ich bin dafür, sofern es im Schatten stattfindet«, stöhnt Roberto. »Und ich hab geglaubt, ich bin an heiße Sommer gewöhnt.«

»Original Adobe hat einen natürlichen Klimatisierungseffekt«, doziert Tibbs. »Ich zeige Ihnen eines der ältesten Häuser der Stadt. Es gibt auch einen schattigen Parkplatz in der Nähe.«

Das *Pink Adobe* ist sehr pink von außen und tatsächlich sehr dunkel und kühl im Inneren. Eisgekühlt sind auch die beiden Gläser mit Zuckerrand, die kurz darauf vor ihnen stehen.

»Wichtigste Zutat ist der Limettensaft«, erklärt Tibbs nach einem ersten genussvollen Schluck.

»Sie wollen meine Zunge lösen«, sagt Roberto, nachdem er probiert hat. »Möglich, dass da Spuren von Limettensaft drin sind, aber das meiste ist doch wohl irgendwas Stärkeres.«

Tibbs seufzt. »Ich bin so schrecklich leicht durchschaubar.«

Roberto erzählt, was er von Chiara erfahren hat.

»Dann muss man wohl herausfinden, warum dieser Lehrer seine Schülerin vor Luca warnen wollte«, sagt Tibbs. Roberto nickt. »Außerdem würde ich gern mit diesem Polizisten von der *Tribal Police* reden.«

»Mit Luis Baca?« Tibbs schüttelt den Kopf. »Ich hab schon versucht, ein Treffen zu arrangieren. Er weigert sich. Dass man ihm den Fall weggenommen hat, nimmt er übel. Zu Recht.«

»Und wann kann ich mit den ermittelnden Beamten der Staatspolizei sprechen?«, fragt Roberto. »Es gibt ja immerhin einige neue Erkenntnisse, die man ins Protokoll nehmen sollte.«

»Nicht *State Police*, sondern FBI. Sie wissen schon, wegen der politischen Relevanz.«

»Meinetwegen«, sagt Roberto. »Wann?«

»Die Ermittlungen sind abgeschlossen«, sagt Tibbs sehr ruhig.

Roberto sieht ihn fassungslos an. »Aber – das kann nicht sein.«

Tibbs starrt auf die dunkle Tischplatte. »Ich bin bevollmächtigt, Ihnen ein Angebot zu machen. Kein vorsätzlicher Mord. Fahrlässige Tötung unter besonders mildernden Umständen. Ein Jahr Jugendarrest – höchstens.«

Roberto schüttelt ungläubig den Kopf. »Das kann nicht Ihr Ernst sein. Chiara hat mir versichert, dass sie an diesem Abend nicht in den Cliff Dwellings war. Sie ist unschuldig. Vielleicht ist Luca ja auch nur ausgerutscht.«

»Das hätte man an den Spuren gesehen«, antwortet Tibbs

ruhig. »Nichts ist so deutlich nachzuweisen, wie wenn jemand auf einem sandigen Weg abrutscht. Nein. Entweder er ist gesprungen oder er wurde gestoßen. Und Sie glauben doch selbst nicht, dass er in den Tod gesprungen ist, nur weil Chiara nicht zur Verabredung kam.«
Roberto schüttelt den Kopf. Nein, das glaubt er nicht.
»Finden Sie heraus, was der Lehrer zu verbergen hat«, sagt Tibbs.
Roberto nickt.
Der letzte Schluck Margarita hat einen bitteren Nachgeschmack.

Winnetous Schwester mit den Lagunenaugen steht am Empfang des Gästehauses. Ich merk mir schon wieder keine Namen, denkt Roberto.
»Sie sind alle in Santa Fe, in der *Indian School*«, sagt sie auf Robertos Frage nach der italienischen Gruppe.
Roberto geht in sein Zimmer und holt das *cellulare* aus dem Koffer.
Er hat vergessen, ob es zu Hause in Venedig acht Stunden früher oder später ist. Nie merk ich mir das, denkt er. Was merk ich mir überhaupt? Aber Sandra hat ihm vor dem Abflug noch gesagt: Denk nicht an Zeitunterschiede, ruf einfach an, wann immer du anrufen möchtest. Er wählt Sandras Nummer und hört ihre Stimme so nahe, als wäre sie nicht Tausende von Kilometern weit weg.
»Wie spät ist es bei dir?«, fragt er. Er sieht sie vor sich, wie sie sich umdreht und auf den Wecker neben ihrem Bett schaut. »*Non importa*«, sagt sie. »Aber es ist halb drei Uhr früh.«
»*Scusa*«, sagt er, weil er nicht weiß, was er sagen soll.

»Es läuft nicht gut da drüben?«, fragt sie.

»Nein, nicht sehr gut«, sagt er. »Ich verstehe diese Leute hier nicht.«

»Du meinst, ihr Englisch?«

»Nein, die Sprache ist nicht das Problem. Überraschenderweise. Aber ich verstehe nicht, wie sie denken, wie sie eine Untersuchung führen.«

»Und Chiara – wie geht es ihr?«, fragt Sandra besorgt.

»Ganz gut«, antwortet Roberto. »Sie sagt, sie wird –«

In diesem Augenblick hört Roberto den Schrei. Es ist ein Schrei wie in höchster Todesangst, schrill und verzweifelt. Roberto lässt sein *telefonino* fallen und hetzt aus dem Zimmer. Ein zweiter Schrei folgt, der Roberto die Richtung weist. Roberto läuft den Gang entlang zu einer halb offenen Zimmertür. Er hat im Lauf der Jahre gelernt, eine Situation mit einem Blick zu erfassen. Die junge Frau, die da gegen die Wand gedrückt steht. Vor ihr der Mann mit dem hoch erhobenen Golfschläger in der Hand. Die junge Frau starrt mit angstgeweiteten Augen auf den Boden. Eingeringelt auf einem Paar staubiger Turnschuhe liegt eine große Schlange mit einem dekorativen bräunlichen Muster auf dem Rücken. Erhobener Kopf, nervös spielende Zunge.

Roberto fängt den herabsausenden Arm samt Golfschläger ab. Mit Mühe. Ganz kurz denkt er an die vielen versäumten Nahkampfstunden.

Der Golfarm ist gut trainiert. Und wehrt sich.

Dann die Stimme der Dunkeläugigen vom Empfang. Richtig, Marge, heißt sie, jetzt fällt es ihm wieder ein. »Das ist Jay«, sagt sie ruhig. »Eine *bullsnake*. Jay liebt Schuhe. Er wohnt bei uns.« Sie wirft dem Mann mit dem Golfschläger einen verächtlichen Blick zu. »*Bullsnakes* sind nicht giftig.«

»Kann ja keiner wissen«, murrt der. Jay schlängelt sich hinter Marge den Gang entlang und verschwindet im Büro des Gästehauses. Marge dreht sich nach Roberto um, bleibt stehen. »Ich danke Ihnen«, sagt sie. »Es bringt Unglück, eine Schlange zu töten. Außerdem mag ich Jay.«

Roberto nickt wortlos. Der Schreck kommt etwas verspätet.

»Haben Sie gewusst, dass Jay keine Giftschlange ist?«

Roberto schüttelt den Kopf.

»Sie haben ihn trotzdem gerettet«, stellt Marge fest.

Hätte auch schief gehen können, denkt Roberto. Dann wäre der Golfspieler oder ich jetzt unterwegs zum Krankenhaus.

Marge scheint etwas zu überlegen. »Sprechen Sie mit Luis Baca«, sagt sie schließlich.

»Das würde ich ja gern. Aber er will mich nicht treffen«, sagt Roberto.

»Das kann sich ändern«, antwortet Marge.

»Und wo finde ich ihn?«

»Cochiti-Pueblo«, sagt sie. »Jeder dort kann Ihnen zeigen, wo er wohnt.«

»Und wann?«, fragt Roberto.

»Ich sage Ihnen Bescheid.« Die Lagunenaugen lächeln.

»Danke«, sagt Roberto.

Das unterbrochene Gespräch mit Sandra fällt ihm ein. Sie hat den Schrei mitgehört und beunruhigt am Telefon gewartet. »Ist alles in Ordnung?«, fragt sie.

»Ja«, sagt Roberto. »Nur ein kleiner Zwischenfall mit einer Schlange. Aber ich muss jetzt weg. Ich ruf wieder an. *Ciao.*«

Sie sagt noch schnell etwas.
»Ja«, sagt Roberto. »Ich liebe dich auch.«
Er schaut auf die Uhr. Er will genau das machen, was Luca an jenem unglückseligen Abend gemacht hat. Zeitgleich. Und überhaupt so gleich wie möglich. Mit einem Unterschied selbstverständlich. Er denkt nicht daran, sich von den Klippen stoßen zu lassen.

Roberto geht den Weg, den vermutlich Luca drei Tage zuvor gegangen ist. Vorbei an den schwarzen Felsen und dem Haus, in dem der Mann mit den beiden Hunden wohnt. Er durchquert einen niedrigen Canyon und kommt zu der asphaltierten Straße, die zu den Cliff Dwellings führt.

Das Tor ist wie erwartet verschlossen. Roberto geht den Zaun entlang und findet eine Stelle, an der der alte Maschenzaun nicht am Boden anliegt. Hier haben sich schon viele eingeschlichen, die keine Eintrittsgebühr zahlen wollen, das ist offensichtlich.

Er biegt den Draht noch weiter hoch und kriecht mühsam darunter durch. Er kommt sich idiotisch vor dabei. Wenn mich jemand erwischt, werde ich noch verhaftet, denkt er. Er klopft roten Staub von seiner hellen Leinenhose. Dann klettert er die Leiter hoch, kommt zu dem Weg, den er am Vormittag gemeinsam mit Tibbs gegangen ist. Die Sonne zelebriert mit einem unglaublichen Aufwand an Farben ihren Untergang. *Land of Enchantment*, hört er Tibbs sagen. Da ist schon was dran. Die Weite ist atemberaubend. Allerdings fehlt das Meer, stellt Roberto kritisch fest. Er ist mit Wasser aufgewachsen. Eine Landschaft, der es so sichtbar an Wasser mangelt, hat für ihn bei aller Schönheit auch etwas Bedrohliches.

Er steht vor einer der obersten Wohnhöhlen. Tief unter ihm der Boden des Canyons, der einmal fruchtbares Land war. Etwas Eigenartiges geschieht. Roberto hat das Gefühl, als würde er von einer Energiespirale erfasst und im nächsten Augenblick hochgewirbelt. Die Geräusche der Welt setzen aus. Sogar der Wind macht Pause. Zeit existiert nicht mehr. Auf eine beunruhigende Weise fühlt er seine Individualität aufgehoben. Er ist Teil von etwas Größerem, ob er das nun will oder nicht.

So schnell, wie ihn der Energiewirbel erfasst hat, lässt er ihn auch wieder los.

Sind das die Geister der Anasazi, von denen Luis Baca von der *Tribal Police* gesprochen hat?

Es ist wichtig, sich in die Situation des Opfers zu versetzen, weiß Roberto. Daraus holen wir vermutlich die Energie, den Täter zu jagen. Mit Pflichtbewusstsein allein löst man keine Fälle. Ob Luca genau hier gestanden hat? Hat er diesen Energiewirbel gespürt? Was hat er gedacht? Hatte er Angst? Sah er die Gefahr? Oder wurde er überrascht?

Die Dämmerung kommt ebenso schnell wie die Kühle der Nacht. Das hier ist kein Land der weichen Übergänge. Ich muss zurück, ehe es völlig finster ist, denkt Roberto. Er hört so etwas wie ein Flüstern. Dann ein Rascheln. Dann etwas, das eine menschliche Stimme sein könnte. Ein kurzer Ruf, der schnell unterdrückt wird. Oder war es doch ein Tier?

Großartig, sagt Roberto zu sich selbst, was hab ich mir eigentlich dabei gedacht? Meine Beretta liegt in der Waffenkammer der Questura. Mein *radio portabile* im Schreibtisch. Selbst wenn ich das Funkgerät mithätte – da ist weit und breit niemand, bei dem ich Verstärkung anfordern könnte.

Kein Piero, der jederzeit für mich da ist. Nicht einmal ein übereifriger römischer Kollege, der mir das Leben retten will. Dabei treibt vielleicht in diesen Cliff Dwellings ein Irrer sein Unwesen, der etwas gegen Touristen hat. Besonders gegen italienische Touristen. Roberto horcht angestrengt. Da ist wieder das Flüstern, diesmal hinter ihm. Und ein anderes Geräusch, das er nicht einordnen kann. Etwas wie Zähneklappern. Nein, anders. Rasseln? Nicht einmal eine Taschenlampe hab ich dabei, stellt er verärgert fest. Entschlossen beginnt er den Abstieg, vermeidet es, zu nah an den dunklen Höhlen vorbeizugehen, setzt die Schritte sehr vorsichtig. Aber er weiß, dass er gegen einen verborgenen Angreifer kaum eine Chance hätte, und hasst dieses Gefühl des Ausgeliefertseins. Er kann es nicht leiden, wenn er sich selbst in Situationen bringt, die er nicht unter Kontrolle hat. Als er schließlich wieder bei dem Loch am Zaun ankommt, merkt er, dass ihn in seinem nass geschwitzten Hemd fröstelt.

26

Was sind schon zweitausend Meter im Vergleich zu den Entfernungen der Galaxie? Trotzdem scheint der Sternenhimmel hier in dieser Höhe um vieles näher zu sein als in Venedig. Keine dunstige Feuchtigkeit hindert die Sicht, keine Industrieabgase aus Marghera und Mestre dämpfen den Einfall des Lichts.

Noch nie hat Roberto so viele Sterne so nahe gesehen. Jeder von ihnen eine Sonne mit wer weiß wie vielen Planeten. Ob auch dort irgendwo ein Polizist mit dem Gefühl der eigenen Unzulänglichkeit auf der Suche nach Antworten ist? Oder braucht man anderswo keine Polizisten? Ist die Erde der einzige Planet, auf dem Menschen einander so ziemlich alles antun, was denkbar ist?

Am Empfang im Gästehaus steht ein junger Indianer, den Roberto noch nie gesehen hat. Schweigend reicht er ihm den Schlüssel, den richtigen, wie Roberto feststellt.

Roberto stellt sich unter die Dusche, dankbar für das heiße Wasser und die Wirkung, die es auf ihn hat.

Es ist halb zehn. Noch nicht zu spät, um vielleicht ein paar Antworten zu bekommen auf Fragen, die ihn beschäftigen.

Er findet Girotti und die *ragazzi* im Speisesaal. Die Spuren von Chili, Tacos, Nachos, Burritos, Enchiladas und Co. sind noch auf dem Tisch zu sehen.

»Ich mache euch einen Vorschlag«, sagt Roberto nach einem kurzen »*Ciao, tutti*«. »Bis Mitternacht bin ich in der Bibliothek zu finden. Wer mir etwas zu sagen hat, ist herzlich eingeladen, es jetzt zu tun.«

Roberto hat die Bibliothek für sich. Er breitet seine Notizen vor sich aus und beginnt damit, seine Wer-Wann-Wo-Liste aufzustellen. Es ist schon seltsam, denkt er, dass jeder an diesem verhängnisvollen freien Abend allein etwas unternommen hat.

Girotti hat um halb acht Chiara getroffen, etwa eine Viertelstunde mit ihr geredet, war dann laufen im Canyon. Sagt er. Kein Alibi.

Bruna ging noch vor Chiara weg, zur Santa-Clara-Ranch. Sagt sie. Kam zurück, als Chiara schon wieder im Zimmer war. Kein Alibi.

Fabio ... Was hat der eigentlich an dem Abend getan? Roberto wühlt in seinen Notizen, als die Tür zur Bibliothek aufgeht. Roberto schaut auf. Wieder fällt ihm Terence Hill ein. Girotti setzt sich, fährt sich nervös durch die sonnengebleichten Haare, richtet besorgte Blauaugen auf Roberto. Wirkt, als hätte er die letzten Nächte schlecht geschlafen. Die Lachfalten machen Pause.

Roberto wartet.

»Sie haben mit Chiara geredet?«, fragt Girotti schließlich. »Wie geht es ihr?«

»Nun, es könnte ihr vielleicht besser gehen, wenn alle bei der Wahrheit geblieben wären.«

»Ich weiß«, seufzt Girotti. »Aber was hätte ich denn tun sollen? Chiara hat doch ausgesagt, dass sie an dem Abend überhaupt nicht weg war. Hätte ich sagen sollen, das stimmt nicht? Und als Alibi war unser Treffen sowieso ungeeignet.

Sie hätte ja noch immer Zeit gehabt, zu den Cliff Dwellings zu gehen. Nicht, dass ich glaube, sie hat es tatsächlich getan«, fügt er hastig hinzu.

Roberto sagt nichts.

Ein Kojote heult.

Dann ist es wieder still.

Etwas zirpt laut. Zikaden?

Wieder Stille.

»Ich wollte Chiara nicht belasten«, sagt Girotti nach einer Weile.

»Chiara oder sich selbst?«, fragt Roberto sehr direkt.

»Auch Sie hätten noch Zeit gehabt, in die Cliff Dwellings zu gehen.«

Girotti schaut überrascht, nickt dann langsam.

»Weswegen haben Sie Chiara vor Luca gewarnt?«, fragt Roberto. »Etwas Kriminelles, hat Chiara gesagt. Was genau?«

Blauauge fährt sich mit der Hand durchs verstruwwelte Blondhaar. »Wahrscheinlich bin ich schuld an Lucas Tod«, sagt er langsam.

Roberto hält kurz den Atem an. Wird das hier ein Geständnis? »Inwiefern?«, fragt er so beiläufig wie möglich. Bloß jetzt nicht den Redefluss unterbrechen.

»Luca dürfte gar nicht hier sein«, sagt Girotti. »Er hat eine eher unzureichende Arbeit abgeliefert, die ihn für das Projekt nicht qualifiziert hat.«

»Und warum ist er hier?«, fragt Roberto. War er, will Roberto korrigieren, lässt es aber dann sein. Luca ist ja noch hier, in einem Schiebefach des pathologischen Instituts von Santa Fe.

»Ich habe eine Drogenvergangenheit«, sagt Girotti. »Ist

Jahre her, aber eine Zeit lang war ich auf Koks. Luca hat das herausgefunden. Keine Ahnung, wie. Er war ja erst ein paar Monate an unserer Schule.«

»Wollen Sie damit sagen, er hat Sie erpresst?«

»Vermutlich kann man es so nennen«, nickt Girotti. »Ich weiß nicht, ob Sie Gastaldi kennen, den Direktor ...«

Roberto nickt.

»›Null Toleranz bei Drogen‹ ist seine Devise. Das gilt für Schüler, aber erst recht für Lehrer. Ich bin gern am *Liceo Marco Polo*.«

Roberto wartet. Wird es nun ein Geständnis oder nicht?

»Luca wollte unbedingt mit nach New Mexico«, sagt Girotti. »Wegen Chiara, nehm ich an. Als erste Reaktion redete ich mir ein, dass seine Arbeit gar nicht so schlecht war. Dann wurde mir klar, dass ein erpressbarer Lehrer eine Katastrophe ist. Dass ich mit Gastaldi reden muss. Aber das wollte ich erst nach unserer New-Mexico-Reise tun. Um das Projekt nicht zu gefährden.«

Das Projekt oder seinen Job?, denkt Roberto. Aber er sagt es nicht. Girotti soll jetzt reden.

Der weiß auch so, was Roberto denkt. »Sie glauben doch nicht, dass ich einen Schüler umbringe, bloß weil ...« Er lässt den Satz in der Luft hängen.

Roberto greift ihn auf. »Bloß weil er Ihnen die Karriere vermasseln kann? Da kann ich Ihnen von Fällen erzählen, wo wegen wesentlich geringerer Motive munter drauflosgemordet wurde.«

Jetzt schweigt Girotti.

»Aber ich kann Ihnen einen anderen Grund sagen, der für Ihre Unschuld spricht«, sagt Roberto. »Sie hätten wohl kaum Chiara vor Luca gewarnt, wenn Sie vorgehabt hätten, ihn umzubringen. Sie mussten damit rechnen, dass Chiara darüber redet. Und dass Ihr Motiv offensichtlich wird.«

»Sagen Sie mir, was ich tun kann, um Chiara da herauszuholen«, sagt Girotti. »Wenn es irgendwie hilft, wiederhole ich alles, was ich Ihnen gesagt habe, vor den amerikanischen Polizisten. Vielleicht sperren sie dann mich ein. Die brauchen doch bloß einen Täter.«

Roberto schüttelt den Kopf. »Ich glaube nicht, dass das jetzt sinnvoll ist.«

»Es ist meine Schuld«, sagt Girotti. »Wenn ich sofort reinen Tisch gemacht hätte, zu Hause, in Venedig, dann wäre Luca gar nicht erst mitgekommen und noch am Leben.«

»Wer weiß das schon so genau«, sagt Roberto. Und er denkt: Vielleicht wäre er dann aus dem dritten Stock des Gymnasiums gefallen.

»Zurück zur Wer-Wann-Wo-Liste«, murmelt Roberto, nachdem Girotti gegangen ist. Er sucht in den Unterlagen nach den Notizen, die er beim Gespräch mit Fabio Taliani gemacht hat.

»Ist der Täter schon eingekreist?«, fragt eine muntere Stimme von der Tür her. »Schnappt die Falle demnächst zu? Fehlt nur noch das letzte kleine Indiz, um den Unhold dingfest zu machen?« Fabio lehnt am Türrahmen.

»Luca ist tot und Chiara im Gefängnis«, sagt Roberto müde. »Das hier ist kein Gesellschaftsspiel.«

Fabio greift in die Jackentasche und zieht einige kleine gelbe Post-it-Zettel heraus. »Ich hab mein Buch über die Anasazi-Kultur nicht gefunden und dachte, Daniele hätte es sich vielleicht ausgeborgt.«

Roberto schaut ihn abwartend an.

»Ich hab es wirklich dringend gebraucht«, fährt Fabio fort.

»Kurz gesagt: Du hast Danieles Sachen durchsucht«, stellt Roberto fest.

»Würd ich nie tun«, grinst Fabio. »Aber bei der Fahndung nach meinem Buch hab ich das hier in Danieles Brieftasche gefunden.«

»Wo man ja üblicherweise geliehene Bücher unterbringt«, bemerkt Roberto.

Fabio legt die Zettel auf den Tisch. Drei sind es. Beschrieben mit blauem Kugelschreiber. Blockbuchstaben. »Schwule Sau«, steht auf einem. »Hitler hatte recht«, auf einem zweiten. Der dritte hat einen längeren Text: »Du sollst nicht beim Knaben liegen wie beim Weibe, denn es ist ein Gräuel. (3. Buch Mose)«

»Das ganze Spektrum menschlicher Intoleranz auf drei kleinen Zetteln«, sagt Roberto. »Ist Daniele homosexuell?«

»Sind Sie hetero?«, fragt Fabio. »Ich meine, wie soll ich das wissen? Er hat mir jedenfalls keinen unsittlichen Antrag gemacht.«

»Warum trägt jemand diese Zettel mit sich herum?«, überlegt Roberto. »Weil er sie bekommen oder weil er sie geschrieben hat?«

»Sie können ja Daniele fragen. Aber sagen Sie ihm nicht, woher Sie die Dinger haben. Vielleicht hat es auch gar nichts zu tun mit der anderen Sache«, sagt Fabio. Er geht zur Tür. »Ich mach jetzt lieber Platz für eventuelle Geständniswillige.«

Roberto schaut ihm nach, dann auf die Zettel. Wer hat sie geschrieben? Und an wen? Stimmt es überhaupt, dass Fabio sie bei Daniele gefunden hat? Hat er sie selbst geschrieben, um jemand anderen zu belasten? Hat er das perfekte Verbrechen begangen? Einen Mord ohne Sinn, ohne Motiv? Roberto schüttelt den Kopf. Absurd. Andererseits ... Da ist die gesuchte Notiz über das Gespräch mit Fabio. Wo war er an dem fraglichen Abend? Erst in der Bibliothek. Dann auf dem Friedhof in Galisteo. Sagt er. Kein Alibi. Roberto zieht Linien, setzt Namen ein, Uhrzeiten. Die Zeittafel sagt es eindeutig: Niemand hat ein Alibi. Jeder Einzelne aus der italienischen Gruppe hätte Zeit gehabt, Luca in die Cliff Dwellings zu folgen.

Roberto schaut auf die Uhr. Fast Mitternacht. Weder Daniele noch Bruna haben also das Bedürfnis, mit ihm zu reden. Was bedeutet das?, denkt er. Vielleicht einfach, dass sie nichts zu sagen haben.

Er sammelt seine Notizen ein.

Ein seltsames Geräusch, etwas zwischen Lachen und Bellen unterbricht die Stille. Gibt es hier Hyänen? Ich weiß zu wenig über New Mexico, denkt Roberto. Genau genommen weiß ich überhaupt viel zu wenig.

27

Roberto erwacht mit dem Gefühl, dass an diesem Tag etwas Entscheidendes geschehen wird. Ist auch höchste Zeit, findet er. Im nächsten Augenblick macht ihn der Gedanke an eine bevorstehende Lösung des Falles unruhig. Hab ich tatsächlich Angst, Chiara könnte doch etwas mit Lucas Tod zu tun haben? Meine eigene Nichte?

Er einigt sich mit sich selbst darauf, dass seine Unruhe ausschließlich damit zusammenhängt, dass er den Tag mit dünnem amerikanischem Morgenkaffee beginnen wird. Er sieht den morgendlichen *macchiato* in der Palanca-Bar vor sich und seufzt unwillkürlich.

Zu seinem Erstaunen wartet Tibbs an der Rezeption. Er spricht mit Marge, schaut sich um, als er Robertos Schritte hört, und geht ihm entgegen. »Ich wollte Sie gerade wecken lassen. Dachte, wir fahren gemeinsam nach Cochiti.«

Woher weiß dieser Tibbs schon wieder, dass Luis Baca mit mir reden will?, überlegt Roberto. Aber er sagt nichts, sondern lächelt den Lagunenaugen zu. »Passen Sie auf Jay auf.«

Marge lächelt zurück.

»Wer ist Jay?«, fragt Tibbs.

Endlich einmal etwas, das er nicht weiß, denkt Roberto. »Eine *bullsnake*«, antwortet er.

»Bruder Schlange für die Indianer«, sagt Tibbs. »*Bullsnakes* gelten als Glücksbringer.«

»Na hoffentlich hält sich Jay dran«, sagt Roberto. »Er ist mir was schuldig.«

Tibbs steuert auf den staubigen Lexus zu. »Ich hab noch nicht gefrühstückt. Sie?«

Roberto schüttelt den Kopf. »Meinen Sie, ich kann hier irgendwo einen anständigen Espresso kriegen?«

»*Harry's Roadhouse*«, sagt Tibbs und gibt Gas.

Harry's Roadhouse hat eine Espressomaschine von Vertrauen erweckenden Dimensionen, wie Roberto sofort feststellt. Ein gut gelaunter dunkelhäutiger Kellner im knallbunten Hawaiihemd nimmt sie in Empfang, ortet im scheinbar voll besetzten Lokal zwei freie Plätze an der Theke, empfiehlt die *specials* des Tages und nimmt ihre Bestellung auf. *Breakfast Burrito* für Tibbs. *Waffles* mit Orangenbutter, frischer Ananas und Ahornsirup für Roberto. Der doppelte Espresso dampft und duftet. Ich bin ein Drogenabhängiger, denkt Roberto. Ohne Kaffee geht bei mir gar nichts.

Der Kellner singt ein paar Takte. Gar keine schlechte Stimme. Vielleicht wollte er eigentlich Opernsänger werden. Welche Pläne wohl Luca Pizzini für sein Leben hatte?

»Wir werden einen Anwalt für Chiara brauchen«, sagt er.

Tibbs häuft Chili und Bohnen auf einen Löffel. »Zehn Anwälte aneinander gekettet auf dem Grund der Hudson Bay. Wissen Sie, was das ist?«, fragt er.

Roberto schüttelt den Kopf.

»Gar kein schlechter Anfang«, sagt Tibbs vergnügt.

Roberto lacht nicht.

Auch Tibbs wird ernst. »Es gibt ein neues Angebot. Chi-

ara gibt zu, dass es einen Streit gegeben hat, dort in den Cliff Dwellings. Eine unbedachte Bewegung, vielleicht ein Gerangel zwischen den beiden und der Junge stürzt ab. Ein Unfall. Keine Anklage. Ihre Nichte kann nach Hause zurück.«
»Und muss damit leben, dass alle denken, sie hätte ihn vielleicht doch umgebracht? Außerdem – der wahre Schuldige, was ist mit dem?«
»Besser wird das Angebot nicht«, sagt Tibbs.
»Ich will die Wahrheit«, sagt Roberto.
»*Have a great day, you guys*«, sagt der fröhliche Kellner, als Tibbs gegen Robertos Widerstand für das Frühstück bezahlt hat.
Roberto bezweifelt plötzlich, dass es ein großartiger Tag werden wird.

Highway 25, südwärts, vorbei an Santa Fe. Zwanzig Minuten später die Abzweigung nach Cochiti Pueblo. Sie sprechen wenig auf dieser Fahrt.

Am Eingang zum Ort steht eine Tafel. Betreten des Pueblos nur mit gültigem *permit*. »Die Leute hier wollen ein normales Leben führen«, sagt Tibbs. »Ohne Touristen, die in Scharen einfallen und ungeniert alles fotografieren.«

»Verständlich.« Roberto nickt. »Wir haben ein ähnliches Problem in Venedig.«

Tibbs lacht. »So hab ich das noch nie gesehen.« Er verschwindet in einem Gebäude und kommt kurz darauf wieder zurück. »Wir sind schon angekündigt worden.«

Sie fahren auf einer staubigen, fast menschenleeren Straße zwischen lehmbraunen Adobe-Bauten. Ein Hund sucht nach Essensresten. Ein alter Mann mit langen weißen Haaren und rotem *bandanna* als Stirnband lädt Holz auf einen Karren. Der Wind treibt zusammengeballte getrocknete Pflanzen vor sich her. *Tumbleweeds* wie im Western. Gleich hör ich Filmmusik, denkt Roberto. *Spiel mir das Lied vom Tod* oder so was Ähnliches. Tibbs zeigt auf einen Rundbau, der offenbar nur von oben mit einer Leiter zu betreten ist. »Die Kiva«, sagt er. »Der Raum für religiöse Rituale. Streng tabu für jeden Weißen. Wie man hört, entdecken die Indianer ihre Naturreligion wieder. Aber sie bleiben bei all ihren Zeremonien unter sich. Mit einer Ausnahme. An einem *feast day* im Jahr zeigen sie ihre rituellen Tänze für Besucher.«

»Halten sich die Besucher daran?«, fragt Roberto und deutet auf das Schild »*No visitors beyond this point*«.

Tibbs lacht. »Eher schon. Seit bekannt wurde, dass man auf der Stelle vom *Tribal Governor* abgeurteilt werden kann.«

Tibbs hält vor einem Weg, der zu einem einfachen würfelförmigen Haus führt. »Hier wohnt Luis Baca«, sagt er. Roberto will aussteigen, aber Tibbs hält ihn zurück. »Warten Sie«, sagt er. »Es wäre sehr unhöflich, sofort auf sein Haus zuzugehen. Wir müssen ihm Zeit geben, sich zu entscheiden, ob er Besucher empfangen will oder nicht.«

»Und wenn nicht?«

»Ganz einfach. Dann kriegen wir ihn nicht zu Gesicht.«

»Aber wir wollen doch dringend mit ihm reden«, sagt Roberto.

»Eben«, antwortet Tibbs.

Roberto erinnert sich an den Krimi, den er vor seiner Abreise gelesen hat. »Und was sag ich zu ihm, falls er mit uns reden will?«, fragt er. »*Ya-ta-hej, hosteen Baca?*«

Tibbs grinst. »Besser nicht. *Hosteen* heißt ›ehrwürdiger Alter‹ und Baca ist höchstens fünfunddreißig. Der Navajo-Gruß von einem Weißen wird als anbiedernd empfunden. Ich empfehle ein einfaches ›*Hello, Mister Baca*‹. Es wäre auch gut, wenn Sie sich ihm ein wenig ausführlicher vorstellen. Das gilt als Zeichen der Höflichkeit.«

Nach etwa fünf Minuten öffnet sich die Tür des Hauses. Der Mann, der da steht, ist Roberto sofort sympathisch. Ein paar Kilo zu viel. Mächtiger Oberkörper, Bauchansatz. Breites Gesicht, halblange schwarze Haare, wache Augen. Keine Uniform, sondern Jeans und buntes Hemd. Sehr buntes Hemd.

Sein Gesicht zeigt nicht die mindeste Regung, als er Roberto und Tibbs begrüßt.

Er geht voraus in einen Wohnraum, der äußerst sparsam möbliert ist. Ein Sofa, zwei Lehnstühle, ein niedriger Tisch. In einer Ecke des Raumes ein Fernsehapparat. Auf einem Wandregal aus groben Holzbrettern stehen einige getöpferte Schalen aus schwarzem Ton. Glänzende Muster auf mattem Grund. Roberto ist kein Fachmann, aber die hohe künstlerische Qualität ist offensichtlich.

»Kaffee?«, fragt Luis Baca.

Roberto will schon ablehnen, aber Tibbs ist schneller und sagt dankend zu.

Luis Baca verschwindet, man hört ihn im Nebenraum hantieren.

»Erst wenn er uns bewirtet, sind wir seine Gäste«, sagt Tibbs. »Fremde kann er schnell wieder loswerden. Gästen schuldet er eine gewisse Höflichkeit.«

Roberto nickt, das erscheint ihm logisch. Dem indianischen Kaffee sieht er allerdings mit Skepsis entgegen.

Er wird angenehm überrascht. Der Kaffee ist schwarz und kräftig. Baca setzt sich auf das Sofa, ihnen gegenüber.

»Ich bin Commissario Roberto Gorin aus Venedig«, beginnt Roberto. »Chiara – die Verdächtige – ist meine Nichte. Ich wäre Ihnen sehr dankbar, wenn Sie uns bei der Aufklärung des Falles helfen könnten.«

Baca schaut ihn sehr ruhig an. »Es ist nicht mehr mein Fall«, sagt er. »Man hat der *Tribal Police* die Zuständigkeit entzogen. Obwohl sich die« – er scheint kurz zu zögern – »die Ereignisse auf dem heiligen Boden unserer Vorfahren zugetragen haben.«

»Sehr bedauerlich«, wirft Tibbs ein. »Aber dieser Fall hat nun einmal auch eine politische Dimension. Seit damals im Irak-Krieg ein italienischer Geheimagent von Amerikanern getötet wurde, ist man auf diplomatischer Ebene um Entspannung bemüht. Neue Verwicklungen sind äußerst unwillkommen.«

Baca schnaubt verächtlich. »Irak, Syrien, Afghanistan – diese Kriege waren nie unsere Sache. Es sind immer die Kriege der Weißen. Es geht um Öl, um militärischen Einfluss. Nicht darum, den Leuten dort zu helfen.« Er wendet sich zu Roberto. »Ihr Land schickt ja auch regelmäßig Soldaten, nicht wahr?«

Roberto presst die Lippen zusammen. Er denkt an die regenbogenfarbene Flagge mit der Aufschrift »Pace«, die während des Irak-Krieges von seiner kleinen Terrasse zum Campo di San Cosmo wehte.

Jetzt keine unüberlegte Bemerkung, denkt er. »Zumindest beginnen wir keine Kriege«, sagt er.

Neben ihm zieht Tibbs hörbar die Luft ein.

Baca verharrt regungslos.

Ganz falsch, denkt Roberto, ich habe es völlig falsch angepackt. Warum kann ich mich nie zurückhalten, wenn ich mich ungerecht behandelt fühle? Der indianische Polizist wird warten, bis wir unseren Kaffee getrunken haben, und uns dann höflich, aber bestimmt auffordern zu gehen.

Baca scheint noch immer in tiefes Nachdenken versunken. Roberto schweigt ebenfalls – in dem Gefühl, dass alles, was er sagt, die Sache noch schlimmer macht. Tibbs trinkt seinen Kaffee in kleinen Schlucken. Er vermeidet es, Roberto anzusehen.

Plötzlich holt Baca tief Luft. »Meine Schwester Marge kennen Sie ja«, sagt er.

Roberto nickt. Seine Schwester also.

Baca deutet mit einer Kopfbewegung zu dem Regal mit den wunderschönen Schalen. »Marge hat sie gemacht.« Pause. Roberto wartet. Baca spricht weiter, als würde er nicht mehr mit Roberto reden. »Vor zwei Wochen war *Indian Market* in Santa Fe. Viele Künstler stellen da aus. Hoffen, dass sie etwas verkaufen. Zu Marge kam ein Mann, der eine große Galerie besitzt. Er will ihre Arbeiten ankaufen und sie in einer Ausstellung zeigen.«

Baca macht wieder eine Pause. Roberto überlegt, welcher Zusammenhang zwischen seinem Anliegen und der Ausstellung der Töpferarbeiten von Luis Bacas Schwester bestehen könnte.

»Die Ausstellung wird erst in New York gezeigt und dann in Rom«, fährt Luis Baca fort. »Rom, Italien.«

Wieder Pause. Was wird das?, denkt Roberto. Eine Belehrung zum Thema Ausbeutung der Indianer durch Kunsthaie?

»Ich werde Marge zu den Ausstellungseröffnungen begleiten«, sagt er. »Und ich frage mich, wie ich reagieren würde, wenn mich in Rom jemand für die Politik dieses Landes verantwortlich macht.« Er schaut Roberto jetzt voll an. »Marge ist eine wunderbare Künstlerin, aber sie ist fast noch besser im Einschätzen von Menschen. Gehen wir.«

Baca steht auf, öffnet die Tür zu einem Nebenraum. Roberto sieht einen offenbar technisch perfekt ausgerüsteten Computer-Arbeitsplatz. Ein seltsamer Gegensatz zu dem einfachen Haus, das eigentlich mehr eine Hütte aus Lehmziegeln ist. Baca kommt wieder und trägt jetzt eine ärmellose dunkelblaue Polizeiweste über dem bunt bedruckten Hemd.

»Cliff Dwellings«, sagt er. »Am besten folgen Sie mir. Ich kenne eine Abkürzung.«

Sie fahren in der dichten Straubfahne hinter Luis Baca in seinem kleinen roten Pick-up her.

»Was halten Sie davon?«, fragt Roberto.

»Ich weiß nicht, was ich davon halten soll«, sagt Tibbs. »Ich bin noch dabei, mich von dem Schrecken zu erholen, dass Sie Baca an seine amerikanische Staatsbürgerschaft erinnert haben. Aber offenbar war es genau der richtige Auslöser, um ihn aus der Reserve zu holen.«

Baca hält vor dem Tor im Maschenzaun. Er zieht einen Schlüssel aus der Tasche, sperrt auf, geht vor zu der polizeilichen Absperrung. Er hält plötzlich ein Taschenmesser in der Hand und schneidet mit einem verächtlichen Laut das gelb-schwarze Band durch. Tibbs runzelt die Stirn und Roberto weiß, was er meint. Es braucht eine amtliche Genehmigung, um die Absperrung zu entfernen. In Italien jedenfalls und vermutlich ist es hier nicht anders.

Nach wenigen Schritten bleibt Baca stehen, mit ihm Tibbs und Roberto. Offenbar erweist er den Anasazi dieselbe Höflichkeit bei Besuchen, die er selbst erwartet. Dann geht er schnell und trotz seiner Körperfülle mit erstaunlich geschmeidigen Bewegungen weiter. Roberto kann kaum Schritt halten. Selbst Tibbs, der sehr schlank ist, atmet schneller.

Dann stehen sie wieder vor der Wohnhöhle, in der die Fußspuren von Chiara und Luca gefunden wurden.

»Ich habe das Spurenlesen von einem Großonkel gelernt«, sagt Baca. Er atmet nach der Anstrengung des Aufstiegs kein bisschen schneller. »Ich war vier Jahre, als er mit dem Unterricht begonnen hat.« Er zeigt auf die Spuren im Sand. »Die Weißen machen viele Fehler. Einer davon ist, dass sie nicht daran denken, dass man auf seine eigenen Spuren steigt. Der junge Italiener war hier.« Er deutet auf einen sehr typischen Abdruck mit Zacken und Ringen. »Das Mädchen auch.« Er zeigt auf einen anderen Schuhabdruck. Kleiner, ein Profil mit Querrippen. »Aber sie waren nur einmal hier. Nicht noch ein zweites Mal.«

»Weder Luca noch Chiara?«, fragt Roberto. Er spürt, wie sich die Haare auf seinen Unterarmen aufstellen. Und er weiß, dass er sehr bald die Antwort auf die dringendste seiner Fragen wissen wird.

Baca nickt. »Der Junge ist nicht von hier abgestürzt.« Er deutet nach oben, an den Rand der Klippen, die etwas überhängen. Es führt kein Touristenweg weiter hinauf. Sie steigen über Felsen und dornige Büsche, folgen Luis Baca, der mühelos Tritt findet für seine knöchelhohen Schnürschuhe aus Leder. Ein Bergführer, der zwei Turnschuhtouristen eine Sehenswürdigkeit zeigt. Dann stehen sie vor einer niedrigen Öffnung im Tuffgestein, die vielleicht einem Tier Unterschlupf bieten könnte, aber keinem Menschen. Vor der Höhle ist ein schmaler Platz zum Stehen, dicht dahinter fallen die Klippen steil ab. »Die Anasazi haben nicht nur den Grund des Canyons, sondern auch die Hochebene bewässert. In diesen Höhlen hier haben sie Vorräte gelagert, die sie oberhalb ihrer Behausungen geerntet haben. Man hat diesen Teil der Dwellings nicht in den Touristenpfad einbezogen. Der Aufstieg ist zu steil, die Absturzgefahr zu groß. Vielleicht ist so was auch nicht interessant genug für Touristen.« Luis Baca zeigt auf eine Stelle vor dem Eingang zu der niedrigen Höhle. »Hier war es«, sagt er. »Genau hier.«

28

Daniele gehört zu den Venezianern, die spätestens in Mestre Heimweh nach der Lagune haben. Er fühlt sich unbehaglich in der trockenen Luft New Mexicos und spürt den Durst der Pflanzen fast körperlich. Ohne Wasserflasche geht er hier nirgendwo hin. Ich hätte gar nicht mitkommen sollen, denkt er. Ich hab ja vorher gewusst, dass etwas passieren würde.

Die anderen sind zum Georgia-O'Keeffe-Museum in Santa Fe gefahren. Er hat sich geweigert mitzukommen. Er muss allein sein. Ohne viel darüber nachzudenken, geht er erst ein Stück auf der Landstraße und nimmt dann den Weg zu den Felsen mit den Petroglyphen, der dann weiter zu den Cliff Dwellings führt. Ein heftiger Wind weht, wie fast immer, seit sie hier sind. Dumpfe Schläge sind zu hören.

Daniele bleibt stehen. Etwas weiter vorn ist ein älterer Mann dabei, mit dem stumpfen Ende einer Axt einen Pfosten in die Erde zu rammen, an dem ein Schild befestigt ist. Zwei Hunde mittlerer Größe und undefinierbarer Rasse umkreisen ihn aufgeregt. Langsam geht Daniele näher. Die Hunde beginnen zu bellen, der Mann schaut auf, bringt mit einem kurzen Ruf die Hunde zum Schweigen. Er hält die Axt in der Hand und wartet auf Daniele. Auf dem Schild steht: *Private property. No trespassing. Offenders will be persecuted.*

Der Mann wirft Daniele einen unfreundlichen Blick zu. »Es reicht mir«, sagt er. »Da lässt man aus reiner Gutmütigkeit die Leute über das Grundstück gehen und dann hat man die Polizei am Hals. Man will ja niemandem Schwierigkeiten machen. Aber was man sieht, das sieht man, nicht wahr?«

Daniele antwortet nicht.

»Ich hab sie genau gesehen an dem Abend. Dieses Mädchen mit den kurzen blonden Haaren. Die Cops waren richtig froh darüber«, sagt der Mann. Er geht einen Schritt auf Daniele zu. »Und dich, dich hab ich doch auch gesehen. Du warst auch da an dem Abend.«

Daniele weicht unwillkürlich einen Schritt zurück. »Das ist unmöglich«, sagt er. »Ich bin zwar ein paarmal da vorbeigekommen, aber nicht an dem Abend, an dem ...« Er beendet den Satz nicht.

»Ich weiß, was ich seh«, sagt der Mann. »Jedenfalls kommt mir da keiner mehr durch. Ich will meine Ruhe haben.« Er beginnt, Stacheldraht zwischen zwei Holzpfosten zu befestigen.

Daniele macht kehrt. Und wenn nun der Mann die Polizei anruft? Es braucht offenbar nicht viel, um hier verhaftet zu werden.

Er zwingt sich erst zur Langsamkeit, wird dann immer schneller. Das letzte Stück Weges zurück zum Gästehaus läuft er. In dem Zimmer, das er jetzt nur noch mit Fabio teilt, ist er mit einem Schritt bei seinem Bett, schlägt die Tagesdecke zurück. Kein gelber Zettel auf dem Kopfkissen. Natürlich nicht. Es wird auch keine gelben Zettel mehr geben. Höchste Zeit, dass er die anderen wegwirft, die er an den ersten Tagen gefunden hat. Er holt seine Brieftasche aus dem Rucksack. Sucht zwischen Notizzetteln und Geldscheinen. Sucht immer hastiger. Sie sind weg. Um ganz sicherzugehen, nimmt er alle Dollarnoten und die Kreditkarten heraus. Nichts. Die gelben Zettel sind verschwunden.

Daniele setzt sich auf das Bett und denkt nach. Er fasst einen Entschluss.

29

Luis Baca zieht eine Taschenlampe aus seiner Weste. Der Lichtstrahl gleitet über den Boden der Höhle. Roberto bückt sich. Ein paar längliche Furchen im Sand, dann ein runder Abdruck, wie von einem kleinen Reifen. Kein Fußabdruck.

»Nichts«, sagt Roberto enttäuscht.

»Die Spuren hier vor der Höhle hat der Wind längst verweht«, sagt Luis Baca. Er beleuchtet eine Stelle an der länglichen Öffnung. »Fast.«

Jetzt sieht auch Roberto einen halbrunden Abdruck, der von der Spitze eines Schuhs stammen könnte. Ein Profil ist nicht mehr zu erkennen. Aber so viel ist klar: Jemand stand oder hockte vielleicht hier vor der Höhle. Mit dem Rücken zum Abgrund.

»Was der Wind nicht verweht hat«, sagt Baca und deutet auf ein paar kleine Büsche unterhalb der Höhle, »ist das hier.«

Tibbs und Roberto beugen sich vorsichtig vor, sehen die verkümmerte Kiefer, die verdorrten braunen Äste einer stachligen Pflanze.

Baca steigt mühelos ein Stück abwärts, greift nach einem kleinen Ast. Abgebrochen. Dann nach einem anderen. Ebenfalls geknickt. »Der aussichtslose Versuch, sich irgendwo festzuhalten«, erklärt er. »Bestimmt findet man Blutspuren an den Dornen. Vielleicht auch irgendwo Stofffasern. Dürfte mit den heutigen Methoden keine Schwierigkeit sein, zu bestimmen, wer hier abgestürzt ist.«

Roberto spürt eine leichte Ungeduld. Wer der Tote ist, weiß man. Die Absturzstelle ist nicht das Wesentliche. Es geht darum, den Schuldigen zu finden.

Luis Baca kommt zurück, leuchtet wieder mit der Taschenlampe in das Innere der Höhle. »Der Täter hat natürlich auch Spuren hinterlassen«, sagt er.

Der Täter? Roberto sieht noch immer nichts, was auf die Gegenwart eines Menschen deuten würde.

Tibbs versteht schneller. »*Oh my God!*«

»Das hier sind die Spuren mehrerer Schlangen«, sagt Baca ruhig und deutet auf die länglichen Furchen. »Und hier hat eine Schlange zusammengeringelt gelegen.«

Der Lichtstrahl erfasst den runden Abdruck. »Der italienische Junge ist im wahrsten Sinn des Wortes auf ein Schlangennest gestoßen. Früher ging kein Mensch freiwillig in die Cliff Dwellings. Aus Respekt vor den Vorfahren. Und weil man wusste, dass jede Menge Klapperschlangen die Höhlen bewachten. ›Geister der Anasazi‹ wurde hier bei uns in der Gegend zu einer anderen Bezeichnung für *rattlesnakes*. Dann hat man diesen Touristenpfad eröffnet. Gegen den Willen der meisten unserer Leute. Es ist das Territorium der *Cochiti Reservation*, aber man findet ja immer Mittel und Wege, uns wieder zu enteignen.«

»Sie glauben also, Luca ist aus Angst vor einer Klapperschlange in den Tod gesprungen?«, fragt Roberto.

»Nicht absichtlich«, erwidert Baca. »Aber glauben Sie mir, wenn eine Klapperschlange Sie angreift, dann weichen Sie unwillkürlich zurück. Und denken nicht lang darüber nach, ob hinter Ihnen Platz genug dafür ist. Die Spuren waren sehr eindeutig. Er kam herauf, sah die Höhle, hockte sich davor, um hineinzusehen. Die Schlangen fühlten sich bedroht.«

»Aber wie wollen Sie wissen, dass Luca allein hier oben war?«, fragt Roberto.

Baca nickt. Er scheint die Frage erwartet zu haben. »Die Spuren vor der Höhle hat der Wind in den letzten Tagen verweht. Aber sie waren noch klar und deutlich am Morgen nach dem Tod des Jungen, als ich hierher gerufen wurde. Abdrücke von seinen Schuhen. Da waren nur seine und sie gingen nur aufwärts. Nicht mehr zurück.«

Roberto starrt auf den Sand vor dem Höhleneingang, in dem jetzt die Abdrücke von Bacas, Tibbs' und seinen Schuhen zu sehen sind. »Das wird nie mehr zu beweisen sein«, sagt er.

Bacas breites Gesicht wird von einem Lächeln noch breiter. »Die *Tribal Police* hält viel von Tradition.« Er langt in eine Innentasche seiner Weste und zieht eine CD heraus. »Aber in manchen Fällen greifen wir doch zur Digitalkamera.«

30

Tibbs biegt vom Highway 25 in die Cerillos Road und dann in die stillere Agua Fria Street. Er hält vor einem großen Adobe-Bau mit Vorgarten. »Kommen Sie«, sagt er zu Roberto.

Keine Firmenschilder, keine Klingeln. Keine Namen an der Tür. Tibbs öffnet mit einem Schlüssel. Schon in der Halle wird Roberto klar, dass sie sich nicht in einem Wohnhaus befinden. Der Zugang ins Innere des Hauses ist mit einem Zahlencode gesichert. Sie stehen in einem nüchternen weiß getünchten Raum. Die Tür, auf die Tibbs zusteuert, wird durch eine Karte entsperrt, die Tibbs an einer Schnur um den Hals trägt.

»Seltsame Psychiaterpraxis«, stellt Roberto fest. »Sieht aus, als hätten Sie Angst, dass Patienten den Weg zu Ihnen finden könnten.«

Tibbs lächelt nur. »Sie glauben, ich hab Sie belogen«, sagt er. »Aber *shrink* stimmt schon. Nur hat sich meine berufliche Laufbahn etwas sonderbar entwickelt.« Er macht Licht in dem Raum, der durch Jalousien abgedunkelt ist.

Roberto kann seinen Laptop halbwegs bedienen – viel mehr versteht er nicht von Computern. Hier bedeckt ein System von Geräten eine ganze Wand. Tibbs legt die CD, die Luis Baca ihm gegeben hat, in ein Laufwerk, drückt Knöpfe. Ein Bildschirm wird hell. Die Fotos, die sie sehen, lassen an Deutlichkeit nichts zu wünschen übrig. Die Fußabdrücke von Luca und Chiara in der Wohnhöhle. Die einsamen Fußspuren Lucas, die hinaufführen zu den Vorratskammern der Anasazi. Und nicht mehr zurück. Tibbs schaltet das Gerät ab.»Das reicht«, sagt er zufrieden. Roberto hat seine Zweifel.»Die FBI-Leute werden nicht begeistert sein. Eine amerikanische Klapperschlange hat einen italienischen Staatsbürger auf dem Gewissen. Das ist vermutlich ein politisch unerwünschtes Ergebnis.«

»Die Jungs werden froh sein, wenn die ermittlerische Blamage nicht allzu offensichtlich wird«, sagt Tibbs.»Noch heute Abend ist Chiara bei Ihnen im Gästehaus. Dafür garantiere ich.«

»Wer sind Sie?«, fragt Roberto.»Gehören Sie zur CIA?«

Tibbs hebt abwehrend die Hände.

»Oder NSA, *National Security Agency*?«, fragt Roberto weiter.»Die klopfen doch angeblich dem FBI gern auf die Finger.«

Tibbs schüttelt den Kopf.»Ich könnte Ihnen schon drei Buchstaben nennen, aber die würden Ihnen nichts sagen. Kommen Sie, ich bring Sie jetzt zurück. Nachher muss ich noch mit ein paar Leuten telefonieren.«

»Glauben Sie, dass Luis Baca all diese Beweise für sich behalten hätte? Dass er zugeschaut hätte, wie ein sechzehnjähriges Mädchen zu Unrecht verurteilt wird?«, fragt Roberto, als sie wieder in dem alten Lexus sitzen.

Tibbs schüttelt den Kopf.»Ich weiß es nicht. Man hat den Indianern ihr Land, ihre Religion, ihre Existenz weggenommen. Das heißt, denen, die man nicht ohnehin vorher schon systematisch umgebracht hatte. Dann hat man ihnen Reservate zugeteilt. Hat ihnen autonome Verwaltung, Gerichtsbarkeit und Polizeigewalt gegeben. Nur um ihnen zu zeigen, dass letzten Endes die *belagana* – die Weißen – nach wie vor das Sagen haben, wenn es ihnen beliebt. Kann man es Luis Baca übel nehmen, wenn er sich zurücklehnt und zusieht, wie das FBI eine Ermittlung verschlampt?«

Auf diese Frage weiß Roberto keine Antwort. Er weiß nur, dass er es nicht könnte. Einfach zusehen, wie etwas geschieht, das nicht richtig ist. Aber vielleicht steht mir als Nicht-Indianer kein Urteil darüber zu, denkt er.

Tibbs hält vor dem Gästehaus. Die Krempe seines geflochtenen Panamahuts überschattet einen Großteil seines Gesichts. Roberto fragt sich, ob er ihn irgendwann ohne Hut gesehen hat. Er kann sich nicht erinnern.

Tibbs streckt ihm die Hand entgegen. »Sagen Sie mir, wann Sie zurückfliegen, jemand aus meiner Abteilung wird Sie zum Flughafen nach Albuquerque bringen.«

»Danke«, sagt Roberto nur. Wie immer, wenn er etwas Komplexes ausdrücken will, verlassen ihn die englischen Vokabeln.

Im Eingang zum Gästehaus steht Daniele, so als hätte er auf Roberto gewartet.

Roberto achtet nicht weiter darauf. Er ist in Hochstimmung. »Sag den anderen, dass ...«, beginnt Roberto. Aber Daniele unterbricht ihn. Sein Gesicht wirkt angespannt. »Commissario, ich muss mit Ihnen reden.«

»Gut«, sagt Roberto. Gar nicht gut, denkt er. »Gehen wir ein Stück spazieren.«

»Ich habe Ihnen etwas verschwiegen«, sagt Daniele.

Roberto spürt trotz der Hitze etwas Kaltes in der Magengegend. Daniele? Unmöglich. Die Fotos der Fußspuren waren eindeutig. »Es ist nicht mehr wichtig«, sagt Roberto schnell.

»Doch.« Daniele klingt sehr bestimmt. »Es ist für mich wichtig. Und für mein weiteres Leben.«

Sag nichts, denkt Roberto. Was ist es?, denkt der Polizist. »Seit wir hier angekommen sind, habe ich jeden Tag einen gelben Zettel auf meinem Kopfkissen gefunden. Widerliche Sprüche.«

Roberto kennt die Sprüche. Die gelben Zettel sind bei seinen Notizen.

»Ich hab sofort vermutet, dass Luca dahintersteckt«, sagt Daniele.

»Warum?«, fragt Roberto. »Warum Luca?«

»Ich hab es niemand anderem zugetraut.«

»Hast du ihn damit konfrontiert?«, fragt Roberto.

Daniele schüttelt den Kopf. »Ich hab ihn beobachtet. Bin ihm nachgegangen.«

Roberto will die Frage nicht stellen, aber der Polizist ist stärker. »Auch an dem Abend, als Luca noch einmal in die Cliff Dwellings ging?«

Daniele nickt.

»Und?«, fragt Roberto.

»Seit dem Tod Lucas hat die Sache mit den Zetteln aufgehört«, sagt Daniele. »Ich hatte also recht mit meiner Vermutung.«

Roberto bleibt stehen. »Was genau möchtest du mir sagen? Bist du Luca in die Cliff Dwellings gefolgt?«

Daniele sieht ihn erstaunt an. »Aber nein. Bei dem Haus, in dem der Mann mit den Hunden wohnt, hab ich kehrtgemacht. Alles Weitere war genau wie in meiner Aussage.«

Roberto wartet.

»Ich nehme an, die gelben Zettel sind irgendwie bei Ihnen gelandet?«, fragt Daniele.

Roberto nickt.

»Ich möchte, dass Sie diese Zettel den anderen zeigen«, sagt Daniele.

»Warum?«

»Weil mich dann irgendwer fragen wird, ob ich schwul bin«, sagt Daniele.

»Das ist wichtig?«, wundert sich Roberto. »Dass dich jemand danach fragt?«

Daniele nickt. »Damit ich endlich einmal in aller Öffentlichkeit Ja dazu sagen kann.«

31

Bruna sitzt auf ihrem Bett, hat die kleine Leselampe eingeschaltet und hält ein Buch in der Hand. Aber sie liest nicht.
Im zweiten Bett liegt Chiara. Sie schläft tief und fest. Spät am Abend ist sie von zwei Männern in Zivil vor dem Gästehaus abgesetzt worden.
Jubel gab es nicht. Höchstens so etwas wie stilles Aufatmen. Die Erschöpfung nach der Anspannung.
»Ich glaube, man kann die Vereinigten Staaten verklagen«, hat Daniele gesagt. »Die müssen dir eine Entschädigung zahlen. Für psychische Schmerzen.«
Chiara wollte nur schlafen.
Bruna denkt an Luca und an den Abend, an dem sie geglaubt hat, Tommaso wolle sie treffen. Wäre verliebt in sie, so wie sie in ihn. Seltsam weit weg ist das. Und unwichtig.
Sie zieht die Schublade im Nachttisch auf, nimmt das Blatt heraus und betrachtet es. Wie schon sehr oft. »Fabio« steht darunter. Und darüber die Zeichnung.
Jede Menge fliegender Schweine.

32

Sie sind alle zum Flughafen Marco Polo gekommen. Sandra natürlich und Samuele, Neris und seine Frau. Piero Salmaso, sein Kollege. Fantinelli – ja, der auch. Der Colonnello lässt sich entschuldigen. Er ist müde von einem Golfturnier. Gelächter. Umarmungen, Küsse, wieder Umarmungen. Zwei Polizeiboote liegen vor dem Flughafen bereit. Zwei! Danke, Fantinelli. Der Geruch der Lagune. Roberto atmet ihn tief ein. Das Geräusch der Wellen, die sich am Bug des Bootes brechen. Die Lichter von Murano, die näher kommen. Das nachtschwarze Wasser. Ein kurzer Gedanke an Marge.

Dann die Fragen. Schulterklopfen. »*Bravo! Grande! Fatto bene!*« Seine Beteuerungen. »Ich hab eigentlich gar nichts gemacht.« Niemand glaubt ihm. Venezianer mögen Helden. Heute Abend ist er ein Held.

Später dann, zu Hause in der Küche, die ausführliche Erzählung. Ein *macchiato decaffeinato*. Dann noch einer.

»In zwei Tagen kommt Chiara zurück, mit den anderen. Sie haben keinen früheren Rückflug zum Gruppentarif bekommen«, sagt Roberto.

Sandra ist nachdenklich. »Dieser Luca war nicht gerade ein Ausbund an netten Eigenschaften. Aber Chiara hat nichts davon bemerkt. Hat sich ausgerechnet in ihn verliebt.«

»›Liebe macht blind‹ ist kein besonders origineller Spruch, aber vielleicht stimmt er trotzdem«, sagt Roberto und gähnt.

Vor dem Einschlafen denkt er noch einmal an Marge und ihren Blick, als sie sah, dass Jay nichts passiert war. Augen wie die Lagune bei Nacht.

»Woran denkst du?«, fragt Sandra.

»An die Lagune«, antwortet Roberto. Das ist nicht ganz die Wahrheit. Aber auch nicht ganz gelogen.

Dann am nächsten Tag in der Questura.
Neuigkeiten verbreiten sich in Venedig wie *acqua alta*.
Überallhin. Man ist machtlos dagegen.
Kollegen, die schnell mal vorbeischauen. Wusste gar nicht, dass du Spuren lesen kannst. Haha.
Ungewohnt wohlwollend lächelnde Damen im Sekretariat. Ob er wirklich mit Klapperschlangen gekämpft hat?
Sein Standardsatz: »Eigentlich hab ich gar nichts getan« wird für Bescheidenheit gehalten.

Der Colonnello lässt sich ausführlich berichten. Verspricht, mehr darüber herauszufinden, wer dieser Tibbs nun eigentlich ist. Geheimhaltung? Doch nicht unter Golffreunden.

Roberto hat seine Zweifel.

Piero taucht auf mit einem Stapel von Aktenordnern unter dem Arm. »Mündlich oder schriftlich?«, fragt er.

»Leg schon los«, sagt Roberto.

»Also – den Pimmelzertrümmerer haben wir. Es ist eine Frau. Fünfundfünfzig, Hausfrau, vier schulpflichtige Kinder. Ihr Mann hat sie wegen einer Fünfundzwanzigjährigen verlassen. Wir haben sie in flagranti erwischt. Nein, nicht den Mann und seine Freundin. Die durchgeknallte Ehefrau. Da war sie in *Madonna dell'Orto* zugange. Zunächst war kein Wort aus ihr herauszubringen. Erst als Teresa sie befragt hat, begann sie zu reden. ›Engel haben so was nicht‹, hat sie gesagt. ›Nur Teufel.‹«

»Wie steht's eigentlich um Teresas Ehe?«, erkundigt sich Roberto.

»Schlecht«, antwortet Piero. »Ihr Mann ist zu seiner Freundin gezogen. Ich hatte das unangenehme Gefühl, dass sich die beiden Frauen ganz gut verstanden haben.«

Roberto seufzt. Polizistenehen sind weniger haltbar als Muranoglas. »Der angebliche Selbstmörder?«, fragt er weiter. »Der im Rio della Celestia, mit dem Seil um den Hals?«

»Das war tatsächlich ein Suizid«, sagt Piero. »Wir haben den Baum gefunden, an dem er sich erhängen wollte. Der Ast hat aber nicht gehalten. Also ist er losmarschiert und in den Kanal gesprungen. Hat sich nicht erst die Mühe gemacht, vorher das Seil von seinem Hals abzunehmen. Manche Selbstmörder sind wirklich durch nichts von ihrem Vorhaben abzubringen.«

»Identifizierung?«

»War nicht einfach, er hatte keine Papiere bei sich. Ein Arbeitskollege hat das Foto des Toten im *Gazzettino* wiedererkannt. Ein *extracommunitario* ohne *permesso di soggiorno*, Moldawier, glaub ich«, sagt Piero.

Roberto setzt sich mit einem Ruck auf. »Der Name?«, fragt er alarmiert. Er sieht den jungen Mann im ausgebleichten Arbeitsoverall vor sich, wie er auf ihn zukommt. Denkt daran, was sein Selbstmord für den Fall Loredan bedeuten würde.

Piero blättert in der Akte. Blättert weiter. Wieder ein paar Seiten zurück. »Ein gewisser Efgeniy Tschmil«, buchstabiert er dann nicht ohne Mühe. »Warum?«

Roberto atmet aus. Merkt jetzt erst, dass er die Luft angehalten hat, während Piero den Namen gesucht hat. »Ach – war nur so ein Gedanke. Ich hab vor meiner Abreise einen Moldawier befragt.«

»Das treibt noch keinen in den Tod«, sagt Piero. »Es sei denn, du hättest deine Verhörmethoden grundsätzlich geändert.«

Roberto schüttelt den Kopf. »Meiner hieß anders. Es war der, der Caterina Loredan gefunden hat. Gibt's da etwas Neues?«

Piero schüttelt den Kopf. »Der Fall ist offiziell abgeschlossen. Es war ein Unfall.«

»Und wie geht es dem Mädchen?«, fragt Roberto.

»Nachrichtensperre«, sagt Piero. »Ich weiß nur, dass sie noch immer im *Ospedale Civile* liegt.«

Roberto verdrängt den Gedanken an Caterina Loredan. »Und die Menschenschmuggler? Seid ihr da weitergekommen?«

Piero hebt resigniert die Schultern und lässt sie wieder fallen. »Zwei haben wir verhaftet. Das ändert natürlich nicht das Mindeste am System. Solange es irgendwo arme Teufel gibt, die bereit sind, ihre letzten Ersparnisse herzugeben, um im gelobten Land Italien zu landen, so lange wird es jemanden geben, der ihnen ihr Geld abnimmt.«

»Die armen Teufel bereichern leider auch unsere Kriminalstatistik ganz erheblich«, sagt Roberto.

»Ja.« Piero nickt. »Alles ganz logisch. Die Starken werden kriminell, die Schwachen enden im Rio della Celestia.

Die wenigen, die wirklich Fuß fassen, sind statistisch irrelevant.«

»Und dabei bist du bekanntermaßen der Optimist in unseren Reihen«, sagt Roberto.

Roberto geht ungewöhnlich früh nach Hause. Erzählt Sandra und Samuele alles, wofür er am Tag zuvor zu müde war. Manches noch ein zweites Mal, weil Samuele gar nicht genug kriegen kann von Klapperschlangen und Indianern. Die *Bullsnake*-Geschichte gehört zu seinen Favoriten. An diesem Abend hat Kommissar Rex keine Chance.

Die Gesprächspausen füllt Venedig. Leises Klatschen der Wellen im Kanal vor dem Fenster. Irgendwo singt jemand laut und fast richtig *Una furtiva lagrima*. Das Geräusch eines schnellen Motorbootes draußen in der Lagune.

Roberto gähnt. »Ich werde wunderbar schlafen heute«, kündigt er an.

Aber darin irrt er sich. Denn da ist Caterina Loredan, die im *Liceo Marco Polo* vor ihm die Treppen hinaufgeht – nicht besonders schnell, ganz so, als wolle sie ihm Zeit lassen, sie einzuholen, festzuhalten, an dem zu hindern, was sie vorhat. Aber seine Füße sind bleiern, für jede Stufe braucht er unendlich lang. Viel zu lang. Dann verschwindet Caterina hinter der Tür des Klassenzimmers und er weiß, dass er zu spät kommen wird. Ein breiter Streifen Sonnenlicht fällt auf den grauen Steinboden.

Plötzlich steht da dieser Mann im Gegenlicht. Es ist nicht mehr von ihm zu sehen als ein schattenhafter Umriss. »Polizei!«, hört Roberto sich selbst rufen. »Sie sind verhaftet!«

Als Antwort beginnt der Mann zu lachen. Ein höhnisches Lachen, das von den steinernen Mauern vielfach zurückgeworfen wird.

Roberto hat das Geräusch noch im Ohr, als er aufwacht.

33

Chiara ist zurück aus New Mexico. Auch die anderen der Projektgruppe aus dem *Liceo Marco Polo*. Vollzählig. Luca allerdings in einem Bleisarg, der unauffällig abtransportiert wurde. Fluggäste mögen den Gedanken nicht, dass sie gemeinsam mit Verstorbenen befördert werden. Roberto, der mit dem ganzen Familienclan am Flughafen war, um Chiara abzuholen, hat den Leichenwagen bemerkt, der möglichst unauffällig an der Rückseite des Flugzeuges hielt, als die Passagiere schon in den Bus eingestiegen waren. Er hat sich gefragt, wer wohl gekommen ist, um Luca abzuholen, und sich vorgenommen, auch das noch herauszufinden.

Er hat auch die Blicke zwischen Bruna und Fabio bemerkt. Hat er sie richtig interpretiert? Die rundliche Madonna und das hoch gewachsene Genie? Warum nicht? Roberto hat seltsamere Paare gesehen.

Juli in Venedig. Hitze, Feuchtigkeit, Touristen, denen die Brieftaschen abhanden kommen. Ein betrunkener Texaner, der von der Rialtobrücke auf ein *vaporetto* der Linie 1 pinkelt und sich gegen die Festnahme zur Wehr setzt. Im Hafenbecken von Marghera wird eine Ladung hochgiftiger illegal gefangener Muscheln sichergestellt. Aus dem Atelier des Künstlers Emilio Vedova werden mehr als fünfzig wertvolle Drucke gestohlen.

Alltag in der Questura. Roberto freut sich auf den Urlaub im kühlen Valtellina. Eine Woche noch. Berge, Weinschenken, kühle Wälder. Blaubeeren und Pilze sammeln. Freut er sich wirklich?

Da ist immer noch dieser Traum von letzter Nacht, der ihn verfolgt. Das Gefühl, etwas Unerledigtes zurückzulassen.

Er hätte gerne gewusst, wie es Caterina Loredan geht. Die Dottoressa Brocca wird sich auf ihre Schweigepflicht berufen. Rigutto? Ob man noch einmal auf seinen Freund in der Chirurgie zurückgreifen kann?

Die Nummer weiß Roberto auswendig. Leider, Dottor Rigutto ist auf Urlaub in Alto Adige. Ob seine Vertretung, die Dottoressa Varese, helfen kann? Roberto legt auf. Nein, kann sie nicht. Eine Weile grübelt er darüber nach, wieso eine Frau sich dafür entscheidet, Tag für Tag mit dem bekannten Ypsilonschnitt tote Menschen zu öffnen. Wahrscheinlich sind das Machogedanken, beschließt er, warum nicht eine Frau? Und die Spuren am Opfer zu sichern und zu interpretieren ist mindestens ebenso wichtig wie Spuren an Tatorten zu sammeln und mit Verdächtigen zu reden. Tote reden bereitwilliger als die Lebenden, hat Rigutto einmal gesagt.

Der Fall Caterina Loredan ist offiziell abgeschlossen. Kein Grund also für weitere Fragen und Nachforschungen. Ein Ordner weniger auf seinem Schreibtisch. Warum ist er nicht froh darüber? Den Papierkram kann man den Damen im Sekretariat zum Ablegen geben. Die inneren Bilder nicht.

Roberto wählt die Nummer von Conte Loredan. Es antwortet die roboterhafte Stimme der schwarzen Frau, die Roberto von seinem letzten Besuch kennt. Der Conte ist nicht zu sprechen. Über das Befinden der Contessina kann sie unter keinen Umständen Auskunft geben.

Der Bruder des Conte. Was hat Bossi gesagt? Wo ist er Seelsorger? Richtig: in *San Francesco della Vigna*. Ob Caterinas Onkel wohl bereit ist, ein paar Fragen zu beantworten?

Eine Pfarre hat auch eine Telefonnummer. Roberto überlegt, ob er bei den Damen im Sekretariat auf sein neu erworbenes Heldenimage bauen kann, nimmt aber dann doch selbst das Telefonbuch zur Hand.

»Parrocchia San Francesco«, meldet sich eine männliche Stimme. Nein, er ist nicht Pater Loredan, er ist sein Sekretär. Seit wann haben Pfarrer Sekretäre?, denkt Roberto. Aber dieser Pfarrer heißt Benedetto Loredan und ist vermutlich in seiner kirchlichen Karriere auf dem direkten Weg zu Bischofsweihen oder noch Höherem. Roberto nennt seinen Namen ohne das »Commissario« davor. Wann Pater Loredan erreichbar wäre? Der Sekretär will wissen, worum es geht. Roberto antwortet nicht auf diese Frage, er hinterlässt die Nummer seines *telefonino* mit der Bitte um Rückruf.

Eins ist klar, denkt Roberto. Falls eine neue Beschwerde von der Loredan-Familie kommt, wird der Colonnello toben.

Na wenn schon. Genauso gut kann er sich auch noch eine Rüge von der Dottoressa Brocca einhandeln. Die Sprechstundenhilfe verbindet ihn weiter.

Wie erwartet eine sehr reservierte Antwort auf seine Frage nach Caterina Loredan. »Sie ermitteln doch nicht etwa noch immer?«, fragt die Dottoressa.

»Ich würde einfach gerne wissen, wie es ihr geht«, sagt Roberto.

»Schlecht«, sagt die Dottoressa knapp. »Sie verweigert die Nahrungsaufnahme und wird künstlich ernährt. Sie spricht kein Wort. Außerdem kooperiert sie nicht bei Therapieversuchen. Dabei kommen die Ärzte soeben zu dem Schluss, dass die Verletzung des Lendenwirbels vielleicht nicht so endgültig ist, wie es anfangs schien. Meiner Meinung nach verschwenden Sie Ihre Zeit mit Ihren Nachforschungen. Das Mädchen hat einfach nicht den mindesten Lebenswillen. Wäre sie das Opfer eines Verbrechens geworden, würde sie reden.«

»Es muss doch Gründe dafür geben, wenn eine Sechzehnjährige nicht mehr leben will«, sagt Roberto.

»Natürlich gibt es die«, antwortet die Dottoressa. »Aber die Behandlung von Depressionen und *anorexia nervosa* fällt in mein Gebiet. Nicht in Ihres.« Sie klingt, als wäre sie in Eile.

»Entschuldigen Sie die Störung«, sagt Roberto.

Vielleicht muss ich lernen loszulassen, denkt er. Akzeptieren, dass ich nicht immer die sogenannte Wahrheit herausfinden kann. Zur Kenntnis nehmen, dass mein Gefühl mich auch einmal täuschen kann.

Und der Lachende aus dem Traum? Na, wenn schon. Soll er lachen.

Es ist fast eine symbolische Handlung, als er den Ordner »Caterina Loredan« in den Korb mit den erledigten Fällen und der Aufschrift »*Archivio*« legt.

Die Dottoressa hat vermutlich recht. Es ist schlicht und einfach nicht mein Gebiet.

Dann kommt ein völlig unerwarteter Anruf.

34

Bruna hält das ledergebundene Buch in ihrer Hand. Es ist ein sehr schönes Tagebuch mit einer verschließbaren Lasche. Weiches Leder, etwas abgegriffen, weil oft zur Hand genommen. Aber das macht ja teures Leder noch schöner. Erst nach ihrer Rückkehr aus New Mexico hat Bruna von Caterina Loredans Unfall erfahren. Die Haushälterin im Palazzo Loredan hat es ihr mit knappen Worten mitgeteilt, als sie Caterina anrufen wollte, um ihr von Fabio zu erzählen und allem, was sie in New Mexico erlebt hat. Natürlich ist sie sofort zum *Ospedale Civile* gegangen, um zu sehen, wie es Caterina geht. »Keine Besucher – ausnahmslos«, hat die Stationsschwester gesagt. »Aber ich muss sie sehen«, versuchte Bruna ihr klar zu machen. »Es ist unheimlich wichtig! Ich bin sicher, dass sie mich sehen will!«

Erst als die Schwester sah, dass Tränen in Brunas Augen standen, seufzte sie, sagte: »Aber nur ganz kurz«, und öffnete die Tür zu einem der Zimmer.

Caterina lag da mit halb offenen Augen, die mageren weißen Arme auf der Bettdecke, angeschlossen an Schläuche, Geräte, Kabel. Bruna sagte Caterinas Namen und die Augen öffneten sich ein bisschen weiter. Ein fast unmerkliches Nicken.

»Du hast gewusst, dass es passieren würde, nicht wahr?«, fragte Bruna.

Wieder ein Nicken.
»Alles so, wie du es mir gesagt hast?«, flüsterte Bruna.
Noch ein Nicken.
»Ich hab dich lieb, Caterina«, sagte Bruna.
Fast etwas wie ein Lächeln.
»Das genügt jetzt.« Die Stationsschwester. Sieht sie nicht, dass Brunas Besuch gut ist für Caterina? Tränenüberströmt ist sie aus dem Krankenhaus gekommen. Mitleidige Blicke von Passanten. »Na – Liebeskummer?«, fragte irgendein Idiot.

Jetzt sitzt sie zu Hause auf ihrem Bett und spürt, dass die Tränen jederzeit wieder fließen können.

Aber es gibt im Augenblick Wichtigeres als die eigene Trauer. Sie muss sich erinnern. Was genau hat Caterina gesagt, als sie ihr das Tagebuch anvertraute? »Behalt es bei dir, niemand darf es lesen – versprichst du mir das? Und wenn – wenn mir etwas passiert, dann verbrenn es. Ungelesen. Das ist sehr wichtig, hörst du?«

Bruna denkt nach. Da ist das Versprechen, das sie der Freundin gegeben hat. Aber da ist noch etwas anderes. Etwas, das sie in New Mexico gelernt hat. Geheimnisse können so belastend sein, dass man sie alleine nicht aushält. Was, wenn man Caterina helfen könnte? Wenn man ihr Problem lösen könnte und ihr so den Lebenswillen wieder zurückgeben?

Aber ein Versprechen ist ein Versprechen.
Und was, wenn sie stirbt?
Aber es ist ihr Tagebuch. Ich darf ihr Vertrauen nicht missbrauchen.
Und was, wenn sie stirbt?
Soll sie Fabio fragen? Nein, das ist etwas, das sie ganz

allein entscheiden muss. Sie ganz allein hat Caterina das Versprechen gegeben.

Und was, wenn Caterina stirbt?

Sie atmet tief durch und wählt die Nummer der Questura.

»Commissario Gorin, bitte.«

35

»Ah – Bruna!«, sagt Roberto erfreut.

»Ich muss Sie sprechen.«

Der düstere Klang ihrer Stimme lässt Roberto aufhorchen. »Geht's um Luca, um die Sache in New Mexico?«, fragt er.

Ihre Antwort kommt überraschend für Roberto: »Es geht um Caterina Loredan.«

Sie treffen sich vor der San-Trovaso-Kirche. Roberto hat den Eindruck, dass Bruna abgenommen hat. Kann das so schnell gehen? Wenn ja, muss er sie fragen, wie. Er streift das ledergebundene Buch, das Bruna in der Hand hält, mit einem Blick. Ein Tagebuch?

»Möchtest du Kaffee? Sonst irgendwas?«

Bruna schüttelt den Kopf. Sie wirkt sehr bedrückt. Sie gehen den Rio delle Eremite entlang, vorbei am *Ristorante Montin*, wo der grauhaarige *padrone* vor der Tür steht. »*Ciao*, Bruna«, sagt er.

Bruna grüßt zurück. »Ich bin da manchmal mit meinen Eltern«, sagt sie.

Roberto geht einfach neben ihr her und wartet.

Dann beginnt Bruna zu erzählen.

Von ihrem Besuch im Krankenhaus. Von Caterinas Tagebuch, das sie ihr schon vor Monaten übergeben hat. Mit dem Auftrag, es ungelesen zu verbrennen, wenn ihr etwas passiert. Dass sie vermutlich schon wusste, dass etwas passieren würde.

»Ich hatte keine Ahnung, dass du mit Caterina befreundet bist«, sagt Roberto.

Bruna nickt. »Das weiß auch keiner in der Schule. Angefangen hat es im Wartezimmer unserer Therapeutin.«

»Dottoressa Brocca?«, fragt Roberto.

Bruna sieht ihn überrascht an. »Das wissen Sie?«

»Ich bearbeite den sogenannten Unfall Caterinas.«

»Es war bestimmt kein Unfall«, sagt Bruna.

»Du weißt, was drinsteht?«, fragt Roberto mit einem Blick auf das ledergebundene Buch.

Bruna schüttelt heftig den Kopf.

»Aber du überlegst, ob es richtig ist, dich an dein Versprechen zu halten?«, fragt Roberto behutsam.

Bruna nickt.

»Es ist eine große Verantwortung«, sagt Roberto. »Denkst du daran, das Tagebuch selbst zu lesen? Und mir dann zu sagen, ob ich irgendwie helfen kann?«

»Auf keinen Fall«, sagt Bruna. Sie hält ihm das Tagebuch entgegen. »Meinen Sie, man kann das Schloss öffnen, ohne dass Caterina es bemerkt?«

Roberto muss ein wenig über die Frage lächeln. »Wir haben Leute, die können die kompliziertesten Schlösser knacken.«

»Vielleicht wird Caterina ja wieder gesund und dann kann ich das Tagebuch zurückgeben«, sagt Bruna ohne Überzeugung.

»Ja«, sagt Roberto. »Aber es sieht nicht gut für sie aus, solange sie sich weigert zu essen.«

Bruna seufzt. »Eben. Sie war vorher schon so dünn. Jetzt ist sie durchsichtig. Fast gar nicht mehr da.«

Roberto schweigt.

Bruna deutet auf das Buch. »Es muss etwas ziemlich Dramatisches sein, was da drinsteht. Caterina hat gesagt, es kann ihren Vater umbringen.«

»Das waren genau ihre Worte?«, fragt Roberto.

»So ungefähr jedenfalls. Ich hatte den Eindruck, dass sie ihren Vater vor etwas schützen will. Und dass sie selbst auch irgendwie Schuld an dem Ganzen hat. Versprechen Sie, dass Sie nichts tun, was Caterina oder ihrem Vater schaden könnte?«

Roberto denkt kurz nach. »Ich verspreche es dir«, sagt er.

Bruna gibt ihm das Tagebuch. Ihrem Gesicht ist anzusehen, dass sie noch immer nicht davon überzeugt ist, das Richtige zu tun.

»Warum ich?«, fragt Roberto und ärgert sich sofort über seine Frage. Was will er eigentlich? Hören, wie toll sie ihn findet, wie vertrauenswürdig oder sympathisch?

Bruna zuckt mit den Schultern. »Sie sind der einzige Polizist, den ich kenne. Aber vielleicht ist es sowieso ein Fehler.«

»Ich glaube, dass du das Richtige tust«, sagt Roberto.

Sie gehen nebeneinander über die Brücke, an der das Gemüseboot liegt, vorbei an der Carminikirche.

»Wie geht's mit Fabio?«, fragt Roberto.

Zu seinem Erstaunen wird Bruna tiefrot. Von wegen abgebrühte Jugend, denkt Roberto.

»Ein Annäherungsprozess«, sagt Bruna. »Ich nehm ab und er nimmt zu. Ich denke, das ist ein gutes Zeichen.«

Roberto nickt. Also hat er sich nicht geirrt. »Ja, das ist es bestimmt.«

Bruna bleibt stehen, streckt ihm die Hand entgegen. »Ich bin da drüben mit Fabio verabredet.«

Roberto nimmt ihre Hand. »Grüß ihn von mir.«

»Helfen Sie Caterina«, sagt sie.

»Ich werd's versuchen.«

36

Es ist sieben Uhr abends. Roberto hat Caterina Loredans Tagebuch gelesen. Viele Seiten, eng beschrieben in einer Schrift, die anfangs eine Kinderschrift ist, dann plötzlich erwachsen wirkt.

Er sitzt im Wohnzimmer am Fenster. Sandra hat einmal kurz hereingeschaut, ihn nur angesehen und sich sofort wieder zurückgezogen. Sie weiß, wann Roberto das Alleinsein braucht.

Roberto blättert nach vorne zur ersten Eintragung. Sie liegt fünf Jahre zurück.

Aus den Aufzeichnungen Caterinas weiß er, dass sie kurz nach dem Tod ihrer Mutter mit dem Tagebuch begonnen hat. Da war sie elf, denkt Roberto. *Dio mio*, sie war noch ein Kind, als das Furchtbare geschehen ist.

Etwas später fragt Sandra vorsichtig an, ob er nicht doch etwas essen möchte. *Sarde in saor*. Gebratene Sardinen mit gedünsteten Zwiebeln, Rosinen und *pignoli*. Dann *filetto San Piero in salsa*. Roberto weiß, wie Sandra den Petersfisch zubereitet. In einer Weißweinsauce mit Kapern. Durch die geöffnete Tür ziehen von der Küche her vielversprechende Gerüche in Robertos Richtung.

Er kapituliert.

Anders als erwartet ist sein Appetit ausgezeichnet. Ich

bin nun einmal so angelegt, denkt er. Meine kleinen grauen Zellen können nur funktionieren, wenn mein Magen zufrieden ist. Und die kleinen Grauen werde ich erheblich anstrengen müssen, um eine Lösung zu finden, die Caterina eine Chance gibt, wieder zurück ins Leben zu wollen.

»*Torta di ricotta*«, sagt Sandra. »Fast keine Kalorien.«

Auch so eine Selbsttäuschung, denkt Roberto. Ach was, das Leben ist kurz – und die *torta di ricotta* ein vollendetes Exemplar ihrer Gattung.

Samuele erzählt von seiner Fotoausstellung. Die Besprechung im *Gazzettino* war hervorragend. Ob er jetzt ein Künstler ist – ein richtiger Künstler?

»Aber ja, *amore*«, sagt Sandra und sieht Samuele liebevoll an.

Roberto versucht konzentriert zuzuhören und stellt schuldbewusst fest, dass er wieder einmal nicht ganz bei der Sache ist. Seine Gedanken sind bei dem, was er soeben gelesen hat.

Dann geht Samuele in sein Zimmer um *Commissario Rex* zu sehen.

Sandra hat das neueste Buch von Dacia Maraini gekauft und macht es sich auf dem Sofa im Wohnzimmer bequem.

Roberto hält Caterinas Tagebuch in der Hand und konfrontiert sich noch einmal mit der ganzen Ungeheuerlichkeit des Gelesenen. Natürlich wäre es seine Pflicht, das Buch der Staatsanwaltschaft zu übergeben. Er denkt an die Konsequenzen und weiß, dass er das nicht vor Bruna und seinem Gewissen verantworten kann.

37

Roberto wacht auf, hat eine dunkle Ahnung von Albträumen, kann sich aber an keinen davon im Detail erinnern. Ist vermutlich besser so, denkt er.

»Willst du das nicht mit ins Büro nehmen?«, fragt Sandra. Caterina Loredans Tagebuch liegt noch immer im Wohnzimmer auf dem Fensterbrett.

Roberto überlegt, schüttelt den Kopf. »Besser nicht. Das hier ist etwas sehr, sehr Inoffizielles. Falls mir der berühmte Blumentopf auf den Kopf fällt, dann leg es in den Banksafe.«

»Wieso denkst du an fliegende Blumentöpfe?«, sagt Sandra misstrauisch. »Du lässt dich doch nicht auf etwas Gefährliches ein?«

»Keine Sorge. Das war nur so eine Redensart.«

Sandra sieht zu, wie er zum Regal geht und das Tagebuch hinter anderen Büchern verschwinden lässt.

»Wieso nimmst du eigentlich an, dass ich immun bin gegen einen plötzlichen Anfall weiblicher Neugierde?«, fragt sie.

Roberto küsst sie auf die Wange. »Vertrauen heißt das Wort«, sagt er. »Ich hab so viel davon, dass es für zwei Ehefrauen reichen würde.«

»Untersteh dich«, sagt Sandra.

Dann, wie fast täglich, der *macchiato* in der Palanca-Bar und *Gazzettino*-Lektüre. Roberto liest die Schlagzeilen.

Erfolgreiche Jagd auf Internet-»Konsumenten« von Kinderpornos. Dreihundertachtzig Anzeigen in ganz Italien. Betroffen sind Männer aus allen Berufsschichten. Wieder ein Selbstmordanschlag im Irak. Zählt man dort die Toten eigentlich noch? Eine weibliche italienische Geisel kam in Afghanistan frei. Ausnahmsweise mal eine positive Nachricht. Roberto geht zur *Vaporetto*-Station Palanca. Noch fahren die *vaporetti*. Ab neun wird gestreikt.

Caterina Loredan. Er muss eine Entscheidung treffen. Heute noch.

Das Boot der Linie 2. Roberto kennt die junge Frau, die da gekonnt das Tau über die Eisenpoller wirft. Alexandra, eine Wahlvenezianerin aus Deutschland. Sie wollte als erste Frau Gondoliere werden. Ein unerhörter Einbruch in eine Männerdomäne. Nach mehreren vergeblichen Versuchen, die strenge Prüfung zu schaffen, hat sie aufgegeben. Ein Opfer italienischen Machoverhaltens oder eben doch nicht ausreichend begabt? Roberto redet ein paar belanglose Sätze mit ihr. Seine Gedanken sind woanders.

Auf seinem Schreibtisch im Büro liegt noch immer die Telefonnummer der Pfarre *San Francesco della Vigna*. Das ist ein Zeichen, beschließt Roberto. Er wählt die Nummer.

Wieder der Sekretär. Roberto nennt seinen Namen. Auch diesmal die private Version ohne »Commissario« davor. »Ich warte noch immer auf einen Rückruf von Pater Loredan«, sagt er.

»Hochwürden ist sehr beschäftigt. Er wurde heute sehr früh zu einem Schwerkranken gerufen. Um zehn liest er die Messe. Dann hat er Beichttermine.«

»Ich verstehe«, sagt Roberto.»Wie ist eigentlich Ihr Name?«

Zögern am anderen Ende der Leitung.»Silvio Marinelli«, sagt der Sekretär schließlich.

Wenn einer schon Silvio heißt, denkt Roberto, nachdem er aufgelegt hat.

Er greift wieder nach dem Telefon.»Piero – ist irgendwer bei uns fromm?«

Piero hat längst aufgehört, sich über seltsame Fragen Robertos zu wundern.»Fromm?«, wiederholt er.»So richtig – im katholischen Sinn?«

»Genau«, sagt Roberto.»Im streng katholischen Sinn.«

Piero denkt nach.»Da fällt mir nur die Signora Palmarin aus dem Sekretariat ein«, sagt er dann.»Die geht dauernd in die Kirche.«

»Ausgerechnet«, brummt Roberto, bedankt sich bei Piero und legt auf.

Er trifft Signora Palmarin zufällig auf dem Gang vor den Toiletten. Gut so. Wenigstens muss er sein Anliegen nicht in Anwesenheit der beiden anderen Damen vorbringen.

»Ich brauche Ihren Rat«, sagt er.

»Ja?« Signora Palmarin bleibt stehen und sieht ihn in Erwartung irgendeines arbeitsintensiven Auftrags misstrauisch an.

»Ich möchte beichten gehen«, sagt Roberto.

Signora Palmarins Überraschung ist offensichtlich.»Das halte ich für eine gute Idee, Commissario«, sagt sie ein wenig anzüglich.

»Aber ich weiß nicht, wie man das anfängt«, erklärt Roberto.»Was sagt man, wenn man da im Beichtstuhl kniet?«

»Nun – Sie sagen zunächst: ›Gelobt sei Jesus Christus‹, und der Pfarrer antwortet: ›In Ewigkeit, Amen.‹ Dann sagen Sie: ›In Demut und Reue bekenne ich meine Sünden.‹ Daraufhin fordert der Pfarrer Sie auf zu sprechen. Es ist ganz einfach.«

»Vielen Dank, Signora Palmarin«, sagt Roberto und senkt in bereits beginnender Demut den Kopf.

Signora Palmarin ist jetzt doch ein wenig bewegt. »Ein wirklich lobenswerter Vorsatz, Commissario. Sie werden sich sehr erleichtert fühlen.«

Ja, denkt Roberto grimmig. Das hoffe ich auch.

Er geht zu der Haltestelle, an der das Boot der Linie 41 hält. Eine aufgeregt wirkende Reisegruppe, betroffene Gesichter. Der Reiseleiter übersetzt, was ein gutmütiger älterer Herr ihm erklärt. *Sciopero* – Streik. Vor sechs Uhr am Abend geht kein Boot mehr nach Murano.

Verärgertes und enttäuschtes Stimmengewirr. »Aber wir sind doch nur einen Tag in Venedig«, erklärt der Reiseleiter. »Und wir wollten unbedingt nach Murano.«

Der Gutmütige zuckt mit den Schultern. Gegen *sciopero* ist man machtlos. *Siamo in Italia.* Er verweist auf die Taxis, die da in froher Erwartung guter Geschäfte im Wasser schaukeln.

Roberto schüttelt den Kopf über sich selbst. Richtig, das hat er glatt vergessen. Von neun bis sechs wird gestreikt. Wieder einmal.

Er schaut auf die Uhr. Gleich zehn. Zeit genug, um auch zu Fuß rechtzeitig nach der Messe in der San-Francesco-Kirche zu sein. Also zurück, Richtung Questura, Ponte dei Greci, Campo Gatte – geführt von dem inneren Stadtplan des geborenen Venezianers, der sicherer als jedes moderne Navigationssystem durch die Stadt führt.

Die Kirche *San Francesco della Vigna* steht in einem abgelegenen Winkel des Stadtteils Castello. Von Jacopo Sansovino geplant und begonnen, von Antonio Palladio fertig gebaut. Wieder einmal fällt ihm die harmonische Fassade auf. Eine nicht unpassende Metapher, denkt er.

Einem Anschlag an der Kirchentür entnimmt er, dass eine Messe für den vor sieben Jahren verstorbenen Commendatore Ettore Bonaventura gelesen wird. Er öffnet leise die Kirchentür, setzt sich in die letzte Bank. Nicht, dass ein Mangel an Plätzen herrscht – es sind nicht mehr als sieben oder acht Menschen, die hier im Gedenken an den verstorbenen Commendatore versammelt sind. Der Priester ist, wie erwartet, jener blasse, dunkelhaarige, den Roberto in der Halle des Palazzo Loredan gesehen hat. Ein gut geschnittenes Gesicht mit markanter römischer Nase. Augen, die etwas Durchdringendes haben. Noch immer fällt Roberto nicht ein, an welchen Schauspieler er ihn erinnert.

Er schaut sich um. Ein reichhaltiges Angebot an Beichtstühlen. Alte geschnitzte mit violetten Vorhängen. Daneben die moderne Variante: ein hässlicher hölzerner Kasten mit Türen.

Die Messe geht zu Ende. Das runde rot verglaste Fenster schwebt wie eine untergehende Sonne über dem Altar. Kirchenmusik aus den Lautsprechern, volles Orchester. Die Inszenierung ist wirksam, das muss Roberto zugeben. Eine weißhaarige Frau mit schwarzem Spitzenschleier auf dem Kopf steht auf und geht den Gang entlang, an Roberto vorbei zur Tür. Steinernes Gesicht. Die Witwe Bonaventura vermutlich.

Pater Loredan ist verschwunden. Eine unscheinbare Frau mittleren Alters öffnet eben die Tür zu einer der Beichtstühle. Gut, denkt Roberto, dann komm ich eben als Nächster dran. Gar nicht unangenehm, ein wenig Urlaub von der Sommerhitze im kühlen Gemäuer der Kirche. Außerdem – was kann das alte Mädchen schon viel zu beichten haben?

Er geht zur Seitenkapelle, wo das Veronese-Bild der Madonna mit Kind in der Dunkelheit kaum zu erkennen ist. »Es werde Licht« ist für zwanzig *centesimi* zu haben. Roberto füttert den Automaten. Wer sind die dunklen Gestalten im Vordergrund? Und welcher Heilige steht da herum – mit mehreren Pfeilspitzen im Körper?

Licht aus. Roberto setzt seinen Rundgang in der Kirche fort. Versucht den Beichtstuhl nicht aus den Augen zu lassen.

Es dauert volle zehn Minuten, bis sich die Tür wieder öffnet.

Die Unscheinbare wirkt sehr zufrieden.

Zum ersten Mal in seinem Leben betritt Roberto einen Beichtstuhl. Ein kleines Brett deutet einen Sitzplatz an. Völlig ungeeignet für Robertos Dimensionen. Dann noch eine sehr niedrige gepolsterte Bank. Offenbar wird christliche Demut verlangt. Roberto kniet. Seufzend. Vor ihm in der Holzwand eine Öffnung, die mit einem engmaschigen Gitter bedeckt ist. Unmöglich, das Gesicht des Priesters zu erkennen.

Roberto erinnert sich an Signora Palmarins Lektion. »Gelobt sei Jesus Christus«, sagt er.

»In Ewigkeit, Amen«, antwortet Pater Loredan mit angenehm dunkler Stimme.

Roberto holt tief Luft. »In Demut und Reue bekenne ich meine Sünden«, deklamiert er.

»Sprich, mein Sohn.« Die Stimme ist nicht nur wohl klingend, sondern auch gütig. »Was bedrückt dich?«

»Ein fast unlösbarer Konflikt und eine schwere Schuld«, antwortet Roberto.

»Gott ist barmherzig«, sagt die gütige Stimme.

Das hoffe ich, denkt Roberto.

»Sag mir, was deine Seele belastet«, fordert Pater Loredan ihn auf.

»Ich habe Beweise für ein Verbrechen erhalten«, sagt Roberto. »Unwiderlegbare Beweise. Und ich tue nichts, um den Schuldigen der Gerechtigkeit zuzuführen.«

»Um welche Art von Verbrechen handelt es sich?«, fragt Pater Loredan. »Ist es ein Verbrechen gegen Leib und Leben?«

»Ja«, sagt Roberto. »Gegen Leib und Leben eines Kindes.«

»Dann ist das in der Tat eine schwere Schuld«, sagt die Stimme Pater Loredans. »Du darfst nicht zögern, den Schuldigen der Polizei zu übergeben.«

»Aber ich bin die Polizei«, sagt Roberto.

Stille auf der anderen Seite der Holzwand. Dann eine Bewegung. Der Platz hinter dem Gitterfenster ist leer. Der haut einfach ab, denkt Roberto verblüfft. Aber da wird die Tür neben ihm aufgerissen. »Commissario Gorin, nehme ich an«, sagt Pater Loredan mit kaum unterdrückter Wut in der Stimme.

»Richtig«, sagt Roberto.

»Ihnen ist tatsächlich jedes Mittel recht, um Ihren Willen durchzusetzen. Was wollen Sie von mir? Mein Bruder wird nicht begeistert sein, wenn er hört, dass Sie Ihre Impertinenz so weit treiben, mich hier in meiner Kirche zu überfallen. Noch dazu unter dem Vorwand der heiligen Beichte.«

»Ihr Bruder wird vermutlich von diesem Gespräch nie erfahren«, sagt Roberto.

»Wenn Sie auf meine Schweigepflicht anspielen – die Beichte ist hiermit beendet«, antwortet Loredan.

»Er wird trotzdem kaum erfahren, dass ich hier war.«

»Da täuschen Sie sich sehr«, schnaubt Pater Loredan. »Ich bespreche alles mit meinem Bruder.«

Oh nein, denkt Roberto. Alles wohl nicht. »Wo können wir in Ruhe reden?«, fragt er.

Wortlos geht Pater Loredan voraus. Öffnet eine Seitentür, die direkt zum Bogengang des Klosters führt. Ein Mann kommt ihnen entgegen. Sehr schlank, eng stehende kleine Augen, spitze Nase. Trotz der Hitze trägt er eine schwarze Baskenmütze. Der ebenfalls schwarze, hoch geknöpfte Mantel flattert im Wind. »Hochwürden, ich habe ...«

»Nicht jetzt, Marinelli«, unterbricht ihn der Pater ungeduldig.

Benedetto Loredan öffnet mit einem Schlüssel die Tür zu einem Büro. Ein großer, heller Raum mit schönen alten Möbeln. Er deutet auf eine samtbezogene Sitzgelegenheit, die Roberto als gotisch einordnet. Loredan selbst nimmt in hochlehnigem Schnitzwerk Platz. Steht ihm gut. Ein perfekter zukünftiger Bischof, denkt Roberto.

»Was wollen Sie von mir?«, fragt Loredan.

»Ich habe Ihnen etwas anzubieten«, sagt Roberto. »Einen Handel sozusagen. Oder Tausch, wenn Sie wollen.«

»Ich kann mir nicht vorstellen, was das sein könnte«, antwortet Loredan.

»Mein Vorschlag: Anstelle von zehn Jahren Gefängnis eine dauerhafte Versetzung nach, sagen wir – Timbuktu«, antwortet Roberto. »Es kann auch jeder andere Ort sein, sofern er nur weit genug weg ist.«

Das blasse Gesicht bleibt unbewegt. Die Augen sind weniger leicht zu kontrollieren. Sie zeigen eine Gemütsregung. Wut? Angst?

»Ich verstehe nicht.« Kontrolliert kühle Stimme.

»Gut«, sagt Roberto. »Dann will ich deutlicher werden. »Sie haben Ihre Nichte Caterina seit ihrem elften Lebensjahr sexuell missbraucht. Sie haben ihr eingeredet, dass sie von Gedanken an Unkeuschheit besessen sei und dass nur die körperliche Vereinigung mit Gott – in Ihrer Person selbstverständlich – sie von diesem Makel befreien könne.« Roberto hätte nicht gedacht, dass dieses blasse Gesicht noch blasser werden könnte. Aber es kann. Wächsern sieht es jetzt aus. Und wütend.

»Das ist eine Lüge!«

»Wie ich vorhin schon sagte – ich habe Beweise«, antwortet Roberto ruhig. »Unwiderlegbare Beweise.«

»Wenn Sie Beweise hätten, dann würden Sie mich ja wohl festnehmen«, sagt Pater Loredan verächtlich.

Roberto sieht ihn an. Die Augen halten seinem Blick stand. »Mit welchem Ergebnis?«, fragt er. »Ihr Bruder ist herzkrank. Zu erfahren, was zwischen Ihnen und Caterina geschehen ist, würde ihn wahrscheinlich umbringen. Und Caterina? Die dann glauben wird, auch noch am Tod ihres Vaters Schuld zu haben? Sie wird sich ganz bestimmt zu Tode hungern. Oder auf irgendeine andere Art umbringen.«

Pater Loredan sieht hinaus in den gepflegten Klostergarten. Roberto folgt seinem Blick. Ein Franziskanerpater gießt die Geranien in den steinernen Schalen. Ein schönes Bild. Sehr idyllisch.

»Das Kind hat Liebe gebraucht nach dem schrecklichen Tod der Mutter«, sagt Benedetto Loredan leise. »Caterina hat diese Liebe bei mir gesucht. Ich habe sie ihr gegeben.«

»Liebe«, sagt Roberto. »Es macht mich krank, dieses Wort aus Ihrem Mund zu hören. Sicher hat sie Liebe gesucht. Trost. Zuwendung. Und wurde rücksichtslos missbraucht. Sie war elf Jahre, gottverdammt noch mal.« Der Priester zuckt zusammen. Roberto steht auf, stößt das gotische Sitzmöbel dabei um. »Ich gehe davon aus, dass Sie mein Angebot annehmen. Es ist die einzige Chance, die Caterina noch hat.«

Er stürmt hinaus.

Der Franziskaner mit der Gießkanne wirft ihm einen erschreckten Blick zu.

Wahrscheinlich sehe ich aus, als hätte ich soeben jemanden zusammengeschlagen, denkt Roberto. Oder man sieht mir zumindest an, was ich am liebsten getan hätte.

38

Der Pförtner im Krankenhaus ist damit beschäftigt, einem aufgeregten Ehepaar irgendetwas zu erklären. Roberto ist froh, dass er nicht bemerkt wird, er möchte so wenig Aufsehen wie möglich.

Den Weg zur Intensivstation kennt Roberto seit Langem. Man kann da nicht so ohne Weiteres hinein, man muss läuten und wird von einer Schwester in Empfang genommen.

Die Schwester, die den Türöffner betätigt hat und Roberto entgegenkommt, ist jung und spricht nur wenig Italienisch. Roberto geht trotz ihres heftigen Protestes einfach an ihr vorbei. Die Stationsschwester ist schon ein größeres Problem. Vor allem ein breiteres. Sie ist einen Kopf kleiner als Roberto, wiegt aber bestimmt nicht viel weniger als er. Kampfbereit steht sie vor Caterinas Zimmer und scheint fest entschlossen, ihren Auftrag auszuführen. Ausnahmslos keine Besucher.

»Ich habe Caterina Loredan etwas Wichtiges zu sagen«, erklärt Roberto.

»Und ich habe meine Anweisungen«, kontert sie. »Außerdem will die Patientin niemanden sehen.«

Roberto greift an ihr vorbei zur Türklinke. »Geben Sie mir fünf Minuten«, sagt er. »Es ist lebenswichtig.«

»Ich rufe den Oberarzt«, sagt die Schwester.

»Tun Sie, was Sie nicht lassen können«, meint Roberto, öffnet die Tür und drängt sich an ihr vorbei ins Zimmer.

Caterina Loredan ist wach. Er sieht das Erstaunen in ihren Augen.

»Ich bin Commissario Gorin«, sagt Roberto. »Und wir haben nur wenig Zeit. Vermutlich wird der Cerberus gleich Verstärkung holen.«

Keine Reaktion bei Caterina.

»Erstens: Du hast keine Schuld«, sagt Roberto. »Es ist wichtig, dass du dir das klar machst. Zweitens: Wir halten deinen Vater da raus. Und drittens: Der Bruder deines Vaters nimmt eine Stelle auf der anderen Seite der Erdkugel an. Du wirst ihn nicht mehr wiedersehen müssen.«

Keine Reaktion.

»Gib dir eine Chance. Und deinem Vater. Und mir. Wenn ich schon einen Verbrecher laufen lasse, dann soll es auch einen Sinn haben.«

War da die Andeutung einer Reaktion?

»Ich bin ganz gut im Verhören von Menschen«, sagt Roberto. »Das hier mach ich vermutlich ziemlich ungeschickt. Aber – es kann alles noch gut werden. Du wirst wieder zeichnen und vielleicht sogar ...«

Die Tür wird energisch geöffnet und der Arzt, mit dem Roberto schon einmal gesprochen hat, steht in der Tür. Wie hieß er doch gleich? Roberto hat seinen Namen vergessen. Dahinter füllt die Stationsschwester den Rahmen der Tür.

»Wie können Sie sich unterstehen ...«, beginnt der Arzt.

»Ich will, dass er bleibt.« Die Stimme Caterinas klingt erstaunlich fest. Der Arzt schaut drein, als wäre er soeben Zeuge eines Wunders geworden.

»Und ich will etwas essen«, sagt Caterina.

Arzt und Stationsschwester verschwinden. Roberto hört undeutlich, wie Anweisungen gegeben werden.

»Sie wissen ...?«, fragt Caterina. Sie wirkt jetzt müde, als hätte sie ihre ganze Energie für die wenigen Sätze verbraucht.

Roberto nickt.

Sie fragt nicht, woher er es weiß. »Mein Vater würde es nicht überleben«, sagt sie. »Er ist so stolz auf – auf ihn.« Sie spricht den Namen nicht aus.

»Es wird alles gut«, verspricht Roberto. Er versucht, zuversichtlicher zu klingen, als er sich fühlt.

39

»Wir haben soeben einen Taschendieb gerettet«, sagt Piero. Er setzt sich stöhnend Roberto gegenüber und wischt sich die Stirn mit einem Taschentuch von undefinierbarer Farbe. Sein hellblaues Uniformhemd ist so verschwitzt, dass es mehr nasse als trockene Stellen hat.

»Gerettet?«, wiederholt Roberto. »Wie denn das?«

»Er hat eine alte Frau beklaut, auf dem Markt von Sacca Fisola. Allerdings hat er Pech gehabt. Sein betagtes Opfer ist offenbar mit Adleraugen und der Stimme einer Feuerwehrsirene gesegnet. Jedenfalls hat die Bestohlene es sofort bemerkt und in voller Lautstärke ›Al ladro!‹ gekreischt. Sämtliche Marktbesucher haben sich zusammengetan und den Dieb gefangen.«

»Gut«, sagt Roberto. »Spart uns Arbeit.«

»Nur haben die Eifrigsten angefangen, ihn zu verprügeln.«

»Gar nicht gut«, sagt Roberto.

»Eben«, nickt Piero. »Zivilcourage ist ja schön und gut, aber warum müssen die Leute auch gleich zur Selbstjustiz greifen, verstehst du das?«

»Ich versteh immer weniger, warum Leute Dinge tun, die sie tun«, seufzt Roberto.

Piero kennt Roberto sehr gut. »Die Loredan-Sache. Du denkst immer noch, dass es kein Unfall war?«

»Ich weiß mittlerweile, dass es ein Selbstmordversuch war«, sagt Roberto.

Piero wartet auf eine weitere Erklärung. Sie kommt nicht.

»Dann ist die Sache wohl für uns abgeschlossen?«

Roberto zeigt stumm auf den Aktenordner, der den Stempel »*Archivio*« trägt.

»Ich frag dich gar nicht erst, wieso du das plötzlich weißt«, sagt Piero neugierig.

»Gut«, nickt Roberto ungerührt. »Das ehrt dich.«

»Und dein plötzliches Bedürfnis zu beichten – das hat wohl auch damit zu tun?«

»Es gibt für alles ein erstes Mal«, antwortet Roberto kryptisch.

»Na gut.« Piero steht auf. »Da du dein gesamtes Mitteilungsbedürfnis bereits an die Kirche verschwendet hast ...«

»Glaub mir, du möchtest es nicht wissen«, sagt Roberto.

»Sag mal, dieser Taschendieb – habt ihr ihn eingesperrt?«

»Er liegt im Krankenhaus«, sagt Piero. »Ein alter Kunde von uns. Sergio Caselatti. Eigentlich ganz sympathisch. Nur kann er seine Hände nicht von fremden Brieftaschen lassen. Er hat mir einmal erklärt, seine Fingerfertigkeit ist ihm von Gott gegeben. Und der will nicht, dass man seine Begabungen brachliegen lässt.«

Roberto schüttelt den Kopf. »Es ist immer wieder erstaunlich, was die Leute so alles in Gottes Namen tun. Aber kümmer dich ein bisschen um ihn.«

»Das hatte ich sowieso vor.« Piero zieht die Tür hinter sich zu.

Ein Stück Verputz bröckelt ab. Roberto starrt auf die beschädigte Mauerstelle, ohne sie zu sehen.

Es ist vorbei, denkt er.

Ich hab mich entschieden. Ich, Roberto Gorin, meines Zeichens Kommissar, unterschlage Beweismaterial und lasse einen Verbrecher laufen. Was, wenn er es wieder tut? Man muss ihm vielleicht damit drohen, dass man beim geringsten Vergehen doch noch Anzeige erstatten wird. Da ist ja immer noch das Tagebuch ... Was tun damit? In sein Bankfach legen, wie er Sandra geraten hat, falls ...?

Falls was? Er versucht, das dumpfe Unbehagen abzuschütteln.

Samuele fällt ihm ein. Er hat noch immer seine Fotoausstellung nicht gesehen.

Jetzt ist eine gute Gelegenheit. Anschließend nach Hause, ausnahmsweise früher als sonst. Abendessen mit seiner Familie. Den Krimi von Tony Hillerman fertig lesen.

Auf dem Boot der Linie 2 dann diese junge Frau mit den riesigen, aber noch festen Brüsten. Ein winziges schwarzes Top hat die aussichtslose Aufgabe, sie einigermaßen zu bedecken. Roberto beobachtet die Männer ringsum. Einige starren ungeniert, andere schauen schnell weg, um nicht ungeniert zu starren. Und ich?, denkt Roberto. Ich beobachte die Reaktion der anderen. Eine Alterserscheinung oder Folge meines Berufs? Wahrscheinlich beides.

Roberto bewässert die Pflanzen auf der kleinen Terrasse seiner Wohnung. Er gießt sie sehr großzügig, entsprechend seiner Stimmung. Duft von Jasmin und Oleander, dazu mischt sich der Geruch von gebratenem Fisch. Irgendwer brät immer Fisch in der Nachbarschaft. Die Sonne steht tief, aber die Hitze des Tages gibt nicht so schnell auf. Lila gestreifter Abendhimmel. Aus der Wohnung hört er Schüsse und Hundegebell. *Kommissar Rex* für Samuele – diesmal auf Kassette, falscher Wochentag für die Serie.

Dann der Anruf. Die wohlklingende Stimme von Benedetto Loredan. »Commissario? Ich bin in Sorge.«

Er ist in Sorge, denkt Roberto grimmig. Und das zu Recht. »Worum geht es?«, fragt er.

»Marinelli, mein Sekretär. Er ist mir sehr ergeben, müssen Sie wissen. Ich habe ihm heute gesagt, dass ich ihn nicht mehr brauchen werde. Er war sehr verstört. Vor allem darüber, dass ich das Land für immer verlassen werde.«

»Sie haben ihm gesagt, warum?«, fragt Roberto erstaunt.

»Nein«, antwortet Loredan. »Natürlich nicht. Aber es könnte sein, dass er gehorcht hat. Gestern, unser Gespräch ... da war er möglicherweise im Nebenzimmer. Informiert sein hält er wohl für seine Pflicht.«

»Aha«, sagt Roberto. Und wartet.

»Er war ganz außer sich«, fährt Pater Loredan fort, »wenn auch anders, als ich es erwartet hätte. ›Man muss den Teufel vernichten‹, waren seine Worte, bevor er ging. Ich habe sofort an Sie gedacht.«

»*Mille grazie*«, sagt Roberto.

»Ich hielt es zunächst für eine seiner pathetischen Äußerungen. Aber mittlerweile ...«

»Ja?«, fragt Roberto.

»Mittlerweile habe ich mehrfach versucht, ihn zu erreichen. Erfolglos. Wir hatten um sieben eine Besprechung vereinbart. Er ist nicht gekommen. Bis jetzt jedenfalls nicht. Und er ist noch nie auch nur eine Minute zu spät gekommen. Ich dachte, es wäre meine Pflicht als Christenmensch, Sie zu warnen.«

»Sie denken, er ist hinter mir her?«

»Es wäre möglich«, antwortet Loredan. »Er ist ein sehr fanatischer Mensch. Und außergewöhnlich loyal.«

Noch während Roberto überlegt, ob er sich jetzt bei dem anderen bedanken soll, ist die Verbindung beendet. Umso besser, denkt Roberto. Höfliche Grußformeln sind hier sowieso nicht angebracht.

»Wer ist hinter dir her?« Sandra klingt alarmiert.

»Alles halb so wild«, beruhigt Roberto sie. »In meinem Beruf macht man sich manchmal unbeliebt. Das gehört dazu.«

In diesem Augenblick läutet es an der Tür.

Sandra wirft Roberto einen fragenden Blick zu.

»Ich mach auf«, sagt Samuele vom Flur her.

»Nein!« Mit zwei Schritten ist Roberto bei ihm. Samuele steht erstarrt. Er ist nicht daran gewöhnt, dass Roberto laut wird. »Ich seh schon nach, Samuele. Geh in dein Zimmer«, fügt er leiser hinzu. Er denkt an seine Beretta, die in der *armería*, der Waffenkammer der Questura, liegt.

Ob Marinelli sich eine Waffe verschaffen konnte? Oder womit zieht jemand los, wenn er den Teufel bekämpfen will? Vielleicht doch nur mit Weihwasser?

Es läutet wieder an der Wohnungstür.

Von irgendwoher meldet sich das *telefonino*.

Sandra kommt aus der Küche. Roberto bedeutet ihr, zu Samuele ins Zimmer zu gehen. Er selbst steht seitlich von der Tür, geschützt durch die Mauer. »Wer ist da?«, fragt er.

»Cinzia Menin«, sagt eine scharfe weibliche Stimme. »Da ist schon wieder ein feuchter Fleck an meiner Wohnzimmerwand. Wann lassen Sie endlich Ihren Terrassenabfluss reparieren?«

Roberto atmet durch und öffnet die Tür. »Wir kümmern uns darum, Signora Menin«, sagt er.

»Na hoffentlich«, keift die Rothaarige und stöckelt die Treppen hinunter.

»So viel zu den Sorgen, die ich mir nicht machen soll«, meint Sandra ruhig.

»Ich hab überreagiert«, erklärt Roberto.

»Versprich mir, dass nicht wieder jemand auf dich schießen wird«, sagt sie. »So wie voriges Jahr diese Verrückte.« Roberto bringt schon wieder ein beruhigendes Lächeln zustande. »Um mich zu treffen, dafür bin ich viel zu schlank.«

»Gut, dann können wir ja jetzt etwas essen, wovon du garantiert noch schlanker wirst«, sagt Sandra.

Insalata Caprese. Mozzarella mit Tomaten und Basilikum. Roberto gießt nachdenklich noch etwas Olivenöl über seine Portion.

Was hat dieser Marinelli gesagt? »Man muss den Teufel vernichten« ... Eine seltsame Wortwahl. Warum Teufel?

Sandra erzählt etwas. Irgendwer hat irgendwen betrogen. Ich hör schon wieder nicht zu, denkt Roberto schuldbewusst.

Ein fanatischer Mensch ist er, der Sekretär. Und außergewöhnlich loyal.

»Jetzt will sie sich natürlich scheiden lassen«, sagt Sandra. »Ihre beste Freundin! Das muss man sich vorstellen!«

Roberto hat keine Ahnung, von wem die Rede ist.

Möglicherweise hat also Marinelli das Gespräch belauscht. Dann weiß er, worum es geht. Hab ich das Tagebuch erwähnt? Bestimmt nicht. Also muss er annehmen, dass Caterina Loredan geredet hat.

»... behauptet er auch noch, dass es nur an ihren teuflischen Verführungskünsten lag«, sagt Sandra soeben.

Roberto schreckt aus seinen Gedanken. »Was hast du gesagt?«, fragt er ziemlich scharf.

»Ihr armen Männer seid wehrlos gegen weibliche Verführung, hat er behauptet.«

»Nein, was genau hast du vorhin gesagt?«, drängt Roberto.

»Ich weiß nicht, was du meinst.« Sandra schüttelt verwundert den Kopf.

Aber Roberto weiß es wieder. »Dass es nur an ihren teuflischen Verführungskünsten lag.« Sandras Worte.

Was hat sich Marinelli vorgenommen? »Den Teufel vernichten«. Und wenn er mit dem Teufel nicht den bösen Polizisten meint, sondern die weibliche Verführung, die seiner Meinung nach Benedetto Loredan zu Fall brachte?

Roberto hält den Atem an.

Was, wenn er gar nicht hinter ihm, Roberto, her ist, sondern Caterina töten will?

»*Dio mio!*« Roberto greift nach seinem *telefonino*.

»Was ist los?«, fragt Sandra beunruhigt.

Die Nummer des Krankenhauses hat er eingespeichert. Ein Pförtner meldet sich. Roberto kennt die Stimme, kann sich aber an den Namen nicht erinnern. Er unterbricht die ausführliche Begrüßung. »Hören Sie – wie war doch gleich Ihr Name?«

»Visoni.«

»Okay, Visoni, halten Sie jeden auf, der zu Caterina Loredan möchte. Es darf niemand zu ihr, verstehen Sie, absolut niemand.«

»Ja – aber ...«, beginnt der Pförtner.

»Verständigen Sie auch die Stationsschwester und ...«

»Aber Commissario, Sie ...«

»Niemanden – hören Sie?«, sagt Roberto, verärgert über den geschwätzigen Mann, der ihn dauernd unterbrechen will.

»Aber Commissario – Sie haben doch eben selbst jemanden zu der Patientin geschickt. Diesen Priester – er hat gesagt, dass er in Ihrem Auftrag kommt.«

»*Porca miseria*«, sagt Roberto. »Rufen Sie in der *cura intensiva* an. Sie sollen ...«

»Die Patientin wurde verlegt, in die chirurgische Abteilung«, wirft der Pförtner ein.

»Egal!« Robertos Stimme ist jetzt sehr laut. »Rufen Sie dort an. Man soll ihn unbedingt aufhalten. Machen Sie schnell – ich warte so lange.«

Roberto hört die Hintergrundgeräusche, einen anderen Pförtner, der mit jemandem spricht, dann wieder die Stimme von Visoni. »Commissario? Das ist sehr seltsam, es läutet und läutet, aber in der chirurgischen Abteilung geht niemand ans Telefon.«

40

Ispettore Piero Salmaso hat das Uniformhemd schon zweimal gewechselt. Er hat immer ein paar frische in Reserve. In der feuchten Hitze der venezianischen Sommer schwitzt man, selbst wenn nicht viel los ist. Und es war ziemlich viel los heute. Erst die Sache mit dem Taschendieb, den sie aus den Händen der erbosten Marktbesucher retten mussten. Dann der völlig überflüssige Einsatz, weil jemand behauptet hatte, eine Frau sei von der Accademiabrücke in den Canal Grande gestoßen worden. Polizei und Feuerwehr kamen hinzu, als die fröhlich lachende Touristin soeben über eine algenbewachsene Treppe an Land kletterte und vergnügt erklärte, sie sei eine ausgezeichnete Schwimmerin und habe nur ein Bad nehmen wollen. »*It's quite hot here, you see?*« Piero schüttelt in Erinnerung daran den Kopf. Nicht nur, dass man von einem der Boote überfahren werden kann, auch aus einem anderen Grund ist das Baden in den Kanälen Venedigs seit dreißig Jahren streng verboten. Es ist ganz einfach gesundheitsschädlich. Weil die Lagune noch immer durch industrielle Abwässer stark belastet ist. Fünfzig Euro Strafe. Die Amerikanerin hat sie murrend bezahlt. Die Erklärungen haben sie nicht überzeugt. »*Why are you poisoning your water?*«, hat sie gefragt. Ja, warum vergiften wir unser Wasser? Weil die Chemielobby mächtiger ist als ein paar Umweltschützer.

Piero beschließt, an Angenehmeres zu denken. An seinen morgigen freien Tag zum Beispiel. Erstmals hat er sich gemeinsam mit mehreren Freunden für den ganzen Sommer eine Strand-*Cabana* in der vordersten Reihe geleistet. Die Miete für diese Badehütten am Lido kostet ein Vermögen, aber die Kinder haben volle drei Monate Ferien. Und die Stadt wird unerträglich, wenn *l'afa* – die aus Afrika kommende Hitze – einsetzt. Er wird mit Antonella im Schatten des Vordachs liegen, ab und zu ins Wasser gehen, vielleicht mit Carlo und Enrico Boccia spielen. Und außerdem heute endlich einmal früher Schluss machen.

Er ist schon an der Tür, als sein Telefon läutet. Unschlüssig steht er einen Augenblick da, sehr in Versuchung, die Tür hinter sich zuzumachen und es einfach läuten zu lassen. Er ist nicht ganz sicher, ob es Neugierde ist oder Pflichtbewusstsein – jedenfalls geht er zurück und hebt ab.

»*Ospedale Civile, segreteria*«, meldet sich eine Frauenstimme. »Sie haben doch heute einen gewissen Sergio Caselatti in die Notaufnahme gebracht?«

»Ja«, sagt Piero. »Wie geht's ihm denn?«

»Nicht so gut, die Stationsschwester möchte, dass man seine Angehörigen verständigt.«

»Er hat keine«, sagt Piero. »Ich weiß es zufällig, weil ich seine Akte heute studiert habe.«

»Ja dann ...« Die Sekretärin lässt in der Luft hängen, was es bedeutet. Dass keiner sich um Caselatti kümmern wird. In einem Gesundheitssystem, das ohne die Mithilfe von Verwandten und Freunden schlecht bis gar nicht funktioniert.

»Ich komme«, seufzt Piero. Und fragt sich, wie er Antonella erklären soll, warum er glaubt, sich um einen mehrfach vorbestraften Taschendieb auf dem Krankenbett kümmern zu müssen.

Es sind kaum zehn Minuten zu Fuß zum Campo San Giovanni e Paolo, wo der Haupteingang zum Krankenhaus ist. Die Pförtner hier kennen ihn alle, niemand erwartet eine Erklärung von ihm. Trotzdem bleibt Piero stehen. Schon von Weitem ist ihm der Mann im schwarzen Priestergewand aufgefallen. Trotz der Hitze trägt er eine Baskenmütze. Und jetzt, während er an ihm vorübergehen will, hört er einen Namen, der ihn hellhörig macht. »Commissario Gorin hat mir ausgerichtet, dass Caterina Loredan meinen Besuch wünscht«, sagt der Mann.

»Oh – dann geht das in Ordnung. Erster Stock, Zimmer 124«, antwortet der Pförtner.

Piero folgt dem Mann im Priestergewand, ohne genau zu wissen, warum.

»Ich weiß inzwischen, dass es ein Selbstmordversuch war«, hat Roberto gesagt.

Warum auch immer – ein Suizidversuch ist für eine Katholikin Grund genug, beichten zu wollen, denkt Piero.

Aber der Loredan-Fall schien Roberto immer noch zu beschäftigen. Was beunruhigte ihn? Hatte er doch noch irgendeinen Verdacht? War er um die Sicherheit Caterina Loredans besorgt? Andererseits – er hätte bestimmt Personenschutz angefordert, wenn das Mädchen in Gefahr wäre. Solche Fehler macht Roberto nicht. Bestimmt nicht? Jeder macht Fehler. Vielleicht ist der Mann vor ihm ja gar kein Priester. Sich als Mann der Kirche zu verkleiden ist ganz zweckmäßig, wenn man ungehindert an ein Krankenhausbett gelangen möchte.

Ich mach mich bloß lächerlich, denkt Piero. Trotzdem

wählt er Robertos Nummer, wird von jemandem angerempelt, vertippt sich, wählt neu. Das *telefonino* ist eingeschaltet, aber niemand meldet sich. Ungewöhnlich für Roberto.

Piero schaut auf. Der Schwarzgekleidete ist verschwunden. Nein – doch nicht. Da vorne im Gang zum *ambulatorio* flattert es schwarz. Piero beeilt sich. Holt auf. Vor ihm geht eine schlanke ältere Frau mit schwarzem Strohhut. Piero flucht möglichst dezent, dreht sich um, geht zurück zur Treppe, steigt hastig die Stufen hinauf. Der Gang, der zur chirurgischen Abteilung führt. Niemand in Schwarz.

Eine Krankenschwester kommt Piero entgegen, sie schiebt einen Wagen mit Medikamenten, beachtet Piero nicht.

Und dann sieht Piero den Mann wieder. Mit der Hand an einer Klinke. Zu spät, denkt Piero. Wie lange braucht man, um eine untergewichtige, schwer verletzte Sechzehnjährige zu töten? »Stehen bleiben, Polizei!«, ruft er und sprintet los.

Der Mann dreht sich zu ihm, macht dann kehrt und läuft zum offenen Fenster am Ende des Korridors. Erstaunlich behände ist er auf dem Fensterbrett, zögert kurz – und springt.

Unten fließt der Rio dei Mendicanti.

Dann hört Piero diesen ersten Schrei, der schnell erstirbt. Und gleich darauf noch einen anderen, der nicht aufhören will.

41

Eine kleine *Carabinieri*-Station ist direkt im Krankenhaus untergebracht. Roberto wählt die Nummer. Auch hier geht niemand ans Telefon. Aber in der Questura hat Fantinelli Dienst und meldet sich sofort.

Dann werden wir den Römer vor eine Herausforderung stellen, denkt Roberto. »Kannst du mich sofort an der Haltestellte Palanca abholen lassen?«, fragt er.

»Du hast Glück«, antwortet Fantinelli heiter. »Wir haben gerade ein Boot in der Nähe.«

Irgendwann finde ich heraus, wie der Römer das macht, denkt Roberto.

Eine Viertelstunde später biegt das Polizeiboot mit Roberto an Bord in den Rio dei Mendicanti. Zwei *carabinieri* versuchen wenig erfolgreich eine Gruppe von Schaulustigen zurückzudrängen.

»*That's better than reading Donna Leon*«, sagt ein Tourist, der schnell auch noch ein paar Aufnahmen vom Polizeiboot und von Roberto macht.

Roberto nimmt den Seiteneingang, hetzt die Stufen in den ersten Stock hinauf.

Piero kommt ihm entgegen.

»Caterina?«, fragt Roberto.

»Der geht's gut«, sagt Piero.

Die schwergewichtige Krankenschwester verlässt eben

eines der Zimmer. Offenbar hat sie mit Caterina die Station gewechselt. Der Name Loredan macht's möglich. »Sie können zu ihr, wenn Sie wollen«, sagt die Schwester freundlich. Roberto will.

»Was war denn da draußen los?«, fragt Caterina.

»Nichts Wichtiges«, sagt Roberto.

»Aber ich hab etwas Wichtiges zu sagen.«

In Caterinas Stimme schwingt etwas mit, das Roberto nicht einordnen kann. Noch mehr Enthüllungen? Dinge, die sie dem Tagebuch verschwiegen hat?

Roberto wartet.

»Ich kann die Zehen bewegen«, sagt Caterina.

Roberto verlässt Caterinas Zimmer mit einem Lächeln. Piero wartet auf ihn. »Dieser Priester –« Kopfschütteln.

»Der ist einfach gesprungen.«

»In den Kanal?«

»Ja«, nickt Piero. »Leider ist ein Taxiboot vorbeigekommen. Gegen die Einbahn. Damit hat er nicht gerechnet.«

»*Dio mio!*«, sagt Roberto.

»Du sagst es. Genau bei dem ist er jetzt«, sagt Piero. »Sofern ihr beide den gleichen Gott habt.«

»Da soll noch einmal jemand sagen, man kriegt nie ein Taxi in dieser Stadt«, murmelt Roberto.

»Was?«, fragt Piero.

»Nichts«, antwortet Roberto hastig. »Wie geht's dem Taxifahrer?«

»Der liegt in der Notaufnahme«, sagt Piero. »Schwerer Schock. War fast nicht zu beruhigen. Er hält das Ganze für eine Strafe Gottes, weil er zu schnell und gegen die Einbahn gefahren ist.«

»Wieso bist du überhaupt hier?«, fragt Roberto.

Piero erzählt.

»Der Schutzengel dieses Mädchens macht offenbar regelmäßig Überstunden«, sagt Roberto.

»Genau wie wir«, brummt Piero. »Denkst du, dieser Priester, oder was immer er war, wollte dem Mädchen etwas anhaben?«

»Ich weiß es nicht«, antwortet Roberto.

»Und wer der Tote ist«, sagt Piero. »Hast du dazu eine Vermutung?«

Roberto antwortet nicht.

»Vielleicht war er ja nur als Priester verkleidet«, überlegt Piero laut.

Wieder bleibt Roberto stumm.

»Was genau schreibe ich denn jetzt in meinen Bericht?«, fragt Piero missmutig. »Könntest du dich wenigstens dazu äußern?«

»Dass du einem Verdächtigen gefolgt bist, ihn zum Stehenbleiben aufgefordert hast, worauf der aus dem Fenster gesprungen ist«, antwortet Roberto nach einigem Nachdenken.

»Mir fällt da etwas auf«, sagt Piero. »Das ist jetzt schon der dritte freie Fall. Willst du mich nicht über die Zusammenhänge aufklären?«

»Zufall«, sagt Roberto. »Schlicht Zufall.«

»Ich denke, du glaubst nicht an Zufälle?«

»Man lernt dazu«, antwortet Roberto.

»Schau mich an«, sagt Piero vorwurfsvoll. »So seh ich aus, wenn ich jemandem kein Wort glaube.«

Roberto ist froh, dass sich genau in diesem Augenblick Pieros *telefonino* meldet.

»*Pronto?*«, sagt Piero. Und dann: »*Sì. Va bene. Sì. Certo.*«

Dann zu Roberto: »Das war diese Dottoressa Varese, die Giampiero vertritt. Sie möchte, dass wir einen Blick auf den Neuzugang werfen. Der Tote von vorhin. Er hatte keine Papiere bei sich.«

Die Frau ist sehr schlank, wirkt nicht viel älter als dreißig, hat die kastanienbraunen Haare straff aus dem Gesicht gekämmt und sieht eher wie eine Flugbegleiterin oder Chefsekretärin aus. Das elegante dunkelgrüne Leinenkleid passt exakt zur Farbe ihrer Augen und zu dem schmalen Jadereifen an ihrem Handgelenk. Roberto hätte nicht genau sagen können, wie er sich eine Gerichtsmedizinerin vorstellt, aber eins ist sicher: so nicht.

»Ich war gerade am Strand«, sagt sie, während sie den hellgrünen Mantel überzieht und ein Paar Latexhandschuhe aus einer Box holt.

Nur einer der beiden Edelstahltische ist belegt. Ein weißes Tuch verhüllt den Toten zur Gänze.

Roberto entdeckt eine triefend nasse Baskenmütze auf einem dunklen Kleiderstapel. Er sieht die Szene wieder vor sich. Den kleinen Mann im hoch geknöpften schwarzen Mantel. Den gekränkten Blick, als Loredan zu ihm sagte: »Nicht jetzt, Marinelli!«

»Ihre Kollegen von der *Carabinieri*-Station meinten, Sie könnten vielleicht wissen, wer er ist«, sagt die Dottoressa.

Eigentlich will sich Roberto dagegen verwahren, dass die *carabinieri* als seine Kollegen bezeichnet werden. *Polizia* und *carabinieri* haben vor allem ihre Rivalität gemeinsam. Dann hält er aber die Richtigstellung angesichts der Umgebung doch für kleinlich. Er wird Marinelli identifizieren und die Tatsache, dass er ihn kennt, als rein zufällig bezeichnen.

Als die Pathologin das weiße Tuch zurückschlägt, ist er zunächst überrascht, wie sehr der Tod ein Gesicht verändert. Dann erst begreift er. Der Mann vor ihm hat die Augen geschlossen, die feuchten Haare glänzen schwarz. Die hohen Backenknochen in dem bleichen Gesicht treten stark hervor.

»Ja, ich denke, ich kann den Mann identifizieren«, erklärt er. »Er heißt Benedetto Loredan.«

42

Roberto steht in der Palanca-Bar und blättert durch den *Gazzettino*. Nach einigem Suchen wird er fündig. Es ist ein kurzer Artikel im Chronikteil.

Tragischer Unfall im Ospedale Civile

Ein folgenschweres Unglück ereignete sich gestern in den späten Nachmittagsstunden in der chirurgischen Abteilung des Ospedale Civile. Pater Benedetto Loredan, der zur Beichte gerufen worden war, erlitt einen Schwächeanfall und stürzte so unglücklich, dass er trotz sofortiger ärztlicher Hilfe noch an der Unfallstelle verstarb. Die Pfarre San Francesco della Vigna verliert mit ihm einen allseits beliebten Seelsorger, der unermüdlich zum Wohle seiner Gemeinde tätig war. Wie Silvio Marinelli, der Sekretär der Pfarre, mitteilt, wäre eine Berufung Benedetto Loredans zu Bischofswürden in nächster Zeit zu erwarten gewesen.

Roberto faltet die Zeitung zusammen und legt sie neben seine leere Kaffeetasse. So also sieht die offizielle Wahrheit aus. Die *Gazzettino*-Wahrheit. Aber viele Fragen bleiben auch für Roberto ohne Antwort. Was wollte Benedetto Loredan wirklich im Krankenhaus? Mit Caterina reden? Sie an die Familienehre der Loredans erinnern? Oder ein Kissen auf das Gesicht der Wehrlosen drücken? Vermutlich war er davon überzeugt, dass der einzige Beweis gegen ihn Caterinas Aussage war. Aber musste er nicht davon ausgehen, dass Robertos Verdacht sofort auf ihn fallen würde? War das der Grund für den pathetischen Anruf mit der dringenden Warnung vor Marinelli? Wollte er eine falsche Spur legen für den Fall, dass Mord sein letzter Ausweg war? Die Verkleidung mit Marinellis Baskenmütze spricht dafür. Und warum ist er gesprungen, als Piero ihn stellen wollte? Er hätte doch immer noch behaupten können, dass er nur seine Nichte besuchen wollte. Panik? Bei einem Mann, der so kaltblütig einen Mord plant und den Verdacht auf jemand anderen lenkt? Späte Reue? Hat er das Taxiboot gesehen? Sprang er im vollen Bewusstsein, dass es sein Tod sein würde?

Roberto schaut hinaus auf den Giudecca-Kanal. Eine Möwe im Gleitflug. Tanzende Lichtreflexe auf silbernen Wellen.

»*How lovely!*«, haucht eine Touristin neben ihm. Vermutlich hat sie keine Ahnung davon, dass die Muscheln, die hier wohnen, ungenießbar sind.

Beneidenswert eigentlich, denkt Roberto. Manchmal wäre ich auch lieber nur Tourist in dieser Stadt. Und erst recht im weiten Land der Seele.

»*Bella giornata – eh?*«, fragt Max, der hinter der Theke Gläser poliert.

Noch ein Glücklicher. Roberto nickt. »*Fammi un'altro macchiato!*«, sagt er.

SCHATTEN DER ANGST

Per i miei amici al circolo golf di Alberoni

1

Was, wenn er tot ist?
Blau geäderte Lider wölben sich über den Augäpfeln. Die Gesichtshaut wie aus fleckigem Pergament lässt kein Lebenszeichen erkennen. Nicht der kleinste Muskel zuckt. Kein sichtbarer Atemzug hebt und senkt den Brustkorb. Luca steht da und betrachtet fasziniert die reglose Gestalt im Lehnstuhl. Weiße Haare auf dem honigfarbenen Leder der Rückenlehne. Der *Corriere della Sera* ist den knochigen Händen entglitten und liegt aufgefächert neben den Füßen, die in ledernen Pantoffeln stecken. Die späte Nachmittagssonne bringt einzelne rote Mosaiksteinchen im Terrazzoboden zum Glühen. Wie frische Blutstropfen.
Luca sieht sich im langen sandfarbenen Mantel in einer Gondel stehen. Allein. Vor ihm der Sarg, der mit einem schwarzen Samttuch bedeckt ist. Der Himmel ist bewölkt, der Wind eisig. Ja, doch, ein eiskalter Wind gehört unbedingt zur Szene. Der leichte Stoff des Mantels flattert im Wind, genau wie die Mäntel der Wilden Horde aus *My Name is Nobody*. Der Gondoliere steuert das Boot mit ruhigen Schlägen des Ruders auf San Michele, die Friedhofsinsel, zu. Liegen Blumen auf dem Sarg? Nein, beschließt Luca, keine Blumen. Sie würden das einheitliche Schwarzgrau des Tages stören. Ich bin reich, denkt der andere Luca, der im Boot. Ab jetzt kann ich tun, was ich will.

Die triumphierende Musik, mit der die Szene unterlegt ist, steht in spannendem Kontrast zum Bild.

Zu laut gedacht? Die Augen öffnen sich so unvermittelt, als hätten sie unter den Lidern darauf gelauert, Luca bei verbotenen Gedanken zu ertappen. Aber Gedanken sind unsichtbar. »Was glotzt du mich an?«, fragt der Onkel und bückt sich nach seiner Zeitung.

»Ich wollte mit dir reden«, sagt Luca, der schuldbewusst das Bild mit Sarg und Gondel an den Rand des Bewusstseins drängt.

»Wenn's um Geld geht, vergiss es«, sagt der Onkel.

»Keiner hat so wenig Taschengeld wie ich.« Luca merkt, wie kindisch dieser Satz klingt, und ärgert sich darüber.

»Du hast ein Konto bei *Duca D'Aosta*, bei *Rosetti*, in der *libreria*. Und die Verpflegung hier im Haus ist ja wohl auch ausreichend.« Der Onkel sieht Luca mit seinen seltsam farblosen Augen an.

Ja, denkt Luca. Ich kann mir Kaschmirpullover, alberne Schuhe und Bücher kaufen. Und Assunta kocht hervorragend. Aber Kinokarten, CDs, die Drinks im Café am Campo Santa Margherita, womit, bitte, soll ich die bezahlen? Und was mach ich, falls es mir gelingen sollte, Samanta einzuladen?

»Ich weiß, was passiert, wenn man jungen Leuten zu viel Geld in die Hand gibt«, fährt der Onkel fort. »Drogen. Das ist es, womit es endet. Liest man täglich in den Zeitungen.«

»Ich hab noch nie Drogen genommen«, sagt Luca. »Ich würd bloß gern ins Kino gehen. *La tigre e la neve* spielen sie im *Olimpia*. Roberto Benigni.« Luca hasst den bittenden

Ton seiner Stimme. Aber so klingt sie immer, wenn er mit dem Onkel redet. Großonkel eigentlich, korrigiert er sich selbst.

»Teil dir dein Geld besser ein. Den Film spielen sie nächste Woche bestimmt auch noch.« Der Onkel bückt sich, hebt den *Corriere* auf und faltet ihn sorgfältig. »Und jetzt lass mich allein. Ich erwarte Besuch. Ein Geschäftspartner.«

Natürlich, denkt Luca. Commendatore Filippo Nardi, der große Finanzexperte, wickelt wieder einmal ein Millionengeschäft ab. Und er, Luca, sein einziger Blutsverwandter, hat nicht einmal genug Geld, um eine Kinokarte zu kaufen. Geizkragen, gottverdammter. Luca spürt Säure im Mund. Schluckt angewidert. Geht in die Küche und trinkt in einem Zug ein ganzes Glas Wasser leer. Er schaut sich um, als würde er die Küche zum ersten Mal sehen. Edelstahl, teure Geräte, viel zu helle Beleuchtung. Hotelküche der Spitzenklasse. Ebenso funktionell wie ungemütlich.

Assunta hat eine Platte mit Roastbeef und eingelegtem Gemüse hergerichtet. Es ist ihr freier Abend heute. Luca starrt auf den blutigen Saft, der sich unter dem geschnittenen Fleisch gebildet hat. Ob man noch Fleisch essen könnte, wenn man die Tiere selbst schlachten müsste? Aus dem Messerblock ragen schwarze Griffe in verschiedenen Größen. Könnte ich es tun?, fragt er sich. Er greift nach einem Messer und zieht die Hand wieder zurück. An welche Filmszene erinnert ihn das? Es fällt ihm nicht ein.

Er holt seine Jacke, tastet nach den Schlüsseln in der Tasche und wirft die Tür hinter sich zu. Auf den untersten Stufen der geschwungenen Marmortreppe kommt ihm ein Mann entgegen. Ob das der erwartete Geschäftsfreund ist?

Erstklassig angezogen, braun gebrannt, silbergraue Haare. Augen wie Glasknöpfe. Dunkel, glänzend, zu eng beisammenstehend. Der Blick ist kalt und ausdruckslos. Luca erinnert sich an den Teddybären, den man aus dem Kinderzimmer entfernen musste, weil er sich vor ihm fürchtete. Derselbe Blick. Kalt und bösartig. Seltsam, woran man sich plötzlich erinnert. Ich muss drei Jahre alt gewesen sein damals. Luca bleibt an der Haustür stehen und horcht. Die Schritte machen im ersten Stock, dem *piano nobile*, halt. Die Stimme des Onkels, der den Besucher offenbar an der Tür erwartet hat. Eine zweite Stimme. Luca zuckt mit den Schultern. Soll er vielleicht zurückgehen und dem Onkel sagen, dass ihn sein Besucher an einen bösartigen Teddybären erinnert? Das schwere Tor des *palazzo* fällt hinter ihm ins Schloss. Der Abend ist mild. Luca beschließt, das Boot der Linie eins zu nehmen. Bis Ca' Rezzonico. Und von dort zum Campo Santa Margherita zu Fuß zu gehen.

Geld für eine Cola hat er noch. Dann wird man sehen.

»*Ciao*, Carlotta«, sagt er zu dem kleinen Mädchen mit den dunklen Haaren und noch dunkleren Augen. Sie hüpft die Stufen der kleinen Brücke hinunter. Mit beiden Füßen gleichzeitig immer eine Stufe nach der anderen. Sehr konzentriert.

Luca will an ihr vorbei, aber sie greift nach dem Ärmel seiner Jacke. »Hast du gewusst, dass der Teufel hier wohnt?« Gespannt schaut sie zu ihm hoch.

Einen Augenblick lang ist Luca überrascht von dieser Frage, dann wird ihm klar, was sie meint. Er dreht sich um und wirft einen Blick auf die Schrift an der Mauer des *palazzo*, aus dem er eben gekommen ist. Ponte del Diavolo steht da, Teufelsbrücke. »Das ist lang her«, sagt Luca. »Mittlerweile ist der Teufel umgezogen. Konnte sich die Miete hier nicht mehr leisten.«

Carlotta schaut zweifelnd. Ob sie den Umzug bezweifelt oder die begrenzten finanziellen Mittel des Teufels, ist nicht ganz klar.

2

»Man könnte meinen, Venedig wäre die Stadt der Engel geworden«, sagt Roberto ohne weitere Einleitung.

»Den Titel beansprucht schon Los Angeles«, antwortet Piero. »Und sehr zu Unrecht.«

»Mein wichtigster Fall ist derzeit das Problem, dass sowohl Garlatti als auch Pisan genau zur selben Zeit Urlaub machen wollen.« Roberto zeigt auf die Urlaubsliste, die vor ihm auf dem Schreibtisch liegt. »Beide sagen was von unaufschiebbaren Familienangelegenheiten.«

»Die zwei sollen das unter sich klären«, sagt Piero.

»Na bitte, dann hat sich auch dieser Fall erledigt.« Roberto schiebt mit einer angewiderten Bewegung die Urlaubsliste von sich weg. Er schüttelt den Kopf. »Die Touristen führen sich auf wie Musterschüler. Alle unsere Handtaschenräuber scheinen Urlaub in Rom zu machen. Die erfolgreicheren in Miami. Und seit Wochen haben wir keine *pescatori* beim Fischen von Muscheln vor Marghera erwischt.«

»Was gefällt dir daran nicht?«, fragt Piero.

»Das *timing*«, antwortet Roberto. »Es ist unnatürlich ruhig. Die berühmte Ruhe vor dem Sturm. Ich kenn das. Und dann haben wir wieder gleich drei Tote auf einmal. Und Tonnen vergifteter Muscheln.«

»Pack deine Kristallkugel ein, Kassandra, und entspann dich«, sagt Piero. »Genieß das Hier und Jetzt. Noch nie was von Familienleben gehört? Solltest du mal probieren. Wie geht's übrigens Sandra?«

»Sie nimmt ab«, knurrt Roberto.

»Jetzt verstehe ich«, sagt Piero. Ganz sanft sagt er es. So viel Sanftheit verträgt keiner. Eine Stirnader in Robertos Gesicht schwillt an.

Das Telefon auf seinem Schreibtisch schrillt. Roberto zögert kurz, ehe er zum Hörer greift. »Nein«, schnaubt er dann. »Nein, Gobetti, das geht nicht. Genau zu dieser Zeit wollen schon Garlatti und Pisan Urlaub machen. – Grins nicht.« Die letzte Bemerkung richtet er an Piero. Da liegt der Hörer schon wieder auf der Gabel.

»Zwar nicht drei Tote, aber drei urlaubende Kollegen zur selben Zeit. Und das im September.« Piero grinst unbotmäßig und breit unter seinem Schnauzbart. »Dein untrüglicher sechster Sinn hat sich wieder einmal bewährt. Grüß Sandra.«

Damit ist Piero zur Tür draußen.

Roberto betrachtet die Landkarte aus abgebröckeltem Verputz an der Wand gegenüber. Schon wieder ein neuer Kontinent. Unter dem Weiß kommt ein anderer Anstrich zum Vorschein. So einen Farbton hab ich zuletzt im Zusammenhang mit einer akuten Fischvergiftung gesehen, denkt Roberto verdrossen.

Es klopft. »*Avanti!*«, ruft er.

Gobetti steckt den Kopf zur Tür herein. »Ich weiß nicht, ob ich erwähnt habe, dass ich den Urlaub wegen einer dringenden Familienangelegenheit brauche. Mehr oder weniger.«

»Hinaus!«, sagt Roberto zwischen zusammengepressten Zähnen.

»*Come?*«, fragt Gobetti gekränkt.

Roberto steht auf, greift nach seiner Jacke und geht an Gobetti vorbei. Dann dreht er sich zu ihm um. »Ich empfehle venezianisches Roulette«, sagt er zu dem verdutzten Gobetti.

»*Come?*«, wiederholt der sichtlich ratlos.

»Geh mit Garlatti und Pisan in ein Restaurant, bestellt euch Muscheln und wer die Schwermetallvergiftung überlebt, kriegt den Urlaub«, sagt Roberto.

Wenn er noch einmal »*come*« sagt, erwürg ich ihn, denkt Roberto. Er steckt die Hände in die Jackentaschen, um etwas gegen diesen drängenden Impuls zu tun.

Aber Gobetti sagt nichts. Er starrt Roberto an, als hätte der in fließendem Koreanisch mit ihm gesprochen.

Roberto wendet sich wortlos ab und geht die Treppe hinunter.

Schon am Ponte dei Greci tut es ihm leid. Andere Leute spüren den *scirocco*, diesen windigen Vorboten schlechten Wetters, schon Tage vorher in den Knochen. Er, Roberto, ahnt voraus, wenn Arbeit der besonders unangenehmen Art auf ihn zukommt. Sein Gefühl hat ihn noch nie getäuscht. Aber was kann Gobetti dafür? Bei der nächsten Brücke bleibt er stehen und schaut dem dunkelhaarigen kleinen Mädchen zu, das, völlig vertieft in seine eigene Welt, die Stufen hinaufhüpft. Ein anderes kleines Mädchen fällt ihm ein, das vor mehr als einem Jahr in der Gegend von Neapel spurlos verschwunden ist. Hat praktisch vor den Augen der Großmutter im Garten des Elternhauses gespielt und war ganz plötzlich weg. Niemand hat etwas gesehen. Kein fremdes Auto, keinen verdächtigen Unbekannten. Aber Kinder lösen sich nicht in Luft auf. Kinder sind Handelsware geworden.

»Komm, Carlotta!«, ruft eine Frau vom Balkon des Hauses gegenüber der Brücke. Sie wirft Roberto einen misstrauischen Blick zu. »Abendessen ist fertig.« Roberto seufzt unwillkürlich auf. Sandra kocht nach wie vor für ihn, selbstverständlich tut sie das. Aber wie soll er sein Abendessen genießen, wenn Sandra ihm gegenüber in ihrem Salat stochert? Sie übertreibt mit ihrer Diät. Erst jetzt fällt ihm auf, wie wichtig Sandras Fröhlichkeit ist als Ausgleich zu dem, womit er ständig konfrontiert ist. Eine hungernde Sandra ist nicht fröhlich. Aber auch dafür kann Gobetti rein gar nichts.

Roberto geht an der Carabinieri-Zentrale vorbei und erwidert kurz den lustlosen Gruß der Wache vor dem Eingang. Dann ist er draußen auf der Riva Schiavoni. Die Kuppeln von San Giorgio Maggiore und Redentore heben sich violett gegen einen orangeroten Abendhimmel ab. Die Lagune setzt einen höchst unwahrscheinlichen hellen Türkiston dagegen. *Serenissima*, denkt er, manchmal wird Venedig sogar zu Recht »die Heiterste« genannt. Jedenfalls bringt sie es mühelos fertig, seine Stimmung um ein paar Schattierungen aufzuhellen. Er wird an der Haltestelle Valaresso ein Boot der Linie eins nehmen, bei der Accademia aussteigen und sich in *Linos Bar* zwei oder drei der unvergleichlichen kleinen *Cicheti*-Brötchen gönnen. Gemeinsam mit einem Gläschen Pinot. Dem rosafarbenen aus der *bottiglione*, der Zweiliterflasche. Nichts ist besser gegen düstere Vorahnungen.

3

Luca ist zutiefst davon überzeugt, dass der Campo Santa Margherita der einzige Platz in Venedig ist, auf dem noch menschliches Leben zu finden ist. Der Rest Venedigs ist Museum. In Besitz genommen von Untoten mit Handykameras. Bewacht von anderen Zombies, die Eintritt für alles und jedes verlangen – in der irrigen Meinung, dass sie noch in der realen Welt leben.

Zähneknirschend hört Luca zu, wenn der Onkel von der Gnade spricht, in einer Stadt wie Venedig leben zu dürfen. Aber du, als Geschäftsmann, hat er einmal dem Onkel widersprochen, du wärst doch in Mailand, Rom oder Turin viel besser dran. Der Onkel hat dieses Lächeln aufgesetzt, mit dem er Luca nonverbal zum Idioten erklärt. Bei nonverbal ist es nicht geblieben. Du begreifst nichts, hat er gesagt. Manchmal frag ich mich ...

Er hat den Satz nicht beendet, aber Luca wusste auch so, was er meinte. Wieso jemand, der immerhin blutsverwandt mit ihm ist, so wenig Verstand mitbekommen hat. Während Luca die schmale *calle* zum Campo San Barnaba geht, überlegt er, in welcher Stadt er leben wird, wenn das Geld des Onkels einmal seines ist. Vielleicht in Bologna, wo er mit seinen Eltern gewohnt hat, bis ...

Nein, er will jetzt nicht an seine Eltern denken. Vielleicht sollte er alles hinter sich lassen, was ihn irgendwie an seine

Kindheit erinnert. London? Zu kalt, zu neblig. Paris vielleicht? Seine Note in Französisch spricht dagegen. New York! Die Stadt Woody Allens. Allerdings scheint Woody Allen seltsamerweise auch eine Vorliebe für Venedig zu haben.

Nun, vielleicht wenn man nicht gezwungen ist, mit einem lächerlichen Taschengeld hier zu leben ...

Vor dem winzigen Lokal mit der abblätternden Schrift *Caffè* breiten sich die Tische bis weit in den *campo* aus. Alle sind besetzt. Beim Eingang steht eine Gruppe von jungen Leuten und diskutiert laut. Luca streift mit einem schnellen Blick die Gesichter. Niemand, den er kennt. Er denkt an Samanta. Er hätte sie anrufen können und fragen, ob sie Lust hat, einen *spritz* mit ihm zu trinken. Aber man kann niemanden einladen mit zwei Euro in der Tasche.

Wenn er ehrlich zu sich selbst wäre, müsste er sich allerdings sagen, dass er sich noch nie getraut hat, Samanta einzuladen. Aus Sorge, dass ihre Antwort nichts mit seinen Fantasien zu tun hat, die in kurzen, leicht variierten Szenen ablaufen. Immer mit dem Finale, dass Samanta einem Treffen zustimmt.

Aber im Augenblick hat er keine Lust auf Ehrlichkeit. Sein Ärger über den Onkel füllt ihn aus, lässt keinen Platz für etwas anderes.

Auch drinnen im Lokal herrscht Hochbetrieb. Bestellungen werden laut gerufen, Kellner laden Tabletts mit leeren Gläsern ab, warten auf volle. Die Theke ist umlagert. Ein *neo-laureato*, der eben sein Doktor-Diplom von der Foscari-Universität abgeholt hat, wird gefeiert. Münzen landen klirrend auf der Glasplatte, werden ab und zu von den beiden, die hinter der Theke arbeiten, mit routinierten Bewegungen in eine Ledertasche gestreift.

Luca lehnt sich vor, um sich bemerkbar zu machen. Er stützt seinen Ellbogen auf, winkt mit der Hand. Zeigt auf mit dem Zeigefinger. Direkt neben ihm auf der Theke liegen sechs Euro und ein paar kleinere Münzen. Er lässt den Arm sinken. Fast ganz ohne Absicht. Die Münzen werden jetzt vom Jackenärmel verdeckt. Niemand beachtet ihn. Das kann nicht sein, denkt er. Es kann nicht wahr sein, dass ich versuche, ein paar lumpige Euro zu klauen. Aber während er das denkt, hat die andere Hand schon unter den Jackenärmel gegriffen, sich um die Münzen geschlossen und sie in seine Tasche gleiten lassen. Geschieht dem Onkel nur recht, denkt er. Da sieht man, wozu Geiz führen kann.

»He – du!«, ruft ihm einer der Typen hinter der Theke zu. Luca spürt, wie er in Erwartung der peinlichen Szene rot wird. »Ja?«, sagt er verlegen.

»Du hast noch nicht bestellt – oder? Wenn ja, hab ich's vergessen.«

»Nein – ich ...« Luca holt tief Luft. »*Uno spritz con bitter, grazie.*« Er braucht jetzt etwas Stärkeres als eine Cola.

Genau in dem Moment, während er erleichtert den Kopf hebt, schaut er in diese Augen. Boshaft funkelnde Augen. Sie beobachten ihn mit heiterer Verachtung. Oder überheblichem Spott. Oder ist es etwas ganz anderes? Jedenfalls ist Luca sicher, dass der, zu dem die Augen gehören, alles genau beobachtet hat. Wie alt kann er sein? Zweiundzwanzig? Fünfundzwanzig höchstens. Dunkelhaarig, schmales Gesicht, erstaunlich blass nach einem langen Sommer. Ein seltsames Lächeln, das es nicht bis zu den Augen schafft. Wahrscheinlich ein Typ, wie er den Mädchen gefällt. Französischer *film noir*.

Das Glas landet vor Luca. Willkommener Anlass, dem

Blick des anderen auszuweichen. Er greift in die Tasche. »*Le devo* ...?«, fragt er den hinter der Theke. Er will so schnell wie möglich hier weg.

»Das erledige ich«, sagt eine Stimme neben ihm, noch bevor er erfährt, was der *spritz* kostet. »Und für mich ein kleines Bier.«

»*Certo*«, sagt der Barkeeper gleichgültig.

»Aber – wieso ...?« Luca spielt nervös mit der aufgespießten Olive in seinem Glas.

Das kleine Bier landet auf der Glasplatte.

»*Dottore, dottore, dottore!*«, grölen die Freunde des frisch Promovierten.

»Wieso?« Der andere nimmt einen Schluck Bier, lächelt wieder auf diese seltsame Art. »Vorübergehender finanzieller Engpass, nehm ich an? Kann ja vorkommen. Übrigens – ich bin Sergio.«

Luca gewinnt ein wenig an Sicherheit zurück. »Luca«, sagt er. »Finanzieller Engpass trifft es genau. Nur – wie kommst du auf vorübergehend?«

Sergio taxiert Luca mit einem Blick, der vom Kaschmirpullover bis zu den *Rosetti*-Schuhen und wieder zurück wandert. »Wenn einer mit deinem Outfit ein paar Münzen klaut, dann ist das entweder ein Sport oder ein Notfall. Für Sport warst du nicht *relaxed* genug. Mangelndes Training war auch zu merken.«

Da ist kein Vorwurf in seiner Stimme und keine Spur von moralischer Wertung. Nicht einmal Spott. Es ist einfach eine Feststellung. Luca merkt, wie sein Unbehagen einer beginnenden Sympathie Platz macht.

Vielleicht ist das ja der Beginn einer wunderbaren Freundschaft, denkt er. In Gedanken sieht er Humphrey

Bogart in der Schlussszene von *Casablanca*. Das Flugzeug mit Ingrid Bergman ist im Dunkel der Nacht verschwunden.

Luca merkt, dass der andere ihn beobachtet. Interessiert, aufmerksam. Zu aufmerksam. Ist dieser Sergio vielleicht schwul und sucht Anschluss? Neues Unbehagen.

»Gehen wir?«, fragt Sergio.

No way, denkt Luca. »Wieso? Wohin?«, sagt er.

Sergio deutet zum *campo*. »Hinaus. Hier wird es mir zu eng. Und zu laut. Außerdem warte ich auf mein Mädchen. Sie muss eigentlich jeden Augenblick da sein.«

Sie bahnen sich einen Weg durch die fröhliche Runde. Einer entrollt eben ein Plakat, auf dem der Gefeierte mit langen Hasenohren und einem Riesenpenis dargestellt ist. Die dazugehörigen Eier sind österlich bemalt.

»Studierst du?«, fragt Sergio, als sie draußen auf dem *campo* stehen.

Luca gefällt es, für älter gehalten zu werden, als er ist.

»*Liceo Artistico*«, sagt er. »Letztes Jahr.«

»*Liceo Artistico*«, wiederholt Sergio. »Maler? Designer?«

Luca schüttelt den Kopf. »Ich bin ein Filmfreak. Will nächstes Jahr nach New York auf die Lee-Strasberg-Schule. Regie lernen.« Seltsam, wie glatt das kommt. War die Antwort in seinem Unterbewusstsein vielleicht schon lange fertig, bevor die Frage kam?

Sergio nickt nachdenklich. »Also New York finanzieren deine Alten?«, fragt er.

»Mein Onkel«, antwortet Luca. »Großonkel, um genau zu sein. Ich leb bei ihm.«

»Gut bei Kohle?«, fragt Sergio.

»Sagt dir der Name Filippo Nardi was?«, antwortet Luca.

Sergio pfeift durch die Zähne. »Dann reden wir hier nicht über Kleingeld.«

»Aber geizig wie Ebenezer Scrooge«, sagt Luca.

Es ist nicht klar, ob Sergio mit dem Namen aus der Weihnachtsgeschichte von Dickens was anfangen kann. Er nickt nachdenklich. Fragt nicht nach Eltern und Familie. Erstaunlich wenig neugierig, der Typ, denkt Luca. Angenehm.

»Und du? Was machst du?«, fragt er.

»Das da hab ich schon hinter mir«, sagt Sergio und deutet auf den lorbeerbekränzten frisch Promovierten. »Ich hab Japanisch studiert. Leider gibt's zu wenig Möglichkeiten, was Sinnvolles damit anzufangen. Fremdenführer spielen kotzt mich an.«

»Versteh ich.« Luca nickt und wendet den Kopf, um einer auffallenden Schönheit mit langen schwarzen Haaren nachzusehen, die auf den Eingang des Lokals zugeht. Er ist nicht der Einzige, der sich nach ihr umdreht. Hellolive Haut, exotischer Typ, weiche Bewegungen. Mit ihr müsste mich Samanta sehen, denkt Luca. Das würde ihr zu denken geben.

»Letti!«, ruft Sergio. Die Dunkelhaarige wendet sich um, kommt auf sie zu, küsst Sergio auf die Wange. Sergio küsst zurück, auf ihren Mund, aber nur flüchtig.

»Letizia, das ist Luca.«

»*Ciao*, Luca«, sagt Letizia lächelnd. »*Come va?*«

Gute Frage. Luca hat keine Ahnung, wie es ihm geht. Er schaut in die indianischen Augen.

»Letizia kommt aus Peru«, sagt Sergio.

»Trujillo«, präzisiert Letizia.

Sergio streicht ihr mit einer Handbewegung eine Strähne aus der Stirn. Ist es Einbildung oder weicht sie kurz zurück?

Wie ein Kind, das einen Schlag fürchtet. Dann hält sie still. Auch die Haarsträhne bleibt, wo sie soll. Die Augen erstaunlich ausdruckslos.

Heute ist Augentag, denkt Luca. Kamerazufahrt, Schnitt. Muss ich mir merken.

Später dann, als er die Wohnungstür öffnet, fallen ihm auch die bösen Teddybäraugen wieder ein. Sinnlos, den Onkel zu fragen, wer dieser Geschäftspartner war, dem er begegnet ist. Er würde keine Antwort bekommen. Oder wenn, dann eine unfreundlich ausweichende.

Es ist völlig still in der Wohnung. Bis auf das laute Ticken der Wanduhr im Wohnzimmer. Noch nicht einmal zehn. Kein Lichtstreifen unter der Schlafzimmertür des Onkels. Sehr ungewöhnlich, dass er um diese Zeit schon schläft. Wellen schlagen an die Mauern des *palazzo*. Irgendwo knarrt ein Fensterladen.

Luca überlegt, ob er sich aus der Küche noch etwas zu essen holen soll. Er denkt an das blutige Roastbeef und lässt es bleiben. Lieber will er die Szenen dieses Abends noch einmal ablaufen lassen. Manche sind unscharf. Kein Wunder – er hat ziemlich viel getrunken. Und noch mehr geredet. Was hat er erzählt? Die Erinnerung setzt aus. Sergio schien sich jedenfalls für alles zu interessieren. Stellte Fragen, hörte zu. Endlich jemand, der zuhörte. Und Letizia? Seltsam distanziert. Sagte kaum ein Wort. Verunsichert? Eingeschüchtert? Er sieht sie vor Sergios Hand zurückzucken. Aber das war vermutlich Einbildung.

Noch einmal die Anfangssequenz. Er selbst an der Theke. Sergios Augen, wie sie ihn beobachten. Diese Augen, in denen ein Lachen sitzt, das nichts mit Fröhlichkeit zu tun hat. An welchen Schauspieler erinnert er ihn nur? Ein Gesicht taucht auf, aber es bleibt verschwommen. Noch während Luca versucht, die innere Kamera zu fokussieren, ist er eingeschlafen.

4

Wie immer fühlt es sich an wie Schulschwänzen, wenn Roberto mit einem raschen Blick auf seine Uhr Sandra, Samuele und die blubbernde Kaffeemaschine verlässt. Er braucht das familienfreie Frühstück in der *Palanca*-Bar als Vorbereitung auf den Tag. Die stumme Zwiesprache mit dem *Gazzettino*, höchstens unterbrochen vom Gruß des gut gelaunten Müllmanns, der seinen *corretto* – halb Espresso, halb Grappa – trinkt. Wahrscheinlich ist er so fröhlich, weil er jetzt ein *operaio ecologico* – ein Ökologiearbeiter – ist. Müllmann gilt nicht mehr als politisch korrekt. Vielleicht aber auch, weil der *corretto* schon der zweite des Tages ist. Max, der an der Espressomaschine hantiert, erzählt einen neuen Witz über die Mafia. Oder über Trump. Man lacht mit oder lässt es bleiben. Irgendwer hat ein Kind bekommen oder lässt sich scheiden. Irrelevante Informationen. Man hört zu oder auch nicht.

Frühstück zu Hause würde vermutlich Entzugserscheinungen unbekannter Art auslösen. Sandra weiß es und Roberto weiß, dass sie es weiß. Der Blick auf die Uhr, die fingierte Eile gehören zum Ritual. Nicht zum Ritual gehört das Läuten seines *cellulare*, als er schon fast zur Wohnungstür draußen ist. Er fischt das Ding aus der Jackentasche.

»Diese Kleine, die vor einem Jahr verschwunden ist – erinnerst du dich an die Sache?«, fragt Piero ohne weitere Einleitung.

»Das verschwundene Kind bei Neapel?« Roberto denkt an das kleine Mädchen, das ihn am Abend zuvor an den Fall erinnert hat. Monatelang waren die Zeitungen voll mit Berichten, Fotos, Interviews. Die verzweifelte Großmutter gab sich selbst die Schuld am Verschwinden ihrer Enkelin.

»Genau. Jemand hat angerufen und behauptet, er habe das Mädchen mit zwei Frauen in den Giardini gesehen. Er verfolgt sie und hält per Handy Kontakt mit uns. Wir sind unterwegs. Wollte nur, dass du Bescheid weißt.«

Sandras und Samueles Augen sind fragend auf Roberto gerichtet. »Die kleine Alessia?«, fragt Sandra, die sich Namen immer merkt.

»Wie kann ein Kind verschwinden?«, wundert sich Samuele. Große erstaunte Augen. Leichte Besorgnis drin. Er mag Kinder.

Roberto spürt wieder einmal diese verzweifelte Zärtlichkeit für seinen Sohn, den Sauerstoffmangel bei der Geburt bleibend geschädigt hat. Er überlegt, wie man einem Siebenjährigen im Körper eines Neunzehnjährigen erklären soll, warum Kinder verschwinden. Er kann ja kaum an die verschiedenen Möglichkeiten denken, ohne ein Würgen zu verspüren. Gezwungen zu Sexvideos, verschachert an Pädophile, umgebracht von Organhändlern. Kinder als Handelsware.

Samuele wartet auf eine Antwort. Was kann man ihm zumuten?

»Manchmal kommt es vor, dass Frauen, die selbst keine Kinder kriegen können, eines stehlen«, sagt Roberto.

»Dann sind sie doch bestimmt besonders nett zu dem Kind?«, fragt Samuele.

»Schon«, sagt Roberto. »Trotzdem versuchen wir, die Kinder zu den richtigen Eltern zurückzubringen.«

Samuele nickt. Er ist mit der Erklärung zufrieden und wendet sich wieder seinem *caffè latte* zu. Manchmal ist Samuele um seine Behinderung zu beneiden. Roberto denkt das nicht zum ersten Mal.

Sandras Blick zeigt, dass sie keine Illusionen hat. »Hoffentlich habt ihr Glück«, sagt sie.

Der lebenswichtige *macchiato* in der *Palanca*-Bar, erster Blick in den *Gazzettino*. Um ihn herum wird Berlusconis Versuch einer politischen Rückkehr diskutiert. Silvio hat nicht viele Freunde hier. Italienische Innenpolitik im *Gazzettino* kann er sich sparen. Die wird live geliefert. Roberto blättert zum Chronikteil. In Kalabrien wurde eine komplette Familie tot aufgefunden. Die Eltern, solide Handwerker, die achtzehnjährige Tochter, Schülerin im Lyzeum, der zweiundzwanzigjährige Sohn, Medizinstudent. Kein Motiv weit und breit.

Wieder einmal ist Roberto froh, dass er Polizist in Venedig ist. Kalabrien ist weit.

5

Luca umarmt Samanta. Endlich. Sie fühlt sich genauso wunderbar an, wie er sich das immer vorgestellt hat.
»Ja«, sagt sie. »Ich will dich auch. Das musst du doch spüren.«
Ja doch, er spürt es.
Samantas Gesicht *close up*. Weichzeichner. Musik setzt ein. Ihr Körper an seinem. Er hat ja gewusst, dass es früher oder später dazu kommen würde. »Luca!«, sein Name, nur gehaucht. Und dann wieder, diesmal lauter: »Luca ... Luca!«
Was ist los mit Samanta? Ihre Stimme hat sich verändert. Ist fordernd geworden, unfreundlich, ungeduldig. Widerwillig öffnet Luca die Augen. Assunta, die alte Haushälterin, steht neben seinem Bett. »Der Commendatore ist noch immer nicht aufgestanden«, sagt sie.
Luca wirft einen schnellen Blick auf den Radiowecker. Sieben Uhr zweiunddreißig. Unmöglich. Der Onkel steht jeden Tag pünktlich um sieben Uhr auf, verbringt genau eine halbe Stunde im Badezimmer, trinkt um sieben Uhr dreißig seinen *cappuccino*, liest bis acht den *Corriere* und arbeitet anschließend eine Stunde. Um neun fährt er hinaus nach Alberoni, um mit seinen Freunden Golf zu spielen.
»Hast du geklopft?«, fragt Luca. »Laut genug?«
»Ja, natürlich«, antwortet Assunta. »Er antwortet nicht.«

»Und warum gehst du nicht in sein Zimmer und schaust nach?«

»Ich kann doch nicht in das Schlafzimmer des Commendatore gehen«, antwortet Assunta mit der Entrüstung einer Jungfrau, der man einen unsittlichen Antrag macht.

Luca seufzt. Er schlägt die Bettdecke zurück und steht auf. Assunta schaut missbilligend auf seine Erektion, die durch die dünnen Seidenshorts deutlich zu sehen ist. Wendet sich dann mit beleidigter Miene ab. Geschieht ihr recht. Das Zimmer des Onkels ist tabu, aber bei ihm stolpert sie einfach herein und verdirbt ihm den Tag, bevor er richtig begonnen hat. Luca zieht einen Morgenmantel über, geht an ihr vorbei, hinaus in den Korridor, zum Zimmer des Onkels. Sie folgt ihm. Er hört ihre plumpen Schritte hinter sich.

»*Zio*?«, fragt Luca, nachdem er geklopft hat.

Es bleibt still.

Luca drückt die Klinke nach unten. Die Tür ist nicht verschlossen. Der Onkel liegt im Bett, auf dem Rücken, die Augen geschlossen. Das Gesicht ist blass. Das Wort »totenbleich« drängt sich auf.

»*Zio*?«, sagt Luca wieder. Keine Reaktion.

»*Dio mio!*«, hört er Assunta hinter sich flüstern. Ihr Kleid raschelt. Vermutlich bekreuzigt sie sich.

Er ist tot, denkt Luca. Wenn der Onkel um diese Zeit nicht *Corriere* liest und *cappuccino* trinkt, muss er tot sein. Er greift zögernd nach der Hand des Onkels, die leblos auf der Bettdecke liegt. Bereitet sich auf den Schock vor, eiskalte Haut zu spüren. Nimmt sich vor, ganz gefasst zu bleiben. Cool, immer schön cool. In Gedanken sieht er Assunta schluchzend am Fußende des Bettes stehen. Seltsamerweise wieder in Schwarz-Weiß. Farbe stört bloß. Kamerazufahrt auf das faltige Gesicht. Schnitt. Super Szene.

Aber die Hand, die Luca berührt, ist nicht kalt. Sehr plötzlich und erschreckend fest hält sie seine zurückzuckenden Finger fest.

Der Onkel hat die Augen weit offen und schüttelt den Kopf, als müsste er eine unangenehme Erinnerung loswerden. Sein Blick erfasst Luca und Assunta, die zwischen Tür und Bett stehen geblieben ist. Er lässt Lucas Hand los. »Was macht ihr da?«, fragt er. »Kann mich nicht erinnern, irgendwen zu einer Versammlung in meinem Schlafzimmer eingeladen zu haben. Wollt ihr nicht vielleicht noch ein paar Touristen vom Markusplatz dazuholen?«

Assunta gibt einen kleinen Seufzer der Erleichterung von sich. »Ich dachte, es geht Ihnen nicht gut, Commendatore«, sagt sie verlegen.

»Wir haben uns Sorgen gemacht«, fügt Luca hinzu.

»Unsinn. Es geht mir gut«, sagt der Onkel. »Wahrscheinlich liegt es an ...« Kurze Pause. »Ich hab gestern eine Schlaftablette genommen.« Er wirft einen Blick auf die Rokoko-Wanduhr mit den Goldengeln auf beiden Seiten des Zifferblattes. »Und jetzt würde ich gern aufstehen, wenn's recht ist. Ohne Publikum.«

»Schlaftabletten«, murmelt Assunta missbilligend, während sie in die Küche geht. »Ist ja ganz was Neues. Seit wann nehmen wir denn so was?« Assunta empfindet sich immer öfter als Personalunion mit dem Onkel. Ob sie irgendwann auch sagen wird: Wir sind vorige Woche gestorben?

Schon wieder, denkt Luca schuldbewusst, während er sich anzieht. Schon wieder denk ich an seinen Tod. Dabei ist der Onkel noch gar nicht wirklich alt. Eben erst neunundsechzig geworden. Menschen können neunzig werden und älter. Überhaupt Golfspieler. Die haben eine besonders lange Lebenserwartung, hat er irgendwo gelesen. Die viele Bewegung an der frischen Luft. Grässlich! Luca hasst das Golfspielen. Vor ein paar Jahren hat der Onkel versucht, ihn dafür zu begeistern. Keine Chance. So viel Aufhebens darum, ob ein blöder kleiner Ball in das alberne Loch fällt. Er zieht aus dem Stapel mit Kaschmirpullovern einen dunkelblauen heraus. Der passt am besten zu seiner Stimmung. Ein paar farbenfrohe landen auf dem Boden. Er lässt sie liegen. Hat Assunta wenigstens was zu tun. Dann trifft ihn die Erinnerung daran, dass ein Test in darstellender Geometrie angesagt ist. Null Vorbereitung, klar.

Ein Scheißtag ist das wieder.

Wenn der Onkel fünfundneunzig wird, dann bin ich ... – Luca rechnet nach – ein alter Mann. Fast fünfundvierzig. Und hab vermutlich eine große Zukunft als Regisseur hinter mir. *Game over.* Ich weiß ja noch nicht einmal, ob der Onkel eine Ausbildung in New York finanzieren wird. Vielleicht erwartet er, dass ich Wirtschaftswissenschaften studiere. Damit ich sein Vermögen weiter vermehren kann. Oder Medizin. Obwohl ich kein Blut sehen kann. Nicht einmal Roastbeef mag ich. Luca schüttelt sich.

Ein Scheißleben ist das.

Das Boot der Linie eins legt eben ab, als er auf die Station zuläuft. Keine Chance, noch pünktlich in die Schule zu kommen.

Ein Gesicht schiebt sich vor den Blick zur Salute-Kirche. Ob Sergio ihn anrufen wird? Lucas Handynummer hat er notiert. Seine eigene aber nicht rausgerückt. Keine Sorge, ich ruf dich an. Schon klar. Das hat er, Luca, auch zu Sofia gesagt nach dem One-Night-Stand auf dieser Fete. Und später auch noch ein paarmal, als sie ihm nach der Schule aufgelauert hat. *Don't call us – we call you*: der beliebte Spruch in den Hollywood-Besetzungsbüros, wenn sie Unbegabte loswerden wollen.

Er wird nie wieder von Sergio hören. So viel ist sicher. Aus irgendeinem Grund fühlt sich das nach Verlust an. Wie das Ende einer jahrelangen Freundschaft. Das Schlingern des Pontons unter seinen Füßen kriegt etwas Symbolisches. Eine Faust drückt seinen Magen zusammen. Irgendetwas Bitteres landet in seinem Mund. Was soll's, ich hab gestern einfach zu viel getrunken, denkt er.

6

Noch immer ist es ungewöhnlich ruhig in dem Raum mit den zu eng aneinandergeschachtelten Schreibtischen. Gobetti sieht kurz auf, seine Lippen werden schmal, er hat plötzlich dringend etwas in einem Ordner zu suchen. Roberto wird sich vermutlich bei ihm entschuldigen müssen. Irgendwann. Pieros Platz ist leer. Teresa telefoniert. Sie sieht aus wie eine Computersimulation. Ihr eigentliches Alter plus zwölf Jahre. Ungefähr. Scheidungen bewirken so etwas. Er hat davon gehört, aber es noch nie an jemandem erlebt, der ihm so nahe steht wie Teresa. Man verwendet diese Age-Processing-Programme, um eine Vorstellung davon zu haben, wie ein verschwundenes Kind nach einiger Zeit aussieht. Nach einem Jahr. Nach fünf Jahren. Solange man eben die Suche nicht aufgibt. Roberto denkt an die kleine Alessia. Aber da sitzt Teresa mit ihrem zwölf Jahre zu alten Gesicht und Roberto möchte etwas Aufmunterndes zu ihr sagen. Irgendetwas darüber, dass man für sie da ist oder so. *Molto difficile.* Er geht auf Teresas Schreibtisch zu. Tu's nicht, sagen Teresas Augen. Denk nicht einmal daran, mir dein Mitleid aufzudrängen.

Gut, dann nicht. Roberto ist erleichtert. »Irgendwas Neues von Piero und diesem Kind?«

»Sie haben das Kind gefunden«, sagt Teresa. »Das Alter stimmt und die Ähnlichkeit ist wirklich auffallend. Die zwei

Frauen sind Zig-, sind Roma und behaupten, Mutter und Tante von der Kleinen zu sein. Werden gerade verhört. Das Mädchen heißt angeblich Marja. Eine Psychologin vom Sozialamt kümmert sich um sie.«

»Sind die Eltern des verschwundenen Kindes verständigt?«, fragt Roberto.

»Die Mutter. Man hat ihr ein Foto gemailt, sie glaubt, es ist ihr Kind. Aber sie will erst kommen, wenn die DNA bestätigt ist. Zu viele Enttäuschungen schon.«

»Kein Vater?«, fragt Roberto.

»Keiner, der in Erscheinung tritt«, antwortet Teresa.

Wie kommt es, dass ich mich immer für alle verschwundenen Väter dieser Welt schuldig fühle?, denkt Roberto. Hab ich einen Erlöserkomplex, oder was?

»Glaubst du, dass sie es ist?«, fragt Roberto.

Teresa schüttelt zweifelnd den Kopf. »Die Ähnlichkeit ist erstaunlich. Aber die Kleine spricht außer Italienisch perfekt Serbokroatisch.«

»Kinder lernen schnell«, sagt Roberto.

»Und die beiden Frauen wirken völlig gelassen. Gar nicht wie jemand, bei dem man ein geraubtes Kind gefunden hat.«

»Piero soll mich informieren.« Roberto weiß, dass diese Bemerkung überflüssig ist. Teresa weiß es ebenfalls: »Das tut er auch, ohne dass ich ihn daran erinnere.«

Man müsste eine Fahndung hinausgeben, denkt Roberto. Nach der Person, die Teresa vor ihren Eheproblemen war. Derzeit schaut sie aus wie jemand, der vor zehn Jahren zuletzt gelacht hat und keine Lust verspürt, diese Erfahrung in absehbarer Zeit zu wiederholen.

Das Telefon auf Teresas Schreibtisch läutet. »Ja?«, sagt

sie, horcht. »Bin unterwegs.« Sie greift nach ihrer Uniformjacke. »Überfall auf eine alte Frau, die mit ihrer Rente auf dem Heimweg vom Postamt war. Die Kollegen vom Lido brauchen Verstärkung.« Mit einem sarkastischen Lächeln fügt sie hinzu: »Ich informier dich.«

»Tu das«, antwortet Roberto, ohne auf die Ironie einzugehen. Soll er ihr erklären, dass er viel lieber den Täter jagen würde, als mit dem Sicherheitsbeauftragten des Bürgermeisters beim Mittagessen darüber zu reden, wie man ältere Mitbürger für die Gefahren durch Trickbetrüger sensibilisiert? Eigentlich wäre das der Job seines Chefs. Aber der hat ein unaufschiebbares Golfturnier und Roberto gebeten, ihn zu vertreten.

Roberto schaut auf die Uhr. Er seufzt. Sie kochen brauchbar im Restaurant *Colomba*, aber sein hochsensibler Magen verträgt keine Arbeitsessen.

7

In einer sehr eleganten Wohnung mit Blick zum Canal Grande steht ein älterer Herr an einem der hohen Fenster. Silbergraues Haar im attraktiven Kontrast zu der Bräune, die an Werbespots für Karibikurlaub erinnert. Einziger Schönheitsfehler: die etwas zu eng beisammenstehenden Augen. Ein dunkelblauer Kaschmirblazer und ein weißer Seidenschal wurden sichtlich achtlos über eine Stuhllehne geworfen. Der Mann steht da mit dem typischen Blick dessen, der nicht wahrnimmt, was er sieht. Verschwendet an ihn die angeblich schönste Wasserstraße der Welt samt Gondel, Obstkahn und *vaporetto*.

Er dreht sich um, sein Blick fällt auf eine silbergerahmte Fotografie. Eine Frau, nicht mehr ganz jung, aber offensichtlich sehr attraktiv. Falls die Aufnahme ihr nicht außerordentlich schmeichelt. Einem plötzlichen Entschluss folgend geht der Mann zu einem der Bilder an der Wand. Es zeigt eine impressionistische Landschaft. Blühende Obstbäume in zartgrüner Wiese, zusammengesetzt aus vielen winzig kleinen Farbtupfern. Auch die meisterlich flirrende Helligkeit der Blüten ist in diesem Augenblick an ihn verschwendet. Er dreht das Bild achtlos zur Seite und öffnet einen Wandsafe, der sich dahinter verbirgt. Nicht besonders einfallsreich, dieses Versteck.

Der Mann stellt eine Zahlenkombination ein, öffnet den

Safe, nimmt einen Umschlag heraus und steckt ihn in die Innentasche des Blazers, den er dann anzieht.

Eine Frau betritt das Zimmer – das Original zu dem Foto auf dem Schreibtisch. Und die Aufnahme ist durchaus nicht geschmeichelt. Der Mann hat Glück. Er weiß es. Er zieht sie in seine Arme, hält sie fest. »*Amore mio*«, murmelt er in ihr dunkelblondes Haar.

Sie macht sich frei, lächelt ihn an. »Du gehst aus, Claudio?«

»Bin bald zurück«, sagt er. »Termin mit Avvocato Seniso.«

»Aber vergiss nicht, dass wir heute Gäste haben«, sagt sie.

»Ich bin pünktlich«, verspricht er. Zögert. Greift nach dem Kuvert in seiner Jacke, zieht es heraus. »Ich bring ihm diese Papiere zur Aufbewahrung. Unterlagen für bestimmte Finanztransaktionen.«

Sie wirft einen gleichgültigen Blick auf das Kuvert. »Ja? Und?«

Er zögert wieder. »Sollte mir etwas zustoßen, dann geh mit diesen Papieren zur Polizei. Aber nicht zu irgendwem. Verlang nach Commissario Gorin.«

Ihre Augen werden eine Nuance dunkler. Der Schatten der Angst. »Was sollte dir zustoßen? Bist du in Schwierigkeiten?«

»Nicht doch, alles in Ordnung, *amore*. Nur die ganz normale Paranoia. Bedingt durch zufällige *Gazzettino*-Lektüre.« Sein Lächeln wirkt einigermaßen überzeugend.

Vielleicht will sie sich auch überzeugen lassen. »Du hast mir Angst gemacht«, sagt sie vorwurfsvoll.

»Ich muss mich doch manchmal ein bisschen interessant machen«, sagt er. »Nach so vielen Jahren Ehe.«

»Nein, das musst du nicht«, antwortet sie ernst.

8

»Hier spricht Sergio«, sagt die Stimme.

»*Ciao*«, sagt Luca. »Wie geht's?«

»Bestens«, antwortet Sergio. »Und selbst?«

»Abgesehen von dem gewissen finanziellen Engpass ganz gut«, antwortet Luca mit einem kleinen Lachen.

»Wozu hat man Freunde?«, sagt Sergio. »Hast du Zeit heute? Ein Bekannter eröffnet seine Bar. Wird vermutlich der neue In-Treff.«

»Ja klar, gern«, antwortet Luca und hat gleichzeitig das Gefühl, dass es zu eifrig klingt. So als hätte er ungeduldig auf diesen Anruf gewartet. Was er getan hat. Aber das muss Sergio ja nicht unbedingt wissen.

»Ich hab im *Cipriani* zu tun, drüben auf der Giudecca. Um acht beim Eingang am Kanal?«

Cipriani, das teuerste Hotel der Stadt, denkt Luca. Passt zu Sergio. »Okay«, antwortet er. »Kommt Letizia auch?«

Kurze Pause. »Mal sehen«, sagt Sergio dann und legt ohne Verabschiedung auf.

War es verkehrt, nach Letizia zu fragen? Hat Sergio deswegen das Gespräch so abrupt beendet? Egal. Er hat angerufen. Gut fürs Selbstwertgefühl.

Luca sieht eine Szene vor sich. Abendstimmung. Ein Sonnenuntergang. Sie sitzen zu dritt am Pool im *Cipriani*-Garten und schauen hinüber auf San Servolo und den Lido.

Sergio lacht über eine genial witzige Bemerkung Lucas. Letizia wirft mit einer Kopfbewegung die langen schwarzen Haare zurück. Die Eiswürfel in ihrem Glas klirren. Ein Motorboot mit Gästen legt am Steg an. Auf einen Wink Sergios eilt ein Kellner herbei. Sergio ist garantiert ein Typ, der in keinem Restaurant übersehen wird.

Halt. Etwas fehlt.

Samanta. Sie würde gut dazupassen. Sie ist ebenso schön wie Letizia. Auf eine ganz andere Art natürlich. Luca ist plötzlich davon überzeugt, dass die Freundschaft mit Sergio ihm mehr Chancen bei Samanta verschaffen wird. Wenn er wenigstens ein Mal dazu käme, ihr gegenüber etwas über seine New-York-Pläne anzudeuten!

Aber er gehört nicht zu dem kleinen Kreis um Samanta. Sie hat eine erstaunlich mühelose Art, einen unüberbrückbaren Abstand zwischen sich und den meisten anderen in der Klasse zu schaffen.

Carlotta sitzt auf den Stufen der Diavolo-Brücke, hat einen Malblock auf den Knien, eine Schachtel mit Buntstiften auf der Stufe neben sich und zeichnet. Sie schaut auf, erkennt Luca, nickt ihm kurz zu und strichelt sofort wieder eifrig weiter. Luca beugt sich zu ihr hinunter. Hübsch irgendwie, die Zeichnung. Eine große dunkle Figur, die ein gelbes Herz in den Händen hält. »Wer ist das?«, fragt Luca.

»Das ist ein Geheimnis«, antwortet Carlotta.

»Bei mir ist ein Geheimnis gut aufgehoben«, sagt Luca. »Ich schweige wie ein Grab.«

»Ich kann Gräber nicht leiden«, sagt Carlotta überraschend heftig. »Da liegen tote Leute drin.«

»Na ja, man kann andererseits die toten Leute auch nicht

einfach so herumliegen lassen«, gibt Luca zu bedenken. »Außerdem ist das nur so eine Redensart.«

Carlotta antwortet nicht. Sie zeichnet neben die große dunkle Figur eine viel kleinere.

»Bist du das?«, fragt Luca.

»Ein Geheimnis muss man geheim halten, sonst ist es keines mehr.«

Dagegen ist nichts zu sagen.

»Carlotta!«, ruft die junge Frau vom Balkon des kleinen Hauses gegenüber der Brücke. »Komm herauf, es wird kühl.«

Carlotta trennt das Zeichenblatt ab und streckt es Luca entgegen. »Heb es für mich auf«, sagt sie.

Überrascht nimmt Luca die Zeichnung. »Aber klar. Sag mir, wenn du es wiederhaben willst. Möchtest du Malerin werden, wenn du groß bist?«

»Ich weiß noch gar nicht, ob ich groß werden will«, sagt Carlotta. Sie klemmt sich den Zeichenblock unter den Arm, nimmt die Buntstifte und geht auf das Haus mit dem Balkon zu.

Guter Standpunkt, denkt Luca. Als er selbst klein war, glaubte er, dass sich viele Probleme mit dem Größerwerden von selbst lösen würden. Stattdessen sind es immer mehr geworden.

Nicht sein größtes, aber sein aktuellstes Problem ist es, Assunta dazu zu bringen, dass sie ihm schon um sieben etwas zum Essen richtet. Das ist gegen den Zeitplan des Onkels. Abendessen um acht. Keine Ausnahmen. Aber Luca will etwas essen, bevor er Sergio trifft. Irgendwie hat er das Gefühl, dass der neue In-Treff vermutlich wenig Nahrhaftes zu bieten hat.

Assunta ist widerspenstig. Die Lammkeule ist nicht vor acht fertig. Einen Teller mit *antipasti* kann er haben. Aber dem Commendatore muss er selbst sagen, dass er zum Abendessen nicht da sein wird.

Luca klopft an die Tür zum Arbeitszimmer des Onkels. Das »*avanti*« klingt wie erwartet unfreundlich. Der Onkel sitzt an seinem Schreibtisch, hat Papiere vor sich ausgebreitet und betrachtet sie mit einem Blick, als wäre eben eine Küchenschabe dazwischen hervorgekrochen. Undenkbar – bei Assuntas neapolitanischen Killerinstinkten, die sich spezialisiert haben auf alles, was im weitesten Sinn unter Ungeziefer fällt.

»*Zio*?«, sagt Luca vorsichtig.

»Ja?«, brummt der Onkel, ohne von den Papieren aufzusehen.

»Ich treffe um acht einen Schulkollegen. Wir wollen zusammen lernen.«

Keine Antwort. Hat er ihn überhaupt gehört? Dann eine Handbewegung, die vermutlich früher von Königen verwendet wurde, um lästige Höflinge zu verscheuchen. Auch gut.

Assunta hat einen Teller mit *prosciutto*, Salami und Käse bereitgestellt. Außerdem etwas *peperonata*, die marinierten gebratenen Paprikaschoten. Er trägt alles in sein Zimmer, ohne Assunta zu danken. Sie soll ihn gefälligst endlich wie den jüngeren Hausherrn behandeln. Und nicht wie ein Kind.

Carlottas Zeichnung liegt auf seinem Schreibtisch. Ein Geheimnis, hat sie gesagt. Warum wohl das Herz gelb ist, das die Figur in der Hand hält? Alle Kinder malen Herzen in roter Farbe. Na, ein Geheimnis eben. Luca legt das Blatt in eine Mappe mit alten Skizzen, die er für die Aufnahmeprüfung am *Liceo Artistico* gemacht hat.

Um Viertel vor acht steigt Luca in ein Boot der Linie 2. Es sind nur zwei Stationen bis Zitelle und von dort wenige Minuten zu Fuß zum *Cipriani*. Was Sergio dort zu tun hat? Er wird es vielleicht erzählen. Vielleicht auch nicht. Jedenfalls – es hat Stil. Und Understatement.

Sergio ist pünktlich. Kommt gerade heraus, während Luca auf den Eingang zugeht. Über der Schulter trägt er eine Art Seesack. »*Ciao, vecchio mio*«, sagt er und lächelt breit, während die Augen unbeteiligt bleiben.

»Mein Alter« hat bisher noch niemand zu Luca gesagt. Ist irgendwie witzig.

Er hätte gern gewusst, was Sergio hier zu tun hatte, aber er will nicht fragen.

»Hab stundenlang übersetzt bei einer Konferenz von Japanern«, sagt Sergio wie als Antwort auf Lucas Gedanken.

»Ich denke, das ist genau die Art von Job, die du nicht magst«, sagt Luca.

»Du denkst richtig.« Sergios Stimme klingt ironisch. »Aber von irgendwas muss man schließlich leben.«

»Ja klar«, sagt Luca schnell. Sergio soll nicht denken, dass er ihn kritisieren will. »Wie geht's Letizia?«

»Gut, soviel ich weiß«, antwortet Sergio. »Sie gefällt dir?«

»Ich finde sie sehr attraktiv«, sagt Luca.

Sergio schaut ihn von der Seite an. »Hast du ein Mädchen?«

»Ich, nein, ja ...« Was stottere ich da rum, ist ja grauenhaft, denkt Luca.

»Es gibt eine, aber sie ist nicht interessiert – wie?«, fragt Sergio.

»So ähnlich«, nickt Luca.

»Das ändert sich, wenn du erst mal reich bist«, sagt Sergio.

Luca hat das Gefühl, Samanta verteidigen zu müssen. »Ich glaube nicht, dass Samanta besonders an Geld interessiert ist.«

»Glaub mir«, antwortet Sergio. »Es gibt niemanden, der nicht an Geld interessiert ist. Sogar Mutter Teresa brauchte Geld, um anderen helfen zu können.«

Sie gehen den Giudecca-Kanal entlang. Die Sonne, schon längst unter dem Horizont, hat einen Streifen Himmel über Marghera orange gefärbt. Das Wasser darunter erscheint im Vordergrund türkis, weiter am Horizont grauviolett. Eine Farborgie. Als Szene trotzdem unbrauchbar, denkt Luca. Zu bunt, fast schon kitschig.

Sergio wirkt nicht, als würde er etwas davon bemerken.

Jugendherberge, Gefängnis, Redentore-Kirche, Ponte Lungo. Sergio sagt nichts. Scheint mit seinen Gedanken ganz woanders zu sein. Beim neuen *Centro Nautico*, der größten Werft auf der Giudecca, bleibt er plötzlich stehen. »Komm, ich zeig dir was.«

Es ist mittlerweile fast dunkel. Sie gehen an der Halle vorbei, in der die Leute ihre Ruder- und Segelboote liegen haben. Die Hafenarbeiter sind längst nach Hause gegangen. Eine magere Katze streicht um einen dürren Baum. Von den offenen Fenstern des Restaurants *Mistrá* oberhalb der Halle kommt Licht und Stimmengemurmel. Sergio geht vor bis zum Ufer. Ein Anlegesteg mit Segelbooten und kleineren Motorjachten. Etwas abseits, an einem eigenen Steg, ein größeres Exemplar. Mahagoni, Messing und blendendes Weiß. *Rondine*, Schwalbe, steht auf dem Bug. Obwohl Luca schon so lange in Venedig lebt, ist er in einer Hinsicht noch immer ein Nichtvenezianer: Für Boote interessiert er sich etwa so viel wie ein Fisch für Mountainbikes. Aber natürlich ist ihm klar, dass dieses hier eine Menge Geld gekostet hat.

»Sie gehört der Großmutter eines Freundes«, sagt Sergio.

»Aha.« Luca versucht, so was wie Anerkennung in diese drei Buchstaben zu legen. »Was macht eine Großmutter mit so einer Jacht?«

»Ausflüge«, antwortet Sergio. »Manchmal verchartert sie das Ding auch an Touristen. Die heutigen Großmütter sind nicht mehr, was sie früher einmal waren.«

Luca nickt. Er weiß nicht recht, was er sagen soll.

Sergio deutet auf den Schriftzug am Bug. »Noch heißt sie *Rondine*, bald steht wahrscheinlich *Dingo* drauf.«

Luca versteht nicht. Warum sollte jemand sein Boot nach einer Tierschutzorganisation nennen?

Wieder antwortet Sergio prompt auf Lucas Gedanken. »Sie ist drauf und dran, all ihr Geld den streunenden Katzen und Hunden im Veneto zu hinterlassen.«

»Ist nicht wahr!« Erbschaftsangelegenheiten interessieren Luca schon wesentlich mehr als Jachten. »Kann dein Freund sie nicht daran hindern?«

»Doch«, sagt Sergio. »Er kann sie erschießen.«

Luca lacht.

Sergio lacht nicht.

»Hast du noch nie dran gedacht, wie's wär, wenn dein Onkel tot wäre?«, fragt Sergio.

Sie sind mittlerweile wieder draußen am Canale della

Giudecca, gehen weiter auf die *Molino Stucky* zu, die alte Mühle, die zu einem Hotel umgebaut wurde. Im zweiten Anlauf nach dem großen Brand. Venezianische Baufirmen haben eine berüchtigte Tradition darin, Strafzahlungen für nicht eingehaltene Termine zu vermeiden. *Incendio colposa* heißt es dann. Brandstiftung. Die Versicherung zahlt. Niemand sonst wird geschädigt. Außer es übernachtet zufällig ein Obdachloser in der Baustelle und wacht in einer besseren Welt auf.

Luca zuckt innerlich vor Sergios Frage zurück. Natürlich hat er hin und wieder daran gedacht, aber das waren doch nur Szenen, theoretische Bilder ... »Manchmal«, hört er sich selbst sagen.

Sergio nickt, als hätte er nichts anderes erwartet. Eine Weile schweigen sie beide.

»Und du – was hast du so an Familie?«, fragt Luca.

»Keine nennenswerte«, antwortet Sergio. »Vater irgendwann abgehauen, Mutter tot. Ähnlich wie bei dir.«

Luca will protestieren. Sein Vater ist nicht »abgehauen«. Sein Vater ist gemeinsam mit seiner Mutter bei einem Autounfall gestorben. Aber er sagt dann doch nichts.

»Nur gab's bei mir keinen reichen Onkel, der mich aufgenommen hat«, sagt Sergio. »Pflegeeltern. Mehrere.«

»Klingt nicht so toll«, sagt Luca.

»Die Untertreibung des Jahres.« Sergio schweigt eine Weile. »Hab eigentlich gar keine Lust, jetzt zu dieser Fete da zu gehen«, sagt er dann. »Was hältst du davon, wenn wir bei mir ein paar Tequila trinken? Ist nicht weit von hier.«

»Du wohnst auf der Giudecca?« Luca versucht, die Frage in einem möglichst neutralen Ton zu stellen. Aber irgendwie klingt wohl der tief verwurzelte Snobismus der Bewohner der Altstadt durch.

Luca lacht auf. »Noch viel schlimmer. Auf Sacca Fisola.« Sie gehen über die Brücke, die die Giudecca mit der kleineren Insel Sacca Fisola verbindet. Nach wenigen Minuten bleibt Sergio stehen. Luca schaut die Fassade hinauf, unterdrückt ein Schaudern. Einer dieser gesichtslosen Kästen, wie sie die Fünfzigerjahre hervorgebracht haben. Verputz bröckelt, Farbe blättert. Auf eine ganz und gar nicht malerische Art. Das Treppenhaus ist eng und riecht nach ranzigem Öl. Aus den Wohnungen dröhnt ein Tongemisch aus unterschiedlichen Fernsehprogrammen. Schüsse, ein Schrei, Lachen, eine Nachrichtenstimme. Ganz schön widerlich, was man später am Abend vermutlich noch alles aus den Wohnungen hören wird.

Luca denkt an die marmorne Stille, die ihn in seinem *palazzo* empfängt. Sergio ist entschieden schlechter dran als er selbst. Außerdem hat der Onkel bestimmt nichts für streunende Katzen und Hunde übrig.

Eine Tür im vierten Stock. Sergio sperrt auf. Es riecht muffig. »Ich bin nicht oft da«, sagt Sergio und macht Licht. Kein Wunder, denkt Luca, hierher käme ich auch nicht freiwillig. Sergio öffnet ein Fenster. Blick in einen Hinterhof auf ein anderes hässliches Haus, stellt Luca schnell fest. Dann schließt Sergio sorgfältig die Lamellenjalousie. Besser so.

»Sie kriegen einen immer übers Motiv«, sagt er unvermittelt. »Die berühmte Frage: *Cui bono?* Wem nützt es? Und schon haben sie dich. Einzige Möglichkeit: Der, der es tut, darf kein Motiv haben. Und der, der das Motiv hat, braucht ein wasserdichtes Alibi. Die Erbschaft teilt man. Soll ich deinen Onkel erschießen – was meinst du?«

Luca lacht.

Sergio lacht nicht.

Er beginnt mit dem Tequila-Ritual: zwei Zitronenhälften, Flasche, Salzstreuer, zwei Gläser. Sauber, wie Luca mit einem schnellen Blick feststellt. Er kann schmutzige Gläser nicht leiden. Sergio gießt zwei Fingerbreit Tequila in die Gläser, streut Salz auf seine Hand zwischen Daumen und Zeigefinger, schleckt das Salz ab, trinkt sein Glas leer, presst Zitronensaft direkt in seinen Mund.

Luca macht es ihm nach. Schmeckt gar nicht schlecht.

»Ah!«, sagt Sergio und lehnt sich zurück. »Ich will nach Mexiko!«

»Ich denke, nach Japan?«

»Auch«, nickt Sergio. »Bloß nicht in dieser Gruft mumifiziert werden.«

Er schenkt nach. »Erzähl mir mehr von deinem Onkel. Was bedeutet eigentlich dieser Titel ›Commendatore‹?«

Luca zuckt mit den Schultern. »Irgendwer hat ihm mal einen Orden verliehen. Seither darf er sich so nennen.«

»Commendatore Filippo Nardi«, wiederholt Sergio nachdenklich. »Klingt eindrucksvoll. Ich kenn ihn von Fotos auf der Wirtschaftsseite im *Gazzettino*. Ein Gesicht, das man sich merkt. Was macht er so?«

»Sein Geld vermehren«, antwortet Luca. »Und Golf spielen. Grundsätzlich in karierten Kniebundhosen. Zum Schießen!«

Luca hält erschrocken die Luft an. Hätte die letzten beiden Worte gern zurückgenommen. Geht aber nicht. Sergio scheint nichts bemerkt zu haben.

»Wo spielt er? In Alberoni?«, fragt er.

»Genau. Pünktlich um zehn trifft er seine Golffreunde.

Bei jedem Wetter. Jeden Tag außer Montag, da hat der Club geschlossen.« Warum erzähl ich das?, denkt Luca.

»Ich weiß Bescheid«, sagt Sergio. »Bin manchmal auf den *murazzi* laufen. An ein paar Stellen kann man ohne Probleme auf den Golfplatz. Der Zaun hat jede Menge Löcher. Dagegen ist ein Meerschweinchenkäfig ein Hochsicherheitsgefängnis.«

Auch Luca weiß das. Er war oft genug auf der kilometerlangen Steinmauer joggen, während der Onkel den kleinen weißen Bällen nachjagte. Manchmal kletterte er dann einfach durch den Zaun und ging zum Clubhaus, um den Onkel zu treffen.

Salz, Tequila, Zitrone. Yummie, wirklich verdammt gut, das Zeug.

»Und wie lange bist du immer in der Schule?«, fragt Sergio.

»Bis halb zwei mindestens«, antwortet Luca.

Völlig irreal, diese Szene, denkt er. Am besten, man versucht sie eher komisch anzulegen. Ein Spiel mit Möglichkeiten, nichts weiter.

»Zum Erschießen unliebsamer Verwandter wäre allerdings so was wie eine Pistole ganz nützlich«, sagt er.

Sergio greift in seinen Seesack, holt eine schwarze Plastiktasche heraus, legt sie auf den Tisch und nickt Luca zu. »Mach auf.«

Luca greift nach der Tasche, sie ist schwerer, als sie aussieht. Ein Klettverschluss. Seltsam laut, das Geräusch, als er ihn aufreißt.

»Nimm sie ruhig raus, sie ist nicht geladen«, sagt Sergio. Das Ding sieht nicht viel anders aus als die Spielzeugpistole, die er sich vor Jahren gewünscht hat. Erfolglos natürlich. Der Onkel war immer strikt gegen unpädagogisches Spielzeug.

»Eine Beretta, Kaliber 7,65«, sagt Sergio. »Italienisches Fabrikat. Liegt gut in der Hand.«

Das kann Luca nicht beurteilen. In jedem Fall liegt sie schwer in der Hand. Und nicht nur in der Hand. Er fühlt so etwas wie Panik aufsteigen, hat das Bedürfnis aufzustehen, wegzulaufen. Möglichst weit weg. *La comedia e finita.* Die Komödie ist zu Ende.

Sergios spöttische Augen halten ihn fest. Derselbe Ausdruck, mit dem er ihn an der Theke der Bar beobachtet hat. Ein Handy läutet. Nicht Lucas. Sergio hat seines schon in der Hand, wirft einen Blick auf das Display. »*Ciao, amore*«, sagt er. »Ich sitze hier mit Luca, wir haben ein paar Tequilas getrunken. Nein, heute nicht mehr, morgen vielleicht. Mach dir keine Sorgen, das kriegen wir schon hin. Ja, ich sag's ihm. *Ciao, a domani.*«

»Letizia. Sie lässt grüßen«, sagt er lächelnd.

Luca ist aufgestanden. Die Unterbrechung war durchaus willkommen. Worüber soll sich Letizia keine Sorgen machen? Was kriegt Sergio schon hin? Luca fühlt sich trotz der Tequilas plötzlich ganz nüchtern. »Ich glaube, ich muss jetzt gehen.«

»Kein Problem. Du findest den Weg?«

»Ja klar, danke für den Tequila.«

»Keine Ursache. Ich ruf dich an, okay?«

»Okay«, sagt Luca. Da ist er schon fast im Treppenhaus. Er geht im Laufschritt und wird erst langsamer, als er wieder am Ufer des Giudecca-Kanals ist. Er atmet tief durch.

Was soll die Panik? Ein Denkmodell, nichts weiter. Leute sterben unentwegt. Und viel früher als der Onkel. Sie kriegen Krebs, Herzinfarkt, die Vogelgrippe. Werden von Blumentöpfen getroffen, fallen in den Kanal oder sitzen im falschen Flugzeug. Das Leben ist Zufall. Der Tod auch.

Er denkt an den Film *Matchpoint*, den er vor Kurzem gesehen hat. Der Typ, ganz sympathisch eigentlich, hat kaltblütig gekillt, als sein Leben in Reichtum gefährdet war. Sogar den Tod einer unbeteiligten Nachbarin hat er ungerührt in Kauf genommen. Könnte ich es?, denkt Luca. Er schüttelt heftig den Kopf. Wen will er überzeugen?

In der Wohnung auf Sacca Fisola sitzt Sergio und betrachtet nachdenklich die Pistole, die noch genau so auf dem Tisch liegt, wie Luca sie mit einer hastigen Bewegung abgelegt hat. Er steht auf, nimmt ein Küchentuch, greift vorsichtig nach dem Lauf und schiebt die Pistole zurück in die schwarze Plastiktasche.

Dann setzt er sich, gießt sein Glas noch einmal halb voll. Salz, Tequila, Zitrone.

9

»Fehlanzeige«, sagt Piero. Er muss nicht erläutern, was er damit meint. »DNA passt nicht.« Piero holt einen Lollipop aus seiner Jackentasche, wickelt die Kugel aus und beginnt zu lutschen.

»Was soll das denn?«, fragt Roberto. »Wiederholen sie die uralten Kojak-Serien im Fernsehen? Das Image scheitert sowieso an deiner Haarpracht. Und am Schnurrbart.«

»Carlo«, sagt Piero. Sein jüngerer Sohn. »Er hat an die fünfzig davon gehortet, ohne dass wir es bemerkt haben. Jetzt will er sie nicht mehr. Uncool.«

»Und deswegen ruinierst du dir die Zähne?«, fragt Roberto.

»Alles Traubenzucker«, erklärt Piero. »Und Kalzium. Sehr gesund.«

»Auch Traubenzucker macht die Zähne kaputt.«

»Aber nur, weil du schlecht drauf bist«, murrt Piero. »Man muss zugeben können, wenn man mal nicht recht hat.«

»Womit hab ich nicht recht gehabt?«

»Ruhe vor dem Sturm, hast du geunkt. Aber Venedig ist weiterhin die ruhigste Stadt der Welt. Es gibt eben auch eine Ruhe ohne Sturm.« Piero betrachtet den angelutschten Lollipop, als könne man ihm seine potenzielle Gefährlichkeit für den Zahnschmelz ansehen, und lässt ihn dann in den Papierkorb fallen.

Das Telefon auf Robertos Schreibtisch läutet. Er hebt ab. Horcht. »Wir kommen sofort.« Legt auf. Piero sieht ihn abwartend an. »Eine Sechsjährige ist von einem Schulausflug nicht zurückgekommen. Sie ist wie vom Erdboden verschluckt«, sagt Roberto. »Die Direktorin hat uns angerufen. *Scuola Elementare Vivaldi*.«

Eine blasse aufgeregte Frau mittleren Alters empfängt sie am Schultor. »So etwas ist bei uns noch nie vorgekommen«, sagt sie. »Die Kinder wurden vorschriftsmäßig von zwei Lehrpersonen begleitet. Alle waren noch vollzählig beim Museum Correr. Auch auf der Riva Schiavoni hat die Kollegin noch einmal durchgezählt. Und dann, irgendwo in der Nähe der Schule, muss Carlotta verschwunden sein.«

Sie sind beim Lehrerzimmer angekommen. Fünf, nein, sechs Frauen, ein Mann. Warum werden Männer so selten Lehrer?

Besorgte Gesichter.

»Wahrscheinlich steht sie in einem Spielwarengeschäft und hat die Zeit vergessen«, sagt Piero. »Wir haben nur zwei Kinder, aber ich hab mich oft gewundert, wie meine Frau es schafft, nie eines davon zu verlieren.«

Piero trifft wie immer den richtigen Ton. Die Gesichter entspannen sich.

»Zwei Kolleginnen sind auf der Suche«, sagt die Direktorin. Sie hält ein *telefonino* hoch. »Bis jetzt kein Anruf.«

Roberto und Piero sehen einander an. Ein kurzes Nicken von Roberto.

Piero verlässt das Lehrerzimmer. Die Straßensperre an der großen Brücke könnte gerade noch rechtzeitig kommen. Allerdings nicht sehr wahrscheinlich, dass der oder die Täter versuchen, mit Carlotta die Stadt auf diesem Weg zu verlassen. Zu leicht kontrollierbar.

»Gibt es ein Foto von Carlotta?«, fragt Roberto.

Jemand bringt ein großes Plakat aus Karton. Himmelblau mit aufgeklebten Fotos. Unter jedem Foto in Kinderschrift der Name und ein Symbol.

Neben dem Namen Carlotta ist ein Mond gezeichnet. Das Foto zeigt ein Kind mit ernsten, dunklen Augen. Auch die Haare sind dunkel. Locken fallen in die Stirn, werden mit einer Spange festgehalten. Er kennt dieses Kind! Aber woher nur? Wo hat er dieses Gesicht schon gesehen?

Roberto löst das Foto ab, versucht, es nicht zu beschädigen.

Piero ist wieder zurück, nimmt wortlos das Foto. Wir brauchen immer weniger Worte, denkt Roberto. Wie ein altes Ehepaar.

»Ich würde gern mit ihrer Klassenlehrerin sprechen«, sagt Roberto.

Die Lehrerin ist klein, rundlich mit einer dichten Mähne von dunkelblonden Locken. Bestimmt ist sie normalerweise ein eher fröhlicher Typ. Im Augenblick ist sie alles andere als fröhlich. Laura Peregrini heißt sie.

»Was für ein Kind ist Carlotta?«, fragt Roberto. »Halten Sie es für wahrscheinlich, dass sie sich verlaufen hat?«

Laura Peregrini schüttelt den Kopf. »Carlotta ist äußerst intelligent. Lebhaft, aber dabei vorsichtig. Und sie kennt die Gassen hier ganz genau. Sie wohnt ja nicht weit von hier.«

»Vorsichtig, sagen Sie?«

Die Lehrerin nickt. »Ja. Ich glaube, sie würde keinesfalls mit einem Fremden mitgehen.«

»Sind die Eltern verständigt?«, fragt Roberto.

Die Lehrerin schüttelt den Kopf. »Noch nicht. Wir haben ja gehofft ...« Sie schaut zur Direktorin, die ihr *telefonino* so fest umklammert, als könnte sie ihm dadurch ein Läuten abpressen. »Carlottas Mutter ist alleinerziehend«, sagt sie dann. »Arbeitet bei *Coin* als Verkäuferin. Ein Vater ist bei uns noch nie in Erscheinung getreten. Ich glaube, es gab da eine recht unerfreuliche Scheidung.«

Schon wieder ein abwesender Vater, denkt Roberto.

Piero ist zurück. Er nickt. Also ist alles angelaufen. Die Kontrollen an der Brücke und am Bahnhof. Die Suche in den Gassen zwischen Riva Schiavoni und Schule. »Die Mutter ist unterwegs hierher«, sagt Piero. »Ich rede mit ihr.« Piero, der Fels. Ein schnauzbärtiger Fels.

Die anderen Kinder aus Carlottas Klasse sitzen auf ihren Plätzen. Kein Lachen, kein Herumtoben. Es ist, als würden alle gemeinsam den Atem anhalten. Roberto stellt seine Fragen. Zögernde Antworten. Nichts Neues. Oder doch? Ein Mädchen namens Sara hat gemeinsam mit Carlotta einen Hund gestreichelt. Einen schwarz-weißen. Beim *Café International* auf der Riva Schiavoni. Wem der Hund gehört hat? Einem Mann. Was für einem Mann? Jung? Alt?

Ratlosigkeit. Der Hund war interessant, nicht der Mann. Und dann? Wer hat Carlotta danach noch gesehen? Nachdenken, Kopfschütteln, betretenes Schweigen. Niemand meldet sich. »Wo kann denn Carlotta sein?«, fragt eines der Kinder zaghaft.

»Wir finden sie.« Roberto versucht, alle Zuversicht, die er aufbringen kann, in diese drei Worte zu legen. Nicht gut genug. Er sieht es den Gesichtern an. Die Angst ist da und hat vermutlich vor, noch eine Weile zu bleiben.

Piero hat den Arm um eine Frau gelegt. Ihre Schultern

zucken. Jetzt schaut sie auf mit rot geweinten Augen und in diesem Moment weiß Roberto, woher er das Kind kennt. War es gestern oder vorgestern auf dem Weg nach Hause? Vorbei am Palazzo Priuli. Da stand diese Frau auf dem Balkon des Hauses gegenüber. Und das Kind auf der Brücke war Carlotta.

Piero schüttelt den Kopf. Derzeit nicht vernehmungsfähig, heißt das.

»Wir brauchen die Adresse des Vaters«, sagt Roberto trotzdem, was ihm einen vorwurfsvollen Blick Pieros einträgt.

»Wozu?«, fragt sie mit plötzlichem Ärger in der Stimme. »Er hat mit uns nichts mehr zu tun. Ü-ber-haupt nichts.« Sie trocknet sich die Augen mit heftigen Bewegungen.

Roberto kennt das. Ärger kann Verzweiflung verdrängen. Für den Augenblick jedenfalls.

»Trotzdem«, beharrt Roberto. »Wir müssen auch mit dem Vater Ihrer Tochter Kontakt aufnehmen.«

»Ich weiß seine Telefonnummer nicht auswendig«, sagt sie.

»Gut«, nickt Roberto. »Wo erreichen wir Sie – in einer Stunde ungefähr?«

Sie gibt ihm ihre Adresse und Telefonnummer. Die Firma hat ihr für den Rest des Tages freigegeben. Roberto nimmt sich vor, Teresa zu ihr zu schicken. Für Frauen mit abhandengekommenen Männern ist sie die bessere Gesprächspartnerin.

Plötzlich sieht Carlottas Mutter Roberto sehr direkt an. »Bringen Sie mir mein Kind zurück«, sagt sie.

Statt einer Institution sucht sie nach einem persönlich Verantwortlichen. Roberto kennt auch das. Polizeipsychologen raten zu einer ausweichenden, unverbindlichen Antwort. »Es wird alles getan, was in unserer Macht steht.« Etwas in der Art.

»Ich verspreche es«, sagt Roberto.

Noch ein vorwurfsvoller Blick von Piero.

»Glaubst du, dass man um elf Uhr vormittags in einer belebten Gasse Venedigs ein Kind gegen seinen Willen entführen kann?«, fragt Roberto auf dem Rückweg zur Questura. Piero schüttelt den Kopf. »Kaum vorstellbar.« Kleine Pause. »Das würde heißen, dass sie ihren Entführer gekannt hat.«

»Oder dass der Betreffende etwas hatte, das sie unwiderstehlich fand«, sagt Roberto nachdenklich.

»Woran denkst du dabei?«

»An einen schwarz-weiß gefleckten Hund zum Beispiel«, sagt Roberto.

10

Auf dem Gang in der Questura kommt ihnen Signora Palmarin entgegen. Sie trägt ein zitronengelbes Sommerkleid, macht aufgeregt flatternde Bewegungen und sieht aus wie ein Kanarienvogel auf LSD.

»Wo um Himmels willen waren Sie denn?« Die Frage richtet sich an Roberto. Anklagend, selbstverständlich.

Roberto kann diesen Ton nicht leiden. »Wir haben uns einen schönen Vormittag gemacht, warum?«

Dritter vorwurfsvoller Blick von Piero.

»Weil der Colonnello seit einer halben Stunde versucht, Sie zu erreichen, und Ihr Handy ausgeschaltet ist«, sagt sie spitz. Kanarienvogel auf Entzug.

»Ist er denn nicht auf dem Golfplatz?«, fragt Roberto.

»Von dort ruft er ja an«, antwortet Signora Palmarin.

Piero verschwindet kopfschüttelnd und überlässt Roberto seiner komplizierten Beziehung zu Signora Palmarin.

»Na, jetzt bin ich ja erreichbar«, sagt Roberto und steuert sein Büro an.

Hat der Colonnello ein Birdie geschossen und will mir das unbedingt sofort mitteilen? Roberto hat mittlerweile einige wenige Golfbegriffe gelernt. Sein Telefon beginnt zu läuten, noch ehe er die Tür zu seinem Büro erreicht hat.

»Komm sofort hierher nach Alberoni!«, bellt der Colonnello.

»Ich kann jetzt nicht mit dem Golfspielen anfangen«, antwortet Roberto. »Wir haben einen Fall von Kindesentführung. Außerdem will ich Tiger Woods nicht unnötig Konkurrenz machen.« »Gut, wenn man ab und zu den Sportkanal aufdreht.« »Lass deine Scherze«, knurrt der Colonnello. »Greif dir ein Boot und komm. Ein Clubmitglied ist eben erschossen worden.«

»Mit einem Golfball?«, fragt Roberto.

»Nein, mit einer Pistolenkugel«, antwortet der Colonnello. »Die Kollegen Carabinieri sind eben dabei, alle Spuren sorgfältig zu zertrampeln. Ich brauch hier meinen besten Mann.«

»Ach so«, sagt Roberto. »Das ist kein Problem. Ich schick Piero.«

Er legt schnell auf, ehe der Colonnello protestieren kann.

Das Telefon läutet sofort wieder. »Da war wohl ein Problem mit der Verbindung«, sagt der Colonnello. Wie gut, dass in seiner Weltsicht ein Untergebener, der einfach auflegt, nicht vorkommt. »Du wirst verstehen, wie dringlich die Sache ist, wenn du den Namen des Mordopfers hörst.«

»Ich höre«, sagt Roberto.

Der Name klingt tatsächlich nach Vorrangigkeit. Roberto denkt an den Mann mit dem schwarz-weiß gefleckten Hund. »Ich schick trotzdem Piero«, sagt er. »Ich muss hier einer anderen Sache nachgehen, und zwar schnell.«

»Na gut«, seufzt der Colonnello. Gegen Robertos Hartnäckigkeit ist er machtlos.

Gelernt.

Piero sitzt an seinem Schreibtisch und erzählt die Geschehnisse des Vormittags einem Diktafon. Er sieht Robertos Blick und stellt das Gerät ab. »Was ist los?«

»Ein Toter. Draußen in Alberoni. Auf dem Golfplatz.«

»Sport ist Mord«, antwortet Piero. »Sag ich immer schon.«

»Der Tote hat keinen Golfball abgekriegt, sondern eine Kugel. Und er ist ab sofort dein Fall.«

Piero zeigt auf das Diktafon. »Kann ich noch fertig diktieren?«

»Nein«, sagt Roberto. »Die Carabinieri haben sowieso schon einen erheblichen Vorsprung beim Verwischen der Spuren. Vom Mörder gar nicht zu reden.«

»Ah.« Piero nimmt seine Jacke.

»Willst du gar nicht wissen, wer dein neuer Klient ist?«, fragt Roberto.

»Macht das einen Unterschied?« Piero ist schon fast zur Tür draußen.

»Für die Presse schon«, sagt Roberto. »Es ist der Commendatore Filippo Nardi.«

11

Piero steht neben Michele Vio, der mit ruhigen, sicheren Bewegungen das Polizeiboot steuert. Hat wenig Sinn, mit Michele ein Gespräch beginnen zu wollen. *Chiaccherone*, der Plauderer, wird er scherzhaft von den Kollegen genannt. Er geizt mit Worten wie andere mit Trinkgeldern. Aber Piero will ohnehin nicht reden. Ein kurzer Anfall philosophischen Tiefgangs. Die Wellen der Lagune wie gehämmertes Metall. Zwei Ruderer in einer *sandola*. Unwirklich. Vor ihm die Inseln San Clemente und San Lazzaro im Gegenlicht. Und ein Erschossener auf dem Golfplatz. Noch unwirklicher.

Michele Vio steuert das Boot in den kleinen privaten Hafen in der Nähe des Golfplatzes, legt an, vertäut das Boot mit wenigen routinierten Handgriffen. Er ist auch sparsam mit Bewegungen.

»Ich hätte gern, dass Sie mitkommen«, sagt Piero.

Als Alleinunterhalter ist der wortkarge Kollege vielleicht ein Versager, als Beobachter ist er bekannt gut.

Vio nickt. Wortlos, versteht sich.

Sie gehen über die alte, mehrfach ausgebesserte Holzbrücke, die zum Eingang des Circolo Golf di Venezia führt.

Überraschenderweise steht da eine *ambulanza*, ein Rettungswagen. Zwei Sanitäter tragen eine Bahre mit einem älteren Mann. Das Gesicht unter der Sauerstoffmaske ist nicht zu erkennen. Dann ist der Tote vielleicht gar nicht so tot, vermutet Piero erleichtert. Er ist absolut offen für positive Nachrichten.

»Das Opfer?«, fragt Piero. »Wie geht es ihm?«

Einer der Sanitäter ist blass, lang, mager und scheint kein Italienisch zu verstehen.

Der andere Sanitäter ist blond, stämmig, sehr jung und hat ein schweres Akneproblem. »Aber woher denn!«, sagt er fröhlich. »Das hier ist nur einer der golfenden Grabdeserteure. Hat die ganze Aufregung nicht so gut vertragen.« Vage Kopfbewegung. »Den ganz Toten finden Sie da drüben.«

Er liegt in halber Seitenlage, so als hätte er beschlossen, das samtige Grün des kurz geschorenen Rasens rund um die Fahne für seinen Mittagsschlaf zu nützen. Weiße, ein wenig lockige Haare. Rot-grün karierte Kniebundhose, grünes Polohemd, rote Strümpfe. Kein Blut sichtbar. Ein Sonnenstrahl fällt auf das friedliche Gesicht des Toten und verstärkt den Eindruck, dass die Leblosigkeit nur vorübergehender Natur ist.

Der Arzt, der eben ein Formular aus seiner Tasche nimmt, ist offensichtlich anderer Meinung. Er füllt die Rubrik Todesursache aus, wie Piero im Vorbeigehen sieht.

In einer größeren Runde stehen überwiegend bunt angezogene Menschen und schauen ratlos bis unbehaglich, wie meistens, wenn die eigene Sterblichkeit ein Thema wird.

Seine und Michele Vios Ankunft interessiert kaum jemanden. Die Zuschauer rechnen mit Inspektor Columbo im zerknautschten Trenchcoat.

Aber der ist nicht zu erwarten. Auch kein samtäugiger dunkel gelockter Jungkommissar mit treuherzig blickendem Schäferhund.

In einschlägigen Filmen würden sie mich höchstens als Pizzabäcker besetzen.

Lass das, Salmaso. Das ist nicht der richtige Ort für Identitätskrisen.

Und was sagt der Psychiater über jemanden, der sich selbst mit dem Familiennamen anredet?

Keine Selbstgespräche, Salmaso. Nicht jetzt.

Der Colonnello kommt ihnen entgegen. Der Blick ist eindeutig. Lieber hätte er Roberto an seiner Stelle gesehen. Und Vio wird »nicht einmal ignoriert«.

Vielleicht sollte ich mir den Schnauzbart abrasieren. Zu gemütlich. Völlig verkehrt für die meisten Schauplätze von Verbrechen.

»Na endlich!«, sagt der Colonnello zur Begrüßung. »Alle sind früher da als meine Ermittler. Die Carabinieri, die Spurensicherung, der Arzt. Ich steh hier wie ein Idiot.«

Piero unterdrückt ein sich aufdrängendes »Wie sonst?«. Er will seinen Job behalten und an sich ist der Colonnello ja ganz in Ordnung. Er kann auch nichts für Pieros im Allgemeinen ungewöhnliche Selbstzweifel.

»Das sind die anderen aus seinem Flight«, sagt der Colonnello und deutet auf zwei ältere Männer, die in der Nähe des Toten stehen.

Flight heißt in dem Fall wohl kaum Flug. Flucht schon gar nicht.

»Sie waren zu viert. Ein Viererflight.«

Aha. Anzahl der Spieler.

»Der dritte Augenzeuge ist mit Herzanfall unterwegs

zum San-Camillo-Krankenhaus. Ich schlage vor, Sie reden zunächst mal mit den beiden da.«

Wär ich nie drauf gekommen.

Piero stellt sich vor und notiert die Namen der beiden. Enrico Canavó und Alvise Pietriboni. Dann die Adressen.

»Er war drauf und dran, ein Birdie zu spielen«, sagt Canavó betrübt. Birdie – Vögelchen, so viel ist Piero klar. Aber ein Vögelchen *spielen*? Der andere bemerkt seine Verwirrung. »Birdie bedeutet eins unter Par«, erklärt er.

»Und was ist Par?«, fragt Piero.

Canavó sieht ihn an. Wie will er einen Mord aufklären, wenn er die einfachsten Dinge der Welt nicht weiß, sagt der Blick. »Jedes Loch sollte von einem guten Spieler mit einer ganz bestimmten Anzahl von Schlägen gespielt werden. Ein Par 3 mit drei Schlägen, ein Par 4 mit vier, ein Par 5 mit fünf. Aber es geht natürlich auch besser. Birdie, Eagle, Albatros, eins, zwei, drei unter Par. Oder Hole in One.«

Irreal, denkt Piero. Da liegt ein Toter und ich lerne Golfchinesisch. »Erzählen Sie bitte, was Sie gehört beziehungsweise gesehen haben.«

Canavó schaut zu Pietriboni. Der zuckt mit den Achseln. »Es ging alles so schnell.«

»Gehört haben wir gar nichts«, erläutert Canavó.

Schalldämpfer, denkt Piero ganz automatisch.

»Also: Filippo ist aufs Grün gegangen ...«

Ist das Gras nicht überall ziemlich grün?

»... hat die Fahne aus dem Loch genommen ...«

Aha, er meint das kurz geschorene rund um die Fahne.

»... ist in die Knie gegangen, um das Grün zu lesen.«

Was gibt es auf dem Rasen zu lesen?

»Dann ist er aufgestanden und hat den Ball angesprochen.«

Man spricht mit den Bällen?

»Und genau in dem Augenblick, als er mit dem Putter ausholen wollte, passierte es. Er stand ganz still, so als wollte er sich die Puttlinie noch einmal überlegen, und dann ist er umgekippt.«

»Wir dachten erst, irgendwas mit dem Kreislauf«, sagt Pietriboni. »Es ist wieder ziemlich heiß heute.«

»Wir wollten ihn auf den Rücken drehen, da haben wir das Blut gesehen«, ergänzt Canavó.

»Scheiße«, sagt Pietriboni plötzlich. Es passt weder zu seiner kultivierten Sprache noch zu seinem Äußeren.

Canavó nickt nachdrücklich, so als wäre er froh, dass der andere ihm den Gefühlsausbruch abgenommen hat.

Teamwork. Einer erzählt, der andere flucht.

»Die Uhrzeit?«, fragt Piero.

»Dreizehn Uhr siebenunddreißig«, antwortet Canavó. »Ich hab auf die Uhr gesehen, ganz knapp bevor ...« Er wirft einen Blick auf den Toten, redet schnell weiter. »Ich wollte sehen, wie lange die Runde gedauert hat. Wir waren ziemlich gut in der Zeit.«

Piero notiert. »Ich brauch Sie später noch.«

»Aber selbstverständlich, jederzeit«, sagt Canavó. »Wenn wir irgendwie helfen können. Ist doch schließlich einer von uns, der da ...« Wieder lässt er einen Satz unvollendet. »Sie finden uns im Clubhaus.«

Einer der Männer im weißen Overall winkt aus dem dichten Gebüsch. »Hier hat er möglicherweise gewartet«, sagt er zu Piero und verstaut sorgfältig eine Faser in einem Plastikbeutel. »Vielleicht hat auch bloß einer der Spieler einen Ball im Gebüsch gesucht. Aber die Stelle passt zur Schussrichtung.«

»Fußabdrücke?«, fragt Piero.

Kopfschütteln. »Zu trocken, der Boden. Aber geknickte Zweige.«

»Zigarettenkippen?«

»Nichts«, sagt der Kollege in Weiß.

Verdammte Nichtraucherei, denkt Piero. In früheren Zeiten, als noch jedermann qualmte, hatte man im Idealfall eine Zigarettenkippe am Tatort. Oder wenigstens Asche zum Analysieren. Wie soll man zu einer DNA kommen, wenn die Kerle keine Spucke auf Mundstücken hinterlassen? Die Kerle? Auch Frauen schießen.

»Kann ich schon?«, fragt Piero und zeigt auf die dichten Büsche.

Der Weiße nickt und deutet auf den Fotografen. »Alles schon im Kasten. Ihr seid ja reichlich spät aufgetaucht.«

Schon wieder. Das nervt. »Wir werden in Zukunft Hellseher beschäftigen, die uns die Tatorte voraussagen.«

»Na, na«, brummt der Spurensicherer.

Piero braucht nicht lange, um das Loch im Zaun aus Maschendraht zu finden. Er zwängt sich durch. Auch dahinter noch dichte Büsche, dann der Weg. Ein Radfahrer fährt vorbei, ohne auf ihn zu achten. Piero wendet sich nach rechts und ist in wenigen Minuten auf der Straße, die zum Leuchtturm führt.

Er macht kehrt, geht den Weg in die andere Richtung. Hier führt er direkt zu den *murazzi*, den Steinmauern, die als Überschwemmungsschutz gebaut wurden und fast bis zum Hotel *Excelsior* reichen.

Ein junger Schäferhund springt ausgelassen an ihm

hoch und wird von einem Mann mittleren Alters zurückgepfiffen. Schäferhunde sind in Mode. Die unmittelbare Auswirkung der Serie *Kommissar Rex*, die in Italien äußerst beliebt ist. Der Hund gehorcht ungern. Dabei ist Piero gar nicht in Uniform. Der Mann entschuldigt sich umständlich.

»Viel los?«, fragt Piero und deutet auf den Damm.
»Nicht mehr als sonst«, sagt der Mann.
Vielleicht ist er dem Mörder begegnet. Aber was genau soll ich ihn fragen?, denkt Piero. Haben Sie jemanden gesehen, der so aussah, als hätte er soeben jemanden umgebracht?

Genauso gut kann der Mörder in die andere Richtung, zum Leuchtturm, gegangen sein und einen Bus der Linie A, B oder 11 genommen haben. Wird noch viel Arbeit, all diese Möglichkeiten zu überprüfen.

Der Mann mit dem Hund wendet sich mit einem höflichen *buona sera* zum Gehen.

Erst als Piero wieder durch Zaun und Hecke zurück auf den Golfplatz kriecht, fällt ihm ein, dass er wenigstens den Namen und die Adresse des Hundebesitzers notieren hätte sollen.

Auch so eine Nebenwirkung von *Kommissar Rex*. Das Unterbewusstsein hält den Vierbeiner für einen Kollegen.

Michele Vio steht gemeinsam mit Pietriboni und Canavó neben dem Grün. Pietriboni betrachtet seine Schuhe. Canavó spricht. Michele Vio hört zu.

Später dann, als sie im Boot zurück nach Venedig fahren, fragt ihn Piero: »Irgendetwas Auffälliges?«
Vio nickt.

Piero wartet.

Es dauert eine ganze Weile, ehe sich der wortkarge Kollege zum Sprechen entschließt. »Canavó verschweigt etwas.«

»Wie kommen Sie darauf?«, fragt Piero.

»Er redet zu viel«, antwortet Vio.

12

Roberto sieht ein Szenario vor sich. Da ist dieser Mann mit dem Hund. Das kleine Mädchen, das den Hund streichelt.

Wie heißt er denn?, fragt das Kind.

Bella, es ist eine Sie. Hat übrigens gerade Junge gekriegt. Vier Stück.

Oh – die würde ich zu gern sehen!

Kannst du. Jederzeit. Der Mann lächelt freundlich.

Wo sind sie denn?, fragt das Mädchen.

Bei mir zu Hause, sagt der Mann. Ich wohn gleich um die Ecke. Wenn du möchtest ...

Die Kellnerin im *Café International* ist blond und schon lange nicht mehr beim Friseur gewesen. Der dunkle Haaransatz misst mindestens drei Zentimeter. Viel Make-up, harter Blick. Sie hetzt zwischen den Tischen draußen und der Theke hin und her.

»Ich hab ein paar Fragen.« Roberto zeigt so unauffällig wie möglich seine Dienstmarke.

»Und ich ein paar Gäste«, sagt sie schnippisch.

Nicht der richtige Ton für Roberto. »Ich kann Sie auch vorladen lassen.«

Sie nickt. »Tun Sie das. Ein Tag Urlaub ist genau, was ich brauche.«

Okay. Andere Taktik. »Ein kleines Mädchen ist verschwunden.«

Gute Wahl. Die Kellnerin seufzt, der harte Blick wird weich. »Fragen Sie.«

»Erinnern Sie sich an einen Mann, der heute Vormittag an einem der Tische draußen saß? Er hatte einen schwarzweißen Hund bei sich.«

Sie nickt. »Ich weiß genau, wen Sie meinen«, sagt sie. »Signor Dallapozza. Ein Stammgast. Da kommt er übrigens gerade.«

Herzlichen Dank an den Zufall. Manchmal erspart er einem müden Polizisten den einen oder anderen Weg.

Der Mann ist zwischen sechzig und siebzig mit einem altmodischen weißen Spitzbart. Wache Augen. Wirkt nicht senil. Könnte er pädophil sein? Unzulässige Frage. Roberto weiß nur zu gut, dass Pädophile in allen sozialen Schichten und Altersstufen zu finden sind.

Signor Dallapozza steuert auf einen Tisch nahe dem Eingang zu und setzt sich mit der Selbstverständlichkeit jahrelanger Gewohnheit. Der schwarz-weiß gefleckte Hund macht es sich mit ebenso routinierten Bewegungen unter dem Tisch bequem.

»Sie entschuldigen, Signore.« Roberto zeigt seine Dienstmarke. Der Hund knurrt. Mag wahrscheinlich keine Dienstmarken.

Der Mann wirkt mäßig interessiert, aber durchaus freundlich. »Ja?«

Roberto fragt nach den Kindern, die am Vormittag den Hund gestreichelt haben. Ob er sich erinnert.

»Aber sicher«, sagt Signor Dallapozza. »Eine ganze Schar Kinder war das.«

»Ist Ihnen dieses Mädchen aufgefallen?« Roberto zeigt Carlottas Foto.

Der Mann schüttelt den Kopf. »Ich würde keines der Kinder wiedererkennen. Sie sind für mich alle so ...«, er zögert, »... so gleich.«

Aus irgendeinem Grund ärgert sich Roberto über diese Bemerkung. Sie sind aber nicht gleich, denkt er. Eines der Kinder ist heute nicht nach Hause gekommen. Wie vom Erdboden verschluckt, kurz nachdem es hier diesen schwarz-weißen Hund gestreichelt hat.

Hund und Mann schauen Roberto abwartend an. Noch was?, sagen die Blicke.

»Ihnen ist auch nicht aufgefallen, ob das Mädchen mit den anderen Kindern weitergegangen ist?«, versucht Roberto es noch einmal.

»Ist dem Kind etwas passiert?«, fragt Signor Dallapozza.

»Wenn Sie bitte einfach meine Fragen beantworten würden«, sagt Roberto.

»Wenn Sie bitte einfach meine Antworten zur Kenntnis nehmen würden. Ich kann Ihnen nichts weiter sagen, als dass ein paar Kinder meinen Hund gestreichelt haben. Punkt.« Der Mann schlägt die mitgebrachte Zeitung auf. Der Hund legt den Kopf auf die Pfoten. Audienz auch aus seiner Sicht beendet.

Roberto bedankt sich trotzdem. Schreibt die Adresse des Signor Dallapozza in sein Notizbuch. Zögert. Intuitionen soll man nicht vernachlässigen. »Noch eine Frage«, sagt er.

Dallapozza schaut von der Zeitung auf.

»Hat Ihr Hund gerade Junge bekommen?«

Er sieht Roberto an, dann den Hund. Roberto folgt

seinem Blick. Der Hund hat im Liegen ein Hinterbein gehoben und leckt eifrig seine spärlich behaarten Hoden. Die hättest du auch eher vorzeigen können, rügt Roberto den Hund. Nur im Stillen, selbstverständlich.

»Auf in den Kampf«, das Thema aus *Carmen* tönt aus Robertos Jackentasche. Samueles neuestes Hobby sind Klingeltöne für Handys. Roberto kann *Carmen* nicht leiden, aber er wollte Samuele den Spaß nicht verderben.

Es ist Piero, der von Alberoni aus anruft. Der einzige Verwandte des Toten ist ein Großneffe, der benachrichtigt werden muss. Selbe Adresse wie das Opfer. Ob Roberto vielleicht ...? Scheint nicht weit von der Questura zu sein. Seufzend sagt Roberto zu. Man kommt sich in dem Beruf manchmal vor wie der selige Hiob, denkt er. Dauernd ist man mit schlechten Nachrichten unterwegs. Erst ein verschwundenes Kind, dann ein toter Großonkel.

Was wird das? Selbstmitleid? Wenn ich freudige Gesichter bei meinem Auftauchen sehen will, muss ich zu Fleurop gehen. Netter Gedanke. Geldbriefträger geht auch.

Roberto studiert die Adresse, die er bei Pieros Anruf mitgeschrieben hat. Palazzo Priuli in San Marco – aber das ist doch ... Roberto geht unwillkürlich schneller.

Fleurop wird warten müssen.

13

Kein Blick von Samanta. Den ganzen Vormittag nicht. Wie kann jemand, von dem man nur durch den Mittelgang und zwei Bankreihen getrennt ist, so weit weg sein?

Luca belegt ein *panino* mit Käse und *rucola*. Mittags kocht Assunta nicht. Dem Onkel genügt ein *tramezzino* im Club. Luca ist es recht so. Er holt eine Flasche San Pellegrino aus dem Kühlschrank, trägt *panino* und Mineralwasser in sein Zimmer. Assunta mit ihren durchdringenden dunklen Augen macht ihn nervös.

Zurück zum Vormittag. War wohl recht offensichtlich, die Art, in der er Samanta ansah. Auch für Alvise, der neben ihm sitzt.

»Vergiss die Lesbe«, sagte Alvise.

»Was?« Luca starrte Alvise an.

Alvise schien die Wirkung seiner Worte zu genießen. »Du kannst den Mund jetzt zumachen«, sagte er. »Was glaubst du, ist mit einem Mädchen los, das man nie mit einem Jungen sieht? Höchstens mal mit Alekia, dieser glupschäugigen Kuh? Frag Alessandro. Unser Schulcasanova hat's bei ihr probiert. Keine Chance. Und dem rennen sonst die Mädchen in Scharen nach.«

Das *panino* schmeckt trocken. Aber das liegt vielleicht an Lucas Gedanken. Er versucht, sich Samanta gemeinsam mit Alekia im Bett vorzustellen. Es gelingt ihm nicht.

Er weiß nicht einmal, was Lesben im Bett miteinander machen.

Seine Gedanken gehen dorthin, wo Luca sie am wenigsten haben will. In die ungemütliche Wohnung auf Sacca Fisola. Zu der Pistole, die sich kalt anfühlt. Zu dem, was Sergio gesagt hat.

Soll ich deinen Onkel erschießen – was meinst du? Die Erbschaft teilen wir. Der Ton ist leicht, fast nebensächlich. Eben. Das war witzig gemeint, was sonst?

Aber die Pistole, die Sergio mit sich herumträgt? Pistolen sind nicht witzig.

Wie in einem *film noir*, denkt Luca wieder. Er und Sergio. Das hässliche Haus. Die unbewohnte Wohnung. Die Geräusche. Ich mag *film noir*. Aber mitspielen ist eine andere Sache. Auch gehen diese Geschichten immer schlecht aus. Sonst wär's ja nicht *noir*.

Das Handy liegt neben dem halb gegessenen *panino*. Wenn nun Sergio wieder anruft? Wird er nicht. Aber wenn? Und Letizia?

Es läutet. Nicht das *telefonino* – die Türglocke.

Er hört Assuntas Schritte auf dem Marmorfußboden. Ihr lautes »*Chi è?*« an der Gegensprechanlage. »*Apro*«, sagt sie dann. Also lässt Assunta den Besucher ein. Seltsame Zeit. Luca schaut auf die Uhr. Kurz nach drei. Jeder weiß, dass der Onkel um diese Zeit noch auf dem Golfplatz ist. Na und, geht mich nichts an, denkt Luca.

Aber darin irrt er.

14

Was Roberto auf seinem inneren Stadtplan gesehen hat, stimmt. Das unscheinbare Haus, in dem Carlotta mit ihrer Mutter wohnt, ist vom eleganten Palazzo Priuli nur durch einen schmalen Kanal getrennt. Das gibt es in Venedig. Armselige Häuser und *palazzi di prestigio* dicht nebeneinander.

Nachbarn also. Der tote Finanzmann und die kleine Carlotta. Hm.

Die verbindende Brücke heißt Ponte del Diavolo. Teuflischer Zufall.

Das Erdgeschoss des Palazzo Priuli ist vor Kurzem zu einem Hotel umgebaut worden. Der *piano nobile*, der vornehme Teil des *palazzo*, ist nach wie vor privat. Bleigefasste alte Glasscheiben. Geranien an den Fenstern. Die Eingangstür sehr unauffällig in der dunklen Gasse, die von der Brücke weiterführt. Calle del Diavolo. Noch einmal der Hinweis auf den Teufel. *Nomen est omen?* Jetzt bloß keine voreiligen Schlüsse ziehen, ermahnt sich Roberto selbst, die Bewohner haben letzten Endes die Straßennamen nicht erfunden.

Nur ein einziges Schild am grün gestrichenen Holztor, schwarze Schrift, kaum lesbar auf altersdunklem Messing: *Nardi*. Reichtum, der keine Aufmerksamkeit will.

Roberto läutet.

Die weibliche Stimme aus der Gegensprechanlage ist

schon nach den wenigen Worten als nichtvenezianisch eingeordnet. Eine düstere Halle, die Beleuchtung unzulänglich. Sparsamkeit? Roberto steigt die steile Marmortreppe zum ersten Stock hinauf. Die Wohnungstür öffnet sich, sobald Roberto oben angekommen ist. Eine dunkelhaarige Frau mit Schürze. Durchdringende Augen suchen die seinen. »Kann ich Ihren Ausweis sehen?« Aus dem Süden, denkt Roberto ganz automatisch und sieht Mafiosi in nadelgestreiften Anzügen vor sich. Wer trennt sich schon gerne von seinen Vorurteilen?

Sie prüft den Ausweis, nickt, lässt Roberto eintreten. »Ich bin nur die ...«, kurzes Zögern, »... Hausangestellte. Der Commendatore ist nicht anwesend. Aber wenn Sie warten wollen ... Es kann nicht mehr allzu lang dauern.«

Die schwierigste Phase der Mission. »Und der Neffe des Commendatore?«

Bis jetzt war sie völlig ruhig. Auf diese Frage hin wirkt sie überrascht und beunruhigt. »Luca? Er ist in seinem Zimmer.«

»Ich würde ihn gerne sprechen«, sagt Roberto.

Sie nickt, wischt die vermutlich sauberen Hände ganz automatisch an der Schürze ab, geht voraus in einen eleganten Raum, zeigt auf eine kleine Sitzgruppe, die sicher irgendeinem Louis zugeordnet werden kann. Roberto bleibt stehen. Kleine Louis-artige Sitzgruppen irritieren ihn. Ungünstiges Größenverhältnis für einen wie ihn.

Er schaut sich um. Mehr Antiquitäten in einem Raum hat er nur auf einer einschlägigen Messe in Ferrara gesehen. Die *travi a vista* – die sichtbaren Balken der Konstruktion – sind in Gold und Blau bemalt. An den Wänden seidene Tapeten, die die beiden Farben aufnehmen. Davor Bücherregale. Vom Fenster sieht er direkt zu Carlottas Wohnhaus. Genau wie vermutet.

Ein Schatten bewegt sich hinter den Gardinen. Carlottas Mutter. Oder ist da noch jemand?

Roberto nimmt sich vor, ein paar indiskrete Fragen zu stellen. Ermittlungen in Mord- oder Entführungsfällen sind immer indiskret.

Er hört, wie die Hausangestellte an eine Tür klopft. »Luca? Da ist jemand, der dich sprechen möchte.« Dann ein paar unverständliche Worte. Roberto weiß auch so, was da geflüstert wird. Polizei ... Was können die wollen? Etwas in der Art.

Der Junge, der dann in der Tür steht, ist bestimmt nicht älter als siebzehn. Ein Gesicht, das sich erst zu seinem Charakter bekennen muss. Eins ist offensichtlich: Auch ohne die Irritation des Augenblicks ist es bestimmt kein fröhliches Gesicht.

Der Junge kommt auf ihn zu, versucht ein Lächeln. Es gelingt mangelhaft. »Ich bin Luca Nardi. Sie – sind von der Polizei?« Die eigentliche Frage bleibt unausgesprochen.

Ich hasse diesen Job, denkt Roberto. Er sagt seinen Namen. Versucht, was dann kommt, nicht allzu formelhaft klingen zu lassen. »Es tut mir sehr leid, Ihnen mitteilen zu müssen, dass Ihr Onkel heute verstorben ist.«

Roberto hat Ähnliches schon öfter gesagt. Aber noch nie mit dieser Wirkung. Das Gesicht des Jungen verliert jede Farbe. Nicht langsam, sondern von einem Augenblick zum anderen. Die Worte kommen stoßweise. »Wer? Was? Aber ...?« Dann verstummt er.

Es ist Roberto nicht entgangen, dass als Erstes die Frage »Wer?« kam. Dabei war von Mord noch gar nicht die Rede.

Die Hausangestellte bekreuzigt sich. Ihre Lippen bewegen sich lautlos. Betet sie?

»Der Commendatore wurde heute Mittag auf dem Golfplatz erschossen.« Roberto beobachtet das fahle Gesicht des Neffen. Beim Wort »erschossen« passiert etwas mit seinen Augen. Entsetzen – nein: Panik. Es ist der Ausdruck von jemandem, der weglaufen möchte und genau weiß, dass es keinen Ausweg gibt. Roberto erinnert sich daran, dass er im Terrarium zugesehen hat, wie eine lebende Maus an einen Python verfüttert wurde. Kleine, flinke Augen, die nach einem Ausweg suchten. Wenn dieser Neffe die Maus ist, wer ist der Python?

Langsam. Dieser Junge hat soeben seinen einzigen Verwandten verloren. Ist das nicht Grund genug für Panik?

Ja, sagt die Logik. Nein, sagt das Gefühl.

»Sehen Sie sich in der Lage, ein paar Fragen zu beantworten?« Roberto hat sich an beide gewendet. Aber nur der Junge nickt. Die Frau bewegt weiter die Lippen. Der Dialog mit ihrem Gott hat Vorrang.

15

Ein Riss in der Zeit.

Luca sitzt mit angezogenen Beinen auf seinem Bett und versucht das Zittern zu unterdrücken, das in Wellen durch seinen Körper läuft.

Die Zeit vorher. Von ihm getrennt durch eine gläserne Wand. Die paar Probleme ... Sie schrumpfen zu einem Nichts, wenn man sie von der anderen Seite der gläsernen Wand betrachtet.

Ab und zu verbotene Gedanken von Reichtum und Unabhängigkeit. Aber ein Gedanke tötet nicht. Eine Pistole schon. Stimmt nicht ganz. Auch eine Pistole ist harmlos ohne Finger am Abzug.

Sergio.

Lucas Gedanken gehen zurück zu dem Abend am Campo Santa Margherita. Ist es wirklich erst zwei Tage her? Die paar Euro auf der Theke. Ein Filmtitel fällt ihm ein: *Für eine Handvoll Dollar*. Clint Eastwood. Das hier ist kein Film.

Dieser Kommissar, der aussah, als wüsste er bereits alles. Als wären die Fragen nur noch Formsache.

Die Fragen ... Luca kann sich nicht mehr an alle erinnern. Wo er zur Tatzeit war. Einfach. In der Schule mit zwanzig anderen. Ob der Onkel Feinde hatte. Jeder hat Feinde, der mit so viel Geld jongliert. Clevere Antwort? Vielleicht auch nicht. Geld war das falsche Stichwort. Es geht um viel Geld und er ist der einzige Verwandte. *Blutgeld.* War das auch ein Filmtitel?

Ein Testament, ja sicher, das existiert. Nein, den Inhalt kennt er nicht. Liegt beim Avvocato Seniso. Büro hinter der Accademia. Nein. Andere Verwandte gibt es nicht.

Luca hört Sergios Stimme: »Die berühmte Frage: *Cui bono?* Wem nützt es? Und schon haben sie dich.«

Und schon haben sie dich.
Und schon haben sie dich.
Und schon haben sie dich.
Das Echo im Kopf. Ohren zuhalten hilft nicht.

Jetzt fällt ihm ein, an welchen Schauspieler ihn Sergio erinnert. An Alain Delon in diesem uralten Agentenfilm, den sie vor Kurzem im Fernsehen gezeigt haben. Alain Delon bekommt den Auftrag, seinen Freund und Lehrer Burt Lancaster umzubringen. Der Film war nicht gut. Kein Tempo. Logikfehler. Eine langatmige Verfolgungsjagd, am Ende ist Burt Lancaster tot. Alain Delon steht da, mit der Pistole in der Hand, wirkt unbeeindruckt und schaut Sergio ähnlich.

Es klopft an Lucas Tür. Assunta vermutlich. Er antwortet nicht. Sie öffnet die Tür trotzdem. Stellt einen Teller mit *creme caramel* und ein Glas heißer Milch neben ihm ab. Das hat immer geholfen. Bei Fieber, zerschrammten Knien, schlechten Noten. Eigentlich war Assunta das Zweitbeste nach einer wirklichen Mutter.

Späte Erkenntnis. Kein guter Filmtitel, aber passend. Wenn Assunta ihn jetzt umarmt, wird er vermutlich losheulen und ihr alles erzählen. Assunta steht unentschlossen, lächelt traurig. Dann dreht sie sich um und geht.

Ahnt sie etwas? Sieht man es ihm an?

16

»Piero Salmaso ist ein guter Mann.«
Interessante Eröffnung. Der Colonnello versucht es also mit Diplomatie. »Absolut«, bestätigt Roberto. »Er wird manchmal unterschätzt, aber das macht ihn noch gefährlicher für gewisse Leute. Der Columbo-Effekt.«
»Columbo-Effekt?« Der Colonnello sieht offensichtlich nicht fern. Liest wahrscheinlich Golfbücher am Abend.
»Manche unterschätzen Pieros Intelligenz«, erklärt Roberto. »Es sitzen einige hinter Schloss und Riegel, die diesen Fehler gemacht haben.«
»Ja, ja«, sagt der Colonnello wenig überzeugt. »Das mag schon sein. Trotzdem – ich hätte gerne, dass du dich um den Mord am Golfplatz kümmerst.«
»Gut«, sagt Roberto.
Der Colonnello setzt zu einer Entgegnung an, bemerkt rechtzeitig, dass Roberto zugestimmt hat, und macht den Mund wieder zu. Erinnert an einen Fisch auf dem Trockenen. Roberto unterdrückt unangebrachte Heiterkeit.
»Du gibst den Fall des verschwundenen Kindes ab?«, fragt der Colonnello.
»Nein«, sagt Roberto. »Es besteht die Möglichkeit, dass die beiden Fälle miteinander zu tun haben.«
Er informiert seinen Vorgesetzten. Der hört zu. Schaut skeptisch. »Hast du eine Theorie?«

»Ich theoretisiere nicht«, antwortet Roberto. »Niemals. Sonst neigt man dazu, die Tatsachen seiner Lieblingstheorie anzupassen.«

»Schön gesagt«, lächelt Colonnello Rogante. Ertappt. Diese bisweilen auftretende Neigung zum Dozieren.

Das Lächeln ist schnell wieder verschwunden. »Was hältst du vom Golfsport?«, fragt Rogante.

»Ich möchte nicht unhöflich sein«, antwortet Roberto.

Rogante nickt nachdenklich. »Was fällt dir zu Eisen ein?«

»Spinat.«

»Zu Loft?«

»Dachfenster.«

»Zu Bunker?«

»Krieg.«

»Zu Pro?«

»Kontra.« Robertos Antworten kommen rasch.

Rogante nickt wieder. »Hab ich befürchtet. Na, macht nichts.« Er schiebt Roberto einen Zettel zu. 10 Uhr 30, steht darauf. Darunter ein Name. »Deine erste Golfstunde«, erklärt Rogante. »Du bist für halb elf angemeldet. Bei Pilan – das ist einer der beiden Pros.« Kurze Pause. »Pro heißt Golflehrer«, setzt er hinzu. Sicherheitshalber.

Roberto hebt die Augenbrauen. Manche Fragen entziehen sich der Sprache.

»Irgendetwas läuft da im Club«, sagt Rogante. »Verkaufsgerüchte. An eine Hotelkette. Oder an eine Finanzierungsgesellschaft. Außerdem soll es einen heftigen Streit gegeben haben. Zwischen Nardi und einem anderen Clubmitglied. Jorgo Dario. Mehr war nicht in Erfahrung zu bringen. Alle wissen, dass ich bei der Polizei bin. Du kennst das ja: *omertà*.

Die berühmte Mauer des Schweigens. Hat Tradition. Nicht nur im Süden.«

»Und mir werden sie mehr sagen?«, fragt Roberto zweifelnd.

»Jorgo Dario hat ein Faible für Neulinge. Endlich jemand, der schlechter spielt als er. Du kannst alle möglichen unschuldigen Fragen stellen. Überleg dir einen Lebenslauf. Such dir einen neuen Beruf aus. Du darfst alles sein, bloß kein Polizist.«

»Undercover-Golfstunden«, sagt Roberto kopfschüttelnd.

»Du wirst es lieben«, behauptet Rogante.

Auf dem Weg zu seinem Büro meldet sich »Auf in den Kampf«. Blick aufs Display. Ah! Befremdet stellt er fest, dass sein Herz einen seltsamen kleinen Sprung macht.

»*Ciao*, Toni«, sagt er.

»*Ciao*, Roberto«, sagt die raue Stimme von Toni Lucatelli, der blonden Profilerin aus Rom. Sie haben in den letzten Monaten öfter miteinander telefoniert. Rein dienstlich. Irgendwie.

»Noch immer so friedlich bei euch in Venedig?«, fragt Toni.

»Ganz im Gegenteil.« Er erzählt.

»Ich bin dabei, einige Fälle verschwundener Kinder zu analysieren. Schick mir die Details. Vielleicht fällt mir was dazu ein.«

»Mach ich«, sagt Roberto.

»Ich denk oft an Venedig«, sagt Toni.

»Das hat diese Stadt so an sich«, antwortet Roberto.

Aus Rom kommt ein kleines Lachen. »Bis bald, Roberto.«

In Robertos Büro sitzt Teresa. Aber nicht dort, wo Besucher immer sitzen. Sie lümmelt auf Robertos Platz und blättert in ihrem Notizblock.

»Nett, so ein eigenes Büro ganz für sich allein«, sagt sie, als er hereinkommt.

Roberto versucht, sich nicht anmerken zu lassen, dass er sich ärgert. »Schön, dass es dir gefällt.«

»Weißt du, dass der Anteil weiblicher Kommissare in der italienischen Polizei bei etwa drei Prozent liegt?«

Roberto hat keine Lust, mit Teresa die Frage der *quota rosa*, der Frauenquote, zu diskutieren. »Hast du mit der Mutter des Mädchens geredet?«

»Sehr zu Diensten, o Herr und Gebieter«, sagt Teresa. »Selbstverständlich habe ich getan wie mir geheißen.«

»Teresa!«, knurrt Roberto.

Sie zuckt mit den Schultern, steht auf und bietet Roberto mit einer übertriebenen Handbewegung seinen Platz an.

Roberto verzichtet. Bleibt vor seinem Schreibtisch stehen. »Ich warte.«

Teresa redet los, ohne ihre Notizen zurate zu ziehen. »Also: Mutter Alleinerzieherin, arbeitet als Verkäuferin im Kaufhaus *Coin*, seit ihr Mann vor zwei Jahren die Familie verlassen hat. Ist ohne nähere Erklärung plötzlich ausgezogen, der Gute. Ob der Grund dafür blond oder dunkelhaarig war, ist nicht bekannt. Alles wie üblich. Keine Alimente, kein Lebenszeichen von ihm. Seine Familie lebt in Tuscania, nördliches Latium, dorthin kann man die Kollegen vor Ort schicken, falls du denkst, dass man den liebenden Samenspender unbedingt verständigen muss.«

Roberto seufzt innerlich. Eine mehr oder weniger glücklich verheiratete Teresa war ihm als Kollegin wesentlich lieber gewesen. Seit ihr Mann sie wegen einer Jüngeren verlassen hat, ist sie kämpferisch feministisch unterwegs.

»Ich versteh deinen Frust«, sagt Roberto. »Aber findest du nicht, dass deine Beurteilung männlicher Wesen in letzter Zeit etwas ziemlich – hm – Generalisierendes hat?«

»Ach – Commissario Freud hat Sorge, mein Urteilsvermögen könnte durch persönliche Erfahrung getrübt sein. Das Gegenteil ist der Fall. Ich sehe vieles klarer.«

Auch darüber will Roberto nicht mit ihr diskutieren. »Carlottas Mutter ist noch jung«, sagt Roberto nachdenklich. »Gibt es da jemand Neuen?«

Teresa schüttelt den Kopf. »Sie kam mir ganz so vor, als hätte sie für einige Zeit genug von Männern.«

Dann haben sich ja zwei getroffen. Das denkt Roberto nur. Laut sagt er: »Frag sie noch, ob Carlotta in letzter Zeit irgendwie verändert war. Du weißt schon, die üblichen Anzeichen. Irgendein Nachbar, der sich besonders um die Kleine gekümmert hat oder so.«

»Missbrauch?«, fragt Teresa. »Wie kommst du darauf? Denkst du an wen Bestimmten? Hast du eine Theorie?«

Roberto unterdrückt seinen Lehrsatz zum Thema Theorien. Er schüttelt nur den Kopf. »Reine Routine. Und – versuch trotzdem die Familie des Vaters zu erreichen. Ach ja, und wir brauchen das Testament von Filippo Nardi. Mach einen Termin beim Avvocato Seniso, er hat seine Kanzlei in der Nähe der Accademia-Brücke.«

»Und wie ich mich klonen soll«, fragt Teresa, »hast du dazu auch eine Idee?«

»Was?«, fragt Roberto abwesend. In Gedanken ist er wieder in der eleganten Bibliothek des ermordeten Commendatore, der von seinem *piano nobile* direkt in die Wohnung

Carlottas sehen konnte. Ob der Tote das kleine Mädchen kannte? Weiß der Neffe etwas darüber?

»Zwei Hände.« Teresa zeigt sie zum Beweis vor. »Mehr werden es nicht. Geburtsfehler.«

Die Botschaft kommt bei Roberto nicht an. »Und sag unserem Computerfreak, wie heißt er doch gleich ...?«

»Bossi«, antwortet Teresa ganz automatisch.

»Genau. Sag ihm, ich will alles über Nardi wissen. Vor allem darüber, wie er sein Vermögen gemacht hat.«

Teresa setzt zu einer Entgegnung an, schüttelt dann aber den Kopf und lässt es bleiben. »Mach es dir ruhig bequem«, sagt Roberto noch zu Teresa, ehe er das Büro verlässt.

Wenig später steht er wieder in der Bibliothek und schaut zu den Fenstern auf der anderen Seite des Kanals. Es brennt Licht. Die Vorhänge sind zugezogen. Die dunkelhaarige Frau hat ihm geöffnet und ist ohne weitere Fragen wieder verschwunden.

»Ja? Sie wollten mich sprechen?« Der Neffe. Mit den Augen, die keinen Ausweg sehen. Ganz plötzlich hat Roberto den Verdacht, dass er selbst der Python ist.

Ein Bild, das ihn beunruhigt. Und nicht nur, weil er seit seinem Aufenthalt in New Mexico Schlangen nicht leiden kann. Der Junge ist doch erst siebzehn. Und er hat ein Alibi.

Die Augen warten.

»Darf ich Du sagen?«, fragt Roberto.

Der Junge nickt.

»Kennst du Carlotta Pedretti? Sie wohnt da drüben.« Roberto deutet zu den beleuchteten Fenstern in dem unscheinbaren grauen Haus.

»Carlotta?« Das Erstaunen ist echt, die Erleichterung spürbar. »Ja klar. Jeder hier kennt Carlotta. Was ist mit ihr?«

»Sie ist verschwunden«, sagt Roberto.

»Was heißt verschwunden?« Ratlosigkeit in der Stimme des Jungen. Sonst noch etwas? Schwer zu sagen.

»So wie's aussieht, hat sie sich in Luft aufgelöst. Auf dem Rückweg vom Museum Correr. Sie war mit ihrer Klasse unterwegs, hat gemeinsam mit den anderen das Museum verlassen, ist aber nicht in der Schule angekommen.«

»Ich dachte, Sie untersuchen den Mord an meinem Onkel«, sagt der Junge mit den Gleich-werd-ich-gefressen-Augen.

»Auch.« Roberto nickt. »Aber jetzt frage ich dich als Nachbarn von Carlotta. Ist dir in den letzten Tagen etwas Ungewöhnliches aufgefallen? Fremde, die sich hier herumgetrieben haben? Vielleicht ein Unbekannter, mit dem sie gesprochen hat?«

Der Junge schüttelt den Kopf.

»Hat dein Onkel Carlotta gekannt?«

Die Überraschung wirkt echt. »Ob er ...? Keine Ahnung. Ich glaube nicht, dass er Kinder überhaupt bemerkt hat.«

Eine gewisse Bitterkeit in der Stimme. Roberto überlegt, was er noch fragen könnte. Es fällt ihm nichts mehr ein. Nicht im Augenblick jedenfalls. »Ja – das war's dann für heute. Morgen kommen meine Leute. Wir müssen die persönlichen Dinge des Commendatore durchsuchen. Und die geschäftlichen. Vielleicht findet sich ein Hinweis.«

Der Junge nickt.

»*Buona sera.*« Roberto ist schon an der Wohnungstür.

»Warten Sie!« Der Junge verschwindet in einem der Zim-

mer, kommt wieder mit einem Blatt Papier. »Das hat mir Carlotta gegeben. Ich sollte es für sie aufbewahren.«
Roberto betrachtet die Zeichnung. Eine große dunkle Figur, die ein gelbes Herz in den Händen hält. Hübsch irgendwie.
Warum gab Carlotta die Zeichnung jemandem zum Aufbewahren? Sollte ihre Mutter sie nicht zu sehen bekommen?
»Hat sie dir früher schon mal etwas gegeben?«
»Noch nie«, sagt der Neffe entschieden.
Roberto nickt. »Danke. Das kann wichtig sein. Wir werden es von einem Polizeipsychologen auswerten lassen.«
Natürlich denkt er dabei an eine ganz bestimmte Psychologin. Und natürlich hat er deswegen ein schlechtes Gewissen.

Halb neun. Sandra und Samuele haben schon ohne ihn gegessen. Wie so oft.
Es duftet nach – was? – *arrosto di vitello*. Zum Glück kann man Kalbsbraten aufwärmen. Die grünen Bohnen auch.
Sandras Blick ist distanziert.
Aus Samueles Zimmer kommt Lachen. Dann Schüsse. Dann Hundegebell. *Commissario Rex*, Samueles Lieblingsserie.
Roberto geht mit seinem *telefonino* ins Wohnzimmer und wählt eine eingespeicherte Nummer.
Sie wird nicht zu Hause sein. Rom ist im Gegensatz zu Venedig eine Stadt mit Nachtleben.
»*Pronto?*« Eine Stimme wie eine schnurrende Katze. Wen hat sie erwartet?
»Kannst du Kinderzeichnungen deuten?«, fragt Roberto ohne weitere Einleitung.

Kleine Pause. Na ja, eine kurze Begrüßung wäre vielleicht angebracht gewesen. Oder eine Entschuldigung wegen der abendlichen Störung.

»Eigentlich bin ich mehr dafür geschult worden, herauszufinden, wie Verbrecherhirne funktionieren«, antwortet Toni Lucatelli. »Aber schick mir den Scan. Ich kann ja mal schauen, ob mir was dazu einfällt.«

»Ich glaube, dass die kleine Carlotta etwas gezeichnet hat, worüber sie nicht reden konnte oder wollte«, erklärt Roberto. »Ihr Psychologen könnt doch Dinge herauslesen, die ein anderer nicht sieht.«

Kleine Pause.

»Und etwas hören, das nicht gesagt wird«, meint sie dann.

Darauf weiß er nichts zu sagen.

»Roberto!«, ruft Sandra aus der Küche. »*A tavola!*«

»Wo bist du?«, fragt Toni Lucatelli. »Zu Hause?«

Roberto nickt, dann fällt ihm ein, dass sie das nicht sehen kann. »Ja.«

»Das Essen wird kalt«, sagt die Stimme aus Rom.

»Ja. *Buona notte.*«

Sandra steht in der Tür und schaut fragend.

»Musste noch schnell was klären«, sagt Roberto. Was ja auch stimmt. Irgendwie.

17

Der Blick in den Spiegel stellt ihn zufrieden. Nicht, weil er sich besonders schön findet. Okay, gutes Aussehen ist hilfreich. Bei den Mädchen. Bei den wechselnden Arbeitgebern. Ältere Touristinnen lassen sich nun einmal lieber von jemandem wie ihm die überteuerten Spaghetti auf den Tisch stellen.

»*Un peu comme un jeun Alain Delon*«, hat vor Kurzem eine ältere Französin zu ihrer Begleiterin gesagt. So laut, dass er es hören musste. Ihr Lächeln hat er nicht erwidert. Keine Lust auf ein Dasein als Gigolo. Das ist nicht das neue Leben, das er sich vorstellt.

Er studiert den anderen im Spiegel. Was ihm gefällt, ist die Tatsache, dass er jemanden sieht, der entschlossen ist, sein Leben zu ändern. Grundlegend. Vielleicht wirklich Japanisch studieren? Wer weiß.

Er geht über die Brücke, die Sacca Fisola mit der Giudecca verbindet. Lange genug standen die Baukräne wie eiserne Giraffen im Gebäudekomplex der Molino Stucky Die Brandruinen wurden abgetragen. Dann die Backsteinmauern originalgetreu hochgezogen. Jetzt ist das Hilton International fertig und sucht Kellner.

Er wird hier ganz bestimmt nicht servieren. *Promesso*. Versprochen.

Der Giudecca-Kanal in seiner morgendlichen Betriebsamkeit. Ein Frachtboot mit Lastwagen. *CONAD city*, sagt die rotgelbe Schrift. Ein Schlepper, der nichts schleppt. Ein Boot, das Gemüse liefert. An der Haltestelle Palanca legt eben der *vaporetto* ab, den er erreichen wollte. Auch gut. Es wird ein anderer kommen. Er geht zum Zeitungshändler, nimmt einen *Gazzettino* vom Stapel, legt das Kleingeld auf die Theke.

Ein großes Foto auf der ersten Seite. Er schaut es lange an, liest die fette Überschrift. Dann den kleinen Text unter dem Foto. Überfliegt die Kurzfassung des Geschehenen. Weiter auf Seite fünf. Er faltet die Zeitung zusammen. Die Details können warten.

Er schaut auf die in der Morgensonne glitzernden Wellen.

Der erste Tag seines neuen Lebens.

Eine blendend weiße Jacht steuert hinaus Richtung offenes Meer.

Sergio lächelt. Nichts könnte passender sein als Symbol für diesen Augenblick.

18

Du hast doch Turnschuhe? Und eine bequeme Hose? Und ein Polohemd?

Na, dann hast du alles, was du für deine erste Golfstunde brauchst.

Die Worte des Colonnello.

Also folgt Roberto jetzt in dunkelblauem Polo und dunkelblauer Leinenhose (macht schlank!) sowie blau-weißen Turnschuhen dem Pfeil auf dem Schild mit der Aufschrift *Campo Pratica*. Und der Empfehlung, beim Überqueren des Fairway die nötige Vorsicht walten zu lassen.

Eine neue Identität also. Roberto hat sich bereits für einen Namen entschieden: Aldo Pirelli. Dann kann er auf eventuelle Fragen jedem mitteilen, dass die einzigen Reifen, zu denen er Verbindung hat, die um seine Mitte sind.

In Bezug auf seinen neuen Beruf ist er noch unentschlossen, das wird er dem Augenblick überlassen.

Mit Erleichterung stellt Roberto fest, dass außer ihm nur ein Übungswilliger zu sehen ist. Ein älterer Herr, auch nicht ganz schlank. Rotes Polohemd, rot-blau karierte Hosen, rote Schirmkappe. Also bin ich nicht der älteste Anfänger, denkt Roberto erleichtert.

»Signor Pirelli? Ich bin Enzo Pilan«, sagt der Ältere.

Oh. Der Maestro. Wieso hat er sich den Golflehrer so ähnlich wie einen Aerobiclehrer vorgestellt?

Ein paar Fragen. Nein, er hat noch nie. Nein, er ist auch nicht Tennisspieler. Ja, absoluter Anfänger. Das bewirkt einen längeren Vortrag darüber, wie Roberto den Schläger in die Hand nehmen soll. Das Ganze heißt *grip* und scheint bereits eine Wissenschaft für sich zu sein. Irgendwann vertraut ihm Pilan einen Schläger an. *Ferro sette* – ein Eisen sieben, wie er dazusagt. Außerdem schubst er einen der kleinen weißen Bälle in einigem Abstand vor Robertos Füße.

Gut. Wir lernen Golf. Kann ja wohl nicht so schwer sein. Alberne Haltung. Knieweich mit weggestrecktem Gesäß. Rückschwung, Durchschwung.

Anstelle des Balls fliegt ein Rasenstück beträchtlichen Ausmaßes durch die Luft.

Neuer Ansatz. Unbeteiligt liegt der Ball nach dem Schlag vor ihm. Keine Feindberührung.

Noch ein Versuch. Der Ball rollt ein paar Meter. Vermutlich aus reiner Angst. Gibt es kein geeigneteres Werkzeug zur Beförderung von Bällen?

Roberto stellt fest, dass er schwitzt. Hat er das Deo heute früh vergessen? Er ist nicht ganz sicher. Niemand hat ihm gesagt, dass er schwitzen wird.

Der Maestro nimmt ihm den Schläger aus der Hand. Etwas Seltsames passiert. Die Bälle fliegen ausnahmslos in schönem hohen Bogen über die Hundertmetermarke. Wirkt völlig mühelos, das Ganze.

Neue Versuche. Mittlerweile hat Roberto den Verdacht, dass die kleinen weißen Bälle bösartig grinsen. Das ärgert. Noch größere Rasenstücke fliegen.

Der Maestro schüttelt den Kopf. Kann man wegen Talentlosigkeit nach Hause geschickt werden? Ein Ansatz von Ehrgeiz. Weitere Versuche. Irgendwann fliegt ein Ball. Dann noch einer. Ah! Was für ein Gefühl! Die Stunde ist um. Vierzig Euro für den Maestro. Das wird ein Undercover-Unternehmen der eher teuren Art.

Einen neuen Termin vereinbaren. Gleich morgen, zur selben Zeit.

»*Ci vuole un po di pazienza* – man braucht ein bisschen Geduld«, meint der Maestro milde.

Roberto versucht, ein Gespräch mit ihm zu beginnen. Ob es viele junge Talente gibt?

Das Gesicht des Maestro wird noch verschlossener. »Einige.« Ende der Unterhaltung.

Eine Golferin reiferen Alters wartet schon auf den Maestro.

Roberto duscht, setzt sich dann unter die segeltuchbespannte Pergola und bestellt ein kleines Bier. Die hübsche dunkelhaarige Kellnerin wirkt, als wäre der Beruf weit unter ihrer Würde.

Roberto schaut kommunikativ in die Runde. Das ist ja der Sinn des Ganzen. Am nächsten Tisch vier Ausländer. Deutsche? Österreicher?

Eine etwa hundertjährige Blondine ganz in Rosa trinkt ihren Espresso. Sie lächelt versonnen, meint aber niemand Bestimmten.

Die Idee des Colonnello kommt ihm plötzlich völlig absurd vor. Statt nach der verschwundenen Carlotta zu suchen, sitzt er hier im Golfclub und wartet auf zufällige Informationen. Darauf, dass der Mörder kommt und sich bei ihm vorstellt.

»Sie gestatten?«, fragt ein schlanker Weißhaariger. Schlaufröhliches Gesicht. Neugierige Augen. Setzt sich, bestellt ebenfalls ein Bier. »Neu bei uns?«

»Erste Stunde«, sagt Roberto und hätte sich fast mit seinem richtigen Namen vorgestellt. Besinnt sich gerade noch auf seine neue Identität. Die Reifen machen keinen Eindruck. Wahrscheinlich gibt es hier viele Namen, die nach Geld klingen.

»Jorgo Dario«, sagt der Schlaufröhliche. »Mutter Griechin, Vater Venezianer. Nur um Ihnen die Frage zu ersparen.«

Roberto hatte nicht vor, ihn danach zu fragen. »Wenig Jugend hier?«, fragt er stattdessen.

»Was erwarten Sie am Vormittag?«, fragt der griechische Venezianer zurück. »Die *ragazzi* sind in der Schule. Wir haben eine sehr gute Jugendmannschaft. Und einen hervorragenden Trainer. Bisazza. Nur die älteren Semester gehen zu Pilan. Was ihm natürlich gar nicht passt.«

Das erklärt Pilans Reaktion auf die Frage nach den jungen Spielern. Aber es ist nicht die Art von Information, die Roberto braucht.

»War gar nicht sicher, ob heute hier normaler Betrieb ist.« Roberto beobachtet Dario. »Nach dem Mord gestern.«

Dario lächelt versonnen. »Nur der eigene Todesfall hält Golfer von ihrer Lieblingsbeschäftigung ab.«

»Sie kannten den Toten?«

»Hier kennt jeder jeden«, antwortet Dario ausweichend.

Noch eine Frage und ich war die längste Zeit undercover, denkt Roberto. Er fragt trotzdem. »Haben Sie irgendeine Idee, warum ihn jemand erschossen haben könnte?«

»Ich kann Ihnen vierhundertachtundsechzig Verdächtige nennen«, antwortet Dario. Er genießt sichtlich Robertos Verblüffung. »So viele Mitglieder hat unser Club«, setzt er dann hinzu.

»Sie inbegriffen?«

»Aber natürlich.« Dario lächelt gemütlich. »Ich an erster Stelle. Ich hab ihm auf den Kopf zugesagt, dass er hinter dem geplanten Verkauf des Clubgeländes steckt. Wenn es nach ihm geht, wird hier ein Riesenhotel gebaut. Wahrscheinlich außerdem irgendwelche Luxusappartements. Den Club werden sich nur noch die leisten können, die so reich sind wie Filippo. Ich rede von Nardi, dem teuren Dahingeschiedenen«, fügt er hinzu.

Großartig, denkt Roberto. Ich bin auf der Suche nach einem Motiv und finde eines, das auf vierhundertachtundsechzig Leute zutrifft. Das bedeutet mehr Befragungen, als wir personell verkraften können.

»Es ist ein wunderschöner Platz.« Darios Stimme hat die ironische Schärfe verloren, wird fast träumerisch. »Er muss offen bleiben für alle, die hier spielen wollen, verstehen Sie?«

»Und glauben Sie, dass Nardis Tod den Verkauf verhindern wird?«

»Es ist ein guter Anfang«, antwortet Dario, jetzt gar nicht mehr träumerisch.

Roberto lässt diese trockene Feststellung erst einmal auf sich wirken.

»Bin ich jetzt Ihr Hauptverdächtiger?«, fragt Dario.

Roberto versucht, überrascht dreinzuschauen.

»Wenn Sie eine kugelsichere Weste mit der Aufschrift *POLIZIA* anhätten, könnte es nicht offensichtlicher sein«, fährt Dario fort. »Und, nein, ich habe kein Alibi. War etwa zur fraglichen Zeit auf der Driving Range, die ist gleich neben dem Loch siebzehn.«

Roberto seufzt. »Können Sie es trotzdem noch ein wenig

für sich behalten? Vielleicht sehen ja nicht alle die virtuelle kugelsichere Weste.«

»Aber sicher.« Dario steht auf. »Mein Flight wartet.« Er zeigt auf zwei ältere Spieler. »Die beiden haben übrigens gestern mit Nardi gespielt.«

»*Buon gioco*«, wünscht Roberto. Gutes Spiel. Die Höflichkeit der Golfer. Auch das hat er in seiner ersten Stunde gelernt.

19

Plötzlich steht er im Mittelpunkt und hasst es.
Betroffene Blicke der Lehrer, gemurmelte Floskeln des Beileids. Willst du nicht ein paar Tage zu Hause bleiben? Können wir irgendwie helfen?
Grässlich!
Der Zettel auf seinem Tisch ist von Sofia: Wenn du mich brauchst, ich bin für dich da. Netter Versuch. Er zerknüllt das Papier achtlos, obwohl er weiß, dass Sofia ihm zusieht.
»Alles klar?«, fragt Alvise und legt den Arm um seine Schultern. Nähe, die er nicht brauchen kann.
Und dann Samanta. »Tut mir sehr leid«, sagt sie ernst.
Wie lange hat er darauf gewartet, dass diese blaugrauen Augen ihn wahrnehmen. Nicht durch ihn durch oder an ihm vorbei schauen. Und jetzt hat es keine Bedeutung mehr.
Es hätte ein Anfang sein können.
Aber es kann keinen Anfang mehr geben. Er bringt ein Nicken zustande und wendet sich ab.
Die gläserne Wand.
Sein Mund ist trocken. Sein Körper hat das Bedürfnis wegzulaufen, der Verstand lässt ihn bleiben, wo er ist. Er nimmt den Block mit der Architekturzeichnung heraus. Eine Perspektivstudie. Vor ein paar Tagen begonnen. Als sein bisheriges Leben noch die etwas langatmige Exposi-

tion war für einen grandiosen Film, der erst richtig beginnen würde.

Jetzt sieht er bereits die Schlussszene. Zwei Männer in Zivil an der Tür zum Klassenzimmer. Ein paar leise Worte zum Lehrer. Blicke in seine Richtung. Handschellen. Klick. Die erstaunten Gesichter der anderen. Samanta *close up*. Zoom auf die Augen. Fassungslosigkeit, vielleicht auch eine Spur von Bedauern. Ausblende.

Die Absurdität des Normalen. Kunstgeschichte, italienische Literatur, darstellende Geometrie, Französisch. Mord steht nicht im Stundenplan. Auch ein passender Filmtitel.

Nach dem Unterricht isst er ein *panino*, holt ein Buch aus der *libreria*, das er bestellt hat, als er noch auf der anderen Seite der gläsernen Wand lebte. Das Handy liegt schwer in seiner Jackentasche. Er spielt mit dem Gedanken, es wegzuwerfen. In einen der vielen Kanäle. Das Schicksal ruft an und keiner hebt ab. Ausgetrickst.

Er steigt schon bei Valaresso aus dem Boot und geht über die *piazza* nach Hause. Musiker in weißen Jacken und schwarzen Hosen spielen mit gelangweilten Gesichtern schnulzige Melodien. *It was fascination*. Ob sie auch einmal Träume hatten? Eine Karriere als Konzertgeiger? Als Jazzgrößen? Als Komponisten? Seltsam, noch nie hat er über die Träume anderer Leute nachgedacht.

Von drüben, von der *piazzetta*, mischen sich Klänge des Donauwalzers zur *fascination*. Von weiter weg das unvermeidliche »Sahantahaluhucihia«. Ein Soundtrack, der zu seinem inneren Tumult passt.

Ob ihn Polizisten erwarten werden? Der Kommissar hat irgend so was angekündigt. Sie suchen ja nach dem Motiv.

Aber zu Hause ist nur Assunta. Düster, wortkarg. Die Polizei hat alle Briefe und Arbeitsunterlagen des Commendatore eingepackt und mitgenommen. Auch den Computer. Er merkt, dass sie diesen Eingriff in die Privatsphäre des Toten missbilligt. Achselzuckend missbilligt.

Das *telefonino* bleibt stumm. Und dann sind da plötzlich die hoffnungsvollen Gedanken.

Er bekommt sein Leben zurück.

Alles ist nur ein makabrer Zufall.

Der Abend auf Sacca Fisola hat nichts mit dem Tod des Onkels zu tun.

Er wird nie wieder von Sergio hören.

Die Hoffnung ist bunt schillernd wie eine Seifenblase und ebenso fragil. Ein Windstoß kann sie zerstören. Oder das Läuten des Telefons.

20

Roberto checkt das Display, ehe er abhebt. Wieso kann er diesen Namen nie lesen, ohne diese Mischung aus Freude und Schuldbewusstsein? Da war nichts und da wird nie etwas sein. »*Ciao*, Toni.«

»*Ciao*, Roberto.« Eine Stimme, als wäre sie soeben aufgewacht. »Nur ganz kurz, bin eigentlich in einer Sitzung. Ich hab mit einem Kollegen – er ist Kinderpsychologe – über die Zeichnung gesprochen. Und er meint, wir sollten nicht zu abstrakt denken. Kinder sind meist sehr konkret in ihrem Ausdruck. Also ein gelbes Herz ist genau das, was es ist: ein gelbes oder vielleicht ein goldenes Herz. Und nicht etwa eine Metapher für irgendetwas anderes.«

»Schmuck vielleicht?«, fragt Roberto.

»Bisschen groß dafür, aber ja, vielleicht ...«

Roberto hört Stimmen, irgendwer ruft Tonis Namen.

»*Ciao, caro*«, sagt sie. Die Verbindung ist beendet, ehe er noch etwas darauf sagen kann.

Den Ton dieses »*Ciao, caro*« nimmt er mit ins Besprechungszimmer.

Erschöpfte Gesichter. Zwei Flaschen Mineralwasser auf dem Tisch. *Frizzante* und *naturale*. Das offene Fenster geht zum Hof. Zwei streitende Stimmen, aber nicht so laut, dass man dafür ein stickiges Besprechungszimmer in Kauf nimmt.

Tageszeitungen liegen auf dem Tisch. Der Mord an Nardi ist überall auf den Titelseiten. Nichts über Carlotta. Wenn das Kind nicht bald gefunden wird, muss man an die Öffentlichkeit gehen.

Roberto schaut fragend in die Runde.

Bossi beginnt. Natürlich jede Menge Material über den Finanzmenschen Nardi. Aber absolut kein Anhaltspunkt für irgendetwas, das ihn in eine kriminelle Nähe rücken würde. Scheint, als hätte der Tote ganz einfach eine gute Hand für Geld gehabt. So was soll's geben. Bill Gates im Kleinformat.

Roberto wird ständig abgelenkt von Bossis Tattoos. Der Drache auf seinem linken Unterarm scheint sich zu bewegen, während der Adler rechts etwas seltsam Statisches an sich hat. Eindeutig nicht derselbe Künstler. Wie sucht man Tattoos aus? Wacht man auf und weiß, dass man heute einen Säbelzahntiger auf dem Rücken haben will? Oder einen Python auf der Schulter?

Bossi, der Tattoo-Fan, der Computerfreak, der Hacker. Es war Roberto, der ihm das Angebot machte, in den Polizeidienst zu wechseln. Auf der Seite der *good guys* mitzuspielen. Sonst weiß Roberto fast nichts von Bossi. Doch, einen Kater hat er erwähnt, mit dem er seit einiger Zeit zusammenlebt. Zurück zu Bossis Bericht, ermahnt sich Roberto. Es kann etwas Wichtiges dabei sein.

Auch Nardis Computer war sauber. Kein Hinweis auf Geldwäsche, keine pädophilen Files, die in irgendeiner Weise einen Zusammenhang zum Verschwinden Carlottas herstellen könnten. Die Nähe der beiden Wohnungen offensichtlich purer Zufall.

»Zufall« ist ein Reizwort für Roberto. Trotzdem akzeptiert er die Ergebnisse ohne Zwischenfragen. Und ohne Zweifel. Was Bossi nicht findet, findet keiner.

Die schriftlichen Unterlagen werden noch von den Finanzexperten ausgewertet. Das kann Tage dauern.

Bleibt im Augenblick, was Nardi betrifft, nur die Spur, die zum Golfplatz führt. Roberto verschweigt seine Erfahrungen mit den boshaften weißen Bällen. Obwohl sie alle etwas Aufheiterung brauchen könnten. Erzählt von den Verkaufsgerüchten und Jorgo Darios Anschuldigungen, dass Nardi die Sache betrieben hätte.

»Irgendetwas hab ich darüber gelesen«, sagt Piero. »Die *comune* Venedigs behauptete, ein Vorkaufsrecht zu haben, konnte es dann aber nicht beweisen.«

Bossi verspricht, sich Zugang zu den Unterlagen zu verschaffen. Ob verkauft wurde, an wen und zu welchen Bedingungen. Aber selbst wenn – ob so etwas für ein Motiv reicht?

Teresa spricht es aus: »Töten Golfer, wenn man ihnen ihre Spielwiese wegnehmen will?«

Achselzucken.

»Immerhin ist es die einzige Spielwiese in Venedig«, wirft Bossi ein. »Der nächste Golfplatz ist in der Nähe von Mogliano Veneto. Für Venezianer im feindlichen Ausland.«

Pieros Bericht vom Schauplatz des Verbrechens. Da ist dieser Canavó, der so viel redet, weil er möglicherweise etwas verschweigt. Das war jedenfalls Michele Vios Eindruck.

»Dem kommt jeder verdächtig vor, der den Mund aufmacht«, sagt Bossi.

Auch wieder wahr. Trotzdem. Man wird noch einmal mit ihm reden. Roberto übernimmt das.

Das Bild, das Carlotta gemalt hat, macht die Runde. Die große dunkle Figur mit dem gelben Herz in der Hand. Die kleine Figur daneben. Und ausgerechnet der Neffe des Mordopfers bewahrt die Zeichnung auf. Purer Zufall? Hm. Ratloses Schweigen.

»Die Profilerin in Rom arbeitet an einer genaueren psychologischen Auswertung«, sagt Roberto möglichst beiläufig.

Schneller Blick Teresas. Röntgenartig. Manche Blicke verlangen Strahlenschutz. »Ihr seid in Kontakt?«

Roberto blättert in seinen Unterlagen. Hofft, dass die Wärme, die er in seinem Gesicht spürt, unter der Sonnenbräune nicht zu sehen ist. Ignoriert Teresas Frage. »Irgendetwas aus dem Umfeld Carlottas?«

Absolut nichts. Dass der Vater nach wie vor verschollen bleibt, ist nach Teresas Ansicht absolut normal. So sind geschiedene Väter. Keine Verhaltensauffälligkeiten des Kindes in letzter Zeit. Nichts, was auf Missbrauch deuten würde. Jedenfalls nicht nach den Aussagen der Mutter und der Klassenlehrerin.

»Der Neffe war's!« Gobetti schaut zur Tür herein und schwenkt ein Blatt Papier.

Alle starren ihn an.

»Na – diese erschossene Familie in Kalabrien«, sagt Gobetti, sichtlich unsicher werdend. »Der Neffe behauptet, vom Satan persönlich den Mordauftrag bekommen zu haben. Per E-Mail.«

Eisiges Schweigen.

Gobetti wird noch unsicherer. »Kein Pakt mehr, der mit Blut unterschrieben wird. Der Teufel ist neuerdings online. Ist doch mehr oder weniger bemerkenswert.«

»Mehr oder weniger«, sagt Roberto grimmig und verspürt wieder dieses beängstigende Bedürfnis, Gobetti zu würgen.

»Dachte, es ist interessant. Mehr oder weniger«, murmelt Gobetti und zieht den Kopf zurück.

»Mehr oder weniger«, knurrt Roberto. »Woher haben wir diese Heimsuchung?«

»Jede Antwort darauf wäre politisch inkorrekt«, sagt Piero. »Wir Venezianer haben nämlich keine Vorurteile gegenüber dem Süden.«

»Haben wir nicht?«, fragt Bossi.

»Verstehe.« Roberto nickt.

»Trotzdem«, Teresa schüttelt den Kopf, »im ersten Augenblick klang es wie eine Antwort des Schicksals auf unsere Fragen.«

»Ich halte zwar nicht viel vom Schicksal«, sagt Roberto, »aber durch Gobetti kommuniziert es bestimmt nicht. Haben wir schon Zugang zu Nardis Testament?«

»Ich arbeite dran«, antwortet Teresa. »Glaube kaum, dass da Überraschungen zu erwarten sind.«

Ein Irrtum, wie sich herausstellen wird.

21

Die Anweisung ist knapp und klar. »In den Giardini, beim Partisanendenkmal, in einer halben Stunde.«
Damit ist die Verbindung auch schon wieder unterbrochen.
Die Seifenblase ist zerplatzt.
Luca sitzt auf seinem Bett, mit dem Rücken zur Wand, und umfasst seine Knie. Sein Körper reagiert mit unkontrollierbarem Zittern gegen den mühsam unterdrückten Fluchtreflex.
Da war etwas in Sergios Stimme, das keinen Zweifel daran lässt: Der Albtraum geht weiter. Die Hoffnung war absurd.
Seltsamerweise sieht Luca sich plötzlich selbst mit dem Auge der Kamera. In der Rolle des Schauspielers. Was wird er in dieser ausweglosen Situation tun? Wer schreibt das Skript? Wer gibt die Regieanweisungen?
Das Zittern lässt nach.
Sein Blick bleibt an einem seiner Kinoplakate hängen. Bogey und Ingrid in *Casablanca*. Uns bleibt immer noch Paris. Und was bleibt ihm? Eine Zukunft, die nicht stattfindet. Wie war das in *Matchpoint*? Dieser Typ kam mit zwei Morden davon. Eigenhändig begangen. Was jetzt, Woody? Was schlägt die Regie vor?
Woody Allen, der von einem anderen Plakat gewohnt stadtneurotisch heruntergrübelt, gibt keine Antwort.

Luca sieht, dass der Zeiger der Uhr unbeeindruckt weitergerückt ist, und greift nach seiner Jacke. Er braucht ungefähr zehn Minuten vom Palazzo Priuli bis zu den Giardini. Zeit zu gehen. Grace und Cary blicken ernst von einem anderen Kinoplakat.

High Noon. Nur tritt im Western immer der Gute gegen den Bösen an. Im Leben ist es komplizierter.

Showdown. Luca erinnert sich an die großartige Schlussszene in *Spiel mir das Lied vom Tod*. Einer seiner Lieblingstode. Charles Bronson als unerbittlicher Rächer. Henri Fonda, der sterbend die Antwort auf seine Frage bekommt: »Wer, zum Teufel, bist du?« Das gequälte Aufjaulen der Mundharmonika mit seinen letzten Atemzügen. Die plötzliche Erinnerung, wer ihn gejagt hat und warum. Grandios.

Verdienen es manche Menschen, umgebracht zu werden? Das Gesicht Henri Fondas wird unscharf und dann ist es plötzlich Sergio, der da im Staub der Wüste liegt.

Wunschdenken?

Nur – Sergio hat keine tödliche Kugel im Körper. Und er ist gefährlich. Tritt man Henri Fonda unbewaffnet gegenüber?

Luca geht in die Küche, nimmt aus dem Holzblock eines der kleineren Messer. Es passt genau in seine Jackentasche.

Die Giardini an einem milden Herbstabend bei beginnender Dämmerung. Gibt es denn, verdammt noch mal, nur Verliebte? Händchen haltende, sich hemmungslos küssende Pärchen, wohin Luca schaut. Sogar einer der streunenden Kater, ein Veteran mit zerfransten Ohren, sitzt auf einer Steinmauer und jault seine Sehnsucht in den Abendhimmel.

Eine Weile steht Luca vor dem (gewollt?) hässlichen Stein. *Il Veneto alle sue partigiane*, sagt die Inschrift. Was – nur den weiblichen Partisanen ist das Denkmal gewidmet? Gegen wen oder wofür haben diese Partisaninnen gekämpft? Er hat keine Ahnung. Geschichte interessiert ihn nicht. Was geschehen ist, ist geschehen. Ohne Hoffnung, daran noch etwas ändern zu können.

Wie mein Leben, denkt er.

Von Sergio keine Spur.

Es wird rasch dunkler. Luca geht vor dem Denkmal auf und ab.

Als er an einem der Büsche vorbeikommt, steht dann ganz plötzlich Sergio neben ihm und steuert auf einen dunklen Winkel des Parks zu. »Niemand ist dir gefolgt«, sagt Sergio. »Außer mir natürlich. Ich musste sichergehen. Trotzdem ist es besser, wenn wir uns nicht gemeinsam sehen lassen.«

»Wer sollte mir denn folgen?«, fragt Luca verwirrt.

»Die Polizei selbstverständlich«, antwortet Sergio. »Wollten die denn kein Alibi von dir?«

»Sie haben gefragt, ja«, sagt Luca. »Aber ich war in der Schule.«

»Eben«, nickt Sergio. »Das war ja die Idee.«

»Ich wollte nie wirklich ...«, beginnt Luca und bricht ab.

Sergio lacht auf. »Unser Gespräch war einigermaßen konkret – oder?«

Luca weiß es nicht mehr. Gesagtes und Unausgesprochenes, Gedanken und Fantasiebilder fließen ineinander. Erbitterte Rechtfertigung und Schuldgefühle. »Und jetzt?«, fragt er.

»Wir hatten eine Abmachung, schon vergessen?«, meint Sergio.

»Ich versteh nicht«, sagt Luca.

»Du verstehst sehr gut«, sagt Sergio. »Die Hälfte der Erbschaft gehört mir. Ehrlich verdient. Ich könnte ja auch sagen: drei Viertel. Aber ›Bescheidenheit‹ ist mein zweiter Vorname. Also: die Hälfte, wie vereinbart.«

Luca sieht ihn an. Sergios Gesicht ist in der Dämmerung seltsam leuchtend weiß. Es ist fast, als würde hinter Sergios Blässe eine andere Person durchscheinen.

»Sag bloß, du hast ein Problem damit«, sagt der Mund in dem blassen Gesicht. »Deine Erbschaft reicht spielend für uns beide. Solange dir bewusst ist, wem du das alles zu verdanken hast, wird es kein Problem geben.«

»Ich weiß noch nicht einmal, wie das Testament aussieht«, sagt Luca.

»Du bist doch der einzige lebende und liebende Verwandte – oder?«

Luca nickt.

»Na also«, sagt Sergio. »Dann brauchen wir uns keine Sorgen zu machen.«

»Ich könnte diesem Commissario erzählen, wie alles war«, sagt Luca.

»Ja, das könntest du.« Pause. »Aber auf der Waffe, die deinen Onkel getötet hat, sind nicht meine Fingerabdrücke, sondern dummerweise deine. *Capito?* Und ich profitiere nicht vom Tod deines Onkels. Jedenfalls nicht, soweit die Polizei das nachvollziehen kann.«

Die Szene aus der Erinnerung ist überdeutlich. Sergios Blick. Seine Stimme: Eine Beretta, Kaliber 7,65. Luca spürt wieder das Gewicht der Pistole in seiner Hand. Die Kühle des Metalls. Er glaubt sogar den Geruch der Waffe wahrzunehmen. Ein wenig säuerlich. Aber wahrscheinlich ist es nur der kalte Schweiß, der ihm den Rücken hinunterrinnt.

»Und jetzt?«, fragt er.

»Jetzt warten wir mal, wie viel Geld wir geerbt haben. Wie alt bist du eigentlich?«

»Noch nicht achtzehn«, sagt Luca hoffnungsfroh. Es wird einen Sachwalter oder Vormund oder etwas in der Art geben. Bestimmt kann er noch nicht selbstständig über das Geld verfügen.

»Sie werden dich von Gesetzes wegen für volljährig erklären lassen«, sagt Sergio. »Das geht. Ich hab mich erkundigt. Und wenn du Zugriff hast auf unser Geld, dann werde ich dir ein paar Konten nennen, auf die du Geld überweist. Nicht zu viel auf einmal, sonst fällt es auf. Wir werden sehr vorsichtig sein. Und die Pistole behalte ich sozusagen als Versicherungspolice.«

Luca antwortet nicht. Es gibt nichts zu sagen. Seine Hand ertastet den Griff des Messers in seiner Jackentasche. Im Film wäre das der richtige Zeitpunkt, um den Erpresser loszuwerden. Der Hauptdarsteller, in die Enge getrieben, wehrt sich. Das Publikum kann ihn verstehen.

»Karibik«, sagt Sergio. »Ich denke, ich werde mich auf einer Insel niederlassen. Sandstrand, Palmen, kristallklares Meer.«

»Mit Letizia?«, fragt Luca.

Sergio lacht kurz auf. »Mit wem?«

Alles klar.

Luca lässt den Griff des Messers los. Absurd. Was hat er sich dabei gedacht? Ich bin doch kein Killer, denkt er. Ach – nicht?, antwortet eine boshafte innere Stimme.

»War's das?«, fragt er. Er ist nur noch müde. Er will schlafen.
»Für heute ja«, sagt Sergio. »Du hörst wieder von mir. *Ciao, caro!*«
Damit hat ihn die Dunkelheit verschluckt.
Das »*Ciao, caro*« klingt nach. Fast zärtlich.
Der Kater singt noch immer sein Liebeslied.
Luca bleibt vor ihm stehen.
Der Kater verstummt, beäugt ihn misstrauisch, ist sichtlich bereit, bei der ersten verdächtigen Bewegung die Flucht zu ergreifen.
»Sie will dich nicht«, sagt Luca zu ihm. »Glaub mir, ich kenn mich aus mit so was.«
Der Kater überlegt kurz, dann springt er von der Steinmauer, trottet davon, verschwindet in den Büschen.
Ein Kater zu sein in den Giardini – selbst ein streunender und ungeliebter Kater ... Beneidenswert.

22

Immer diese Versuchungen. Immer wieder die Frage: Soll ich es riskieren? Ist der Lustgewinn groß genug, selbst wenn man weiß, dass man den Rest seines Lebens mit den Folgen leben muss?

Roberto steht vor der *pasticceria* in der Ruga Giuffa. Handgeschöpfte Schokolade. Pralinen. Kleine Kuchen nach traditionellen Rezepten. Alles hervorragend, aber die absolute Krönung sind Nugatsorten, die sonst nirgends zu bekommen sind. Immer frisch gemacht und geschmacklich nicht zu vergleichen mit dem Zeug, das in schmucken Schachteln die Fabriken verlässt. *La fine del mondo* – nicht zu überbieten, von niemandem. Und die Schweiz? Pah! Beim Bankgeheimnis sind sie vielleicht immer noch führend, nugatmäßig aber bereits um Längen geschlagen. Roberto hat das sorgfältig ausgetestet.

Der innere Kampf tobt.

Roberto, der Linienbewusste, hat wenig Chancen.

Der andere Roberto öffnet die Tür und lässt die Düfte auf sich einströmen. Ah – Kindheit! Alles wie vor – hm – etlichen Jahren. Weder Fotos noch Erzählungen – nichts katapultiert uns so direkt in eine andere Zeit wie ein ganz bestimmter Geruch. Aber auch optisch wird die Illusion unterstützt. Sogar die sorgfältig ondulierten grauen Haare der Verkäuferin sind genau, wie sie immer sind. Immer waren.

Wahrscheinlich stellen sie hier grundsätzlich keine jungen Verkäuferinnen ein.

Roberto lässt sich drei, nein, doch vier Nugatsorten mischen. Mit einer kleinen Zange und gebührendem Respekt werden die Unvergleichlichen in einem Zellophansäckchen geborgen. Genau wie in seiner Kindheit schaut Roberto gebannt den ruhigen Handbewegungen zu. Die altmodische Waage zeigt dreihundertfünfzig Gramm. Roberto greift nach seiner Brieftasche, zieht einen Geldschein heraus – Qualität hat ihren Preis –, legt ihn auf die Glasplatte und genau in diesem Augenblick sieht er es.

Ganz oben in einem Regal steht ein großes goldenes Herz. Genauer gesagt, es ist ein Karton in Herzform, innen und außen goldfarben, gefüllt mit goldenen Kugeln. Fabrikprodukt, klar.

Er sieht Carlottas Zeichnung vor sich. Hört Tonis Stimme am Telefon: Er meint, wir sollten nicht zu abstrakt denken.

»Dieses Herz«, sagt Roberto.

Die Verkäuferin missversteht ihn. Sie wirkt plötzlich schuldbewusst. »Wir müssen auch diese Art von ... konventioneller Ware führen«, sagt sie. »Die Leute schauen immer mehr auf den Preis als auf die Qualität. Und dann die Verpackung – manche wollen genau so etwas. Unser Stil ist es natürlich nicht.«

»Verkaufen Sie viele dieser Herzen?«, fragt Roberto.

Die Wohnung des verschwundenen Kindes ist nur wenige Minuten von dieser *pasticceria* entfernt. Ebenso wie die Wohnung des ermordeten Filippo Nardi. Und des Neffen, der auf die Nachricht vom Tod des Onkels zuallererst mit einem »Wer?« reagiert hat.

Die Verkäuferin schüttelt energisch die grauen Locken. Die sind offensichtlich mit Haarspray fixiert und trotzen unbeschadet dieser ungewohnten Bewegung. »Im Allgemeinen kommen Kunden nicht wegen solcher Dutzendware zu uns.«

Natürlich – das Stichwort ist Dutzendware. Roberto seufzt innerlich. »Ich nehme an, man erhält die Dinger derzeit überall in Venedig?«

Sie schüttelt wieder den Kopf mit den fixierten Locken. »Diese Herzen – das war eine Aktion zum Muttertag. Zwei davon sind übrig geblieben. Das Ablaufdatum ist noch in Ordnung«, fügt sie schnell hinzu.

Sie hat von zwei Herzen gesprochen. Im Regal steht nur eines.

»Ich seh da nur ein solches Herz«, sagt Roberto. »Wann haben Sie das andere verkauft?«

Die Verkäuferin runzelt die Stirn. Es ist nicht ganz klar, ob sie heftig nachdenkt oder Robertos Interesse an den inkriminierten goldenen Kugeln bedenklich findet. »Vor drei oder vier Tagen«, sagt sie schließlich. »Warum wollen Sie das wissen?«

Roberto zeigt seinen Dienstausweis. Sie wirft einen kurzen Blick darauf, nickt. Scheint es nicht weiter verwunderlich zu finden, dass ein Polizist sich für goldene Muttertagsherzen interessiert.

»Können Sie den Käufer beschreiben?«, fragt Roberto. »Oder war es eine Käuferin?«

Wieder Kopfschütteln. »Es war ein Mann.«

»Und? Können Sie ihn beschreiben?«, wiederholt Roberto.

»Aber sicher«, sagt sie bereitwillig.

Roberto atmet tief. Endlich eine Spur. Er ist überzeugt, dass es genau dieses Herz ist, das Carlotta gezeichnet hat. Er wartet. Nicht drängen. Die Leute werden schnell nervös, wenn man Ungeduld zeigt.

Die Verkäuferin schaut Roberto mit klaren hellgrauen Augen an. »Ich kann ihn gern beschreiben, diesen Mann. Aber ich kann Ihnen auch seinen Namen sagen.«

23

Dass sein Büro winzig ist, stört Arturo Bossi nicht im Mindesten. Hauptsache, er ist allein mit seinem Gegenüber. Ein Verhör dritten Grades. Ein Verhör der etwas anderen Art. Keine grellen Scheinwerfer, keine Drohungen. Und Schlafentzug höchstens für ihn selbst. Und doch gibt es kaum etwas, das auf seine Fragen nicht letzten Endes preisgegeben wird. Es liegt allein an seiner Geschicklichkeit. Und daher braucht er Ruhe. Für seinen Dialog mit gesperrten Files, Firewalls, Passwortforderungen.

Bossi reibt die Hände aneinander. Aufwärmen für einen Job, der Fingerspitzengefühl verlangt.

Der Anfang ist leicht. Die Geschichte des Golfclubs. 1930 von Conte Volpi gegründet. Auf gepachtetem Militärgelände. Wehrgräben und das alte österreichische Fort machen die Einzigartigkeit des Golfplatzes aus. Erst neun Holes, später auf achtzehn erweitert. Derzeit 468 Mitglieder. So weit, so klar. Wie ist es nun mit diesen Verkaufsgerüchten, die das Ende des Clubs in seiner derzeitigen Form bedeuten und besagte 468 Clubmitglieder heimatlos machen würden? Was ist dran? Haben wir gleich. Es gab eine Versteigerung. Aha. Das Militär braucht Geld. Das beste Angebot wurde von einer Investorengruppe mit dem aufschlussreichen Namen G + G abgegeben.

Aber – Moment! Er checkt die Unterlagen im Katasteramt.

Da steht es: Das Gelände des Golfclubs ist immer noch Heereseigentum. Hm. Über vier Milliarden alter Lire sind geflossen. Von Geheimnisvoll + Geheimnisvoll an das Ministerium. Interessant. Der Kaufvertrag ist nicht gültig. Warum nicht? Darauf findet sich kein Hinweis.

Die *comune* Venedigs hat lautstark gegen den Verkauf protestiert. Erfolglos. Es gab einen willigen Verkäufer und einen Käufer, der den verlangten Kaufpreis bezahlt hat.

In Zeitungsartikeln beklagen Journalisten aller Parteifarben den Verlust eines Juwels für die Allgemeinheit. Rätseln über die Zukunft des Golfclubs. Aber ohne eine Lösung anzubieten.

Irgendetwas stimmt hier nicht.

Mal sehen, wer sich hinter G + G verbirgt.

Nach zwei Stunden sitzt Bossi noch immer vor einer Mauer des Schweigens. Er selbst ist müde, sein Ehrgeiz wach.

»Ich krieg dich schon noch«, murmelt er. Seine Finger bewegen sich eilig über die Tasten. Ein Pianist. Information ist Musik für ihn.

An einem anderen Computer in einer völlig anderen Gegend Italiens sitzt ein Mann mit sorgenvoll gerunzelter Stirn. Beobachtet den Bildschirm. Betätigt einige Tasten. Beugt sich vor, als könne er nicht glauben, was er sieht. »*Porca miseria*«, murmelt er halblaut.

Er steht auf, klopft an eine Tür, wartet respektvoll, bis er das »*Avanti!*« hört. Dann öffnet er die Tür, geht ein paar Schritte in den Raum. »Don Ottavio«, sagt er, »jemand versucht, die Files mit unseren Finanztransaktionen zu öffnen.«

Der Mann am Schreibtisch schaut auf. Welliges, gepflegtes weißes Haar. Rosige Wangen. Ein Gesicht, das etwas freundlich Großväterliches an sich hat. »Ich denke, das ist unmöglich?« Die Stimme passt nicht zum Gesicht. Sie schneidet durch den Raum, scharf wie ein Rasiermesser.
»Das stimmt«, sagt der andere zögernd. »So gut wie unmöglich. Aber – es gibt Hacker, ausgesprochene Naturbegabungen auf dem Gebiet. Für die ist nichts unmöglich. Ein Sechzehnjähriger hat sich vor einiger Zeit Zugang zur Kommandozentrale des Pentagon verschafft. Er hätte einen Weltkrieg beginnen können.«

Die Sache mit dem Weltkrieg scheint den Weißhaarigen nicht sonderlich aufzuregen. Er macht eine wegwerfende Handbewegung. »Das Pentagon interessiert mich *zero*. Aber dieser Jemand, der da versucht, sich Zugang zu unseren Privatangelegenheiten zu verschaffen – könnte es ihm gelingen?«

»Sieht so aus, Don Ottavio.«

»Dann solltest du ihn finden. Und zwar schnell«, sagt die Rasiermesserstimme. Das Lächeln bleibt großväterlich gütig. »Wer auf diesem Gebiet so gut ist, der sollte für uns arbeiten.« Kleine Pause. Wieder dieses gewinnende Lächeln. »Oder gar nicht.«

24

Luca ist wieder allein in seinem Zimmer. Allein mit Bogey und Ingrid, mit Cary und Grace. Und mit Woody.

Seltsam. Kriminalfilme haben ihn immer am allerwenigsten interessiert. Er fand die Charaktere meist zu wenig plausibel. Kaum nachzuvollziehen, wieso Leute sich in derart aussichtslose Situationen manövrieren konnten. Pures Selbstverschulden.

Bei *Matchpoint* war er mit dem Ende ausgesprochen unzufrieden. Da bringt einer kaltblütig zwei Menschen um, eigentlich drei, seine Geliebte war ja schwanger, und spaziert dann einfach zurück in sein Luxusleben. Ungerecht. Irgendeine zufällige Kleinigkeit hätte den Mörder am Ende doch noch verraten müssen.

Fand er.

Bis gestern.

Die Überheblichkeit dessen, der sich überlegen glaubt. Unangreifbar. Moralisch intakt – zumindest was die Handlungen betrifft. Und Gedanken töten ja bekanntlich nicht.

Dachte er.

Bis gestern.

Dieser Kommissar ... Würde er ihm seine Geschichte glauben? Die Sache mit den Fingerabdrücken auf der Waffe? Das rein theoretische Gespräch mit Sergio?

War es denn so theoretisch?

Luca schüttelt den Kopf wie als Antwort auf die Frage, die er sich selbst gestellt hat. Keine Chance. Wie soll ihm der Kommissar glauben, wenn er sich selbst nicht glaubt?

25

Laster sind nützlich, denkt Roberto. Hab ich immer geahnt.

Er tippt eine Kurzwahl in sein Handy. »Piero? Im Fall Carlotta muss sofort eine Fahndung anlaufen. Landesweit.«

»Macht es dir etwas aus, zu sagen, nach wem?«, fragt Piero in seiner gemütlichen Art.

Roberto sagt den Namen.

Piero pfeift überrascht. »Carlottas Vater? Wie kommst du darauf?«

»Das ist eine lange Geschichte. Du kriegst sie schon noch zu hören. Benachrichtigt die Kollegen in Tuscania, sie sollen sofort zu Pedrettis Elternhaus fahren. Vielleicht hat er das Kind ja dorthin gebracht. Und ruf mich gleich an, wenn du etwas erfährst.«

»Das wäre ja dann so ungefähr die günstigste aller denkbaren Varianten«, sagt Piero erleichtert. »Falls du recht hast.«

Roberto teilt Pieros Optimismus nicht. Auch Väter bringen ihre Kinder um. Gerade in letzter Zeit haben einige besonders entsetzliche Fälle die Öffentlichkeit beschäftigt. Trennung, Scheidung, Streit um das Sorgerecht. Das »geliebte« Kind wird zum Objekt, zum Besitz. Wenn ich es nicht haben kann, dann niemand. Roberto sieht die dunklen, nachdenklichen Augen Carlottas vor sich. Er würde gern ein Stoßgebet irgendwohin schicken, weiß aber keinen Adressaten. Das kommt davon, wenn man die Existenz eines rauschebärtigen Gottes anzweifelt, sagt er sich selbst. Fromme haben's leichter.

Blick auf die Zeitanzeige des *telefonino*. Eine andere Kurzwahl. »Teresa? Was ist mit Nardis Testament?«

»Der Termin ist heute um sieben, Studio Seniso, San Marco 6843, Calle dei Avocati«, sagt Teresa. »Der Anwalt bestand übrigens auf einem Gerichtsbeschluss.«

»Den wir bekommen haben?«

Kurze Pause am anderen Ende der Leitung. Dann: »Du hast wohl deine Logikpillen geschluckt?«

Roberto schweigt verblüfft.

»Ohne Gerichtsbeschluss gäb's nämlich keinen Termin beim Anwalt«, erklärt Teresa.

So langsam versteh ich, warum sich dein Mann anderswo umgesehen hat, denkt Roberto. Laut sagt er etwas anderes.

»Übrigens spricht alles dafür, dass der Vater Carlottas das Kind entführt hat. Die Fahndung läuft.«

»Du meinst damit wohl, wir hätten früher nach ihm suchen sollen?« Teresas Stimme klingt gepresst.

»Ja, das meine ich«, antwortet Roberto und legt auf.

Keine Zeit jetzt für die Betreuung von seelisch angeschlagenen Mitarbeitern. Und keine Geduld.

Alles an dem Anwalt ist schmal und lang. Seine Figur, sein Gesicht, die Nase. Auch die Finger, mit denen er nach dem Ordner greift.

Als Gegensatz dazu ist die Kanzlei mit klobigen, reich verzierten Möbeln aus schwarz gebeiztem Holz eingerichtet. Der Tischler muss im Drogenrausch gearbeitet haben, denkt Roberto. Jede Menge gedrehter Säulen, geschnitzte fratzenartige Gesichter, Tierpranken mit Klauen.

»Sie wissen, ich bin absolut nicht damit einverstanden, dass die Polizei noch vor den Erben über den Inhalt des Testaments informiert wird«, sagt Avvocato Seniso.

»Avvocato ...« Roberto versucht, seinen aufsteigenden Ärger zu wohlgeformten Sätzen zu sublimieren. »Meine Vorstellung von einem gelungenen Abend hat nicht im Entferntesten damit zu tun, mir letztwillige Verfügungen anzuhören. Aber wie Sie vielleicht wissen, ist der Commendatore Nardi durchaus nicht sanft entschlafen. Meine Aufgabe ist es, herauszufinden, wer dafür verantwortlich ist. Und das werde ich tun, ob es Ihnen gefällt oder nicht. Wir haben durch Ihr Beharren auf einem Gerichtsbeschluss schon genug Zeit vergeudet. Können wir beginnen?«

Seniso presst die Lippen zusammen, schlägt den Ordner auf. Schon das Datum lässt Roberto aufhorchen. »Hat der Commendatore am Tag vor seinem Tod sein Testament geändert?«

»Nur aktualisiert«, antwortet der Anwalt. »Am Inhalt hat sich im Wesentlichen seit dem Jahr 2009 nichts geändert.«

Name und Geburtsdatum des Commendatore. Die Versicherung, dass er sich bei voller geistiger Frische befindet. Die Namen der Zeugen. Sie sind Roberto unbekannt. Vermutlich Angestellte in der Anwaltskanzlei. Anzahl und Art der ergänzenden Dokumente.

Und dann der eigentliche Text. Überraschend kurz für das beträchtliche Vermögen.

Roberto hört mit wachsender Verblüffung zu. Sitzt

schweigend, nachdem der Anwalt fertig gelesen hat. Bemerkt, dass er vergessen hat, den Mund zuzumachen, und holt es hastig nach.

Der Anruf kommt kurz nach acht. Roberto hat eben die Anwaltskanzlei verlassen und geht auf die Accademia-Brücke zu. »*Pronto?*«

Pieros Stimme. Aufgeregt. »Wir haben Carlotta! Es geht ihr gut. Du hattest recht, sie war in Tuscania. Die Kollegen dort sagen, die ganze Familie saß ganz gemütlich beim Abendessen.«

»Und der Vater?«

»Saß auch am Tisch.« Eine typische Piero-Antwort.

»Haben ihn die Kollegen verhaftet?«

»Das war nicht möglich. Genau genommen war es nämlich keine Entführung«, antwortet Piero. »Es gab zwischen Carlottas Eltern nach der Scheidung nie eine Besuchsregelung. Rein rechtlich hat er einfach seine Tochter zu einem Familienausflug abgeholt.«

»Nachdem er jahrelang von der Bildfläche verschwunden war?« Roberto kann Teresas Ärger über Männer plötzlich nachvollziehen. »Es muss doch einen Anlass gegeben haben!«

»Die Urgroßmutter Carlottas fühlte sich sterbenskrank und wollte das Kind noch einmal sehen. Offenbar hat die alte Dame ein gewisses Durchsetzungsvermögen. Sie saß übrigens auch quietschvergnügt beim Abendessen.«

So viel Vergnügtheit steigert Robertos Zorn. »Ich will, dass unsere Juristen abklären, ob wir irgendwas gegen diesen verdammten Idioten in der Hand haben. Er musste wissen, dass eine aufwendige Suche nach dem Kind anlaufen wird. Dass die Mutter des Kindes fast verrückt wird vor Angst. Was denkt sich so jemand dabei?«

»Jetzt freu dich doch erst einmal, dass es dem Kind gut geht und wir einen Fall weniger haben!«

»Gut, ich freu mich«, knurrt Roberto.

Ein Blick auf die Uhr sagt ihm, dass er wieder einmal zu spät zum gemeinsamen Abendessen kommt. Dann kann ich genauso gut bei *Lino* noch ein Gläschen Pinot trinken. Auf die zehn Minuten kommt es auch nicht mehr an.

Männer!, hört er Teresas Stimme.

Dann taucht er ein in das Stimmengewirr und Gelächter und Gläserklirren. Der blassrosa Pinot steht vor ihm, noch bevor er etwas gesagt hat. Ein zottiger schwarzer Hund sucht den Boden nach abgestürzten *cicheti* ab. Seine Aussichten sind gut.

Und dann kommt sie doch noch, die Freude. Er sieht das Foto wieder vor sich. Dunkle, widerspenstige Haare. Die Spange, die eine Locke über der Stirn festhält. Ernste Augen.

Jemand hat Robertos Glas nachgefüllt. *Cincin*, Carlotta!

Für den Augenblick verdrängt er das Unbehagen beim Gedanken an Carlottas ermordeten Nachbarn auf der anderen Seite des Ponte del Diavolo. Und an das Gesicht des etwas farblosen jungen Mannes, als er vom Tod des Onkels hörte.

Wie wird er reagieren, wenn er vom Inhalt des Testamentes erfährt?

Roberto nimmt sich vor, ihn sehr genau dabei zu beobachten.

26

Ein Albtraum.

Roberto hackt seit einer Viertelstunde auf den grinsenden weißen Ball ein. Der hüpft widerwillig wenige Meter oder duckt sich gekonnt unter dem Schlag weg. Manchmal segelt ein Stück grasbewachsenes Erdreich durch die Luft.

»Den Kopf ruhig halten«, sagt der Pro.

Noch ruhiger und man nennt es Totenstarre!

»Nicht versuchen, den Ball zu treffen!«

Ich denke, das ist die Idee bei dem Ganzen?

»Locker, locker! Sie erwürgen ja den Schläger!«

Typische Ersatzhandlung!

»Golf spielt sich hier ab«, sagt der Pro und tippt gegen seine Stirn.

So etwas Ähnliches hab ich mir schon gedacht, ich hätte es nur anders formuliert.

»Ich glaube, es liegt daran, dass Sie nicht völlig bei der Sache sind«, sagt der Pro, als die Ewigkeit von einer Stunde um ist.

»Vielleicht irritiert mich ja, dass da drüben vor zwei Tagen jemand umgebracht wurde«, sagt Roberto.

Das war gekonnt. Raffinierter Übergang zu unauffälliger Befragung. Nach diesen quälenden sechzig Minuten hätte Roberto nichts dagegen, Enzo Pilan in Handschellen zu sehen. Ein alternder Golflehrer – welche Chancen hätte er schon für eine Anstellung in einem anderen Club? Hielt er den Commendatore Nardi vielleicht für existenzbedrohend?

Maestro Pilan betrachtet Roberto stirnrunzelnd. »Ich nehme an, Sie haben mit Signor Dario gesprochen?«

»Unter anderem.« Roberto nickt.

Pilan schüttelt nachdrücklich den Kopf. »Er hat unrecht. Signor Nardi mag Geschäftsmann gewesen sein. Vielleicht sogar ein eiskalter, wie man so sagt.«

Roberto sieht die Kühlfächer in der Gerichtsmedizin vor sich. Na, mittlerweile ist er bestimmt eiskalt, denkt er.

Der Blick des Maestro geht vorbei an Roberto, hinaus zu den verschossenen Übungsbällen. »Ich weiß es nicht. Interessiert mich auch nicht. Aber vor allem war er Golfer. Richtig verstanden ist Golf kein Sport und auch kein Spiel. Golf ist eine Gesinnung. Eine Art zu leben.«

Amen, ist Roberto versucht zu sagen. Mir kommt es eher vor wie eine Religion. Oder eine Sekte für Masochisten. Aber er will den Pro nicht unterbrechen. Also sagt er gar nichts.

»Er hätte niemals etwas getan, das dem Golfsport schadet. Nicht um jeden Profit der Welt. Diese Art Golfer war er. Verstehen Sie?« Jetzt schaut er Roberto forschend an.

Schöne Ansprache, denkt Roberto. Klingt wie jemand, der absolut keinen Grund sah, Nardi umzubringen. Oder wie jemand, der unbedingt diesen Eindruck machen will.

»Waren Sie hier auf der Driving Range, während es passierte?«, fragt Roberto. »Man kann ja direkt hinübersehen zum ...« Jetzt hätte er doch beinahe »Tatort« gesagt. »... zum – äh – Grün.«

Ich hasse diese Art der Befragung, denkt Roberto. Ich

will meine Marke zeigen, Fragen stellen und Antworten erhalten.

Pilan schüttelt den Kopf. »Ich bin zum Mittagessen nach Hause gefahren. Als ich zurückkam, war die Polizei schon da.«

Also kein Alibi. Vermutlich. Höchstens ein fragwürdiges durch seine Frau. Sofern er eine Frau hat. Aber undercover kann man nicht einmal das fragen.

»Glauben Sie, ich kann es lernen?«, fragt Roberto.

Der Pro schaut ihn verwirrt an. »Was?«

»Golf spielen«, sagt Roberto.

»Ach so.« Maestro Pilan nimmt einen Ball, lässt ihn einige Male auf der Schlagfläche des Siebenereisens aufhüpfen, wie um zu zeigen, dass die kleinen weißen Bestien zu zähmen sind. »Aber sicher. Wenn Ihnen Ihr Beruf genug Zeit dafür lässt.«

Er lächelt.

Ironisch, wie Roberto findet.

Der Umkleideraum. Bekanntermaßen ein Ort zwangloser Begegnung. Leider ist niemand hier, dem Roberto zwanglos begegnen könnte. Nur eine der Duschen ist besetzt. Wasser plätschert. Durch die Mattglastür der Kabine ist unscharf eine Figur zu sehen. Bewegungslos. Kein Trällern. Kein Einseifen. Roberto grinst. Golfer duschen anders.

Wenig später steht Roberto selbst unter dem Strahl der Dusche. Testet die blaue flüssige Seife, die gut riecht. Wäscht Schweiß und Frustration weg. Gesangsübungen unterlässt er. Golfer singen vermutlich nicht.

Im Regal liegen flauschige weiße Badetücher. Erst als er seine Haare trocken gerubbelt hat, fällt ihm auf, dass der andere in der Kabine neben dem Waschbecken noch immer duscht. Durch die Mattglastür ist unscharf eine nackte Figur zu sehen. Bewegungslos.

Dio mio! Mit zwei Schritten ist Roberto bei der Duschkabine, reißt mit Schwung die Tür auf, wappnet sich gegen das, was er zu sehen befürchtet.

Das abfließende Wasser ist nicht hellrot gefärbt. Und der Mann unter der Dusche keineswegs leblos an die Armaturen gefesselt. Er wendet ihm den Kopf zu und lächelt.

»Besetzt«, sagt Jorgo Dario freundlich. Gibt sich dann mit geschlossenen Augen wieder ganz dem Genuss des warmen Wasserstrahls hin.

»*Scusi, scusi*!«, stammelt Roberto und kommt sich idiotisch vor.

Der Wasserhahn in der Dusche wird wenig später abgedreht. »Ich dusche immer exakt fünfzehn Minuten«, erklärt Jorgo Dario und holt drei Badetücher aus dem Regal. »Sie fragen sich, ob ich mit Armbanduhr dusche?«

Nein, denkt Roberto. *Das* frag ich mich nicht. Aber etwas anderes.

»Meine innere Uhr sagt mir, wann die fünfzehn Minuten um sind.« Dario beginnt, sich langsam abzutrocknen. Sehr langsam. Exakt wie viele Minuten sind für diese Tätigkeit vorgesehen? Acht? Neun?

Ist Jorgo Dario ein Mensch mit Zwangsneurose? Entspricht es dem Täterprofil? Wie reagieren zwanghafte Menschen, wenn man sie aus ihrem gewohnten Lebensritual wirft? Was könnte Toni Lucatelli dazu sagen? Halt! Moment! Sucht er etwa nach einem Grund, sie anzurufen?

»Dachten Sie, ich bin der Nächste auf der Liste?«, fragt Jorgo Dario und widmet sich mit Hingabe der Trockenlegung einer Ohrmuschel. »Denken Sie an einen Serienmörder, der es auf Golfer abgesehen hat? Keine Sorge. Es wird keine weiteren Toten geben. Unser Mörder hat sein Ziel erreicht. Glauben Sie mir.« Roberto denkt an Filippo Nardis Testament. »Möglicherweise hat der Mörder einen gewaltigen Fehler begangen«, sagt er grimmig. Ohne auf Jorgo Darios fragenden Blick zu reagieren, verlässt er den Umkleideraum.

Die hundertjährige Blondine ist heute ganz in Zartgrün und trägt eine mit blitzenden Strasssteinen gefasste Sonnenbrille. Sie lächelt ihn an, meint ihn aber nicht. Hofft er wenigstens.

Er bestellt einen *macchiato* und sieht vier Ausländern zu, die ihre Greenfee-Karten an den Bags befestigen, Schirmkappen aufsetzen, Wasserflaschen verstauen. Voll Vorfreude. Die Golfwelt ist seltsam.

Die Kellnerin, die diesmal seinen Kaffee bringt, ist weniger schön, aber dafür sehr freundlich. Roberto denkt über die umgekehrte Proportionalität zwischen schön und freundlich nach, lässt den Gedanken aber dann als nicht zielführend fallen.

Ein Weißhaariger bleibt an seinem Tisch stehen. Vergnügt blitzende Augen. »Wie war doch gleich Ihr Name? Firestone oder Michelin?«, fragt er grinsend.

»Pirelli, Aldo Pirelli«, korrigiert Roberto. Mit undurchsichtiger Miene, wie er hofft.

»Canavó, Enrico Canavó«, sagt der andere und setzt sich unaufgefordert.

Roberto horcht auf. »Sie haben mit dem Erm-, ich meine, Sie haben vorgestern mit dem Mann gespielt, der erschossen wurde?«

Canavó nickt. Die Fröhlichkeit ist aus seinem Gesicht verschwunden. »Filippo, ja. Ich stand sozusagen neben ihm, als es passiert ist.« Pause. »Haben Sie gesehen, wie viel hier in Alberoni gebaut wird?«

Auf diese Wendung des Gesprächs ist Roberto nicht vorbereitet. »Äh, ja, ist mir aufgefallen.«

»Wo wohnen Sie?«, fragt Canavó.

Was wird das? Ein Gespräch über die Bautätigkeit in Venedig? »Auf der Giudecca«, antwortet er.

»Ah«, sagt Canavó. »Ziemlich weit, der Weg von dort zum Golfplatz. Eine Stunde mit Boot und Bus?«

Roberto nickt und wartet ab, worauf Canavó hinauswill.

»Sie haben nicht vielleicht vor, sich näher am Golfplatz anzusiedeln?« Canavó wartet seine Antwort nicht ab. »Falls doch, werden Sie feststellen, dass die Preise hier nicht viel niedriger sind als in der Stadt. Das muss man sich vorstellen: Eine Wohnung hier am äußersten Ende des Lido kostet nicht viel weniger als eine im *centro storico* von Venedig.«

Roberto sagt noch immer nichts. Reden lassen ist die Devise.

»Und wissen Sie, warum?«, fragt Canavó. »Weil es diesen Golfplatz gibt. Wohnungen hier kann man an Golftouristen sogar noch teurer vermieten als in der Gegend um San Marco. Und der Wert steigt ständig, weil immer mehr Leute Golf spielen. Eine ideale Geldanlage.«

»Wenn dieser Golfplatz allerdings verkauft wird und nicht mehr frei zugänglich ist ...«, nimmt Roberto den Gedanken auf.

»... dann sind all diese Wohnungen nur noch die Hälfte wert. Wenn überhaupt«, ergänzt Canavó.

Ein neues Motiv, denkt Roberto. Für manche steht also nicht der ideelle Wert des Golflebens auf dem Spiel, sondern eine beträchtliche Investition. Vielleicht sogar beides.

»Filippo Nardi war mein Freund«, sagt Canavó. »Über seine geschäftlichen Angelegenheiten hat er allerdings nie geredet. Niemals. Trotzdem bin ich davon überzeugt, dass Jorgo Dario mit seiner Anschuldigung völlig falsch liegt. Filippo hätte nie diesen Golfplatz geopfert. Für keinen Profit der Welt.«

Das hab ich heute schon einmal gehört, denkt Roberto. »Hat Jorgo Dario hier in Alberoni eine Wohnung gekauft?«, fragt Roberto.

»Nein«, antwortet Canavó. Er schaut Roberto jetzt voll an. »Nicht eine. Er hat drei Wohnungen gekauft.«

27

Arturo Bossi bringt den Wecker zum Schweigen. Augenlider aus Sandpapier. Erste Gedanken wie aufgescheuchte Tauben. Eindeutig zu wenig geschlafen.

Irgendwann in der Nacht hat er seine Suche nach G + G aufgegeben und ist nach Hause gegangen. Aber von Schlaf keine Rede.

Warum macht sich da jemand die Mühe, einen simplen Immobilienverkauf so aufwendig gegen Nachforschungen abzusichern? Einzig mögliche Antwort: Weil es kein simpler Immobilienverkauf ist.

Aber was dann? Neuerlicher Anlauf am eigenen Computer. Ein paar Tricks ausprobiert. Fast drin. Dann plötzlich wieder ein virtueller Rollbalken. Wenn sie gut sind, haben die anderen den versuchten Zugriff bemerkt.

Wer treibt diesen Aufwand, um die Finanztransaktion rund um die Versteigerung des Golfplatzes so undurchsichtig zu machen? Geldwäsche? Organisiertes Verbrechen? Doch nicht hier bei uns in Venedig.

Bossi ist unzufrieden mit sich selbst. Commissario Gorin wird Antworten erwarten, nicht neue Rätsel.

Ein lang gezogener klagender Ton. Caruso. Der Tiger will Frühstück.

Das Regal im Küchenschrank ist leer. Verdammt, er hat gestern vergessen, Katzenfutter zu kaufen.

»Du siehst einen Idioten vor dir«, sagt Bossi und krault den Kater hinter den Ohren.

Zustimmender Blick aus Kateraugen.

»Ich bin nämlich auf Entzug.« Diese Erklärung nimmt der Kater sichtlich gelangweilt auf.

Ein Rest Milch ist noch da. Der Kater beäugt das Angebot missmutig. Schlabbert unfroh. Das soll als Frühstück durchgehen?

Bossis Gedanken sind schon wieder bei seinen nächtlichen Nachforschungen. Nichts passt wirklich zusammen. Wenn er wenigstens Zigaretten hätte! Nein, korrigiert er sich sofort. Die Mehrzahl ist falsch. Nur eine einzige Zigarette braucht er, um konzentriert nachdenken zu können. Dreiundzwanzig Tage und – er schaut auf die Uhr – sieben Stunden ist es her, dass er das Rauchen aufgegeben hat. Was soll's?, hat er sich gedacht. Ist doch sowieso schon überall verboten. Im Büro, im *vaporetto*, in den Restaurants, in seiner Frühstücksbar. Und zu Hause, wo er rauchen darf, hält er sich zu selten auf. Außerdem hasst Caruso Zigarettenrauch.

Das schaffst du nie, hat Marco, der Tätowierer, gesagt. Schon das war Anreiz genug.

Eine Frage der Entschlossenheit, nichts weiter. Suchtverhalten? Lächerlich!

Mittlerweile hat Bossi den finsteren Verdacht, dass seine grauen Zellen mit Nikotin betrieben werden. Bei jedem Problem, das Denkarbeit verlangt, kreischen sie unter Streikandrohung nach Stoff. Kaffee nützt wenig. Das Nikotinpflaster gar nichts.

Wäre es denkbar, dass er in einer seiner Jacken noch ein vergessenes Päckchen findet? Er beginnt Taschen zu durchsuchen. Wie eine eifersüchtige Ehefrau, denkt er.

Dabei fällt ihm seine Chatpartnerin der letzten Wochen ein. Ob er sie treffen soll? Ein Computerfreak wie er. Oder muss es Freakin heißen, weil weiblich? Ein paar Dinge hat sie über sich preisgegeben. Schlank, dunkelhaarig. Ein Tattoo an der Schulter und eines an sehr verborgener Stelle. Interessant. Anlass für einige Fantasien. Anlass, darüber nachzudenken, ob man nicht doch ... Andererseits – er hat ernsthafte Bedenken, so perfekt Virtuelles in die Realität zu holen. Kann nicht gut gehen. Oder doch? Schließlich lebt er auch in funktionierender Beziehung mit einem sehr realen Kater. Einem Streuner, den er verletzt vor seiner Tür aufgefunden hat. Es war Liebe auf den ersten Blick, auf beiden Seiten. Caruso wählt instinktsicher diesen Moment der rückblickenden Rührung, um laut zu rülpsen. In den Taschen ist nichts. *Cazzo!* Aber der *tabacchaio* hat so viel von dem Zeug, dass er es verkaufen muss. Nur wenige Gassen entfernt wartet die Erlösung. Andererseits wäre das bedingungslose Kapitulation. Kommt nicht infrage! Er sieht Marcos Grinsen vor sich. Na, wenn schon! Ein Mensch, der nicht denken kann, was ist der? Eben!

Und in jedem Fall muss ich los, um Katzenfutter zu kaufen, überlegt Bossi.

Er greift nach einer der Jacken, die er eben erfolglos durchsucht hat.

»*Ciao*, Caruso! Bis gleich!«

Er lässt die Tür hinter sich ins Schloss fallen. Zusperren lohnt sich nicht. Ich bin ja in ein paar Minuten wieder da. Denkt er.

28

Luca betrachtet den Brief des Anwalts. Schweres Büttenpapier. Elegant geschwungene Schrift. *Studio Legale*, drei Namen darunter. Den Inhalt kennt er längst auswendig. Juristenkauderwelsch. Wie kompliziert kann man eine einfache Vorladung zur Testamentseröffnung formulieren? Datum, Uhrzeit. Um pünktliches Erscheinen wird gebeten. Luca schaut auf die Uhr. Zwei Stunden noch, dann bin ich reich. Sehr reich vermutlich.

Wo ist diese angenehm vibrierende Vorfreude geblieben, die früher zu spüren war, wenn er an den Reichtum des Onkels dachte? An sein Erbe? Häuser, Grundstücke, Beteiligungen an verschiedenen Unternehmen ...

Luca spürt nichts außer einer leichten Übelkeit.

Assunta hat einen identischen Brief bekommen. Wer noch? Gab es andere, die dem Onkel nahestanden, ohne dass er es wusste?

Luca beneidet sie jedenfalls alle um die Unbefangenheit, mit der sie heute zur Testamentseröffnung gehen werden.

Ob die Polizei dabei sein wird? Werden sie mich beobachten?

Muss ich Überraschung vortäuschen? Was wird von jemandem erwartet, der ein riesiges Vermögen erbt?

Er stellt sich vor den Spiegel und versucht einen Ausdruck zu üben, der die bewusste ernsthafte Übernahme von Verantwortung zeigt. Oder doch besser eine gelangweilte Gleichgültigkeit dem schnöden Mammon gegenüber?

Noch weiß er nicht, dass keines von beidem passend sein wird.

29

Sobald man die Fondamenta Nuove verlässt, sind die Gassen menschenleer. Was hier angeboten wird, lädt nicht unbedingt zum Schaufensterbummel ein. Ein Schlosser, der auf Eisenkreuze und Grablaternen spezialisiert ist. Ein *marmista*, der herzergreifend kitschige Marmorengel herstellt. Eine Blumenhandlung, vor der eben Bouquets mit schwarzen und goldenen Schleifen auf einen zweirädrigen Wagen geladen werden. Man merkt die Nähe zu San Michele, der Friedhofsinsel.

Wie passend, wenn man dabei ist, ein paar gute Vorsätze zu Grabe zu tragen. Er geht durch die lange schmale Calle del Fumo. Ebenfalls sehr passend: Rauchgasse. Ist ihm bis jetzt noch nie aufgefallen. Über den kleinen Platz, dann sieht er schon die Plakatständer der Tageszeitungen beim Eingang zum *tabacchaio*. Vor dem Schaufenster bleibt er stehen. Liest die knallige Überschrift auf dem *Gazzettino*-Werbeplakat. Ein achtzehnjähriges Mädchen bei einer Auseinandersetzung zwischen rivalisierenden Clans irrtümlich erschossen. In Neapel. Klar.

Der Mann, der neben Bossi aufgetaucht ist, scheint ebenso unentschlossen wie er selbst. Noch ein Nicht-mehr- oder Schon-wieder-Raucher? Gebräunte Haut, halblange glatte, schwarz glänzende Haare, die Bossi irgendwie an die Lakritzschnüre erinnern, die er als Kind gern gegessen hat.

Und dann drückt etwas Hartes gegen Bossis Rippen. Instinktiv will er ausweichen, aber der Druck folgt seiner Bewegung. »Los, gehen wir«, sagt der Mann mit dem unschlagbaren Argument in der Hand.

Bossi bemerkt das kleine Pflaster am Kinn des anderen. Unruhige Hand heute. Wer sich beim Rasieren schneidet, drückt vielleicht auch irrtümlich ab. Besser, man regt den Typen nicht weiter auf.

Rauchen schadet Ihrer Gesundheit, steht auf einem Zigarettenposter im Schaufenster.

Schon der Vorsatz, Zigaretten zu kaufen, scheint ungesund zu sein, denkt Bossi.

Nur kurz überlegt er, ob er versuchen soll, die Tür zum Tabakladen zu öffnen. Er denkt an den alten Renato, der da drinnen hinter den Zeitungsstapeln steht, und verwirft die Idee.

Es ist Vormittag auf einem öffentlichen Platz. Von den Häusern rundherum vielfach einsehbar. Wo sind die *non distratti*, die aufmerksamen Venezianer, die immer alles bemerken? Dann überlegt er, was jemand sieht, der sie beide von einem Fenster aus beobachtet. Zwei Männer vor dem Tabakladen in freundschaftlicher Unterhaltung.

»Beweg dich!«, sagt Lakritze.

Bossi versucht, Zeit zu gewinnen. »Duell mit Säbeln?«, fragt er mit Blick auf das Kinnpflaster.

Lakritze scheint das nicht komisch zu finden. »Wird's bald?«

Der Druck in Bossis Rippen wird stärker. Er setzt sich in Bewegung. »Wenn jemand so nett bittet, kann man ja kaum Nein sagen.«

Das Harte in den Rippen dirigiert ihn durch die nächste

calle zum Rio di Ca' Widman. »Hör mal«, sagt Bossi. »Ich versteh dein Bedürfnis nach meiner Gesellschaft, das geht vielen so. Aber du bist nicht mein Typ.«

»Schnauze«, sagt Lakritze. Seltsamerweise riecht er auch nach dem Zeug, wenn er den Mund aufmacht. Bossi spürt, wie sich eine vermutlich lebenslange Abneigung gegen diesen faden süßen Geruch in ihm aufbaut.

Ein Motorboot der schnellen Sorte wartet vor der Brücke rechts am Ufer des Kanals. Daneben ein Mann in heller Lederjacke, mit sehr dunkler Sonnenbrille und föhngewellten blonden Haaren. Er springt an Bord, löst die Leine, startet. Alles in einer fließenden Bewegung. Beängstigend professionell.

Erstmals geht Bossi der Gedanke durch den Kopf, dass »lebenslang« ziemlich kurz sein kann.

30

Zur offiziellen Testamentseröffnung werden erwartet:
Luca Nardi, der Großneffe,
Assunta Mancuso, die Haushälterin,
Arrigo Tiso, der Präsident des Golfclubs.
Commissario Gorin wird missbilligend geduldet.
Eine Sekretärin begleitet die Besucher in das Besprechungszimmer, nimmt Wünsche nach Kaffee und Mineralwasser entgegen. Die Stimmung ist unbehaglich entsprechend dem Anlass des Treffens. Eine geschnitzte Fratze grinst von der Front des wuchtigen Schranks. Nur schlechter Geschmack oder die Absicht, Besucher einzuschüchtern?

Avvocato Seniso geht sofort in *medias res*, wie er betont. Was sonst?, denkt Roberto. Gespräche über Politik oder das Wetter sind wohl kaum üblich in solchen Fällen.

Da Roberto den Inhalt des Testaments kennt, kann er sich auf die Gesichter konzentrieren. Der Neffe: blass wie Tofu, angespannte Halsmuskeln. Die Haushälterin: verwitterter Stein, scheinbar emotionslos. Der Präsident des Golfclubs: irritiert wie jemand, der sich fehl am Platz fühlt.

Die Einleitungsfloskeln mit routinierter Stimme aufgesagt. Dann der eigentliche Text: »Ich verfüge, dass mein gesamtes Vermögen in eine Stiftung fließt, deren Aufgabe es sein wird, junge Golftalente Italiens zu fördern und ihre

Ausbildung finanziell abzusichern. Als Sachwalter der Stiftung bestimme ich Arrigo Tiso, dessen unbestechliches Urteil und dessen Kompetenz in allen Belangen des Golfsports ich kenne und schätze.«

Assuntas Kopf schnellt zur Seite, wo der Neffe sitzt. Ihr Blick ist fassungslos, ungläubig.

Der Junge bleibt eine Weile völlig unbewegt, so als hätte er nicht begriffen, was der Wortlaut des Testaments für ihn bedeutet. Sein Blick geht ins Leere. Dann die Veränderung in dem blassen Gesicht. Ein unwillkürliches Lächeln, das schnell wieder verschwindet. Wie ein Kind, das seinen Drang zu lachen mühsam unterdrückt, während ein Erwachsener tobt oder schimpft oder aus irgendeinem Grund Ernsthaftigkeit erwartet wird.

Roberto ist verblüfft. Alles Mögliche hat er erwartet, nur nicht unterdrückte Heiterkeit. Wer reagiert mit Genugtuung oder Erleichterung darauf, dass ein bedeutendes Vermögen statt dem einzigen Blutsverwandten irgendwelchen unbekannten Golftalenten zugutekommt?

Die Stimme des Anwalts dringt wieder in Robertos Bewusstsein. »Sollte ich sterben, bevor mein Großneffe Luca Nardi das fünfundzwanzigste Lebensjahr vollendet hat, so wird die Stiftung in ausreichender Weise für seine berufliche Ausbildung aufkommen. Jedoch nur bis zu seinem fünfundzwanzigsten Lebensjahr. Danach sollte er in der Lage sein, seinen Lebensunterhalt selbst zu bestreiten.«

Ein Almosen. Vermutlich um das familiäre Gewissen des Commendatore zu beruhigen.

»Ferner hat der Verstorbene einen versiegelten Brief an seinen Großneffen hinterlegt, der ihm persönlich auszuhändigen ist.« Die neutrale Stimme des Anwalts. Er macht eine kurze Pause, ehe er zum nächsten Punkt übergeht.

Es ist ein kurzer Absatz über ein Legat zugunsten von Assunta Mancuso, der außerdem makellose berufliche Qualitäten und Loyalität bescheinigt werden. Die Haushälterin nimmt die Nachricht von der finanziellen Zuwendung mit inzwischen wieder steinernem Gesicht zur Kenntnis. Das Geld macht sie nicht reich, sichert aber ihren Lebensabend ab.

Mit etwas mehr Dramatik in der Stimme verkündet der Anwalt, dass die Aufstellung der Vermögenswerte ausschließlich dem Universalerben, also dem Sachwalter der Filippo-Nardi-Stiftung, zur Kenntnis gebracht wird. Ebenso wie die genauen Satzungen der Stiftung und die von Nardi bestimmten Mitglieder des Kontrollkomitees.

Dann holt der Anwalt ein weiteres Schriftstück aus dem Ordner. »Eine letzte Sache noch. Am Morgen vor seinem Tod hat der Commendatore dieses Dokument bei mir hinterlegt.«

Roberto ist überrascht. Davon hat Seniso ihm gegenüber am Vortag nichts erwähnt. Die Rache des gerichtlich Bevormundeten. Die Polizei hat Einsicht in den Wortlaut des Testaments verlangt. Von hinterlegten Dokumenten war nicht die Rede.

Dieser Seniso ist auf den ersten Blick unsympathisch, verliert aber bei näherer Bekanntschaft, denkt Roberto verärgert, während der Anwalt umständlich ankündigt, dass er jetzt das Dokument verlesen wird.

Als Roberto den Inhalt der wenigen Zeilen hört, weiß er, dass es ein weiteres Motiv gab, Filippo Nardi zu ermorden.

Noch mehr Arbeit. Neue Befragungen. Neue Verdächtige.

Und dann ist da das Lächeln des Neffen. Eine paradoxe Reaktion auf den Schock? Oder was sonst?

Roberto nimmt sich vor, es herauszufinden.

31

»Das ganze Team ins Besprechungszimmer!«, bellt Roberto ins Telefon.

Als er wenig später den Raum betritt, erwartet ihn Piero. »Ich bin das ganze Team«, erklärt Piero. »Teresa ist bei Carlotta und ihrer Mutter. Irgendwie muss ja noch geklärt werden, wie es zu diesem Familienausflug kam. Und Bossi ist unauffindbar.«

»Schau auf dem Stuhl vor seinem Computer nach«, knurrt Roberto.

»Leer«, antwortet Piero. »Zu Hause ist er auch nicht. Ich hab schon angerufen.«

Roberto schüttelt den Kopf. Wenn Bossi nicht auf seinem Platz vor dem Computer zu finden ist, worauf kann man sich dann überhaupt noch verlassen?

Es klopft.

Gobetti.

»Der Colonnello hat mich Ihnen zugeteilt«, sagt er zögernd. »Er meinte, ich könnte mich sicher nützlich machen. Mehr oder weniger.«

Roberto schließt die Augen.

Als er sie wieder öffnet, sitzt Gobetti ihm gegenüber. Ganz Aufmerksamkeit und Einsatzfreude. Immerhin, der Mann ist nicht nachtragend.

Piero lächelt in sich hinein.

Kafka, denkt Roberto. Immer wieder fällt mir *Die Verwandlung* von Kafka ein. Das Absurde im Alltag. Zurück zum Thema.

»Unser Toter vom Golfplatz hat es sich offenbar in den Kopf gesetzt, einen neuen Rekord in Bezug auf mögliche Mordmotive aufzustellen«, beginnt Roberto. Er versucht, Gobettis eifriges Nicken optisch auszufiltern. »Seine Unbeliebtheit ist weit gestreut. Da sind einmal die Golfer, die annahmen, dass er es war, der ihren geliebten Club verscherbeln wollte. Damit haben wir das – sagen wir mal – sentimentale Motiv. Für manche scheint Golf kein Sport, sondern Lebensinhalt zu sein. Dann diejenigen, die Angst hatten, dass durch einen solchen Verkauf der Wert ihrer kürzlich erworbenen Immobilien Richtung *zero* gehen würde. Das erste finanzielle Motiv. Man tat übrigens Nardi bitter unrecht damit. In Wirklichkeit war er es, der ebendiesen Verkauf verhindert hat. Weil er herausgefunden hat, dass die *comune* Venedigs ein Vorkaufsrecht auf das Gelände des Golfclubs hat. Irgendjemand, der an geeigneter Stelle saß, hat das betreffende Dokument vermutlich vor der Versteigerung verschwinden lassen. Eine von diesen Gefälligkeiten, die den Lebensstandard eines Beamten deutlich verbessern. Weiß der Himmel, wie Nardi dahintergekommen ist. Jedenfalls – das Dokument ist wieder da und die Stadt Venedig nimmt ihr Vorkaufsrecht wahr. Aus dem Verkauf wird nichts.«

»Aber soviel man weiß, wurde der Kaufpreis doch bezahlt«, wirft Piero ein.

»Eben.« Roberto nickt. »Und bei der Langsamkeit unserer Gerichte müssen die Investoren fürchten, dass es eine sehr lange Zeit dauern wird, bis sie ihr Geld wiedersehen.

Wenn überhaupt. Wie wir wissen, haben Geldflüsse hierzulande die Neigung, unbekannten Ortes zu versickern. Damit haben wir das zweite finanzielle Motiv.«

»Also müssen wir in Erfahrung bringen, wer die frustrierten Käufer sind, die jetzt weder Geld noch Golfgelände haben«, meint Piero.

»Bossi hatte vor, mehr über den Hintergrund dieser undurchsichtigen Transaktion herauszufinden«, sagt Roberto. »Ich versteh nicht, wo er bleibt.«

»Den Kollegen Bossi könnte doch ich suchen«, sagt Gobetti eifrig.

Immerhin: ein Satz ohne die bewussten drei Worte, denkt Roberto.

»Das scheint mir jetzt vordringlich zu sein. Mehr oder weniger«, fügt Gobetti knapp vor seinem Abgang noch hinzu.

Roberto atmet mehrmals tief durch.

»Ich brauch deinen Schnauzbart«, sagt er dann.

»Der sitzt fest«, antwortet Piero.

Roberto redet unbeirrt weiter. »Und dein vertrauenerweckendes Lächeln. Und deine väterliche Art, mit jungen Leuten umzugehen.«

Piero lächelt vertrauenerweckend und schaut väterlich.

»Genau!« Jetzt nickt Roberto. »Ich muss wissen, wieso dieser Neffe seine Enterbung komisch fand. Und was in dem Brief steht, den sein Großonkel ihm anstelle von Geld hinterlassen hat.«

»Und du?«, fragt Piero. »Wo wirst du deine kriminalistischen Fähigkeiten einsetzen?«

»Ich werde mit dem Präsidenten des Golfclubs reden. Seit gestern ist er Verwalter einer ziemlich vermögenden Stiftung«, sagt Roberto. »Da bekommt jemand plötzlich sehr, sehr viel Geld in die Hände.«

»Glaubst du, er oder jemand anderer wusste vom Inhalt des Testaments?«

Roberto schüttelt den Kopf. »Kaum anzunehmen. Wenn es einer von den Golffanatikern war, dann hat er Nardi aufgrund einer falschen Annahme ermordet.«

»Ganz schön dumm gelaufen«, sagt Piero. »Möglicherweise.«

»Was macht ein Mörder, wenn er bemerkt, dass er sich die ganze Mühe hätte sparen können?«, überlegt Roberto laut.

»Ein dummes Gesicht?«, vermutet Piero.

»So ist es«, sagt Roberto. »Mal sehen, ob ich eins entdecke.«

32

Carlotta sitzt auf den Stufen der Brücke und blättert in einem Buch.

»*Ciao*«, sagt Luca. »Ich hab gehört, die Polizei hat nach dir gesucht.«

Carlotta schaut kurz auf. Sie nickt und widmet sich dann wieder der bebilderten Geschichte.

»Ich hoffe, es war in Ordnung, dass ich deine Zeichnung hergegeben habe.« Luca will hören, dass Carlotta ihm den Vertrauensbruch nicht übel nimmt.

Carlotta zuckt mit den Schultern. »Die Polizistin hat sie mir zurückgebracht.«

»Jedenfalls ist es schön, dass du wieder da bist«, sagt Luca mit einem Lächeln.

Carlotta sieht in an. »Warum findest du das schön?«

Kinder sind genau mit Worten, denkt Luca. Wenn ich ein bisschen genauer gewesen wäre, dann hätte ich jetzt noch mein Leben. Und eine Zukunft.

Luca denkt über eine ehrliche Antwort nach. »Weil ich bei Geschichten gern ein Happy End habe«, sagt er. »Du nicht?«

»Was ist ein Happy End?«, fragt Carlotta.

Wenn ich demnächst aufwache und feststelle, dass alles nur ein Albtraum war, denkt Luca. »Wenn am Ende alle wieder froh sind«, antwortet er.

»Ich bin aber nicht froh«, sagt Carlotta. Ihr ernster Blick folgt einer Gondel, die unter der Brücke auftaucht.

Sie sagt die Wahrheit, denkt Luca. Er begreift plötzlich, dass Carlotta auf seiner Seite der gläsernen Wand lebt. Und er weiß auch, warum. Sie hat Angst. Genau wie er selbst.

33

»Ein überaus großzügiger Mensch, der Commendatore.« Arrigo Tisos buschige Augenbrauen führen ein Eigenleben. Sie bewegen sich auf seiner Stirn auf und ab. Als wollten sie jedes Wort unterstreichen.

»Ein überaus toter Mensch, der Commendatore«, antwortet Roberto.

Die Augenbrauen signalisieren Betroffenheit. »Eine furchtbare Sache, ja, natürlich. Obwohl seine Freunde meinen, er hätte sich gewünscht, beim Golfspielen zu sterben.«

»Allerdings hat er dabei sicher an einen späteren Zeitpunkt gedacht«, bemerkt Roberto. »Und kaum an einen Heckenschützen.«

Roberto hat seine Undercover-Aktion im Golfclub beendet. Der Präsident sitzt ihm in dem kleinen Büro hinter dem Sekretariat gegenüber. Er hat sich seit der Testamentseröffnung sichtlich von seinem Erstaunen über die unverhoffte Erbschaft erholt.

Die Augenbrauen senken sich pietätvoll. »Sie haben recht. Es ist eine Tragödie.«

»Nicht für den Club«, meint Roberto trocken.

Der Blick unter den Augenbrauen wird wachsam. »Das Dokument, das im Besitz des Commendatore war, ist von unschätzbarem Wert für uns. Ich nehme an, dass er in jedem Fall vorhatte, es uns zur Verfügung zu stellen.«

Roberto muss zugeben, dass der Präsident damit vermutlich richtig liegt. »Sein Vermögen aber wohl vorläufig noch nicht«, sagt er schärfer als beabsichtigt.

Die Augenbrauen sind empört, die Stimme bleibt ruhig. »Dieses Testament bedeutet sehr viel für den italienischen Golfsport – keine Frage.«

»Der italienische Golfsport steht nicht mit einer Pistole bewaffnet hinter einer Hecke und schießt«, sagt Roberto.

»Nein, das wohl nicht«, antwortet Tiso ruhig. Ein Mann, der sich nicht so leicht aus der Reserve locken lässt.

»Dann suchen wir doch nach Menschen, die den Finger am Abzug gehabt haben könnten«, schlägt Roberto vor. »Wer genau profitiert denn von diesem Testament?«

Tiso macht mit beiden Armen eine weit ausholende Bewegung. »Das steht im Augenblick noch nicht fest. Hier geht es ja nicht um einzelne Aktionen. Das Vermögen, das zur Verfügung steht, ist beträchtlich. Es wird ein Konzept zu erarbeiten sein, wie man junge Talente am effektivsten erkennt und fördert.«

»Schon irgendwelche Ideen?«, fragt Roberto. »Nur so, aus Interesse.«

Er schaut aus dem Fenster. Clubmitglieder stehen in Gruppen beisammen und diskutieren. Das Testament Nardis ist offensichtlich kein Geheimnis mehr.

Tiso folgt seinem Blick. »Die Aufregung ist verständlich, nicht wahr? Ja – zu Ihrer Frage ... Das Komitee und ich, wir werden einen umfangreichen Maßnahmenkatalog ausarbeiten. Internationale Trainingscamps, Lehrer der Spitzenklasse, auch an spezielle Golfgymnasien wäre zu denken. Es gibt da viele Möglichkeiten.«

Tiso notiert etwas auf einem Notizblock. Offenbar kann

er es nicht erwarten, aus Italien eine aufstrebende Golfnation zu machen.

Das Lächeln des Neffen fällt Roberto wieder ein. »Haben Sie ein Problem damit, dass der einzige Blutsverwandte zugunsten des Golfsports enterbt wurde?« Wieder klingt Robertos Stimme schärfer, als er es wollte. Irgendetwas an seinem Gegenüber löst bei ihm Aggressionen aus.

Die dramatischen Augenbrauen heben sich, bleiben in dieser Position. Unterstreichen effektvoll die Verwunderung in seinen Augen. »Warum sollte ich ein Problem damit haben? Es ist das Geld des Commendatore. Er hat das Recht, darüber zu verfügen. Und er wird seine Gründe dafür haben, dass er diesem jungen Mann, der ja übrigens nur ein recht entfernter Verwandter ist, sein beträchtliches Vermögen nicht anvertrauen wollte. Die Stiftung wird sehr großzügig sein, was seine berufliche Ausbildung betrifft. Ein guter Start ist viel wert, finden Sie nicht?«

Auf diese rhetorische Frage antwortet Roberto nicht. Dafür stellt er eine andere, fast ebenso rhetorische Frage. »Halten Sie es für möglich, dass hier im Club irgendjemand vom Inhalt des Testaments wusste?«

»Das kann ich mir nicht vorstellen«, sagt Tiso. »Es gab im Gegenteil das Gerücht ...«

»Ja«, sagt Roberto. »Das ist mir bekannt. Ich weiß auch, wer dieses Gerücht verbreitet hat. Was wussten Sie persönlich über den Verkauf des Golfgeländes?«

»Es klingt vermutlich absurd – aber ich wusste nicht mehr, als in den Zeitungen stand. Eine Versteigerung, von der man erst im Nachhinein erfuhr. Uns – die Pächter des Geländes – hat man nicht einmal informiert. Den Zuschlag bekam eine Investorengruppe. Der Kaufpreis wurde prompt bezahlt. Protest der *comune*, die aber leider ihr Vorkaufsrecht nicht nachweisen konnte. Das entsprechende Dokument war nicht auffindbar. Bis gestern.«

»Wie kann Filippo Nardi an dieses Dokument gekommen sein? Irgendeine Theorie?«

Die Augenbrauen streben aufwärts, stellen sich schräg und signalisieren Ratlosigkeit. »Keine. *E un giallo*.«

Un giallo – ein Gelber, Anspielung auf die knallgelben Mondadori-Krimis. Roberto fragt sich, was ihn an diesem Gespräch irritiert hat. Es fällt ihm nicht ein.

Die Augenbrauen sind wieder zur Ruhe gekommen. »Kann ich sonst noch etwas für Sie tun, Commissario?«

»Eine komplette Liste der Clubmitglieder wäre hilfreich«, sagt Roberto. »Und ein Gespräch mit Jorgo Dario.«

»Ich lass ihn suchen. Er ist jeden Tag im Club. Er lebt ja praktisch hier. Nach Hause geht er nur zum Schlafen.« Arrigo Tiso steht auf. »Die Liste wird sofort ausgedruckt.«

Jorgo Darios überlegene Heiterkeit ist verschwunden. Er wirkt wachsam. Sein Gesichtsausdruck ist defensiv. Das komplizenhafte Lächeln knipst er trotzdem an.

»Mittlerweile hat es sich herumgesprochen«, sagt er, während er sich Roberto gegenüber setzt. Ganz außen auf der Stuhlkante. Wie um deutlich zu machen, dass er nicht lange zu bleiben gedenkt. »Kein Golfneuling, sondern ein Commissario unserer braven *Polizia*.«

Roberto hat nicht vor, nett mit Dario zu plaudern. Außerdem nervt die Herablassung, mit der er von der braven Polizei spricht. »Mordkommission, um genau zu sein«, sagt er. »Was hat Sie zu der Annahme bewogen, dass Filippo Nardi hinter dem geplanten Verkauf des Golfgeländes steckte?«

Dario zuckt mit den Schultern. »Ich hab zwei und zwei zusammengezählt.«

»Gratuliere. Können Sie dieses Arithmetikbeispiel ein wenig näher erläutern?«, fragt Roberto.

»Ich hab Filippo beim Mittagessen gesehen«, sagt Dario. »Mit einem hohen Beamten der *comune*.«

»So was soll vorkommen.« Roberto kann seine Ungeduld kaum noch unterdrücken.

»Abteilung Immobilien«, ergänzt Dario. »Immer hieß es, die Stadt Venedig hätte ein Vorkaufsrecht auf das Golfareal. Dann isst Nardi mit dem verantwortlichen Beamten zu Mittag und schon ist das Dokument nicht mehr auffindbar. Ist doch ein seltsames Zusammentreffen – oder?«

»Wann war dieses Mittagessen?«, fragt Roberto.

»Vor zwei Wochen circa«, antwortet Dario. »Im *Altanella*.«

Ausgerechnet. Das kann zweierlei bedeuten. Entweder: Giannis Lokal auf der Giudecca wird chic. Das wäre betrüblich, weil es unvermeidlich die Preise hinauftreibt. Oder die beiden suchten sich bewusst das versteckteste Lokal Venedigs aus. Roberto tippt auf die zweite Variante. »Dieser hohe Beamte – kennen Sie seinen Namen?«

Dario scheint angestrengt zu überlegen. Zuckt dann mit den Schultern. »Fällt mir im Augenblick nicht ein.«

Himmel, der Mann lügt schlecht. »Kein Problem«, antwortet Roberto. »Wir werden Sie zu Gegenüberstellungen in der Questura vorladen. Kann eine Woche dauern, vielleicht auch länger, aber irgendwann haben wir den richtigen Beamten.«

Dario seufzt. »Claudio Marinelli. Aber es kann natürlich ein ganz zufälliges Mittagessen gewesen sein.«

»Für Sie hat es genügt, das Gerücht zu verbreiten, dass

Nardi hinter dem ominösen Verkauf steckt.« Roberto fragt nicht, er stellt fest.

»Ich wollte Nardi unter Druck setzen«, bekennt Dario.

»Um was zu erreichen?«

»Dass er das Verkaufsprojekt aufgibt. Wissen Sie eigentlich, was es bedeutet, wenn eine Stadt wie Venedig keinen öffentlich zugänglichen Golfplatz mehr hat?«

Ein akuter Anfall von empörter Selbstgerechtigkeit. Dagegen hat Roberto eine Frage parat: »Was genau lag Ihnen am Herzen? Die Zukunft des Golfclubs? Oder der Wert Ihrer drei Wohnungen hier in Alberoni?«

»Brauch ich jetzt einen Anwalt – oder was?«, fragt Dario.

»Oder was«, antwortet Roberto.

34

Die Fahrt dauert schon viel zu lange. Bossi schätzt, dass sie weit mehr als eine halbe Stunde unterwegs sind. Er ist ohne Armbanduhr aus dem Haus gegangen. Schließlich wollte er nur schnell Katzenfutter kaufen. Möglicherweise auch Zigaretten. Das war noch nicht so ganz sicher. Armer Caruso. Kein Frühstück. Tut mir leid, mein Alter. Was können die Kerle von ihm wollen? Führen sich auf wie Mafiosi. Wir sind verdammt noch mal in Venedig und nicht in Sizilien.

Ist es die G + G-Sache, der er gestern schon ziemlich nahe gekommen ist? Hat die andere Seite gemerkt, wie nahe?

Lakritze sitzt ihm gegenüber auf der ledergepolsterten Bank der Bootskabine, die Pistole auf den Knien. Der Föhngewellte in der Lederjacke steuert wohl das Boot.

Dichte graublaue Vorhänge verdecken die Fenster. Anfangs versuchte Bossi noch, sich anhand der Wendungen des Bootes und anderer Geräusche zu orientieren. Das hat er längst aufgegeben. Sie sind irgendwo in der Lagune unterwegs. Ab und zu sind andere Bootsmotoren zu hören. Aber immer seltener. Man entfernt sich also noch immer von Venedig. Nicht gut. Gar nicht gut.

Ein paarmal versuchte er, Fragen an sein Gegenüber zu stellen, aber auch das hat er mittlerweile aufgegeben. Außer unwilligem Grunzen gab es keine Antworten.

Lakritze säubert mit einem Zahnstocher seine Fingernägel. Sorgfältig. Einen nach dem anderen.

Kurz überdenkt Bossi seine Chancen bei einem Überraschungsangriff. Keine gute Idee.

»So ist's recht. Immer schön sauber bleiben«, sagt er stattdessen lobend.

Grunzen.

»Ist ausgesprochen nett, sich mit dir zu unterhalten.«
Nicht einmal ein Grunzen.

Die Drehzahl des Motors verändert sich. Das Boot wird langsamer.

Lakritze greift in die Jackentasche und wirft ihm eine Art Jutesack zu. »Über den Kopf«, sagt er.

Immerhin, denkt Bossi, das spricht dafür, dass ich von diesem Ausflug später noch jemandem erzählen kann.

Die Kapuze sitzt locker und reicht bis zu den Schultern. Der Stoff riecht muffig. Eines der kleineren Probleme.

»Du nimmst das Ding ab und du bist tot.« Lakritze sagt es im Ton einer freundlichen Einladung. Es klingt sehr danach, als wäre ihm diese Variante nicht unerwünscht.

Ich werd mich hüten, denkt Bossi.

»Du versuchst wegzulaufen und du bist noch toter als tot.« Emotionslos. So, als würde er eine Gebrauchsanweisung vorlesen. Wahrscheinlich ist es etwas Ähnliches: »Wie überlebe ich meine Entführung«.

Bossis Arme werden von beiden Seiten ergriffen, er wird über einige Holzstufen geführt und dann aus dem Boot gehoben.

Verwitterte Planken erst. Dann Kies. Dann ein kurzer Halt. Eine Tür. Terrakottafliesen unter seinen Turnschuhen. Jemand drückt ihn auf einen Sessel. Strohgeflecht.

Zwei Querhölzer im Rücken. Unbequem. Auch ein kleineres Problem.

Er überlegt, wohin sie ihn gebracht haben könnten. Torcello, Burano, Mazzorbo. Kaum. Zu touristisch. Irgendeine der vielen Inseln in der Lagune. Das Ossario di San Ariano fällt ihm ein. Die Knocheninsel, auf der die Gebeine der Verstorbenen gelagert werden. Nach der Zehnjahresfrist, die den Toten auf San Michele zugestanden wird. Platz ist knapp, das gilt ganz besonders für Venedig.

Er schiebt den Gedanken beiseite. Auf San Ariano steht kein Haus. Und er ist eindeutig in einem Haus.

San Francesco del Deserto? Schon wahrscheinlicher. Keines der Linienboote hält hier.

Er versucht, seine Geruchsnerven zu sensibilisieren. Alter Zigarettenrauch. Ein parfümierter Tabak. Ungewöhnlich.

Er hat keine Schritte gehört, trotzdem spürt er, dass jemand den Raum betreten hat.

Die neue Stimme ist außerordentlich kultiviert. Und fast übertrieben höflich. »Ich bitte um Entschuldigung für die Unannehmlichkeiten, die Sie in Kauf nehmen mussten. Aber die Umstände sind etwas ungewöhnlich.«

Bossi spürt, wie sich die Haare auf seinen Unterarmen aufstellen. Dort, wo keine Tätowierungen sind. Das ist kein gutes Zeichen. Gar kein gutes Zeichen. Aus Erfahrung weiß er, dass diese Antennen meist als Erste erfassen, wann es gefährlich wird.

»Kein Problem«, sagt er mit belegter Stimme. Seine Stimme klingt dumpf unter dem Jutesack.

»Aus aktuellem Anlass möchte ich Ihnen ein Angebot machen.« Immer noch dieser Ton ausgesuchter Höflichkeit.

Ich weiß schon, denkt Bossi. Vermutlich eines, das ich nicht ablehnen kann.

»Unsere« – kurze Pause – »Firma weiß Ihr Talent bedeutend mehr zu schätzen als die Polizei. Soll ich unsere Wertschätzung in Zahlen ausdrücken? Oder genügt als Richtlinie das Zehnfache Ihres derzeitigen Gehalts? Plus Erfolgsprämien.«

Das ist es also, denkt Bossi. Die dunkle Seite der Macht. Sie will den Hacker ohne Furcht und Tadel in Versuchung führen. Das Ganze erinnert ihn an eines seiner Computerspiele. Die Bösen gegen die Guten. Kampf verloren? *Game over. Reset.* Neues Spiel. Neues Leben.

Die Realität ist anders.

»Hab ich die Möglichkeit abzulehnen?«, fragt Bossi.

»Absolut. Selbstverständlich können Sie ablehnen.« In der Stimme schwingt jetzt ein Lächeln mit. So als hätte Bossi etwas Witziges gesagt.

35

Lieber Luca!

Wenn Du diesen Brief liest, bin ich tot und Du bist trotzdem nicht reich. Ich habe mir diese Entscheidung nicht leicht gemacht. Immerhin war Dein Großvater mein einziger Bruder. Allerdings hab ich nie besonders viel von ihm gehalten. Er war absolut realitätsfremd. Und sein Sohn, Dein Vater, hat diesen genetischen Defekt übernommen.
In Dir hat sich dieses Familienerbe bedauerlicherweise fortgesetzt. Vermutlich war das der Grund, warum wir uns in den gemeinsamen Jahren kein bisschen nähergekommen sind.
In jedem Fall ist es der Grund dafür, dass ich mein Vermögen nicht in Deinen Händen wissen will. Es soll jungen Menschen zugutekommen, die jeden Tag wieder die Herausforderung annehmen, über sich selbst etwas zu lernen. Die gegen die eigene Überheblichkeit und Oberflächlichkeit antreten. Die mit Disziplin eine Perfektion ansteuern, die – wenn einmal erreicht – doch immer wieder neu erarbeitet werden muss.
Ich kenne Deine Einstellung zu Golf und nehme an, dass dieses Testament – wenn überhaupt noch möglich – Deine Ablehnung weiter vertiefen wird.
Man sagt immer: Zeit ist Geld. Das ist grundfalsch. Und glaub mir: Von Geld versteh ich etwas. Über Zeit erfährt man erst etwas, wenn man älter wird. Ich weiß mittlerweile, dass es rich-

tig heißen müsste: Zeit ist Leben. Das ist die einzige Botschaft, die ich für Dich habe.

Oscar Wilde hat einmal so etwas gesagt wie: »Das wirkliche Leben mancher Leute ist das, das sie nicht führen.« Aus naheliegenden Gründen hoffe ich, dass Du nicht mehr allzu jung bist, wenn Du diesen Brief liest. Vielleicht hast Du dann ja schon begonnen, aus Deiner irrealen Filmwelt auszubrechen und zu leben.
Ich wünsche es Dir.

In Zuneigung,
    Zio Filippo

Luca sitzt auf seinem Bett und liest den Brief des toten Onkels jetzt schon zum dritten Mal. »Wenn Du diesen Brief liest, bin ich tot und Du bist trotzdem nicht reich«, wiederholt er halblaut.

Woody Allen schaut drein, als hätte er's immer schon gewusst.

»Es ist nicht richtig«, das war alles, was Assunta zum Thema Testament gesagt hat.

»Es ist nicht wichtig«, hat Luca geantwortet. Und es genau so gemeint.

Sie hat nicht weiter argumentiert. Aber ihr Schweigen war anderer Meinung.

Luca ist an diesem Morgen nicht in die Schule gegangen. Es gibt niemanden mehr, dem er Rechenschaft schuldig ist.

Er fragt sich, ob das Testament schon Stadtgespräch ist. Nachrichten verbreiten sich in Venedig mit der Geschwindigkeit eines versicherungsbedingten Baustellenbrandes. Vielleicht weiß Sergio schon, dass er die Karibik weiterhin nur auf Prospekten betrachten wird.

Mir bleibt immer noch die Schadenfreude, denkt Luca. Woody Allen scheint mahnend den Kopf zu schütteln. Immerhin wird sich die Polizei jetzt vielleicht weniger für ihn interessieren. Weil er nicht vom Tod des Onkels profitiert. Er könnte sogar andeuten, dass er mit einem derartigen Testament gerechnet hat. Die Golfleidenschaft des Onkels war allgemein bekannt. Wird man ihm glauben? Woody Allen schaut zweifelnd.

Und selbst wenn die Polizei nie dahinterkommt, wer den Onkel erschossen hat – ob man sich an das Gefühl der Schuld gewöhnen kann? Wie an eine körperliche Verunstaltung? Er hat gehört, dass Menschen sich nach einem Unfall daran gewöhnen, mit nur einem Bein zu leben. Sie fahren Ski, gehen bergsteigen, heiraten, bekommen Kinder.

Wird der Gedanke an den Onkel irgendwann nichts weiter sein als eine entfernte Erinnerung, die man verscheuchen kann wie eine lästige Fliege? Er sieht das vorwurfsvolle Gesicht des Onkels vor sich mit einem kreisrunden Loch in der Stirn, aus dem das mittlerweile verkrustete Blut geflossen ist. Wird es ab jetzt immer da sein? Luca spürt Übelkeit hochsteigen. Er schließt die Augen. Das Bild bleibt.

Wo hat die tödliche Kugel eigentlich getroffen? Niemand hat ihm etwas darüber gesagt. In der Zeitung stand auch nur »erschossen«.

Er hört die Türglocke läuten. Assuntas fragende Stimme. Dann ihre Schritte und Klopfen an seiner Tür. »Polizei!«, sagt Assunta von draußen. »Sie wollen mit dir reden.«

36

»Nein, Signora«, sagt Gobetti. »Da müssen Sie die *Vigili Urbani* rufen.«

Roberto wartet ungeduldig darauf, dass Gobetti sein Gespräch beendet. Vielleicht weiß er ja inzwischen, wo Bossi steckt.

Aus dem Hörer schwallt Aufgeregtheit.

»Aber ich sage Ihnen doch, Signora, wir sind hier die Mordkommission ...«, Gobetti lässt das Wort sichtlich auf der Zunge zergehen, »... und absolut nicht zuständig für Lärmbelästigung durch Haustiere. Erst wenn diese Katze jemanden umbringt, dann rufen Sie bitte wieder bei uns an.«

Gobetti-Humor? Nein, er meint es völlig ernst. Roberto gibt Zeichen der Ungeduld zu erkennen. Gobetti unterbricht pflichtschuldig den Redefluss vom anderen Ende der Leitung. »Wie ich schon sagte, Signora, auch wenn es sich um das Haustier eines Polizisten handelt, sind wir nicht zuständig. Tut mir leid. *Buon giorno.*« Er legt auf, stolz auf seine Entschlossenheit.

»Haben Sie Bossi gefunden?«, fragt Roberto.

»Noch nicht«, antwortet Gobetti. »Aber ich bin dabei.«

Gerade als Roberto etwas darauf sagen will, fallen ein paar Worte aus Gobettis Gespräch in sein Bewusstsein: Auch wenn es sich um das Haustier eines Polizisten handelt ... Bossi hat ihm doch von seinem Kater namens – na egal – erzählt.

»Um welchen Polizisten ging es denn da eben?«, fragt er.

»Das weiß ich nicht«, antwortet Gobetti. »Weil doch in jedem Fall die *Vigili Ur*–«

»Wo wohnt sie?«, unterbricht Roberto.

»Wer?« Gobetti ist sichtlich ratlos.

»Sofia Loren«, knurrt Roberto. »Nein, verdammt, die Frau, die eben angerufen hat.«

»Das hab ich sie nicht gefragt, weil doch in jedem Fall die *Vi*...«

Roberto hat sich schon umgedreht und ist aus dem Büro gestürmt.

Die drei Damen im Sekretariat tippen. Keine von ihnen schaut auf, als Roberto die Tür aufreißt. »Bossis Privatadresse«, sagt er, einfach so in den Raum. Signora Palmarin wirft ihm einen Blick zu wie einem Kind, das ein Eis verlangt und vergessen hat, Bitte zu sagen. Kein Eis, sagt der Blick.

Aber die Neue, etwas Mausgraues mit Brille, steht auf und beginnt in einem Ordner zu suchen. »Calle Colombina, Cannareggio 2346. Das ist direkt bei den Fondamenta Nuove. Ist er krank?« Sie klingt ehrlich besorgt.

»Ich hoffe nicht.« Roberto ist schon fast zur Tür draußen.

»Warten Sie, Commissario!«, ruft die Mausgraue. Sie holt zwei Schlüssel an einem Ring aus einer Schublade. »Der Kollege Bossi hat Reserveschlüssel bei uns hinterlegt. Falls er seine mal verliert oder verlegt.«

So mausgrau ist sie eigentlich gar nicht, denkt Roberto. Schöne Augen. Graugrün. »Vielen Dank, Signora ...?«

»Bonaventura«, ergänzt sie. »Ich hab mich schon gefragt, wo er bleibt.«

Bonaventura, denkt Roberto. Vielleicht merke ich mir ja endlich einmal einen Namen.

Er überlegt, ob er ein Boot anfordern soll, und entscheidet sich wieder einmal dagegen. Zu Fuß ist er schneller.

Wahrscheinlich ist überhaupt nichts dran. Auch andere Polizisten haben Katzen. Trotzdem, es sieht Bossi überhaupt nicht ähnlich, eine dringende Arbeit zu übernehmen und sich dann nicht zu melden.

Als Roberto am *Ospedale Civile* entlanggeht, fällt ihm der Fall ein, der im vorigen Jahr hier ein überraschendes Ende gefunden hat. Von Caterina Loredan hat er vor Kurzem gehört, dass sie wieder gehen kann. Mit Krücken noch, aber immerhin.

Es ist ungewöhnlich warm für Ende September. Touristen sind noch immer in kurzen Hosen unterwegs. Vor allem die dicken. Als er an den Fondamenta Nuove ankommt, klebt ihm sein Hemd am Rücken.

Noch ein Monat und wir frieren wieder, denkt er. Diese Stadt kennt kein Mittelmaß.

In einem Lebensmittelladen kauft er ein paar Dosen Katzenfutter. Das ist auf keinen Fall falsch, selbst wenn Bossi nur das Telefon abgestellt und über seinen Computerrecherchen die Zeit vergessen hat.

Das Haus in der Calle Colombina muss er nicht suchen. Ein paar Leute sind stehen geblieben, diskutieren und schauen zu dem Fenster im ersten Stock hinauf.

Zu hören ist außer den murmelnden Stimmen nichts. Dann – ein singendes Jaulen, das sich zu einem Protestton steigert, der die Toten drüben auf dem Friedhof von San

Michele aufwecken könnte. Das ist kein Kater, das ist ein Naturereignis.

Die Leute machen Roberto bereitwillig Platz, als er zur Haustür geht und aufsperrt. Irgendwer sagt etwas von verantwortungslosen Tierhaltern. Roberto hält sich nicht damit auf, an der Wohnungstür zu läuten oder zu klopfen. Wenn jemand da drin wäre, hätte er längst getan, was der Kater von ihm will. Wenn jemand Lebender da drin wäre, korrigiert sich Roberto selbst. Und ärgert sich gleichzeitig darüber, dass ihm so etwas überhaupt einfällt. Er schließt die Wohnungstür auf und ruft jetzt doch: »Bossi?« Ohne große Hoffnung allerdings.

Ein grau getigerter dickköpfiger Kater kommt ihm entgegen. Beäugt ihn missmutig. Eindeutig der falsche Mensch. Roberto hätte nicht vermutet, dass aus einem Kater normaler Größe so viel Lautstärke kommen kann. »Na, du Stimmwunder«, sagt Roberto, beugt sich zu ihm und krault ihn zwischen den Ohren. Er mag Katzen.

Die Wohnung ist schnell durchsucht. Ein Arbeitszimmer, ein Schlafzimmer, eine Küche mit einem kleinen Esstisch und zwei Futterschalen auf dem Boden. Ein winziges Bad. Die Fliesen sind trocken. Das Handtuch am Haken ist noch leicht feucht. Alles trocknet sehr langsam in Venedig.

Das Bett ist nicht gemacht. Aber das ist auch schon das einzig Unordentliche in der Wohnung.

Kein Bossi. Kaum überraschend.

Wenigstens auch kein toter Bossi, denkt Roberto.

Roberto kippt den Inhalt einer der mitgebrachten Dosen in eine der Futterschüsseln. Der Kater frisst mit sichtlichem Appetit, aber ohne besondere Gier. Also am Verhungern war der nicht, denkt Roberto. Eher ein Ausdruck von Ärger und berechtigter Empörung. Oder war es seine Art, eine Vermisstenanzeige aufzugeben? Man liest ja immer wieder von unglaublichen Intelligenzleistungen mancher Vierbeiner.

»Also«, sagt Roberto zum Kater. »Hilf ein bisschen mit. Ist er freiwillig weggegangen, dein Freund und Ernährer?«

Als Antwort schiebt der Kater mit der Pfote die zweite Futterschale in Robertos Richtung.

Richtig. Wasser fehlt. *Scusa!* Dumm ist der Stimmgewaltige nicht.

Roberto untersucht Bossis Arbeitsplatz. Der Computer ist ausgeschaltet. CDs, verschiedene Handbücher, Discs mit Computerspielen – alles ist sehr ordentlich gestapelt. Seltsamerweise hat sich Roberto Bossis Wohnung als wildes Chaos vorgestellt. Schon wieder so ein Vorurteil. Tätowiert – gepierct – also schlampig.

Einige Notizzettel sind mit Bossis enger, winziger Schrift bekritzelt. Roberto steckt sie ein. Er muss wissen, womit sich Bossi zuletzt beschäftigt hat. Auftragsgemäß mit der Golfclubsache – oder ist er noch an einer anderen Sache dran? Man muss die Kollegen fragen.

Jedenfalls deutet nichts darauf hin, dass er seine Arbeit überraschend unterbrechen musste. Oder dass er die Wohnung gegen seinen Willen verlassen hat.

Für das Ganze kann es eine ganz einfache Erklärung geben. Bossi kann zum Zahnarzt gegangen sein. Wurzelbehandlung. Komplikation. Kreislaufkollaps. Einlieferung ins *Ospedale Civile.* Oder so ähnlich.

Auf einer Konsole neben der Wohnungstür liegen das eingeschaltete *telefonino* und ein kleinformatiger Terminkalender. Roberto blättert. Keine Eintragung für diesen Vormittag. Zahnarzttermine schreibt man auf. Und man füttert den Kater vorher.

Bossis Handy läutet genau in dem Moment, als Roberto es in die Hand nimmt. Grüne Taste vermutlich. Richtig.

»*Pronto?*«

Gobettis Stimme. »Na endlich, Kollege Bossi. Commissario Gorin sucht Sie schon seit Stunden!«

»Hier ist Commissario Gorin«, sagt Roberto.

Die Schrecksekunden ticken. »Also haben Sie den Kollegen Bossi gefunden?«, folgert Gobetti dann.

»Ich habe sein *telefonino* gefunden«, antwortet Roberto gepresst.

»Wo war es denn?«, fragt Gobetti.

»Neben der Katze«, antwortet Roberto und drückt die rote Taste. Er hat jetzt keine Zeit für Erklärungen.

Roberto steckt auch das *telefonino* ein.

Noch einmal von einem Zimmer zum nächsten. Der Kater immer dicht hinter ihm. Misstrauisch. Oder hoffnungsvoll?

Wohin geht man ohne Handy und Terminkalender?

Der Kater springt auf den Tisch. Natürlich!

Roberto durchsucht alle Küchenschränke nach Katzenfutter. Nichts.

Ein Szenario bietet sich an. Bossi steht auf, duscht. Der Kater verlangt sein Frühstück. Kein Katzenfutter im Haus. Bossi geht aus der Wohnung, um welches zu kaufen. Aber er kommt nicht zurück. Empörter Kater. Verärgerte Nachbarn. So weit ist alles klar. Die Frage ist: Warum kam Bossi nicht zurück?

Roberto holt die Zettel aus seiner Tasche und beginnt, die Notizen zu entziffern. Nicht einfach. Bossis Schrift erinnert an ägyptische Hieroglyphen. Einzelne Wörter formen sich. Ein Name, den Roberto nur zu gut kennt.

»*Porca putana*«, murmelt Roberto.

Und so etwas sagt er wirklich nicht oft.

37

Ein Handy läutet.

»*Dimmi*«, sagt der Mann mit der kultivierten Stimme. Bossi überlegt, ob der Anruf irgendetwas mit ihm zu tun hat. Vielleicht stellt er klar, dass sie den Falschen entführt haben. Nein. Dazu wussten sie zu viel von ihm.

Der mit der kultivierten Stimme stellt keine Fragen. Hört offensichtlich nur zu, was der andere zu sagen hat.

Stille. Abgesehen von den unverständlichen Worten aus dem *telefonino*.

Dann: »Ich verstehe. Kein Irrtum möglich?«

Und schließlich: »Das macht ihn natürlich absolut entbehrlich.« Ganz sanft ist die Stimme. Kultiviert sowieso. Und sehr endgültig.

Wieder Alarm von Bossis Unterarmantennen. Die Fasern der Kapuze fühlen sich plötzlich an wie Ameisen auf seinem Gesicht.

Jetzt bloß keinen Panikanfall, ermahnt er sich selbst. Vielleicht haben sie nicht von mir geredet. Vielleicht hat er nur den Weinlieferanten abbestellt, weil noch genügend Chianti Classico der besten Jahrgänge im Keller liegt.

Guter Versuch. Hilft aber nicht. Bossi weiß, dass es in dem Gespräch nicht um Chianti Classico ging.

38

Ein anderer Polizist. Nicht der, der die Nachricht vom Tod des Onkels brachte und gestern bei der Testamentseröffnung war. Der ihn danach so sonderbar ansah. Mit diesem Blick, als wüsste er etwas. Oder alles.

Dieser hier sieht aus wie ein Pizzabäcker, denkt Luca. Schlecht sitzender Anzug. Hemd vermutlich von *Standa* oder einem anderen Warenhaus. Luca fragt sich, wie viel ihm die Stiftung in Zukunft für sein eigenes Outfit zur Verfügung stellen wird.

Sie sitzen in der Bibliothek. Dieser *palazzo*, denkt Luca, er gehört jetzt wohl ebenfalls der Stiftung. Wie lange wird man ihn hier noch wohnen lassen?

Der Polizist schaut teilnahmsvoll freundlich durch die Gläser einer randlosen Brille. »War vermutlich ein ziemlicher Schock für Sie? Dieses Testament, meine ich.«

Da ist es schon, das Stichwort. Kamera läuft und – *action!* Überlegene Gleichgültigkeit ist angesagt. Luca zuckt mit den Schultern. »Nicht besonders«, sagt er. »Mein Onkel ist – war – fanatischer Golfer. Manche meinen, das wär so was Ähnliches wie eine Geisteskrankheit.« Kleines Lachen.

Der Polizist, der sich als Ispettore Salmaso vorgestellt hat, lacht nicht. »Heißt das, Sie werden das Testament anfechten? Wegen Unzurechnungsfähigkeit Ihres Onkels?«

Der Gedanke ist neu für Luca. Ginge denn das? Wohl

kaum. Er schüttelt den Kopf. »Damit komm ich bestimmt nicht durch.« Wissendes Lächeln. »Die meisten Richter spielen ja auch Golf. Sogar im selben Club.« Der Polizist lächelt ebenfalls. Wohlwollend. Nickt. So weit, so gut. Aber was will er eigentlich von mir?, denkt Luca. Er ist doch bestimmt nicht nur gekommen, um sich nach dem Seelenzustand des Enterbten zu erkundigen.

»Können Sie sich vorstellen, wer den Tod Ihres Onkels gewollt haben könnte?«

Aha. Es wird doch noch ein Verhör.

Angeblich erleichtert ein Geständnis das Gewissen. Die vom Geist des Toten Verfolgten können plötzlich wieder ruhig schlafen – wenn auch im Gefängnis. Einen Augenblick lang ist Luca versucht, ihm die ganze Geschichte zu erzählen. Wie er Sergio kennengelernt hat. Der erste Abend in der Bar. Dann der zweite mit den Tequilas. Die Sache mit der Pistole.

Ach so, dann war das ja gar kein Mord, sondern eine kleine Gefälligkeit unter Freunden. Luca kann die ironische Antwort des Polizisten förmlich hören.

»Ich habe keine Ahnung«, sagt er.

Der Polizist nickt, als hätte er nichts anderes erwartet.

Da ist noch etwas.

»Würde es Ihnen etwas ausmachen, mir den Brief zu zeigen, den Ihr Onkel beim Anwalt für Sie hinterlegt hat?« Der Polizist wirkt verlegen, zögert. »Wir haben selbstverständlich kein Recht, das zu verlangen ...«

Aha. Das ist es also. Luca hat den Brief so oft gelesen, dass er ihn auswendig kann. Wenig schmeichelhaft, was der Onkel von ihm dachte. »Es steht nichts drin, das Ihnen irgendwie weiterhelfen könnte«, sagt er.

»Ich glaube, dass wir das besser beurteilen können«, sagt

der Pizzabäcker-Polizist. Noch immer ganz freundlich, aber doch sehr bestimmt. Luca denkt an Filme, in denen Verdächtige durch das berühmte Spiel zermürbt wurden. *Good cop – bad cop.* Ist das hier der *good cop?*

»Wie Sie meinen. Ich geh ihn holen«, sagt Luca. Er hat den Brief in der Jackentasche, will aber die Gelegenheit nutzen, um ein paar Minuten allein zu sein. Das beginnende Zittern seiner Hände wieder unter Kontrolle zu bringen. Tief durchatmen. Schon besser.

Zurück zum Pizzabäcker.

Der liest den Brief aufmerksam. »Irreale Filmwelt?«, sagt er fragend. »Was ist damit gemeint?«

»Ich geh gern ins Kino«, antwortet Luca knapp.

»Das tun viele andere auch.« Der Polizist lächelt.

Ganz falsche Bemerkung. Wer will schon sein wie viele andere auch? »Ich hab Regiekurse belegt«, sagt Luca. Nicht zu vermeiden, dass es etwas von oben herab klingt.

»Und Ihr Onkel hielt nichts davon?«

»Sieht so aus.« Die Szene dauert schon viel zu lang. Luca möchte, dass der Polizist endlich verschwindet.

Aber der denkt offensichtlich nicht daran. »Irgendeine spezielle Vorliebe? Kriminalfilme vielleicht?«, fragt er.

»Auch. Wenn sie gut sind.« Luca merkt, dass seine Stimme gepresst klingt.

Und dann die unerwartete Frage: »Haben Sie *Matchpoint* gesehen?«

Luca erstarrt. Nickt. Sprache funktioniert im Augenblick nicht.

Freundliche Augen betrachten ihn durch die Brillengläser. »Interessantes Ende, finden Sie nicht?«

39

Der Mann löst die Leine, springt mit elastischen Schritten an Bord. Sichtlich geübt.

Er steuert das Motorboot vorbei am Guggenheim-Museum und an der Ca'Dario, dem Haus, das allen Käufern bis jetzt Unglück gebracht hat. Er weicht der Traghetto-Gondel aus, die eben ablegt und Santa Maria del Giglio ansteuert. Fährt dann an der Salute-Kirche vorbei, hinaus in die Lagune Richtung Lido. Ein gutes Gefühl. Die Hände am glatten Steuerrad aus Mahagoni, die Sprache des Motors in den Ohren, die warme Septembersonne im Gesicht.

Das Unbehagen der letzten Tage beginnt sich aufzulösen. Völlig unnötig, diese düsteren Gedanken, die fast schon in panische Angst ausarteten. Nardis gewaltsamer Tod kann viele Ursachen haben. An so viel Geld wie er kommt man nicht, ohne sich Feinde zu machen. Wer weiß, vielleicht hat ja dieser Neffe einen Killer engagiert. Er denkt an den farblosen Siebzehnjährigen, der ihm im Treppenhaus begegnet ist. Schüttelt unwillkürlich den Kopf. Na ja, wohl kaum sehr wahrscheinlich, diese Theorie.

Jedenfalls – was kann man ihm schon vorwerfen? Jemand hat von seiner finanziellen Zwangslage erfahren. Wie? Eine undichte Stelle in seiner Bank vielleicht. Egal.

Da war dieser Anruf. Ein sehr kultivierter Mann. Angenehme Stimme. Das darauf folgende Treffen mit dem Kontaktmann der Investorengruppe, die sich G + G nennt. Ein Angebot, das sein Problem mit einem Schlag gelöst hätte. Man müsste ein Heiliger sein, um da einfach Nein zu sagen. Er hat versprochen, sich die Sache zu überlegen. Nicht mehr. Immerhin setzt er seine Position aufs Spiel. Seinen Namen. Seinen guten Ruf.

Und dann der überraschende Anruf seines alten Bekannten Filippo Nardi. Das Essen im *Altanella*. Nardi hatte einfach die besseren Argumente. Genau genommen waren sie doppelt so hoch, die Argumente.

Und selbst wenn die anderen schlechte Verlierer sind – was wollen sie denn tun? Zur Polizei gehen? Er lächelt.

Und Nardi, der die Zusammenhänge geahnt hat, ist tot. Er hat eindeutig auf frühere Fälle angespielt, in denen Insiderwissen aus seiner Abteilung der Stadtverwaltung weitergegeben wurde. Eigentlich eher ein Grund, erleichtert zu sein, statt sich Sorgen zu machen ...

Trotzdem ist es vermutlich sicherer, gewisse Unterlagen über bestimmte Kontobewegungen aus der Penthouse-Wohnung neben dem *Excelsior* zu holen. Die Beratungshonorare dankbarer Klienten könnten missverstanden werden.

Wahrscheinlich auch das eine überflüssige Vorsichtsmaßnahme. Was kann man ihm schon vorwerfen? Dass sein Lebensstil nicht dem eines Beamten der *comune* entsprach? Auch nicht eines ziemlich hohen Beamten? Darüber hat sich nie jemand gewundert. Man nahm an, dass seine französische Frau vermögend war. Es ist sehr leicht, in Venedig ein entsprechendes Gerücht in die Welt zu setzen. Und Danielles selbstverständliche Art, Geld auszugeben, war eine weitere Bestätigung.

Plötzlich hat er das Gefühl, nicht allein auf dem Boot zu sein. Er dreht sich rasch um. Niemand. Natürlich nicht. Der Wind bewegt die Kabinentüren. Die ganze Sache hat seine Nerven doch etwas strapaziert. Er wird ein paar Wochen Urlaub machen mit Danielle. Vielleicht in Nizza, im Haus, das sie jetzt doch nicht verkaufen müssen. Oktober ist eine gute Zeit für die Côte d'Azur.

Eines der blauen VESTA-Boote kommt ihm entgegen. *Servizi Trasporti Funebri*, besagt eine diskrete Aufschrift. Der Sarg im Inneren der Kabine ist nicht zu sehen. Die weißen Vorhänge sind wie immer geschlossen, um den Lebenden unerfreuliche Blicke auf das Unvermeidliche zu ersparen. Oder will man die Privatsphäre der Toten schützen?

Der Mann am Steuer empfindet die Begegnung mit dem Leichentransport als unangenehm. Unwillkürlich greift er nach einem Metallbeschlag. *Toccare ferro* – Eisen zu berühren hilft gegen böse Vorzeichen. Nicht, dass er abergläubisch wäre – aber es kann ja auch nicht schaden.

Wellen klatschen gegen den Bug des Bootes. Die Skyline des Lido kommt näher. Der Himmel ist helltürkis, die Lagune silbern.

Wieder hat er das Gefühl, hinter sich ein Geräusch gehört zu haben. Eindeutig die Nerven. Er ruft sich selbst zur Ordnung. Nein, diesmal wird er sich nicht umdrehen.

Das muss er auch nicht.

»*Buona sera*, Signor Marinelli«, sagt eine ihm bekannte Stimme hinter ihm.

40

Das kreisrunde Loch in der Stirn hat wieder zu bluten begonnen. Eine frische Blutspur zieht sich über das Gesicht des Onkels. Die blassen Augen sind weit offen.

Luca schüttelt heftig den Kopf und tatsächlich verschwindet das Bild. Luca sieht sich die nächsten Jahre mit ständigem heftigen Kopfschütteln verbringen. Wahrscheinlich bin ich dann sowieso reif für San Clemente oder San Servolo, die beiden Inseln mit den psychiatrischen Kliniken. Nein, falsch. San Clemente ist mittlerweile ein Fünfsternehotel und San Servolo ein Museum. Wo bringt man heutzutage die Verrückten hin? Die sich den Verstand aus dem Kopf geschüttelt haben?

Das Telefon läutet. Nicht sein *telefonino*, das Festnetz. Assuntas Schritte. Dann nach einer Weile: »Luca, für dich.«

Das wird Sergio sein, der seinen Anteil an der Erbschaft einfordern will. Jemand kichert und Luca stellt irritiert fest, dass er es selbst ist.

»*Pronto*?«, sagt er. Das unkontrollierbare Lachen lauert noch immer hinter jedem Wort.

»*Ciao*«, sagt die Stimme. Weiblich. Eindeutig nicht Sergio. Wer dann?

»Ich bin's, Samanta.«

Samanta. Sie ruft ihn an! Woher hat sie seine Nummer? Wahrscheinlich wieder einer dieser Träume. Hört sicher gleich auf. Die netten Träume hören immer sehr schnell auf.

»Luca?«

»Ja«, sagt er. »Was gibt's?« Wirklich gut gemacht. So reagiert jemand, der sich tierisch über einen Anruf freut.

»Ich hab vom Testament deines Onkels gehört. Und ich wollte dir nur sagen, es tut mir leid für dich, auch wenn es für uns im Club natürlich eine Supersache ist.«

»Für uns im Club?« Sie muss denken, sie redet mit einem Idioten. Oder mit einem Echo.

»Golf«, sagt Samanta. »Ich spiel in der nationalen Jugendmannschaft. Hast du das nicht gewusst?«

»Nein«, sagt er. Das Kichern meldet sich wieder. Also hätte er nur dem Wunsch des Onkels nachgeben und Golfspielen lernen müssen. Dann hätte er Samanta nahe sein können, sooft er nur wollte. Und er wäre Sergio vermutlich nie begegnet. Und der Onkel würde noch leben und nicht mit einem kreisrunden Loch in der Stirn auftauchen, wann immer es ihm passte.

»Am Sonntag ist Turnier in Padua. Da geht's um den Titel«, sagt Samanta.

»Aha.« Wünsch ihr wenigstens Glück, du Idiot.

»Luca? Also, wenn du – wenn dir nach Reden ist, dann ruf mich einfach an.«

»Ja – ich ... Nett von dir. Danke.« *Grande.* Ich hab wirklich die Supersprüche drauf. Na wenn schon. Ist sowieso zu spät.

»*Ciao*, Luca.«

»*Ciao*, Samanta.«

Luca stellt sich vor, wie der Große Kosmische Regisseur mit seinen Regie-Assistenten (Jesus? Mohammed?)

von irgendwo zusieht und die Szene echt komisch findet. Es sind andere, die das Drehbuch schreiben, denkt Luca. Nie wir selbst.

Noch ein Anruf. Diesmal läutet sein *telefonino*.

41

Wer hat Bossi zuletzt gesehen?

Das bedeutet: Nachbarn, Bars, Supermärkte abklappern. Ich brauche jeden abkömmlichen Kollegen, denkt Roberto. Die unabkömmlichen auch.

Natürlich ist wieder Gobetti am Apparat. Roberto seufzt innerlich. »Schicken Sie mir mindestens vier Leute zur Wohnung von Bossi!«

»Also ist der Kollege noch immer nicht aufgetaucht?«, stellt Gobetti fest.

»Richtig kombiniert, Gobetti«, antwortet Roberto möglichst ruhig. Er wird seinen ganzen Ärger vielleicht noch brauchen, wenn Bossi frohgemut aufkreuzt und den Vormittag damit verbracht hat, sich einen Skorpion sonst wohin tätowieren zu lassen.

»Das wird schwierig, Commissario, weil nämlich ...«

Roberto verliert jetzt doch die Geduld. »Hören Sie: Ich will nicht wissen, warum etwas schwierig ist, ich will ganz einfach, dass die vier Kollegen von der Bereitschaft in zehn Minuten hier auftauchen. Alles klar?«

»Klar schon, Commissario, aber – es sind nur zwei Kollegen in Bereitschaft, weil die beiden anderen eben weggefahren sind.«

»Weggefahren? Wieso? Wohin?«, fragt Roberto.

»Jemand hat vorhin angerufen. Ein Muschelfischer hat

bei San Servolo einen Toten aus dem Wasser geholt. Er hat einen Schock.«

»Der Tote?«

»Nein, der Fischer«, antwortet Gobetti. »Der Tote ist ja tot.«

Irgendetwas drückt Robertos Magen zusammen. Etwas Kaltes. »Ist der Mann tätowiert?«

»Der Fischer?«, fragt Gobetti verwundert.

»Nein, Gobetti. Der Tote!«

»Muss man danach fragen, wenn so etwas gemeldet wird?« Gobetti ist offensichtlich bestrebt dazuzulernen.

»Nein.« Roberto atmet tief durch. »Das muss man nicht. Nur wenn ein auffällig tätowierter Kollege abgängig ist.«

»Oh.« Aus der Pause schließt Roberto, dass Gobetti das Gehörte seelisch verarbeitet.

Das braucht Zeit.

»Kontaktieren Sie die Kollegen und geben Sie mir Bescheid«, sagt Roberto.

Er lässt sich auf einen der bastgeflochtenen Küchenstühle fallen. Versucht, sich selbst zu beruhigen. Menschen ertrinken in der Lagune, manchmal auch absichtlich. Nichts spricht dafür, dass der Tote in der Lagune Bossi ist. Gar nichts. Fast nichts. Außer, dass Bossi sich nicht meldet. Und sein Kater nicht gefüttert wurde. Und die Notizen auf Bossis Schreibtisch beunruhigend sind. Und dann noch diverse innere Alarmzeichen. Es ist allein meine Verantwortung. Ich hab ihn zu uns an Bord geholt, weg von seiner zwar illegalen, aber relativ sicheren Hackertätigkeit. Ich hätte ihn nicht auf diese Sache ansetzen dürfen, ohne ihn zu warnen. Mir hätte klar sein müssen, dass die Ermordung Nardis *un messaggio* war. Und wer schickt bleihaltige Botschaften? – Na eben. Ich hab nichts begriffen. Und jetzt ist es vielleicht zu spät.

Nicht Bossi. Nicht Bossi. Nicht Bossi. Die Gedanken nehmen einen Rhythmus auf. Das Ticken der Küchenuhr. Nicht Bossi. Nicht Bossi. Nicht Bossi.

Der Kater sitzt vor Roberto und schaut ihn fragend an.

»Bist du gut im Wünschen?«, sagt Roberto. »Dann tu was!«

42

Wie erwartet ist es Sergios Stimme. Verbindlich wie immer. »Ich denke, wir sollten uns treffen. Genaueres besprechen.«

»Ja«, sagt Luca. »Das glaube ich auch. Gleicher Ort? In einer halben Stunde?«

Er merkt, dass Sergio überrascht ist. Rollentausch. Der Gejagte stellt sich. Diktiert die Bedingungen. Viel besser so. *Spiel mir das Lied vom Tod.* Charles Bronson und Henri Fonda nicken Zustimmung. Showdown. Beim Denkmal für die Partisaninnen in den Giardini.

Diesmal ist es Luca, der hinter den Büschen in Deckung geht und Sergio kommen sieht.

Rendezvous mit einem Mörder. Guter Filmtitel. Gab es aber schon – oder? Zwei hübsche Mädchen in Shorts mit Rucksäcken drehen sich nach Sergio um. Vergesst es, Mädels. Der hat jetzt anderes im Sinn. Die Karibik. Oder Japan. Und dahin würde er euch sowieso nicht mitnehmen. Das absurde Lachen meldet sich wieder.

»*Ciao*«, sagt Luca. Er stellt mit einer gewissen Genugtuung fest, dass Sergio zusammenzuckt.

»*Ciao.*«

Sie gehen eine Weile stumm die Riva dei Giardini entlang. 1807 von Napoleon angelegt. Links von ihnen das Biennale-Gelände. Seit 1895 Schauplatz der internationalen

Kunstausstellung. Wieso fällt mir das jetzt ein?, denkt Luca. Wild gewordene Jahreszahlen attackieren meine grauen Zellen. Stresssymptom vermutlich.

»Und?« Sergio bricht das Schweigen. »Wie ist es, ein reicher Mann zu sein?«

»Das würde ich auch gern wissen«, sagt Luca. Er greift wortlos in die Tasche, holt eine Kopie des Testamentes heraus. »Da.«

Sergio liest mit unbewegter Miene. Sagt kein Wort. Rastet nicht aus. Faltet die Seiten wieder ordentlich zusammen und gibt sie Luca zurück.

Cool eigentlich, diese Reaktion.

»Kannst du Antiquitäten aus dem *palazzo* verscherbeln?«, fragt Sergio.

Luca schüttelt den Kopf. »Jemand von der Stiftung nimmt eine Inventarliste auf. Ich glaub sogar heute noch.«

Eine Joggerin kommt ihnen entgegen. Schweißnasses, entrückt wirkendes Gesicht. MP3-Player umgehängt.

Die Brücke über den Rio dei Giardini. Sie sind jetzt auf Sant'Elena. In einiger Entfernung vor ihnen eine dicke Frau mit Hund. Sonst weit und breit niemand.

»Ich hab immer noch die Pistole«, sagt Sergio. »Mit deinen Fingerabdrücken. Ich denk mir einen Preis dafür aus.«

»Woher soll ich Geld nehmen?«, fragt Luca. »Demnächst leb ich von irgendeinem Mini-Stipendium.« Das Bild des Onkels taucht auf. Kopfschütteln hilft vermutlich. Hilft nicht. Das Bild bleibt.

»Nicht mein Problem«, antwortet Sergio. Er geht auf die *Vaporetto*-Station zu. »Du hörst von mir.«

43

Jemand ist an der Tür. Der Kater hört es zuerst. Er dreht die Ohren in die Richtung, aus der das Geräusch gekommen ist.

Roberto greift unwillkürlich nach seiner Jackentasche, aber er weiß schon vorher, dass er keine Pistole eingesteckt hat. Wie machen es die anderen eigentlich? Die in den Filmen? Gehen sie immer mit der Pistole spazieren? Auch, wenn sie nur mal schnell nach einem Kollegen schauen wollen? Unnützer Gedanke.

Mal die hoffnungsvolle Variante: Vielleicht ist es Bossi.

Hm. Aber: Kommt jemand fast unhörbar in seine eigene Wohnung? Würde Bossi nicht zuallererst nach seinem Kater rufen? Klirrend die Schlüssel irgendwo ablegen? Mit deutlich hörbaren Schritten ins Badezimmer gehen und pinkeln? Was man eben so macht, wenn man nach Hause kommt?

Roberto hört nichts.

Der Kater sitzt mitten in der Küche, fixiert die Tür mit den Augen und schlägt mit dem Schwanz. Das bedeutet nichts Gutes in der Katzensprache.

Hoffnungslose Variante: Wenn der Tote aus der Lagune Bossi ist, dann kommen seine Mörder, um die Wohnung zu durchsuchen. Um den Computer abzuholen. Um Spuren zu verwischen. Sie haben einen Schlüssel. Und sie sind garantiert bewaffnet.

Im Gegensatz zu mir, denkt Roberto. Er schaut sich nach etwas um, womit er sich verteidigen kann. Leise zieht er eine der Schubladen auf. Ein Brotmesser. Besser als nichts. Roberto geht hinter der nur angelehnten Küchentür in Deckung.

Sind das Schritte?

Er nimmt das Brotmesser fester in die Hand.

Und dann geht alles sehr schnell.

44

Piero kommt aus der düsteren Halle des *palazzo*, wendet sich nach rechts, geht durch die schmale Gasse zum Ponte del Diavolo. Oben auf der Brücke bleibt er stehen. Eine Gondelladung fotografierender Japaner gleitet vorbei. Der Gondoliere singt nicht, was für einen niedrigen Pauschalpreis spricht.

Piero ist dankbar dafür. Man kann nicht denken, wenn jemand »Sahantahaluhucihia« singt.

Was ist mit diesem Jungen los? Irgendetwas stimmt nicht. Wieso wird er blass, wenn man ihn auf Woody Allens *Matchpoint* anspricht? Auf das amoralische Ende. Keine irdische Gerechtigkeit für den Mörder. Aber die Geister der Toten haben ihre eigene Rechtsprechung.

Kann dieser eher unreif wirkende Siebzehnjährige etwas mit der Ermordung seines Onkels zu tun haben?

Piero denkt an einen Artikel im *Gazzettino* des Vortags. Ein dreizehnjähriger Schüler hat versucht, eine gleichaltrige Schulkollegin mit einer Schnur zu erdrosseln. Gar nicht weit von Venedig war das – in Verona. Der Stadt von Romeo und Julia. Die Rechtfertigung des dreizehnjährigen Fastmörders? Immer war er in der Schule der Außenseiter. Alle waren gegen ihn. Machten sich über ihn lustig. Dreizehn! Ein zufällig vorbeikommender Landarbeiter hat das Schlimmste verhindert.

»Warst du bei Luca?« Eine Kinderstimme.
Erst jetzt sieht Piero, dass Carlotta auf den Stufen der Brücke sitzt.
»Ja. Kennst du ihn?«
Sie nickt.
»Magst du ihn?«
Schulterzucken.
»Und Lucas Onkel? Hast du den auch gekannt?«
»Der ist tot«, sagt sie. »Der wird eingegraben.«
Klingt seltsam aus dem Mund einer Sechsjährigen. »Ich weiß. Aber bevor er tot war?«
Sie wendet sich ab. Schaut hinunter zum trüben Wasser des Kanals. Noch eine Gondel voll mit fotografierenden Japanern.
Sei vorsichtig, Salmaso, sagt sich Piero. Das ist ein kleines Mädchen. Wenn du etwas von ihr erfahren möchtest, musst du dir die Fragen gut überlegen.
»War er nett zu dir?«
Wieder Schulterzucken. Frage irrelevant.
Nicht drängen, Salmaso. Piero wartet.
»Er hat immer mit meiner *Mamma* geredet. Und er wollte, dass wir bei ihm wohnen.« Sie deutet mit dem Kopf hinauf zu den Spitzbogenfenstern.
»Und deine *Mamma* – wollte die das auch?«, fragt Piero.
»Erst schon. Dann nicht mehr«, sagt Carlotta.
»Und du? Hätte es dir nicht gefallen, in dem schönen *palazzo* zu wohnen?«
Carlotta sieht ihn an, als hätte sie etwas mehr Intelligenz von einem Polizisten erwartet. Sie verzieht das Gesicht. Antwort nicht nötig.
Der alte Commendatore hatte eine Liebesaffäre mit

Carlottas Mutter? Oder hätte gern eine gehabt? Eine seltsame Vorstellung. Er war gut und gern dreißig Jahre älter als sie. Ja und? Alte Männer neigen dazu, sich viel jüngere Frauen zu suchen. Besonders reiche alte Männer. Und Carlottas Vater? Hat er diese Entwicklung beobachtet? Wollte er vielleicht seine Familie zurückhaben und fand den schwerreichen Filippo Nardi hinderlich? So hinderlich, dass ... Nur immer langsam, Salmaso. Keine voreiligen Schlussfolgerungen. Man wird sehen, was Carlottas Mutter dazu sagt. Aber nicht jetzt, nicht heute. Und keine weiteren Fragen an das Kind. Das Leben ist schwer genug ohne neugierige Polizisten.

»*Ciao*, Carlotta«, sagt Piero.

Carlotta nickt nur. Piero fragt sich, ob dieses Kind manchmal lacht. Oder wenigstens lächelt.

45

Roberto spürt einen heftigen Schlag gegen die Stirn. Der Schmerz lässt Sterne kreisen. Wie im Comic. Im nächsten Augenblick schnürt ihm etwas die Luft ab. Etwas Glattes, Hartes presst sich gegen seinen Kehlkopf, hindert ihn daran zu atmen.

Er hört sich selber röcheln. Klingt unschön.

»Auf in den Kampf«, intoniert sein Handy. Sehr passend. Vor seinen Augen bewegt ein Adler seine Schwingen. Ist es das, was man sieht, wenn man stirbt? Davon war noch in keinem Grenzerfahrungsbericht die Rede. Ein helles Licht, ja. Teure Vorausgestorbene, wenn's denn sein muss. Aber ein Adler?

»Commissario! Was machen Sie denn in meiner Küche?«

Der Druck gegen seinen Kehlkopf lässt plötzlich nach. Ah ... Vielfach unterschätztes Vergnügen, Luft in die Lungen strömen zu lassen.

Die Sterne vor seinen Augen hören auf zu kreisen. Ein Gesicht. Unscharf erst. Dann deutlich. Bossi.

Roberto versucht ein Grinsen. »Sie sind nicht nass, also können Sie nicht der Tote aus der Lagune sein.« Er sieht Bossis besorgten Blick. »Würde Gobetti sagen«, fügt er hinzu. »Man hat bei San Servolo eine männliche Leiche aus dem Wasser gefischt.«

Bossi lehnt den Regenschirm an die Wand. Das war es also, was ihm die Luft abgedrückt hat. Wie originell. Zwei venezianische Polizisten kämpfen mit einem Regenschirm und einem Brotmesser gegeneinander. Er wird das bestimmt sehr komisch finden. Irgendwann. Im Augenblick spürt er die Beule auf seiner Stirn wachsen. Auch wie im Comic.

»Ich hol Eis«, sagt Bossi.

Roberto sinkt auf das Bastgeflecht eines Küchenstuhls. Der Kater beobachtet ihn aufmerksam.

»Wir sind ganz schön unterhaltsam, was?«, fragt ihn Roberto.

»Apropos ›unterhaltsam‹ ... Da fällt mir ein Carabinieri-Witz ein«, sagt Bossi, während Roberto den Plastikbeutel mit Eiswürfeln gegen seine Stirn drückt.

»Nur zu«, nickt Roberto. »Mir ist sehr witzig zumute.«

»Kommt ein Carabinieri-Oberst in die Kaserne«, beginnt Bossi. »Auf seinem Schreibtisch findet er den Auftrag seines Vorgesetzten, sich zu einer bestimmten Zeit bei einem wichtigen Begräbnis einzufinden. Er wirft sich in Gala-Uniform, lässt sich nach San Michele bringen. Er kommt gerade noch rechtzeitig. Der Trauerzug setzt sich eben in Bewegung. Der Oberst als Ehrengast schreitet gemessen hinter dem Sarg. Bei einem zufälligen Halt beugt er sich vor und fragt einen der Sargträger: ›Sagen Sie, wer ist denn der Tote?‹ Der Mann dreht sich zu ihm um, sieht die Carabinieri-Uniform des Fragenden, zeigt hinauf zum Sarg und erklärt hilfsbereit: ›Der da!‹«

Keiner der beiden lacht.

Roberto fällt ein, dass er Nardis Beerdigung versäumt hat. Nichts zu machen.

»Ich weiß auch einen«, sagt er. »Fährt ein Carabinieri-Oberst in Zivil mit der Eisenbahn. In seinem Abteil sind zwei andere Herren. Sagt einer der beiden: ›Ich weiß einen guten Carabinieri-Witz.‹ Der Oberst sieht sich fairerweise veranlasst zu sagen: ›Meine Herren, ich mache Sie darauf aufmerksam, dass ich ein hoher Carabinieri-Offizier bin.‹ Sagt einer der beiden anderen: ›Das macht gar nichts. Wenn Sie irgendwas nicht verstehen, erzähl ich den Witz gern ein zweites Mal und erklär Ihnen die Pointe.‹«

Wieder lacht keiner der beiden.

»Stressabbau«, seufzt Bossi. »Ganz typisch.«

»Wieso haben Sie gewusst, dass jemand in der Wohnung ist?«, fragt Roberto. »Die Tür war genau so, wie ich sie vorgefunden habe. Nur durch das Schnappschloss versperrt.«

»Caruso«, sagt Bossi.

Roberto sieht ihn verständnislos an.

»So heißt der Kater. Wenn alles in Ordnung gewesen wäre, hätte er mich begrüßt. Wenn er stumm bleibt, dann ist wer in der Wohnung, den er nicht leiden kann. *Sorry*, Commissario.« Er sieht Robertos Gesichtsausdruck und fügt schnell hinzu: »Die Putzfrau kann er auch nicht leiden.«

Als ob das etwas ändern würde. Roberto schaut den Kater vorwurfsvoll an. Der denkt nicht daran, sich zu entschuldigen.

»Wo waren Sie?«, fragt Roberto.

»Wenn ich das wüsste«, antwortet Bossi.

Zwei Eisbeutel später kennt Roberto die Geschichte in allen Einzelheiten. Bossi hat eine Flasche Whisky und zwei

409

Gläser auf den Tisch gestellt. »Ehrt das Alter, ist mein Wahlspruch«, sagt er dazu.

Der Whisky ist fünfzehn Jahre alt und sehr mild. »*Cincin*, Commissario!«

»Roberto«, sagt Roberto. Das »Sie« fühlt sich falsch an, wenn man um jemanden so viel Angst gehabt hat.

»Arturo«, sagt Bossi.

»Und warum haben Sie – hast du – damit gerechnet, dass jemand meine Wohnung durchsuchen will?«, fragt Bossi.

Roberto weiß es selbst nicht genau. »Du warst verschwunden. Dann der Tote aus der Lagune. Und die Notizen neben deinem Computer«, erklärt Roberto. »Da stand der Name Ottavio Provenzano.«

»Der sagt dir was?«

»Mafia. Einer von den ganz großen Bossen. Nur konnte man ihm noch nie etwas nachweisen.«

Bossi schlägt sich mit der Hand gegen die Stirn. »Richtig. Offenbar war ich nicht mehr ganz wach gestern. Er taucht als Eigentümer einer Firma mit Sitz auf den Bahamas auf. Möglicherweise gibt es da eine Verbindung zu G + G, dieser Investorengruppe.«

»G wie Geld und G wie gewaschen«, sagt Roberto nachdenklich. »Wiederhol noch einmal, was du von dem Gespräch mitbekommen hast, das der Mann mit der schönen Stimme geführt hat«, verlangt Roberto.

Bossi versucht eine wortgetreue Wiedergabe. »›Absolut‹ scheint übrigens eines seiner Lieblingswörter zu sein.«

»Hm. Ob uns das weiterhilft? Ich glaube nicht, dass sie über dich geredet haben«, grübelt Roberto. »Ich hab eher das Gefühl, du hast einer Art Gerichtsverhandlung zugehört. Beweisführung, Schuldspruch, Urteilsverkündung.«

»So schnell kann's gehen«, sagt Bossi.

»Wenn man sich mit den falschen Leuten einlässt«, ergänzt Roberto. »Und an deiner Antwort auf ihr Angebot waren sie auf einmal gar nicht mehr interessiert?«

»Nicht im Mindesten«, sagt Bossi. »Sie konnten mich gar nicht schnell genug loswerden. Haben mich mit dem Boot bei Gli Angeli auf Murano abgesetzt. Von dort bin ich mit dem *vaporetto* nach Hause gefahren. Der Rest ist ...« Er zeigt auf Robertos Beule.

»Warum warst du plötzlich nicht mehr wichtig für sie?«, grübelt Roberto.

»Weiß der Teufel«, sagt Bossi.

»Der schon wieder. Ich werd ihn vorladen.« Bossis Bemerkung erinnert Roberto daran, dass die Brücke zum *palazzo* Filippo Nardis Ponte del Diavolo heißt. »Ich denke, dass wir die Antimafia-Truppe verständigen sollten.«

»Aber wir sind hier in Venedig«, protestiert Bossi. »Die Mafia gehört in den Süden.«

»Ja«, sagt Roberto. »Und Gobetti zu den Carabinieri. Und Trump in den Sandkasten.«

46

Roberto ist auf dem Weg zurück zur Questura.

Schon wieder Bizets Torero-Melodie. Nervt sehr, denkt Roberto, muss man unbedingt ändern. »*Pronto*?«

»Ich hab schon mal versucht, Sie anzurufen, Commissario«, sagt Gobetti vorwurfsvoll.

Roberto wartet. Nichts. »Was wollten Sie mir sagen, Gobetti?«, fragt Roberto.

»Dass der Tote aus der Lagune nicht tätowiert ist«, vermeldet Gobetti stolz. »Kann also nicht Bossi sein.«

»Wo ist er jetzt?«

»Leider noch immer nicht aufgetaucht«, antwortet Gobetti.

»Wer?«, fragt Roberto irritiert.

»Na, Bossi«, sagt Gobetti.

»Ich rede von dem Toten aus der Lagune! Ich will wissen, ob er schon auf Giampieros Tisch gelandet ist.«

»Auf wessen Tisch?« Gobettis Stimme klingt schrill.

»Lassen Sie, Gobetti«, sagt Roberto resigniert. »Wir warten erst mal, bis die Identität des Toten feststeht.« Roberto will das Gespräch beenden.

»Aber die steht schon fest«, sagt Gobetti hastig. »Der Tote hatte Papiere bei sich.«

Roberto wartet. Nichts. »Und wie ist der Name des Toten?«, fragt er und holt tief Luft.

»Warten Sie, Commissario«, sagt Gobetti eifrig. »Ich hab es irgendwo notiert ...«

Rascheln. Umblättern. Erstaunlich, wie laut Papier sein kann.

»Der Tote heißt ...« Gobetti sagt es im Ton eines Moderators bei der Oscar-Verleihung. Selbst die kleine Spannung erzeugende Pause fehlt nicht. »... Claudio Marinelli.«

In Venedig gibt es keine Keller. Aus naheliegenden Gründen. Trotzdem hat Roberto jedes Mal das Gefühl, tief unter der Erde zu sein, wenn er in die Räume der *Patologia* kommt.

Da das *Ospedale Civile* auf dem Weg zur Questura liegt, hat Roberto beschlossen, den unvermeidlichen Besuch gleich zu absolvieren. Keine Chance, dass der Tod Claudio Marinellis nichts mit dem Fall Nardi zu tun hat.

Intensiver Geruch nach Desinfektionsmittel. Es wird gleich viel schlimmer werden, denkt Roberto. Sein Magen zieht sich zusammen. Erinnert sich an die Geruchsmischung von Blut, Verwesung und *Tuttopulito* – oder wie immer das Reinigungszeug heißt.

Zu Robertos Erleichterung ist der Pathologe nicht im blutbespritzten Overall an einem der Tische tätig, sondern sitzt ganz zivil gekleidet in seinem Büro. Roberto ist mit ihm gemeinsam in die *scuola elementare* gegangen.

»Willst du ihn sehen?«, fragt Rigutto. »Ich nehm an, es geht um den Neuzugang aus der Lagune. Schusswunde. Falls du das noch nicht weißt.«

Roberto überlegt, ob er es sich ersparen kann, nickt aber dann doch.

»Arrigo!«, brüllt Rigutto. Er war schon in der Schule

ziemlich laut, denkt Roberto. Aber seine Patienten stört es ja zum Glück nicht.

Der Gehilfe, ein dünner Sommersprossiger mit roten Haaren, wirkt dafür umso stiller. Er geht schweigend voraus, öffnet eine Tür, geht wortlos zu einem der beiden Tische und schlägt das weiße Tuch zurück.

Nahtlose Sonnenbräune ist das Erste, was Roberto auffällt. Sie lässt den Toten paradoxerweise gesund aussehen. Schlank, durchtrainiert. Das Einschussloch rechts, ein Stück hinter der Schläfe, wird von den grau melierten Haaren fast verdeckt. Wirkt nebensächlich. Ein angenehmes Gesicht. Eines, das zu einem Opernabend in der *Fenice* passt. Oder zu einem Essen bei *Cipriani*.

»Kannst du mir jetzt schon etwas sagen?«, fragt Roberto den Pathologen, als er ihm wenig später im Büro gegenübersitzt.

»Dass er tot ist«, antwortet der Gerichtsmediziner gemütlich. Sein Atem riecht nach Wein.

Ja, und? Meiner wahrscheinlich nach Whisky, denkt Roberto. »Nur inoffiziell«, drängt er.

Rigutto zählt auf. »Ein kleiner Bluterguss am Hinterkopf. Kann sein, dass er niedergeschlagen wurde. Kann aber auch passiert sein, als er über Bord ging. Die Kugel war vermutlich sofort tödlich.«

»Selbstmord?«

»Derzeit nicht auszuschließen.«

»Er müsste ganz an den Bootsrand gegangen sein, bevor er sich die Kugel in den Kopf gejagt hat. Sonst wäre er nicht ins Wasser gekippt. Warum tut er das?«

»Vielleicht wollte er das schöne Boot nicht versauen«, sagt Rigutto.

»Hat man die Waffe gefunden?«, fragt Roberto. Irritiertes Kopfschütteln Riguttos. »Redet Ihr Jungs von der Polizei nicht miteinander?«

»Ich war auswärts, wie du siehst.« Roberto deutet auf seine Stirn.

»Wie ist das passiert?«, fragt Rigutto.

»Kleiner Härtetest«, sagt Roberto. »Du solltest erst mal die Tür sehen.«

Rigutto fragt nicht weiter. »Nein, man hat keine Waffe gefunden«, sagt er. »Aber die kann natürlich mit ihm über Bord gegangen sein. Dann liegt das Ding irgendwo im Schlamm der Lagune.«

»Die Wunde ist nicht eben typisch für einen Selbstmord«, bemerkt Roberto. »Zu weit hinten am Kopf. Selbstmörder neigen dazu, die Pistole an der Schläfe anzusetzen, oder?«

»Selbstmörder sind immer atypisch. Aber morgen weiß ich mehr«, sagt Rigutto. »Todesursache, Einschusskanal, Kaliber, Schmauchspuren. All die netten Sachen, über die du dich immer so freust. Die Leiche drüben schaut übrigens wesentlich besser aus als du. Geh nach Hause, sonst seziere ich dich irrtümlich.«

Ein Gemütsmensch, Giampiero. War er immer schon. Aber vermutlich hat er recht.

Das Boot des Toten wurde in das Hafenbecken im Arsenale abgeschleppt. Die *polizia scientifica* sucht derzeit nach Spuren. Die Witwe des Toten ist verständigt. Im Augenblick gibt es für Roberto nichts zu tun.

Die Beule an der Stirn pocht. Der Kehlkopf schmerzt. Außerdem fällt ihm ein, dass er seit dem Frühstück nichts gegessen hat.

Ich versäum nicht nur Begräbnisse, sondern vermutlich mein Leben, denkt er. Ein akuter Anfall von Selbstmitleid. Roberto kennt das. Es geht vorüber.

47

Butch Cassidy und Sundance Kid sitzen in der Falle. Im Halbdunkel eines verlassenen Hauses. Draußen wartet die halbe bolivianische Armee auf sie. Alle Gewehrläufe sind auf die Eingangstür gerichtet.

Einzige Überlebenschance: sich ergeben. Mit erhobenen Händen langsam hinausgehen ins gleißende Licht. Einer nach dem anderen.

Woran denken Butch und Kid jetzt? An Etta, das Mädchen, das sie beide lieben?

An die wunderschöne Catherine Ross?

Oder daran, was ihnen bevorsteht, falls sie überleben? Sie sind verletzt. Da ist Blut in ihren Gesichtern. Blut an ihren Händen. Nicht nur symbolisch.

Worüber reden die beiden? Über einen Neuanfang. In Australien diesmal. Sie sagen Australien und meinen etwas ganz anderes.

Der Entschluss ist in den Zwischentönen zu hören. Paul Newman und Robert Redford sehen einander an. Und dann springen sie gleichzeitig hinaus in die Helligkeit. Zeitlupe selbstverständlich. Ihre Revolver in den Händen. Schüsse, die nicht gezielt sind. Die Antwort der Gewehre hören sie nicht mehr.

Der Tod ist eine Explosion von Licht. Eine Momentaufnahme. Ein *still shot*. *The end*.

Warum denke ich ausgerechnet jetzt an *Butch Cassidy and the Sundance Kid*?, überlegt Luca. Ich sehe die Schlussszene so deutlich vor mir, als hätte ich den Film erst gestern gesehen. Catherine Ross lächelt traurig.

Es ist Sonntag. Keine Schule. Aber vielleicht wäre Luca sowieso im Bett geblieben.

Er weiß auch plötzlich, warum er genau jetzt an Butch Cassidy und Sundance Kid denkt.

Er beneidet die beiden.

48

Die Glocken von Redentore und San Giorgio Maggiore vereinigen sich zu aufgeregter Frömmigkeit. Dann Stille. Nur die Wellen im Kanal schwappen. Ein Außenbordmotor tuckert. Ein Hund bellt. Viele der gewohnten Alltagsgeräusche fehlen. Sonntag.
Giampiero wird den Toten aus der Lagune obduzieren und die Kugel aus seinem Kopf holen. Trotz Sonntag.
Die Kollegen von der Spurensicherung werden das Boot des Toten untersuchen. Trotz Sonntag.
Der Ballistiker wird das Geschoss analysieren, fotografieren und die internationale Datenbank befragen. Trotz Sonntag. Jedenfalls hofft Roberto das.
Alle werden anrufen, wenn Ergebnisse vorliegen. Trotz Sonntag.
Nur die Kollegen von der *commissione antimafia* werden erst morgen eintreffen. 14 Uhr 35, Aeroporto Marco Polo. Roberto hat versprochen, sie abzuholen.
Sandra schläft noch. Roberto hat ihr noch nicht gesagt, dass sie allein mit Samuele zur Ausstellung nach Padua fahren muss. Wieder einmal. Welche Ausstellung war es doch gleich? Tintoretto? Veronese?
Wo genau im menschlichen Gehirn sitzt eigentlich das Namensgedächtnis? Roberto greift sich an die Stirn, wo die Schwellung noch immer schmerzt.

Der Mensch braucht einen *macchiato*, um den Tag beginnen zu können. Am Sonntag hat die *Palanca*-Bar Ruhetag. Der Zeitungshändler gleich daneben auch. Roberto steht an der Haltestelle und wartet auf das Boot, das ihn zur anderen Seite des Giudecca-Kanals bringt. Zu *Nico*, wo Samuele während der Woche an der Kaffeemaschine arbeitet. Zum Zeitungskiosk mit dem Sonntags-*Gazzettino*.

Die Sonne steht über San Giorgio Maggiore. Die Lagune glitzert wie flüssiges Silber. Dunstschleier über den Kuppeln. In diesem Licht sieht Venedig noch unwirklicher aus als sonst. Stadt ohne Zeit. Stadt ohne Tod. Eine Illusion natürlich, wie Roberto weiß.

Der *macchiato*. Tiefschwarz mit weißem Schaum. Eine *brioche*. Nein, doch zwei.

Der *Gazzettino* berichtet vom Sohn eines Mafioso, der freigelassen werden muss, weil ein belastendes Dokument bei der Justiz nicht mehr aufzufinden ist. Verschwunden, spurlos. Das war in Neapel – nicht in Venedig. Trotzdem: Zufall oder Fingerzeig?

Wieder zu Hause. Sandra und Samuele sitzen in der Küche und frühstücken. »Du kommst nicht mit zur Tiepolo-Ausstellung.« Sandra fragt nicht, sie stellt fest.

Tiepolo also. »Wie kommst du darauf?«, fragt Roberto.

Sandra lacht. Es klingt nicht wirklich froh. »Du machst ein Gesicht wie ein Kater, der den Wellensittich gefressen hat. Schuldgefühl der offensichtlichen Sorte.«

»Dabei mag ich Wellensittich nicht besonders«, sagt Roberto. »Schon gar nicht zum Frühstück.«

»Warum hat *Papà* einen Wellensittich gegessen?«, fragt Samuele.

»Nicht wirklich, *amore*, das war nur eine Redensart«, beruhigt ihn Sandra.

Die Torero-Arie meldet sich. »Schöne Musik, nicht wahr?«, fragt Samuele. Roberto bringt es nicht fertig, zu sagen, dass ihn die Melodie nervt.

»Kurzer Vorbericht?«, fragt Giampieros Stimme. Von Begrüßungen hält er nicht viel.

»Ich höre«, sagt Roberto und geht mit dem *telefonino* ins Wohnzimmer. Die Fragen, die er vielleicht an Giampiero hat, sind nicht geeignet für Samueles Ohren.

»Du willst nicht hören, was die Kugel im Kopf des Toten angerichtet hat – richtig?«

»Richtig«, sagt Roberto. »Was hast du sonst?«

»Es wird dich nicht freuen«, sagt Rigutto. »Der Einschusskanal ist nicht typisch für einen Selbstmord ...«

»... aber auch nicht unmöglich«, ergänzt Roberto.

»So ist es. Und die Verletzung am Hinterkopf – wie ich schon sagte ...«

»... kann ebenso gut vom Sturz über Bord stammen.«

»Bravo«, lobt Rigutto. »Er hat Schmauchspuren an der rechten Hand. Aber wie wir wissen, muss das nicht unbedingt heißen ...«

»... dass er auch selbst und freiwillig abgedrückt hat.« Roberto seufzt. »Mit einem Wort, der Tote redet nicht.«

»So sind sie manchmal«, sagt Rigutto. »Richtig störrisch.«

»Das Projektil?«, fragt Roberto.

»Ist schon in der Ballistik. Also dann: *Buona domenica, caro mio.*«

»Dir auch einen schönen Sonntag. Und grüß ...« Heißt sie Teresa oder Kristina? »... grüß deine Frau«, sagt Roberto.

Der Sonntag wird doch noch ein Sonntag. Weil nach Giampiero niemand mehr anruft.
Niemand außer Toni Lucatelli. Sie wird zu einem Profilerkurs in die USA fahren. Nach Quantico in Virginia. FBI-Akademie.
Venedig steht also derzeit nicht auf ihrem Programm. Hm. Bedauern und Erleichterung – geht das gleichzeitig? Es geht, stellt Roberto fest.
Wie er über ein gemeinsames Abendessen in Rom denkt? Noch vor ihrem Abflug nach Amerika?
Unmöglich in diesem Stadium der Ermittlungen, sagt er. Amüsiertes Lachen am anderen Ende der Leitung. Oder spöttisch? Hm.

Anschließend liest er im *Gazzettino* einen langen Artikel darüber, ob das Projekt »Moses« die Stadt vor dem immer häufiger werdenden Hochwasser schützen kann. Der Schreiber des Artikels glaubt es nicht. Riesige Sperren, die sich bei Bedarf schließen und die Lagune Venedigs vom Meer abtrennen. Aber – wird das rechtzeitig geschehen können? Und wird dadurch die ohnehin schon belastete Lagune nicht noch mehr zur Kloake verkommen? Roberto teilt die Sorgen des Journalisten. Immer, wenn der Mensch irgendwo eingreift, gerät alles aus dem Gleichgewicht.

Der nächste Artikel bestätigt es. Wieder sind illegal bei Marghera gefischte Muscheln beschlagnahmt worden. Dort, wo die Abfälle der chemischen Industrie die Lagune vergiften. Und die vielen Tonnen, die ihren Weg auf die Teller der Restaurants finden? Wie hätten Sie Ihre *spaghetti alle vongole* gern? Mit Blei und Kadmium und einem Hauch Arsen? Roberto schüttelt sich.

Wenig später trifft er Piero am Ufer des Kanals – mit einem Sack Muscheln in der Hand. Von einem Freund aus Pellestrina in garantiert einwandfreiem Wasser gefischt. »Komm, iss mit uns«, sagt Piero. »Kein Wort über die Arbeit, das versprech ich.«

Roberto lehnt ab. Und ist nicht sicher, ob es an den Muscheln liegt oder an Pieros Drohung.

Er denkt an Marinelli, den Toten aus der Lagune. Mord oder Selbstmord? Vielleicht wird man es nie erfahren. Und an Nardi, den Toten vom Golfplatz. Zu viele Leute mit einem Motiv. Viel zu viele.

Auf dem Ponte Lungo sitzt ein Maler vor seiner Staffelei und skizziert die Silhouette der Redentore-Kirche. Mit raschen, sicheren Strichen. Ein *mancino*, ein Linkshänder, denkt Roberto. Wie Leonardo da Vinci.

Und eine ganze Menge anderer Menschen.

Porca miseria!

Immerhin weiß Roberto jetzt wenigstens, wen er am nächsten Tag zuallererst anrufen wird.

49

Samanta Causin campione italiano juniores.

Es ist das Erste, was Luca sieht. So als hätte wieder der unsichtbare Regisseur dafür gesorgt, dass er ausgerechnet den Sportteil des *Gazzettino* in die Hand nimmt.

Dabei interessiert sich Luca überhaupt nicht für Sport. Er hat einfach die Zeitungen hereingeholt, die wie immer vor der Tür lagen. Die Abonnements sind ja bezahlt. Wie lange noch? Na egal. Hat dann auf gut Glück etwas aus dem umfangreichen Packen gefischt und da starrt sie ihn an, die fett gedruckte Headline.

Samanta Causin ist italienische Golf-Jugendmeisterin.

Luca liest den Artikel. Versteht wenig. Von irgendwelchen Schlägen unter Par ist die Rede. Von den Favoriten, die durch irgendwas den Sieg verschenkt haben. Dass Samanta trotz Konkurrenzdruck die Nerven behalten hat. Der *Gazzettino* jubelt. Venedig ist wieder einmal an der Spitze, dort, wo die *Serenissima* hingehört.

Ich könnte Samanta anrufen und ihr gratulieren, denkt Luca. Aber er weiß, dass er es nicht tun wird. Wozu auch. Da ist die gläserne Wand.

Der Tod des Onkels ist von den Titelseiten verschwunden. Der Selbstmord eines *Comune*-Beamten dominiert die Schlagzeilen. Auch einer, der einen Ausweg gesucht hat. Sein Australien war die Lagune.

Luca überfliegt die Artikel im Chronikteil, die sich mit dem Mordfall Nardi beschäftigen. Die Polizei verfolgt angeblich mehrere konkrete Spuren, die bis in höchste Finanzkreise führen. Ha – höchste Finanzkreise! Luca denkt an Sergio und die mickrige Wohnung auf Sacca Fisola. Dann ein Lebenslauf des Onkels. Seine Instinktsicherheit in allen Gelddingen wird gerühmt, seine unbestechliche Integrität. Die menschlichen Qualitäten. Und seine Verdienste um den italienischen Golfsport. Der Onkel ist ein Held.

Wieder sieht er Butch Cassidy und Sundance Kid vor sich. Irgendwann haben sie sich für ein Leben außerhalb der Gesetze entschieden. Auch sie waren durch die gläserne Wand vom Rest der Welt getrennt. Aber statt sich selbst zu bemitleiden, unternahmen sie etwas. Den Sprung in die Helligkeit ...

Anstelle des Sprungs von Paul Newman und Robert Redford, eingefroren in der Bewegung, ist da wieder das Bild des Onkels. Er lächelt. Und das Lächeln passt ganz und gar nicht zur Schusswunde, aus der neuerlich Blut fließt.

In diesem Augenblick fasst Luca einen Entschluss.

50

Die Wahrscheinlichkeit ist nicht größer als der Prozentsatz an Linkshändern. Trotzdem. »Ich muss mit Signora Marinelli reden«, sagt Roberto. »Dringend. Wer hat die Telefonnummer?«

Kopfschütteln rundherum. Teresa, Bossi, Piero.

»Aber irgendwer muss sie doch vom Tod ihres Mannes verständigt haben«, beharrt Roberto.

»Gobetti, glaub ich«, sagt Teresa.

»Gobetti?« Roberto schüttelt ungläubig den Kopf. »Ausgerechnet. Könnt ihr euch vorstellen, was er unter ›schonender Benachrichtigung‹ versteht?«

»Wahrscheinlich hat er zum Hörer gegriffen und gefragt: ›Spreche ich mit der Witwe Marinelli?‹«, vermutet Bossi.

Roberto seufzt. »Wie auch immer. Ich muss mit ihr reden. Weil ich nämlich ...«

Die Tür zum Besprechungszimmer öffnet sich. Gobetti.

»Commissario, Signora Marinelli ist hier. Sie möchte dringend mit Ihnen sprechen. Ich hab sie in Ihr Büro geführt.«

»Ich sag's ja – die Vorsehung hört auf den Namen Gobetti«, murmelt Teresa.

Roberto steht auf, geht zur Tür. Ein Anruf auf dem internen Apparat hält ihn zurück.

»Hier ist Aldo«, sagt eine muntere Stimme.

Roberto kennt keinen Aldo. »Aldo Trevisan«, hilft die unbekannte Stimme bereitwillig weiter. Roberto kennt auch keinen Aldo Trevisan. »Ah – natürlich!«, sagt er. Möglichst erfreut.

»Das Projektil«, sagt der unbekannte Aldo Trevisan. »Wir haben eine Übereinstimmung.« Jetzt kann Roberto die Stimme zuordnen. Halbglatze, Halbbrille. Sehr kompetent. *Laboratorio scientifico.*

»Eine Übereinstimmung?«, wiederholt Roberto. »In eurer Datenbank?«

»Die internationale Überprüfung läuft noch. Aber ich habe schon eine andere Kugel mit denselben Merkmalen in voller Lebensgröße vor mir gehabt. Erst vor Kurzem«, erklärt Trevisan mit Genugtuung.

»Der Tote vom Golfplatz«, sagt Roberto mehr zu sich selbst als zu Trevisan.

»Richtig. Nardi und Marinelli wurden beide durch Kugeln aus derselben Waffe getötet.«

»Danke, Aldo«, sagt Roberto. Er wiederholt für die anderen, was er eben erfahren hat.

»Uh«, macht Piero. »Also hat dieser Marinelli Nardi erschossen und dann Selbstmord begangen?«

»Möglich«, sagt Roberto. »Vielleicht war es aber auch ganz anders. Ich bin gleich zurück.«

Die Frau, die ihn in seinem Büro erwartet, steht am Fenster, mit dem Rücken zu ihm, und schaut in den Hof der Questura. Als sie die Tür hört, dreht sie sich um.

Sie ist von dieser klassischen Schönheit, der das Älterwerden nur wenig anhaben kann. Nicht einmal der offensichtliche Kummer.

»Signora, darf ich Ihnen meine Anteilnahme aussprechen?« Eine rhetorische Frage natürlich. Aber Roberto fällt nichts Besseres ein.

Sie nickt. Will sich nicht setzen.

»Ich bin gekommen, um ...«, beginnt sie.

»Ich wollte Sie eben anrufen, weil ...«, sagt Roberto gleichzeitig.

Dann schweigen sie beide.

»Warum wollten Sie mich anrufen?«, fragt Signora Marinelli dann.

»War Ihr Mann Rechtshänder?«, fragt Roberto.

Sie sieht ihn verwundert an. »Nein. Er hat ausschließlich mit der linken Hand geschrieben. Wieso interessiert Sie das?«

»Weil wir dadurch mit großer Sicherheit einen Selbstmord ausschließen können«, sagt Roberto. »Es tut mir leid, Ihnen sagen zu müssen, dass Ihr Mann vermutlich ermordet wurde. Die ...« Roberto zögert. Himmel – wie sagt man das?»... Kopfverletzung war an der rechten Seite. Ein Linkshänder würde die Pistole mit der linken Hand greifen und natürlich wäre dann ...« Er spricht den Satz nicht zu Ende. Auch die Sache mit den Schmauchspuren verschweigt er. Dass jemand versucht hat, einen Selbstmord vorzutäuschen. Er sieht es vor sich. Marinelli, von einem Schlag auf den Hinterkopf halb betäubt. Jemand drückt ihm eine Pistole in die rechte Hand, hält sie ihm an den Kopf, drückt ab. Der Körper sackt zusammen, kippt über Bord. Das Bild ist für Witwen ungeeignet.

Ihr Gesichtsausdruck zeigt, dass ihr Vorstellungsvermögen keine weiteren Details braucht. Sie atmet schwer. Fasst sich wieder. »Er muss wohl Angst gehabt haben. Diese Papiere hier hat er ausdrücklich für Sie bestimmt. Für den Fall, dass ihm etwas zustößt.«

Sie reicht Roberto ein braunes Kuvert. *COMMISSARIO GORIN* steht darauf. Seltsam, denkt Roberto, woher kannte er mich?

Gobetti wartet an der Tür. »Ich begleite Sie nach unten, Signora«, sagt er. Respektvoll, mitfühlend. »Wenn Sie es wünschen, bringt Sie jemand mit dem Boot nach Hause.«

»Vielen Dank, Ispettore«, sagt sie. »Sie sind sehr freundlich.«

Siehe da, denkt Roberto. Gobetti, der Psychologe. Irgendeine Begabung hat wohl jeder.

Auf dem Weg zum Besprechungszimmer öffnet er das Kuvert. Der Brief beginnt ohne weitere Einleitung mit dem Satz: »Ich trage die Schuld am Tod von Filippo Nardi.«

Was? Doch alles anders?

Roberto macht kehrt und geht zurück in sein Büro.

51

Es sind nur ein paar Minuten zur Questura. Aber Luca geht den Umweg über die Riva Schiavoni. Zwischen Touristen, die hektisch fotografieren, Stadtpläne studieren oder die dunstverschleierte Lagune betrachten.

Seine letzten Minuten in Freiheit. Er weiß, dass sein Entschluss richtig ist. Seit er sich vorgenommen hat, zur Polizei zu gehen und alles zu erzählen, verfolgt ihn das Bild des Onkels nicht mehr. Er wird nach dem Pizzabäcker-Polizisten fragen. Der war netter als der andere mit diesem Ich-weiß-alles-Blick. Vielleicht kann man sich aussuchen, vor wem man ein Geständnis ablegen will. In den Krimis sind die Polizisten jedenfalls immer total entgegenkommend, wenn ein Verdächtiger sein Gewissen erleichtern will.

Der Eingang zur Questura. Letzte Möglichkeit umzudrehen. Luca steht im kühlen Halbdunkel des Vorraums. Noch ein paar Schritte. Kamera läuft und – *action*! Der Statist in Uniform will wissen, zu wem er möchte. »Ispettore Salmaso«, sagt Luca. Ob er einen Termin hat? Nein, hat er nicht. Der Uniformierte telefoniert. Schaut Luca dabei mit durchdringendem Blick an. Er überschätzt seine Rolle, denkt Luca. Der andere legt den Hörer auf, nickt. »Zweiter Stock. Ispettore Salmaso erwartet Sie am Lift.« Eine Kopfbewegung deutet an, wo der Lift zu finden ist.

Es riecht nach Schweiß in der Kabine.

Der Pizzabäcker kommt ihm entgegen. Er wirkt weniger freundlich als beim letzten Mal. »Gut, dass Sie kommen«, sagt er.

Heißt das: Gut, dass wir Sie nicht holen müssen? Haben die schon darauf gewartet, dass er die Nerven verliert? Auf ein Großraumbüro mit vielen Schreibtischen war Luca nicht gefasst. Niemand schaut auf. Trotzdem: Ein bisschen Privatheit hätte er schon gern für seine Geschichte. Aber dann setzt er sich doch einfach auf den angebotenen Stuhl.

»Ich möchte ...«, sagt Luca.

»Es gibt ...«, sagt Salmaso. Lächelt. Wartet ab. »Also, wer zuerst?«

Luca denkt daran, dass er sich einen Anfang für seine Geschichte überlegen hätte sollen. Eine Exposition sozusagen.

»Also – ich erzähl mal, was wir Neues wissen«, sagt Salmaso. »Wer immer Ihren Onkel erschossen hat – er hat einen zweiten Mord auf dem Gewissen.«

Luca braucht eine Weile, um diese Nachricht zu begreifen. Was hat das zu bedeuten? Sergio hat noch jemanden umgebracht?

»Wieso weiß man das?«, fragt er.

»Ballistischer Vergleich der beiden Projektile. Neun Millimeter übrigens. Vermutlich eine Glock, meint unser Experte. Sehr beliebt derzeit bei der Mafia. Es scheint, als wäre Ihr Onkel dem organisierten Verbrechen in die Quere gekommen.«

Von allem, was Salmaso sagt, bleiben drei Worte, die in Lucas Kopf dröhnend widerhallen: Neun Millimeter übrigens. Und aus der Erinnerung kommen glasklar Sergios

Worte: eine Beretta, Kaliber 7,65. Kein Irrtum möglich. Der Text dieser entscheidenden Szene hat sich eingeprägt.

Lucas Gedanken überschlagen sich. Meine Fingerabdrücke. Sie sind nicht auf der Pistole, mit der man den Onkel erschossen hat. Aber – wo ist die Waffe, die ich in der Hand gehalten habe? Später. Diese Frage kann warten.

»Wo?«, fragt er mit einer Stimme, die ihm fremd ist. »Wo hat die Kugel meinen Onkel getroffen?« Er fährt sich dabei unwillkürlich über die Stirn.

Salmaso betrachtet ihn nachdenklich. »Hat Ihnen das niemand gesagt? Genau ins Herz. Er war auf der Stelle tot.«

Alles war falsch, denkt Luca. Sogar das Bild, das mich verfolgt hat. Ich bin nicht schuld. Die gläserne Wand. Sie hat nie existiert. Nur in meiner Einbildung.

»Aber Sie wollten mir doch etwas sagen?«, erinnert ihn Salmaso.

Luca schüttelt den Kopf. »Ich wollte nur – wissen ...« Er hört auf zu reden, weil er plötzlich Tränen aufsteigen spürt. Nicht jetzt, nicht hier.

»Ich verstehe«, sagt der Polizist.

Nichts versteht er, denkt Luca. Er verabschiedet sich, ist schon fast bei der Tür, als die Frage kommt: »Oh – eine Sache noch. Nichts Wichtiges vermutlich. Nur der Vollständigkeit halber.«

Wie ein *Columbo*-Drehbuch, denkt Luca. Erst wiegt er mich in Sicherheit und zuletzt stellt sich heraus, dass doch alles ganz anders ist.

»Wie war die Beziehung Ihres Onkels zu Carlottas Mutter?«

Luca ist verwirrt. Was soll das nun wieder? »Beziehung?«, fragt er. »Wie meinen Sie das?«

»Hatte Ihr Onkel eine Affäre mit Carlottas Mutter?«
Luca schüttelt den Kopf. »Der *zio* war doch ein alter Mann!«
»Na, na«, sagt Salmaso. »Das ist alles relativ. Er hat doch immerhin Carlottas Mutter gefragt, ob sie bei ihm wohnen will.«
Luca zuckt mit den Schultern. »Das war doch nur, weil Assunta zurück in den Süden will. Und der Onkel war auf der Suche nach einer neuen Haushälterin. Sie hat übrigens abgelehnt.« Er sieht die Skepsis im Gesicht des Polizisten. »Glauben Sie mir. Für meinen Onkel gab es nur Geld und Golf, sonst gar nichts.«
Geld und Golf. G + G, denkt Salmaso. Was für ein Zufall.

Irgendwann ist Luca dann wieder auf der Riva Schiavoni. Das Leben kommt zurück zu ihm. Wie das Meer nach der Ebbe. Er fühlt sich von einer Welle der Erleichterung hochgehoben. Es ist so viel zu tun. Samanta anrufen und ihr zum Sieg gratulieren. Das Drehbuch-Seminar am Nachmittag nicht versäumen. Den Anwalt fragen, ob die Stiftung auch ein Studium in New York finanzieren wird.

Dann natürlich: ein allerletztes Gespräch mit Sergio. Showdown muss sein.

Und noch etwas hat er vor. Er ist selbst überrascht von diesem Gedanken.

52

Dott. Claudio Marinelli
San Marco 7634

Commissario Gorin persönlich!
Ich trage die Schuld am Tod von Filippo Nardi. Genau so, als hätte ich ihn mit eigenen Händen ermordet. Und ich weiß, dass jetzt auch ich selbst in höchster Gefahr bin. Leider habe ich viel zu spät begriffen, mit wem ich mich da einlasse.
Ich habe Angst. Und falls Sie, Commissario, diese Zeilen in die Hand bekommen, dann war meine Angst leider begründet.
Am Anfang stand ein Anruf mit der Bitte um ein Treffen. Ich habe keine Ahnung, woher diese Leute wussten, dass ich in einer prekären finanziellen Situation bin.
Jedenfalls – sie wussten es. Und sie machten mir ein Angebot. Die Gegenleistung schien lächerlich gering. Alles, was sie wollten, war ein Dokument für ein Vorkaufsrecht, das die comune vermutlich nie in Anspruch nehmen würde. Was sie mir boten, war der Ausweg aus meinen Schwierigkeiten.
Ich brachte das Dokument in meinen Besitz, aber noch ehe ich es weitergeben konnte, rief mich Filippo Nardi an. Ich kenne ihn seit vielen Jahren. Er war fest davon überzeugt, dass Bestechung im Spiel war. Und er kündigte an, dass er Himmel und Hölle – sprich: Gericht und Presse – in Bewegung setzen würde, um die Versteigerung für ungültig erklären zu lassen. Andererseits bot er

bei einem gemeinsamen Mittagessen eine erhebliche Summe, falls das Dokument »intern« aufgefunden werden würde. Offenbar wusste auch er von meinen Schwierigkeiten und wollte mir die Möglichkeit geben, das Gesicht zu wahren. Ich versprach, mein Möglichstes zu tun.

Ich teilte meinen »Auftraggebern« mit, dass ich die Vereinbarung nicht erfüllen könne. Natürlich wollten sie wissen, warum, und da fiel von meiner Seite dieser Satz, den ich nie hätte sagen dürfen: »Wenn Filippo Nardi einer Sache auf der Spur ist, dann lässt man besser die Finger davon.«

Damit war für mich die Sache erledigt. Ein großer Irrtum, wie sich herausstellen sollte.

Noch am selben Abend brachte ich das Dokument zu Nardi. Er gab mir die vereinbarte Summe in bar, ohne weiter zu fragen.

Am nächsten Tag war Nardi tot.

Dann riefen diese Leute wieder an. Ob ich unter den veränderten Umständen meinen Auftrag erfüllen würde, wollten sie wissen. Ich lehnte rundheraus ab, ohne einen genaueren Grund zu nennen.

Seither habe ich nichts mehr von ihnen gehört.

Ich habe Angst, dass ich der Nächste bin.

Sollte ich mit meinen Befürchtungen recht haben, möchte ich wenigstens dazu beitragen, dass Nardis Mörder gefasst werden.

Sie finden beiliegend die Mitschnitte meiner Gespräche mit dem Kontaktmann, der vermutlich einen falschen Namen verwendet hat. Außerdem seine Handynummer. Vielleicht ist das irgendwie brauchbar.

Als Gegenleistung bitte ich Sie, um meiner Frau willen, meinen Namen aus dieser Sache herauszuhalten.

Conte Loredan, ein sehr geschätzter Freund, hat mir versichert, dass Sie absolut vertrauenswürdig sind.

    Claudio Marinelli

Roberto sitzt an seinem Schreibtisch, mit dem Brief in der Hand. Vermutlich die Bestätigung, die noch fehlte. Bossi stößt bei seinen Nachforschungen auf Verbindungen zu dem Firmenimperium von Ottavio Provenzano. Die Art und Weise seiner darauf folgenden Entführung, die Ermordung Nardis, die Hinrichtung Marinellis – alles deutet in eine Richtung. Und trotzdem fällt es Roberto schwer, daran zu glauben. Die Mafia hier in Venedig?

Er stellt fest, dass ihm einer der Golfspieler als Täter lieber gewesen wäre. Jorgo Dario zum Beispiel. Oder der Präsident des Golfclubs. Oder der seltsame Neffe. Oder der Vater Carlottas. Alles – nur nicht das.

Die Mafia in Venedig. *Porca miseria.*

Dabei fällt ihm ein, es ist Zeit, die beiden Kollegen von der *commissione antimafia* am Flughafen abzuholen.

Die Konferenz ist wichtig genug, dass auch der Colonello daran teilnimmt.

Die beiden Kollegen sind mit der *Alitalia* erstaunlicherweise ohne Verspätung gelandet. Einer mit altmodischer Hornbrille, was ihn wie einen Grundschullehrer aussehen lässt. Der zweite trägt einen sorgfältig gestylten dunklen Mephistobart und wirkt wie ein Schauspieler, der einen Mafioso darstellt. Natürlich haben sie auch Namen. Aber die sind an Roberto und sein mangelhaftes Namensgedächtnis verschwendet.

Die beiden hören sich Bossis Bericht an. Dann die Gesprächsaufzeichnungen Marinellis. Hornbrille fragt Bossi, ob er die Stimme auf der Kassette erkennt. Bossi verneint.

»Sie hatten großes Glück«, sagt der Mafiaexperte. »Dieses Telefongespräch. Es war das Todesurteil für Marinelli.

Und ein Freispruch für Sie. Das Venedig-Geschäft wird abgeblasen. Für den Augenblick jedenfalls.«

Die beiden studieren den Brief Marinellis. Mit noch größerem Interesse die Computerunterlagen, die Bossi zum Namen Provenzano geführt haben.

»Das ist nicht sehr viel«, sagt Mephisto.

Hornbrille schweigt Zustimmung.

Der Colonnello empfindet das als Vorwurf. »Ich denke, meine Leute haben ...«

Mephisto stoppt ihn mit einer Handbewegung. »Ich wollte damit keineswegs die Arbeit der Kollegen hier abwerten. Die Schlussfolgerungen waren absolut richtig. Sehen Sie es einfach so ...« Er wendet sich an Roberto. »Sie sind zwei Mordfälle los. Das hat doch was für sich.«

Soll ich mich auch noch dafür bedanken, dass man mir den Fall entzieht?, denkt Roberto verärgert.

Hornbrille legt einen Brief auf den Tisch.

Colonnello Rogante liest ihn, gibt ihn an Roberto weiter.

Die Untersuchung der Mordfälle Nardi und Marinelli wird von der *commissione antimafia* übernommen. Anordnung aus Rom.

»Das heißt, wir legen zwei Morde als ungeklärt *ad acta*?«, fragt Roberto.

Mephisto schüttelt den Kopf. »Die Zeit arbeitet für uns. Wir sammeln Details. Wir beobachten, wir speichern Informationen. Vielleicht taucht ja die Pistole irgendwann wieder auf. Oder die Fingerabdrücke, die auf Marinellis Boot genommen wurden, finden sich bei anderer Gelegenheit wieder. Es sind immer die Kleinigkeiten, die uns letzten Endes den entscheidenden Hinweis liefern.«

»Das Ganze hat auch eine positive Seite«, sagt Hornbrille. Er redet sogar wie ein Grundschullehrer. »Euer Venedig hat den Angriff der Mafia zurückgeschlagen.«

»Zwei Menschen sind tot«, erinnert Roberto.

»Wie sagen die Amerikaner dazu?« Mephisto lächelt. »*Collateral damage.*«

53

Es macht ihm nichts aus, in der Dunkelheit zu warten. Er ist ganz ruhig. Wie jemand, der weiß, dass er tut, was getan werden muss.

Er wird warten. Wenn nötig, morgen wieder. Und übermorgen. Und am Tag danach.

Er sitzt auf einer Holzkiste, die vom Freitagsmarkt stehen geblieben ist, unter den tief hängenden Zweigen eines Oleanders. Gute Deckung. Das Licht über dem Hauseingang, den er beobachtet, brennt. Macht die Menschen, die kommen und gehen, für einen kurzen Moment deutlich sichtbar. Lang genug, um »Beruferaten« zu spielen.

Der Mann, der im türkis-zitronengelben Overall nach Hause kommt? Das ist leicht. Es sind die Farben der venezianischen Müllabfuhr.

Die Grellblonde mit dem rosa Lippenstift? Viel zu stark geschminkt, viel zu kurzer Rock. Sie geht. Wohin? Ganz klar – zur Arbeit. Wo stehen eigentlich Nutten in Venedig? Er hat keine Ahnung.

Die dünne Frau mit dem verhärmten Gesicht? Verkäuferin vielleicht. Allein lebend. Längst vom Ehemann verlassen.

Bewegung im trockenen Gras zu seinen Füßen. Ein dicker schwarzer Kater interessiert sich für ihn – mit der für Katzen so typischen Beiläufigkeit. Luca streichelt ihn.

Der Kater schnurrt höflich, geht dann weiter seiner nächtlichen Wege.

Wie wird es sein, wenn Sergio auftaucht? Luca versucht, die Szene zu sehen. Den Dialog zu hören.

Sergios Gesicht in der Helligkeit des Lichtkegels.

Luca: Ich glaube, wir haben noch was zu besprechen.

Sergio: Was willst du?

Luca: Antworten auf ein paar Fragen.

Sergio (zieht eine Pistole, die mit dem Kaliber 7,65, richtet sie auf Luca): Genügt das als Antwort?

Nein, ganz falsch. Die Szene stimmt nicht. Was für einen Grund hätte Sergio, ihn zu bedrohen? Noch einmal von Anfang an. Kamera läuft und – *action!*

Luca: *Ciao*, Sergio! Ich war heute bei der Polizei.

Sergio: Ja – und?

Luca: Behauptest du noch immer, du hättest meinen Onkel erschossen?

Sergio: Na, an Altersschwäche ist er jedenfalls nicht gestorben.

Luca: Aber auch nicht durch die Pistole mit meinen Fingerabdrücken.

Sergio (höhnisch): Gratuliere! Dann brauchst du dein riesiges Erbe ja auch mit niemandem zu teilen.

Wie so oft wird sich die Szene ganz anders abspielen als in Lucas Fantasie.

Er ist so beschäftigt mit den Bildern, die in seiner Vorstellung ablaufen, dass er fast übersehen hätte, wie Sergio in den Lichtkegel tritt und in seiner Jackentasche nach dem Hausschlüssel kramt.

»He!«, ruft Luca. »Wir haben was zu besprechen.«

Kein idealer Einstieg in den Dialog. Zu viele Proben vorher.

Sergio dreht sich um. »Ah – mein Versuchskaninchen.« Er wirkt ruhig, das spöttische Lachen ist wieder in seinen Augen.

»Wieso?« Jetzt ist Luca völlig aus dem Konzept.

»Es war zu verlockend«, sagt Sergio. »Da reden wir – rein theoretisch natürlich – über die Möglichkeit, den ungeliebten Erbonkel zu beseitigen. Und peng – am nächsten Tag passiert es tatsächlich. Der wahre Könner profitiert von Verbrechen, die er nicht begangen hat. Hätte funktionieren können.«

»Und die Pistole?«, fragt Luca. »Die war doch echt, oder?«

»Alles legal und angemeldet«, sagt Sergio. »Ich bin Sportschütze. Kein Killer. Sehr enttäuscht? Wie wär's übrigens mit einem Tequila?« Er sperrt die Haustür auf.

»Nein!« Luca macht unwillkürlich einen Schritt zurück und stolpert dabei über die Kiste.

»Aufpassen!«, mahnt Sergio. Er lacht laut auf. »Du musst wirklich ein bisschen vorsichtiger sein.«

Das Lachen Sergios klingt Luca noch in den Ohren, als er die *Vaporetto*-Station erreicht.

54

»Autopsieberichte, die Ergebnisse der Spurensicherung – alles geht nach Rom«, erklärt Roberto. »Wir sind nicht mehr zuständig.«

»Die Presse wird wissen wollen, warum«, sagt Teresa.

»Der Colonnello bereitet eine Presseerklärung vor«, antwortet Roberto. »Gemeinsam mit der *commissione antimafia*.«

»Wieso Mafia?«, fragt Gobetti.

Niemand antwortet.

»Die Investorengruppe G + G hat sich mittlerweile in Luft aufgelöst«, berichtet Bossi. »Als hätte es sie nie gegeben.«

»Wieso wundert mich das nicht?«, fragt Piero.

»Ich weiß, ihr hättet lieber, dass Handschellen klicken und die Mörder nach einem umfassenden Geständnis ihrer verdienten Strafe zugeführt werden«, sagt Roberto seufzend.

»So ist es, o Meister des Offensichtlichen«, antwortet Teresa.

Roberto antwortet nicht. Seine Stirnader schwillt an.

»Ich hab mich extra in den Norden versetzen lassen, weil ich nichts mit der Mafia zu tun haben wollte«, sagt Gobetti vorwurfsvoll.

»Vielleicht möchten Sie diesen Entschluss ja noch einmal überdenken«, schlägt Roberto vor.

Wie hat der Anti-Mafia-Kollege gesagt? Sehen Sie es einfach so ... Sie sind zwei Mordfälle los – das hat doch was für sich. Hat es. Das bedeutet, dass man möglicherweise Zeit hat für ...

Roberto holt sein *telefonino* aus der Jackentasche, wählt eine Nummer. »Abendessen heute Abend?«, fragt er ohne weitere Einleitung. »Ich bestell einen Tisch bei Gianni.«

Es bleibt still am anderen Ende der Leitung.

»Nun, was meinst du?«, drängt er.

»Wieso weißt du, dass ich ausgerechnet heute beschlossen habe, mit der albernen Diät Schluss zu machen?«, fragt Sandra.

»Wie heißt es so schön: Weil ich in dir lese wie in einem offenen Buch«, antwortet Roberto.

»Analphabet«, antwortet Sandra mit diesem leisen Lachen, das Roberto nicht missen möchte. Für nichts in der Welt.

55

»*C*iao, Carlotta!« Luca setzt sich zu ihr auf die Stufen der Brücke.

Carlotta schaut ihn verwundert an. »Was hast du? Du bist irgendwie anders.«

»Ja.« Luca nickt. »Ich habe ein *date* mit der italienischen Jugendgolfmeisterin.«

»Was ist ein *date*?«, fragt Carlotta. »Und was ist eine Goldmeisterin?«

»Golf«, verbessert Luca. »Das ist ein Sport, bei dem man kleine weiße Bälle in ein Loch schubsen muss. Und Samanta kann das besonders gut. Mit ihr hab ich mein *date*. Das heißt, ich treff sie heute Abend. Wir gehen ins Kino.«

»Ist sie hübsch?«, fragt Carlotta.

»Sie ist das zweitschönste Mädchen, das ich kenne«, sagt Luca.

»Und wer ist das schönste?«, fragt Carlotta.

»Na du«, antwortet Luca. »Du, wenn du lachst. Leider seh ich dich gar nicht mehr lachen.«

Carlotta wendet den Kopf ab.

»Du hast Angst«, sagt Luca. »Ich hab in letzter Zeit so viel Angst gehabt, da merkt man, wenn es jemand anderem so ähnlich geht.«

»Wovor hast du Angst?«, fragt Carlotta.

»Dass ich an etwas ganz Bestimmtem schuld bin. Aber es ist vorüber«, sagt Luca.

»Wirklich?« Carlotta sieht ihn an.

Luca nickt. »Vorbei und vorüber. Willst du mir sagen, wovor du Angst hast?«

»Mein *Papà* ...« Carlotta zögert. »Was ist, wenn er wiederkommt? Was soll ich zu ihm sagen? Dass ich ihn nicht sehen will? Dann ist er traurig. Und ich bin schuld. Aber wenn ich ihn treffen will, dann ist meine *Mamma* traurig.«

»Siehst du«, sagt Luca, »gut, dass wir darüber reden. Ich hab nämlich gestern einen schwarzen Kater getroffen und der hat mir ein Geheimnis anvertraut.«

»Ein Geheimnis?«, fragt Carlotta.

»Ein ganz geheimes Geheimnis, das ich nur dir weitersagen darf.«

»Wirklich?« Carlotta hat jetzt ganz große Augen vor Neugierde.

»Er hat mir gesagt, dass man die Angst beim Namen nennen muss, dann verschwindet sie von selbst.«

»Beim Namen nennen?«, wiederholt Carlotta.

»Ja.« Luca nickt. »Fang mal bei deiner Mutter damit an. Erzähl ihr von deiner Angst. Gleich heute Abend. Und schau, was passiert. Ob der schwarze Kater recht hat. Und sag mir dann Bescheid.«

»Gut.« Carlotta nickt. Nicht ganz überzeugt. »Das mach ich.«

56

Wegdrehen und durchschwingen. Nicht den Kopf dabei heben.

Mit einem sanften Geräusch trifft das Schlägerblatt auf den Ball. Der hebt ab, zieht eine perfekte Flugbahn und landet weit hinter der Hundertmetermarke.

Nicht schlecht für ein Siebenereisen.

Hab ich das eben gedacht? Roberto schüttelt den Kopf. Siebenereisen hätte ich vor Kurzem noch für so etwas wie ein Spurenelement gehalten

Er fühlt eine tiefe Zufriedenheit nach diesem perfekten Schlag. Das ist es also, denkt er. Dieses Gefühl ist es, dem die Golfer hinterherjagen, das sie immer wieder haben wollen. Drogensüchtige sind sie genau genommen. Erfolgs-Junkies.

Er steht auf der Driving-Range des Golfclubs Alberoni und hat eben mit unterschiedlichem Erfolg einen Kübel voller Bälle verschossen.

Was genau mach ich da?, fragt er sich selbst. Na was wohl – Antworten suchen. Wenn es mir schon nicht gelungen ist, die zwei Morde restlos aufzuklären, dann wenigstens ein Geheimnis: Was treibt Golfer dazu, jede freie Minute mit den kleinen weißen Bällen zu verbringen?

Er stellt den Leihschläger an der Ballmaschine ab und geht die wenigen Schritte zum Grün des siebzehnten

Lochs. An einem Baum hängt ein kleines Stück von dem weiß-roten Band, mit dem die Carabinieri den Tatort abgesperrt hatten. Die helle Umrisszeichnung auf dem kurz geschorenen Rasen ist noch immer schwach zu sehen. Hier ist Filippo Nardi gestorben. Als Kämpfer gegen eine verbrecherische Organisation. Als Verteidiger Venedigs. Vielleicht ohne es zu wissen. Ganz bestimmt ohne es zu wollen. Aber deswegen nicht weniger verdienstvoll.

Möglicherweise führen ja Marinellis Unterlagen zu den Killern. *Pazienza* – Geduld braucht man in diesem Job, haben die Mafia-Experten gesagt. Nardi und Marinelli werden sie wohl haben, die *pazienza*. Tote sind geduldig.

Roberto setzt sich an einen Tisch auf der Veranda des Clubhauses und bestellt einen *macchiato*. Bei der netten Kellnerin. Nicht bei der hochmütig schönen.

Die Hundertjährige – heute ganz in Hellblau – ruht in einem Liegestuhl.

Am Nebentisch sitzen einige ältere Herren.

Der *macchiato* ist hervorragend.

Es ist diese schöne, kultivierte Stimme, die Roberto zuerst auffällt. Er beginnt mitzuhören, worüber am Nebentisch geredet wird. Über Golf. Was sonst.

»Absolut«, sagt die Stimme. »In Golfprojekte zu investieren ist derzeit absolut empfehlenswert.«

Unsinn, denkt Roberto. Ein seltsamer Zufall. Nicht mehr.

Er dreht sich um, sieht das charaktervolle römische Profil. Silbergraues Haar.

Aber es schadet ja nicht, sich das Gesicht zu merken, das zu dieser Stimme gehört.

WEM KANNST DU TRAUEN?

Alice Gabathuler

Hundert Lügen

304 Seiten · Broschur
ISBN 978-3-522-20231-2

Wie viele Lügen haben in zehn Jahren Platz? Hundert? Tausend? Hunderttausend? Zu viele.
Die Geschwister Manon und Kris waren unzertrennlich. Bis ein Sommercamp ihre unbeschwerte Kindheit brutal beendete. Ihre Familie zerbrach, ihre Leben drifteten auseinander. Während Kris seinem inneren Monster davonläuft, verliert sich seine Schwester Manon in ihren Gefühlen. Drohbriefe an ihren Vater bringen die beiden wieder zusammen – und aus den Spielen von einst wird zum zweiten Mal blutiger Ernst. Verdächtigungen. Anschuldigungen. Lügen. Und am Ende aller Lügen wartet unbarmherzig die Wahrheit.

THIENEMANN
Wir schreiben Geschichten!

www.thienemann.de